東アジア海域叢書13

堀川貴司
浅見洋二　編

蒼海に交わされる詩文

汲古書院

蒼海に交わされる詩文　目次

東アジア海域叢書13

「蒼海に交わされる詩文」序説

堀川貴司・浅見洋二

「蒼海」、すなわち日本では黄海・東シナ海・日本海などと呼ばれる海が、中国大陸・朝鮮半島・日本列島など東アジアの諸地域を結びつけている。この海を通って、古来さまざまな文化的産物が行き交った。そのうち本書が焦点を当てるのは、漢字で書き記された詩や文章などの文学作品である。本書が扱う時代を日本の歴史に即して言えば、鎌倉時代から明治時代にかけて、中世から近世を経て近代に至る時代ということになる。もちろん、すでに奈良・平安時代から、漢詩文は「蒼海」を盛んに行き交っていた。本来ならば、それらも対象とすべきところであるが、遺憾ながら本書成立の経緯からしても割愛せざるを得なかった。あらかじめお断りしておきたい。

本書は、二〇〇五年度から二〇〇九年度にかけて行われた文部科学省科学研究費補助金特定領域研究「東アジア海域交流と日本伝統文化の形成――寧波を焦点とする学際的創生――」（以下、寧波プロジェクト）の文献資料研究部門のなかに組織された研究班「五山文学における宋代詩文の受容と展開」（以下、詩文受容班。メンバーは浅見洋二・内山精也・堀川貴司・住吉朋彦。海外研究協力者は周裕鍇・衣若芬・朱剛）による研究成果の一部である。

詩文受容班の研究は、鎌倉時代末期より室町時代に至る五山禅林の漢文学において、中国宋代の詩文がどのように受容されていったか、主として詩文集（およびそれに附された注釈）と詩話という二種類の文献資料を取りあげ、中国文学と日本文学双方の視点から研究することを目的とするものであった。

五山文学に影響を与えた中国詩文の中で最も中心的な位置を占めたのは宋代の詩文であるが、本研究はその中でも特に詩文集の注釈と詩話という二種類の文献資料に着目した。宋代に撰述された各種詩文集や詩話は五山の禅僧によって熱心に研究され、またそれらを踏まえての新たな日本独自の注釈書、詩話が数多く生みだされていった。本研究は、中国宋代の詩文集注釈と詩話の編纂状況およびそこに現われた文学観のあり方を視野に入れつつ、五山禅林における それら文献資料の受容状況を整理・検討するとともに、それらの文献資料がどのような加工・増修を受けたか、そして日本独自の詩文注釈・詩話の形成にどのように関わっていたか、その一端を明らかにすべく、中国文学、日本文学、書誌学等の研究の視点を総合する形で行われた。

これまで五山文学に関する研究は必ずしも十分とは言えなかった。その理由の一つに、五山の禅僧たちが依拠した中国の文献資料に関する理解が行き届いていなかったことが挙げられる。その欠を補うものであった点で、まず本研究は重要な意義を持つ。日本と中国という双方の視点を導入することによって、従来型の日中比較文学研究とは異なる新たな研究領域・研究方法が創出される可能性を切り開いたと言えよう。

各研究班の個別の研究に加えて、寧波プロジェクトでは六つの重点項目が設定され、横断的・総合的な研究が行われた。詩文受容班は、そのひとつ「東アジアのなかの五山文化」を中核として担うこととなった。

本重点項目研究の具体的な活動の事例をあげるならば、二〇〇七年には二度にわたって国際シンポジウム（寧波プロジェクト文献資料研究部門主催）を開催した。それぞれの概要は次の通り。

「東アジア海域文化交流のなかの五山禅林 Ⅰ」二〇〇七年九月八日、於大阪大学

中本　大：「画題」研究の可能性——絵画情報集積・発信拠点としての五山禅林——
査　屛　球：「寒山拾得」イメージの受容と変容
——五山禅僧の詩画における寒山拾得のイメージと宋元の禅文学との関係について——
西尾賢隆：五山における入寺疏
朝倉　和：『翰林五鳳集』の伝本について

「東アジア海域文化交流のなかの五山禅林 Ⅱ」二〇〇七年十一月二十三日、於大阪大学
塚本麿充：宋代三館秘閣の機能と文物交流
周　裕　鍇：恵洪の「文字禅」について——その理論と実践および後世への影響——
高橋忠彦：五山文学における茶詩の特徴
保立道久：大徳寺史について

また、二〇〇八年八月二十五～二十八日、同志社大学にて夏季セミナー「東アジア海域交流のなかの五山文化」を行った。概要は次の通り。

小島　毅：〈五山文化〉の提起
原田正俊：日本仏教史からみた五山禅宗
住吉朋彦：日本漢籍の展開と禅林の学問

このほか、二〇〇八年度以降、五回にわたって「東アジアのなかの五山文化」研究会を開催した。本重点項目の研究成果は、本書のほかにも別途書物（仮題『東アジアのなかの五山文化』東京大学出版会刊）として刊行すべく編集作業を進めているところである。

五山の禅林には、中国留学の経験を持つ日本人僧も多く、また中国からの渡来僧も多く活動していた。まさに中国と日本という異なる言語文化が交差・融合する特別な空間であり、そこには「寧波」を基点とする東アジア海域文化交流が凝縮して現れている。かかる五山禅林にあって、どのような文学・学術活動が行われていたのかを検討する重点項目研究「東アジアのなかの五山文化」は、寧波プロジェクトの重要な核の一つとなるものであった。同時に、多様な研究分野との連関のもとに、東アジア海域文化交流という巨視的な視点から五山禅林の文学・学術活動が持つ意味を明らかにした点で、五山文学研究にも少なからぬ進展をもたらしたと言えよう。

＊　＊　＊

本書は、以上のような研究活動を踏まえて編まれた。以下、本書に収める論考の概要について述べておこう。

周裕鍇「恵洪の文字禅について——その理論と実践および後世への影響——」は、北宋の禅僧覚範恵洪《かくはんえこう》（一〇七一—一一二八）が提唱した「文字禅」についての論考である。禅とことば、あるいは禅と文学の関係については古くから論議があり、日本では早くから入矢義高氏が、悟りの境地とはそれを言葉で表すという客体化の過程をくぐって初めて本物となり、また人を導くこともできる、という意味の発言を繰り返ししている（『増補　求道と悦楽』岩波書店、二〇一二ほか参照）。周氏の論は、恵洪が仏典をはじめ儒・道の典籍を縦横に利用して文字禅の根拠を理論化し、それに基づいて語録以外のさまざまなスタイル（僧伝・随筆・詩論など）の著作をものし、それが同時代および後世の僧俗――日本の五山僧も含む――に影響を与えた様子を順序立てて述べていて、禅林の文学について大きな見取り図を提供していると同時に、その論旨は図らずも入矢氏の論と響き合っている。なお、本論文は「東アジア海域文化交流のなかの五山禅林」シンポジウムでの研究発表に基づく。翻訳は『北京大学学報』二〇〇八年第四期所載の「恵洪文字禅的理論与実践及其対後世的影響」に著者が一部改訂を加えた修訂版に基づく。訳文中の〔　〕内は訳者による注記。以下の翻訳論文についても同じ。

査屏球「寒山拾得の受容とその変遷――五山禅僧の詩歌・絵画に見られる寒拾の形象と宋元禅文学の関係――」は、祖師（達磨以下、中国の禅の高僧たち）のなかでも特異なキャラクターで知られる寒山・拾得を詠んだ詩やその絵画を博捜し、鎌倉後期の来日僧や留学僧に始まって室町初期に至るまでの流れを、破庵《ほあん》派・松源派・曹源派・松源派古林《くりん》下および大慧《だいえ》派といった法系ごとに分類して辿っていく。日本では、宋元代の禅僧によって祖師としてカリスマ化されていた二人のイメージを継承しつつ、そこに喜劇的な性格が強調付加され、室町から江戸に至っても禅の世界の人気者であり続けたが、これは、明清代の中国において土着信仰と融合して民間神に変化するのとは大きく異なる現象だ、と指摘する。表面上は大きな変容を遂げているようでいて、本質はかなり忠実に継承している、日本の外来文化の受容のあり方を示す例としても興味深い。なお、本論文は「東アジア海域文化交流のなかの五山禅林」シンポジウムでの研究発表に基づく。

朱剛「『中興禅林風月集』続考」は、南宋末に江湖派詩人によって編纂された禅僧の詩集（六十二人一〇〇首の七言絶句から成る）『中興禅林風月集』について、その抄物に見られる作者の伝記に関する注を、中国側の文献によって検証したものである。それら注の内容には、宋末元初、すなわち作者たちと同時代に日中を往来した両国の僧が得ていた情報が反映され、歴代の講習のなかで伝えられてここに存している可能性が高く、尊重する必要がある、という朱氏の言からは、資料の価値を公平に見定めようとする見識が窺われ、さらに今後の研究の進展を期待させるものがある。近年、中国においても日本に伝存する資料を重視する研究が増えてきているが、多くは中国において失われた漢籍テクストの発掘であり、朱氏のように日本の禅僧の注釈にまで注目したものは少ない。本論文は通常のスタイルとは異なり、いわば抄物への注疏のような形式であるが、以上述べたような内容の重要性にかんがみて本書に収めるものである。

陳捷「日本入宋僧南浦紹明および宋僧の詩集『一帆風』について」は、京都大徳寺・妙心寺を中心に展開する大応派の祖、大応国師南浦紹明《なんぽしょうみょう》（一二三五～一三〇八）が留学から帰国する前年の咸淳三年冬（文永四年、一二六七）に、師の虚堂智愚《きどうちぐ》をはじめ多くの中国人禪僧から贈られた送別の偈を集めた詩集『一帆風』について検討を加えたものである。この作品は江戸時代の版本が伝わるのみで、一九七七年に『五山文学新集』別巻一に翻刻されていたが、これまでほとんど注目されなかった。陳氏は、まず版本に二種あり、翻刻の底本は初版で、その後改訂増補版が出ていることを指摘し、後者の全文を末尾に付す。内容に関しては、『全宋詩』未収作品が多く含まれること、既収作品も本書によって本文が訂正できること、南浦の伝記資料としても活用できることなどを指摘する。また、刊行は曹洞宗の改革派の僧侶輪峰道白によるもので、黄檗僧即非如一の跋文も備え、近世における禅宗の新しい動きと関連がある、とも指摘している。

堀川貴司「禅僧による禁中漢籍講義――近世初頭『東坡詩』の場合――」は、五山禅林において受容された中国文学作品が、どのようにして五山の外の世界に出ていき、日本文学の基礎的教養として広く共有されるに至ったか、という、中国文学の日本国内における流布の様相を探ったものである。具体的には、文禄五年（一五九六）および慶長一八年（一六一三）に、蘇軾の詩を禅僧が禁中において講義した二つの例を取り上げて、その聞き書きから講義の実態と内容を復元しようとしている。蘇詩については室町後期にそれまでの抄物を集大成した『四河入海』という膨大な注釈書が知られていて、講義内容はそれを超えるものではないが、公家たちを相手にアレンジを加えている様子が見て取れる、とする。

大庭卓也「和刻『唐詩選』出版の盛況」は、享保九年（一七二四）和刻本の出版以降、他を圧倒して読まれ、以後の唐詩選集の定番となった『唐詩選』についての書誌学的な論考である。日野龍夫氏・村上哲見氏の先行研究を踏まえつつ、最初の嵩山房版・服部南郭校訂本の成立状況を述べ、同版元の各種版本と他の版元から出た海賊版を博捜、著録する。後者の中には、単なる商業目的の粗悪な複製品ではなく、学者の見識によって本文や訓点を正したものが、江戸後期には見られるようになり、特に和歌山の帯屋伊兵衛版は嵩山房版と複雑に混交した異版を生み出している重要な存在である、という指摘は、出版と学問の関わり合いを考える上でも興味深いものがあろう。

張伯偉「「漢文学史」における一七六四年」は、明和元年（一七六四）に来日した朝鮮通信使と日本の学者・詩人との詩文のやりとり、特に筆談の内容を検討し、それらが朝鮮の文人たちに与えたインパクトを検証したものである。朝鮮側が、それ以前の通信使と交わされた作品との比較において、日本人の詩文を格段に高く評価している一方、日本側は、それまでの一途な敬慕をやめて同等の立場で対峙するようになったことに注目し、その背景に荻生徂徠一派の古文辞派の普及（および一部に芽生えたそれへの批判）がある、と指摘する。そして、朝鮮の詩文集を博捜して、彼ら通信使が受けた衝撃が朝鮮文壇にどのように広がったかを巨細に述べる。また、彼らは日本の進歩が清朝の学芸を吸収したものだと認識し、そこから自分たちが異民族国家として低い評価しか与えてこなかった清への評価を改めるようになる、とも指摘していて、東アジア三国を一望したスケールの大きな文学史論となっている。なお、本論文の翻訳は『風起雲揚――首届南京大学域外漢籍研究国際学術研討会論文集――』（張伯偉編、中華書局、二〇〇九年十月）所収の「漢文学史上的一七六四年」に著者が一部改訂を加えた修訂版に基づく。

高橋博巳「十八世紀東アジアを行き交う詩と絵画」は、奇しくも張氏論文と同じ明和度朝鮮通信使を題材としているが、その視点と扱う資料は異なる。紀伊出身の古文辞学派の学者である宮瀬竜門（一七二〇―七一）が文章と絵画に残した通信使各員の印象を引用し、筆談や詩文の内容と相まって、外交辞令ではない深い交流の様子を示している、とする。また、博物学者としても知られる木村蒹葭堂（一七三六―一八〇二）も、自邸での詩会の様子を絵に描いて通信使に送り、その風雅を嘆賞され、その情報が本国に持ち帰られると、同様の風雅の士を求めて中国との交流を進める文人が現れた、という。張氏とは異なり、文雅の交わりという面への照射ではあるが、やはり東アジア三国のつながりを見ようとする論で、さらに著者は最後にヴェトナムや琉球にまで、この「学芸共和国」がつながっていることを示唆している。

東英寿「『漢学紀源』と五山儒学史について」は学問史の問題を扱う。日本の儒学史のなかで、朱子学の導入が中世五山において始まったことは、現在では広く認識されているが、これを初めて指摘したのが薩摩藩士の伊地知季安（一七八二―一八六七）であった。その主著『漢学紀源』の自筆本（東氏の発見に係る）の章立てを一覧した後、一山一寧から虎関師錬、岐陽方秀、雲章一慶、惟肖得巌と続く系譜を季安が示そうとしていることを、各章の連関を指摘することによって述べる。そのうえで、惟肖までで系譜の連関が切れてしまっているかに見えるのは、『漢学紀源』の記述が以下、逆に薩南学派の祖である桂庵玄樹から了庵桂悟、景徐周麟と遡ったためであり、惟肖の記述中に桂庵が出てくることによって両者がつながる、と論ずる。もともと本書が桂庵の碑文を江戸の儒者佐藤一斎に依頼するための参考資料だったこととも関連して、朱子学の受容について桂庵が果たした役割を重視する視点がこれら叙述内容から読み取れ、その後の日本儒学史研究にも大きな影響を与えている、と結論づける。なお、本論文は詩文受容班の研究会（二〇〇五年十一月十二日、於慶應義塾大学附属研究所斯道文庫）での研究発表に基づく。

合山林太郎「森槐南と呉汝綸――一九〇〇年前後の日中漢詩唱和――」は、十九世紀末から二十世紀初めにおける日中の漢詩唱和を取り上げ、それを取り巻く社会状況や同時代の他の文人たちの反応について論じたものである。明治時代に入って、日清の国交が開かれると、知識人同士の文化交流が活発化したが、これまでの研究は明治十年代、黎庶昌や楊守敬ら初期の公使館メンバー、あるいは両国を股に掛けて活躍した岸田吟香などが中心であった。合山氏は三十年代にまで下って、当時日本の代表的詩人である森槐南と、教育制度視察のため来日した呉汝綸との唱和を読み解く。そして、そこに示された伝統漢学重視の共通認識や、そもそも漢詩唱和というスタイルそのものが、新聞紙上などで批判を浴びる様子を記し、漢文が東アジア知識人共通の教養であり、漢詩のやりとりが交流の重要な手段だった時代の終焉を描き出している。

＊　＊　＊

詩文受容班の研究課題は五山文学における宋元の詩文の受容であった。その研究成果たる本書では、自ずとそれに関連するテーマに重点が置かれることとなった。だが、その一方で対象となる時代を更に拡大し、近世・近代にまで範囲を広げた。詩文の交流そのものを直接的な対象とする論考のみならず、海外からもたらされた書物・作品がその後の日本国内の文学・学問にどのような影響を与えたかといった問題を扱う論考、あるいは日本から他地域へと発信された詩文をも対象とする論考を収めることによって、いわゆる漢字文化圏における文学交流を多角的に探ろうと試みた。五山禅林を中心とする漢詩文の交流が、以後の時代においてどのように変化していったか、その一端を探ろうとした次第である。なお、論文中の漢文引用資料については、書き下し文を原則としたが、資料の稀覯性に応じて原文も併せ掲げた場合、分量の関係で原文のみを掲げた場合もある。

もとより本書は「蒼海に交わされる詩文」の全体をくまなく明らかにするものではないし、今後さらに取り組むべき多くの課題を負っていることは言うまでもない。例えば、この日本において「蒼海に交わされる詩文」を論ずるとき、どうしても中国と日本とが中心となり、朝鮮半島が抜け落ちてしまう嫌いがある。本書では、張伯偉氏や高橋博巳氏の研究が朝鮮通信使に焦点を当てるなど、その欠を補ってはいるものの、学界全体としてはなお十分とは言えないだろう。本書がこうした課題に向かってゆくひとつのきっかけとなるならば幸いである。

蒼海に交わされる詩文

東アジア海域叢書13

恵洪の文字禅について——その理論と実践および後世への影響——

周　裕　鍇
浅見　洋二　訳

一　恵洪文字禅と無事禅・無言禅との衝突

中唐以降、馬祖道一を代表とする洪州禅においては、二つの重要なスローガンが流行した。すなわち、「平常心は是れ道なり」と「不立文字、教外別伝」である。しかし、北宋の名僧恵洪（一〇七一—一一二八、一名徳洪、字覚範）の『石門文字禅』に反映される状況から見ると、北宋後期、これらは禅宗界にあっては二つの明白な弊害となってあらわれていた。一つには「平常 事無く、飢うれば食し困《つか》るれば眠る」という人としての自然な本性を標榜し、経律論蔵の学習・研究を拒絶することであり、極端な場合には飽食を専らにする「納飯僧」「粥飯僧」に言い訳の材料を与えるものとなった。[1] 二つには「不立文字、教外別伝」の教えに基づいて、言語・文字による記録・創作を否定することであり、やはり極端な場合には無知蒙昧な「唖羊僧」に言い訳の材料を与えるものとなった。[2]

恵洪の禅学は臨済宗黄龍派の流れを汲む。しかし、黄龍慧南の高名な三人の弟子東林常総、晦堂祖心、真浄克文となると、その宗旨は必ずしも同じではない。『大慧普覚禅師宗門武庫』の記載によれば、常総は「平常 事無く、知見を立てざるを以て解会して道と為し、更に妙悟を求めず」と主張し、「晦堂・真浄の同門の諸老は、祇《た》だ先師の禅に参じ得て、先師の道を得ず」と批判した。一方、祖心は進歩のない修行者を罵って「爾《なんじ》 廬山の無事の甲里に去《ゆ》きて坐し去れ〔無事禅の所にでも行って坐っておれ〕」と言った〔「廬山」とは廬山東林寺に住した常総を指す〕。克文は更に批判して「今時 一般漢〔ある種の僧〕有りて、箇《か》の平常心は是れ道なりを執りて、以て極則と為す。……凡百の施為、秖だ平常の一路子〔ひとつの途〕を要《もと》めて以て穏当と為し、定めて将《まさ》に去かんとせば、合《まさ》に将に去かんとすべしとし〔行くと決めたら是が非でも行かねばならぬとして〕、更に敢えて別に一歩を移さず、坑塹に堕落するを怕《おそ》れ、長時《つね》に一《ひとえ》に生盲の人の路を行くに、一条の杖子 寸歩も抛じ得ず、緊《きつ》く把著して憑《よ》りて将に行かんとするが似《ごと》し」と言った。[3]

常総は唐代の洪州禅の「平常心は是れ道なり」の伝統を堅持したが、その一方で宋代の禅宗を取り巻く特殊な文化的背景、すなわち社会全体の文化的成熟度の高まりに目を向けようとしなかった。禅宗の担い手たちがますます士大夫化してゆくなかにあって、「平常 事無し〔平常無事〕」の宗旨は社会の求めるものと明らかな齟齬を見せていた。そのため、常総の一門は急速に衰え、南宋の初期にはすでに「門 死灰の如し」であった。祖心と克文は一致して常総を批判し、妙悟の追求を宗旨としたが、しかし両者の言語および経教に対する姿勢には若干の違いがあった。総じて言えば、祖心は禅を学ぶ者は先ず経典に通じるべきだと主張したが、経教の本質が「食を説きて人に示す〔食物の味を言葉で解説する〕」に過ぎないのに対して、禅宗の宗旨は「自己親《みずか》ら嘗《あじわ》う」にこそあると考えていた[4]。

一方、克文は「宗教に融通す」、すなわち仏教経論の研究を通して禅の宗旨の妙悟という目的に達することを主張した。彼は王安石と『円覚経』の文言をめぐって討論を交わしたことがあり、それは後に弟子の恵洪によって整理され『円覚経皆証論』にまとめられる[5]。恵洪は「禅教合一」を唱えて、『楞厳経』や『法華経』に注釈を加えるなど、克文の学風を継いだ。そのため、祖心の高足である霊源惟清は、恵洪との関係はもとは良かったにもかかわらず、恵洪が『楞厳尊頂義』を著したと知るや、ためらわずに書簡を寄せ、文字の学によって「後人の自悟の門を窒《ふさ》ぐ」ものだと批判したのである[6]。

このほかに、克文の学風には一つの鮮明な特徴があった。すなわち、詩文を手段として仏教禅理を宣揚すること、あるいは「筆硯を以て仏事と作す」ことである。『雲庵克文禅師語録』の記載だけを見ても、克文には三百首近い詩偈があり、いずれの体も皆な巧みであった[7]。彼の弟子もまた詩文に優れた者が多かった。例えば、艶禅師は吟詠を好み、豪商の家の壁に詩を書きつけ、施主となって喜捨するよう求めたこともあった[8]。慧日文雅は『禅本草』を著し、禅を治療のための薬草になぞらえ、湛堂文准は『炮制論』を著してそれを補い、参禅を製薬のプロセスになぞらえた。どちらも「文章を以て滑稽を為す」ものである[9]。恵洪の師弟である希祖も「善く詩を論」じ、陳叔宝・王維・王安石らの五言四句の詩について「天趣に得」た作であると評したりもしていた[10]。

この種の学風は当時、禅師たちの嘲笑の的《まと》ともなった。恵洪『臨済宗旨』の記載によると、彼が臨川で北景徳寺の住持をつとめた際、上藍長老が臨川を訪れ撫州知事の朱彦に「覚範〔恵洪〕詩に工《たくみ》なりと聞くのみ。禅は則ち其の師すら猶お錯《あやま》てり、矧《いわん》や弟子をや」と言った[11]。恵洪と彼の師克文は詩が作れるだけであり、禅に関してはまったく間違っているというのである。上藍長老の意見は、まさに禅門の伝統的な見方を代表するものであった。当時の老僧たちは依然として「少年の筆硯を嗜《たしな》む者を見れば、背《ひそ》かに数《せ》めざれば必ず腹にて之を非とし〔心のなかで批判し〕、以て禅者は当に翰墨を以て急と為すべからずと謂《おも》」い、場合によっては「衲子の筆硯に従事するを呵《しか》る」(13)ことさえあった。詩文を事とする僧は仏教界では遍く排斥を受けていたのである。

祖師の説く「平常無事」とは常に飽食し何事も為さぬことなのだろうか。「不立文字」とは口をつぐんで言葉を発せず、何ひとつ知ろうとせぬことなのであろうか。もし他人に追従して、祖師の教えを実践することだけに固執するならば、「無事」「無言」の禅宗は、どうしてその独自の精神的伝統を受け継いでゆけるだろうか。事実、いかなる思想学説も沈黙の暗示によっては伝承されないし、口頭の伝達だけによっては広く久しく伝わりはしない。言葉は文字という形で記録されてはじめて、真の意味での伝統となって世に伝えられてゆく。

まさしくこの点に鑑みて、恵洪は禅門の排斥・批判には目もくれず、ひるむことなく「文字禅」の旗印を掲げた。彼は仏学・禅学の思想的資源《リソース》（内典）を活用しただけではなく、儒家・道家の資源（外典）をも参考にして、「無事禅」の傾向を批判し、「無言禅」の宗旨を修正し、禅学にとっての言語・文字や経典・教理研究の重要性を宣揚し、更には詩文を暗唱・朗誦することが知識の増進に資すると主張した。また、そのことによって「啞羊僧」「納飯師」「粥飯僧」らに対し、容赦ない批判と辛辣な嘲笑を浴びせたのである。

二　儒釈道経典の活用とそれによる文字禅の擁護

恵洪の「文字禅」の内実については、すでに学界において多くの研究が重ねられてきており、ここには詳しくは述べない。(14) ここでは主に、恵洪がいかに儒家・釈家・道家の規範的な理論を借りる形で文字禅の有効性を擁護していったかについて検討してみたい。

まず第一に、恵洪は禅宗祖師たちが自ら「教に藉《か》りて宗を悟る〔藉教悟宗〕」であったことを示す権威ある言葉を借りて「不立文字」の禅門宗旨を修正し、それによって「三蔵に精入し、諸宗を該練する〔遍く習熟する〕」ことが禅を学ぶ者にとって重要であると強調した。『禅林僧宝伝』には、恵洪が通玄禅師を称賛して「『法華』〔法華経〕を引きて以て証成し、仏祖の密説を明らかにすること、泮然として疑い無し。教に藉りて以て宗を悟るは、夫《そ》れ豈に虚語ならんや」と述べた言葉が見える。(15)「藉教悟宗」の四字は、まさしく禅宗の初祖菩提達磨が唱えた仏道への途のひとつ「理入法」の精神を示している。(16) この精神によるならば、「不立文字」の宗旨は必ずしも厳守しなくともよい。更に言うならば、禅宗の祖師は達磨ひとりではないのだから、たとえ「不立文字」こそが達磨禅の要義だと認めたとしても、この説だけを固守する必要はないのだ。恵洪は北宋の禅僧たちが永明延寿禅師の著した『宗鏡録』をないがしろにするのを批判するなか次のように指摘している。

旧《もと》の学者は日に以て慵堕にして、口を絶《つぐ》みて言わず、晩《のち》に至る者は日に以て窒塞し、游談して根無きのみ。何に従《よ》りてか其の書を知り、其の義を講味せんや。脱《も》し之を知る者有るも、亦た以て意を為さずして〔意に介さず〕、以謂《おも》うに過ぎず 祖師の教外別伝・不立文字の法、豈に当《まさ》に復《ま》た首《こうべ》を文字の中に刺《い》る〔没頭する〕べけんや、と。彼 独《あ》に達磨已前、馬鳴・龍樹も亦た祖師にして、論を造《な》せば則ち百本の契経の義を兼ね、泛《あまね》く観れば則ち龍宮の書を伝読するを思わざらんや。達磨に後《おく》れて興る者は、観音・大寂・百丈・断際も亦た祖師なり。然れども皆な三蔵に精入し、諸宗を該練し、今 其の語具《つぶさ》に在りて、取りて観るべし。何ぞ独り達磨の言のみならんや。……明窓浄几の間、篆煙を横たえて〔香を焚いて〕之を熟読すれば、則ち当《まさ》に伝うべからざるの妙を見、文字の中に省《つまび》らかにすべし。蓋し亦た教外別伝の意に非ざる無し(17)。

達磨以前の馬鳴・龍樹、達磨以後の懐譲（観音）・道一（馬祖）・懐海（百丈）・希運（断際）らは、みな「三蔵に精入し、諸宗を該練」した者であり、ならば達磨の「不立文字、教外別伝」の絶対的な有効性も疑ってかかるべきである。そこで恵洪は、達磨の禅学の宗旨をあらためて解釈し直し、それは文字を熟読したうえで「教外別伝」の妙を会得することだとした。おそらく、これこそが「藉教悟宗」と「教外別伝」との矛盾を解消するための唯一の合理的な解釈であろう。

第二に、恵洪は儒家の「徳有る者は必ず言有り(18)」の言意観を受け入れ、言語・文字は禅道の標識であり、仏道修行の深浅を測る尺度であると考えていた。彼は詩を論じて「語言なる者は、蓋し其れ徳の候《きざし》なり。故に『徳有る者は必ず言有り』と曰《い》う」と述べた(19)。この種の観念は禅についての議論にも移植され、言葉が消去不可能であることの論拠となった。

心の妙なるは、語言を以て伝うべからざるも、語言を以て見《あら》わすべし。蓋し語言なる者は、心の縁にして、道の標幟なり。標幟　審らかなれば則ち心は契す。故に学者　毎に語言を以て道を得ることの浅深の候と為す(20)。

言葉が心の微妙なる世界を明らかにする。ここには言葉と道・心との間に同一性があるとの認識が暗に含まれている。まさにこの点から出発して、恵洪は『楞厳尊頂論』後叙のなかで、霊源惟清が「文字の学」を批判したことに対し次のように応じている。

馬鳴・龍勝は西天の祖師なり。論を造《な》し経を釈して、浩きこと山海の如し。此の土〔中国〕に流伝する者は、尚お数百万言なり。達磨・曹渓は、此の方の祖師なり。法を説きては則ち唯だ『楞伽経』のみ以て心に印すべしと曰《い》い、心を伝えては則ち『金剛般若』の義を釈す。禅は仏祖の心にして、経は仏祖の語なり。仏祖の心と口とは豈に嘗て相い戻《もと》らんや。人の此に有りて、祖師と称して棒喝を用施《おこな》えば、則ち之を禅と謂い、棒喝を置きて経論すれば、則ち之を教と謂う。実際〔実相〕の中に此の取舍〔取捨〕を受けんや。……嗟乎、経の来たるや、其の艱難 此くの如し、伝著の家〔著書立説の人〕又た従いて之を汨《みだ》す。学者 既に不妙〔不立文字の教え〕を付受し、乃ち疑いて以て教乗と為す、其の自ら障ること此くの如き有り、為に歎惜すべし。(21)

この発言はすこぶる雄弁であり、漢の揚雄が「言」を「心の声」と見なし、「書」を「心の画」と見なした議論と軌を一にしている。(22) 禅が仏祖の心であり、経が仏祖の言葉であるならば、参禅者にとって禅と経とが持つ意味は同じであるはずである。仏祖の言葉と心が対応していないと考えるのでない限り、禅と経、宗門と教乗とは分裂し対立すべきではないのだ。

では、つまるところ禅宗の宗旨をどのように考えればよいのか。恵洪は次のように指摘する。

仏語心宗、法門旨趣、江西〔馬祖道一〕に至りて大いに備われりと為す。大智の精妙穎悟の力、能く其の安んずる所に到る。此の中 地として以て言語を棲ましむるべき無しと雖も、然れども要《かな》らず以て終《つい》に語言を去るべからず。(23)

つまり、「不立文字」の教えに対しては、必要以上にこだわってはいけないのである。言葉は思想を伝え運ぶ手段であるだけではなく、存在の住みかでもあるのだから。禅宗は「心宗」と称しはするが、言葉を完全に棄て去ることはできないし、文字を完全に回避することもできないのである。実際、言語・文字そのものに罪はない。言語・文字を正しく扱えるかどうかは、それを使用する側の問題なのである。一概に言語・文字に反対するならば、結果として「作倣すべき無く、坐睡の法を学び、飯に飽き椅に靠《よ》り、口角に涎を流す」粥飯僧や唖羊僧を生むだけであり、その愚かさは笑止の限りである。(24)

第三に、恵洪は儒家の説く「老成の人無しと雖も、尚お典刑有り」[25]に学び、先人の大師の語録を記録・編集し、後人が学ぶための手本とすることを主張した。『論語』八佾には「夏礼 吾能く之を言えども、杞は徴《しるし》とするに足らず。殷礼 吾能く之を言えども、宋は徴とするに足らず。文献 足らざるが故なり。足れば則ち吾 能く之を徴とせん」という孔子の語が記されている。漢・宋の学者は「文献」に注釈を施すに際して、いずれも「文」は典籍、「献」は賢人の意としている[26]。つまり、「文」は書物の記載、「献」は古老の言葉を指し、「文」は「典刑」、「献」は「老成の人」を指している。禅宗の祖師が「老成の人」だとすれば、彼らの言葉を伝える語録は「典刑」ということになる。

すでに唐代には禅師の語録は出現していたが、五代・北宋を経てなお、禅僧のなかには強く語録の編纂に反対し、自証自悟を主張する者もあった。例えば、雲門宗の開山である文偃は説法に際して「絶えて人の其の語を記録するを喜ばず、見れば必ず罵り逐いて『汝が口を用いずして、反《かえ》って我が語を記すは、他時 定めて我を販売し去らん』と曰《い》う」であり[27]、また楊岐派の開山である方会は説法のとき「領を振るいて綱を提げ、機に応じて接誘し〔教え導き〕、富《おお》く言句有るも、抄録を許さず」であったという[28]。

もちろん、祖師に対面して、直接に教えを授かることができれば、自ずと心を通して師の精神を了解できるから、言葉に記す必要はない。これが恵洪が「老成の人」を「典刑」よりも重視した理由である[29]。しかし、祖師の肉体としての生命は必ず滅ぶ。後世の禅を学ぶ者は祖師の語録の言葉を通してしか、その精神を理解できない。だから、恵洪は大慧宗杲が編んだ大寧道寛和尚の語録のために序文を書いた際に、特に「典刑」の重要性を説いて次のように述べたのである。

石門の宗杲上人 志を抗《たか》くして古を慕い、俊弁なること群せず。徧く諸方に遊び、此の録を得、之を読み喜びて曰く「老成無しと雖も、尚お典刑有り。此の語、老宿の典刑なり、其れ後学をして聞かざらしむべけんや」と。

即ち衣鉢を唱し〔自らの衣鉢を売りに出して出版の資金を作り〕、余《われ》に従《よ》りて序を求む。其れ工に命じて之を刻せしむる所以なり。[30]

語録は過去の禅師の言葉を記録した一種の「典刑」であり、後人にとっては禅宗の要となる伝統を振り返り了解するための縁《よすが》となる文献である。それによって、「鉤章棘句〔難解な言葉を弄ぶ〕」、「枝詞蔓説〔冗漫な言葉を弄ぶ〕」、「懶惰自放〔ものぐさで好き勝手〕」といった弊害も避けられるのである。

第四に、恵洪は儒家の説く「君子は多く前言往行を識《し》る」[31]に学び、自分自身のために僧史を作った。士大夫との交遊を好んだ禅僧として、恵洪は儒家の立場から若い士人たちに古を振り返り学問を尊ぶよう奨励し、「易に曰く『君子は多く前言往行を識り、以て大いに其の徳を蓄う』と。然れども言行の精、韓孟〔韓愈・孟軻〕の識を以てするも尽く窺う能わざる有り、学者 其れ思わざるべけんや」と述べたことがある。[32]この種の思想もまた禅学のなかに移植され、彼が僧史を編む理由・動機となったのである。恵洪は、僧史の題跋のなかで再三にわたって次のように述べている。

前輩の必ず大いに其の徳を蓄えんと欲し、多く前言往行を識るを要むるが若きは、僧史に具《そな》われり、取りて観るべし。

仏鑑 此の書を携え来たりて、其の本末を記すを請うに、以謂《おもえ》らく 先覚の前言往行、後世に聞こえざるは学者の罪なり、之を聞きて以て広く伝うる能わざるは、同志の罪なり、と。

易に曰く「多く前言往行を識り、以て大いに其の徳を蓄う」と。是の録や、皆な叢林の前言往行なり。能《も》し玩味するを忘れず、以て其の遺風餘烈を想えば、則ち古人も到ること難からず。

此れ一代の博書にして、先徳の前言往行 具《そな》われり。[33]

恵洪以前の禅宗文献は主に語録と灯録である。灯録も実質的には禅宗の法系・世系にしたがって編纂・配列された語録と見なせる。語録・灯録はもとより祖師がのこした「典刑」であるが、しかしその形式は記言体〔発言の記録〕であり、僧史が記行体〔行動の記録〕であるのとは異なっている。儒家の「其の言を聴きて其の行を観る」という観点から見れば、語録・灯録の形式にはなお不十分なところがあり、十全には「典刑」の価値を示し得てはいない。恵洪が僧史の編纂に力を注いだ理由は、「前言」と「往行」とを結びつけ、後学のために思想・行動上の習うべき「典刑」を打ち立てる点にあった。彼は自らの『禅林僧宝伝』撰述の動機・方法について次のように述べている。

嘉祐中、達観曇穎禅師 嘗て『五家伝』を為《つく》り、其の世系入道の縁、臨終明験の効を略〔略述〕するも、但だ其の機縁語句を載するのみ。夫《そ》れ言を聴くの道は、事を以て観る。既に其の語言を載すれば、則ち当《まさ》に兼ねて其の行事を記すべし。因りて博く別伝遺編を釆《と》り、参《まじ》うるに耆年宿衲の論を以て之を増補す(34)。

達観曇穎の『五家伝』は実際には五家の伝灯録とも言うべき著作である。恵洪にとっては、その言葉を載せるとともに、その行動を記した僧史こそが、祖師の「前言往行」を真の意味での文字による「典刑」に変えるのである。また、こうした点に加えて、恵洪が『僧宝伝』を作ったもうひとつの目的は、記載された「祖師の微言、宗師の規範」を通して、北宋中期以降の「諸方 文字を撥去するを以て禅と為し、口耳受授を以て妙と為す」といった通弊を糾すことにあったのである(35)。

以上のほかに恵洪は、『老子』の「学を為すは日に益し、道を為すは日に損す(36)」を受け継ぎつつも修正を加え、禅に参じ仏に学ぶ際の順序としては「博観して約取し、厚積して薄施す」、すなわち博大から出発して簡約に帰着し、深厚から出発して浅薄に帰着するのが理にかなっており、博大かつ深厚なる学識を有する者にしてはじめて簡約にして無為の「道」を悟ることができると考えた。自らの著である『僧宝伝』と『文字禅』を抄録した年若い僧に向けて、恵洪は次のような励ましの言葉を述べている。

『老子』曰く「学を為すは日に益し、道を為すは日に損す」と。損とは理の序なり。博観して約取し、厚積して薄施す。多く前言往行を識《し》るは日に益するの学なり。春夏の水の方《まさ》に川を増すや、浩然として其の際を測るべからざるが如し。之を思い又た之を思い、以て思う無きに至るは、囟《ひよめき》の頂《いただき》に在るが如し。蓋し造形の極まるや、数量を以て情《こころ》に識り得べからず。孔子 晩に乃ち悟りて曰く「天下 何をか思い何をか慮らん」と。秋冬の水の縮まりて、廓然として其の涯涘を見るが如し[37]。

『老子』言う「学を為すは日に益し、道を為すは日に損す」と。使《も》し其れ未だ嘗て学ばずんば、何の損する所ぞ。川の増すが如きは、学なり。水落ちて石出づるは、損なり。然らば未だ粥飯の僧と此を論ずること易からざるなり[38]。

『老子』の件の二句の意味するところについて、仏教文献には異なった解釈が見られる。主に二種類の見方があって、ひとつは「日益」の学を仏教徒が退けるべき「知見」と見なすものである。例えば、唐の釈元康『肇論疏』巻下に「学を為すは日に益すとは、知見を漸益するを謂い、道を為すは日に損すとは、学華を漸損するを謂うなり」、宋の釈延寿『宗鏡録』巻四二に「道を為すは日に損し、学を為すは日に益すと云うが如きは、損とは情欲に損し、益とは知見に益するなり」とあるように。

もうひとつは、「日益」の学を「日損」の道と相互に補い合うと見なすものである。例えば、唐の釈道宣編『広弘明集』巻二九の釈真観『夢賦』に「夫の学を為すは日に益し、道を為すは日に損するが若きは、之を損すれば則ち道業は逾よ高く、之を益すれば則ち学功は逾よ遠し」、唐の釈宗密『円覚経略疏鈔』巻二に「『老子経』に学を為すは日に益し、道を為すは日に損すと云う。今 彼の語に借るに、意は日損を以て断惑と為し、日益を成智と為し、日損を断悪と為し、日益を修善と為す。皆な是れ損を離過〔過ちを避ける〕と為し、益を成徳と為す」とあるように。恵洪は、明らかに後者の解釈を受け継ぎ、読書学問と参禅求道とは互いに補い、「文字」と「禅」とは互いに資する関係にあると考えた。彼は道を学ぶことが詩文を作ることに役立つと強調している。

余 幼孤にして読書の楽しみ為《た》るを知るも其の要を得ず。落筆するも嘗《つね》に人の其の肘を掣するが如く、又た瘖者の語らんと欲して意窒《ふさ》がり、舌大にして濃《あつ》きが如し。笑う者 数数然たり。年十六七にして、洞山雲庵に従いて出世の法を学び、忽ち自ら信じて疑わず。生書〔未読の書物〕七千を誦し、筆を下すこと千言、跬歩 待つべし〔たちまちのうちに詩文を完成させられる〕。嗚呼、道を学ぶことの人を益する、未だ其の死生の際を論ぜざるも、其の文字語言を益すること此くの如くして、益す自ら信ずべし[39]。

この種の認識に基づいて、彼は欧陽脩の文章の「其の病は理の通ぜざるに在る」を批判し、蘇軾の文章の「其の理の通ずるを以ての故に其の文 煥然たる」を称賛した。その理由は、蘇軾の言葉・文字が「般若中従《よ》り来たり」、仏理に支えられたものであったからにほかならない[40]。

一方で恵洪は次のように信じてもいた。詩文を読むことは知識を増すことに役立ち、文章創作の世界に遊ぶことは参禅を損なわない。したがって、「高きに臨み遠く眺め、未だ情を忘れざるの語」もまた「文字禅」と見なせるし、学者の考究の対象となりうるのだ、と。

予 人間に幻夢し、筆硯に游戯し、高きに登り遠きを眺め、時時に未だ情を忘れざるの語を為す。踵を旋《めぐ》らし羞悔して汗下る。又た自ら覚《さと》りて曰く、譬うれば候虫・時鳥の自ら鳴き自ら已むが如し。誰か復た収録せんや。宝山の言上人 乃ち編みて帙を為し、之を読みて大いに驚き、復た其の訛正を料理せざるは、多言の戒と為すべし。然れども言〔言上人〕の学を好むを佳《よみ》す。鄙語の予《われ》の如き者と雖も、亦た之を収む。世に予に数十等を加うるの人有り、其の語言文字の妙、能く録蔵して以て其の智識を増益すること、又た知るべし。夫《そ》れ水 岷山に発し、其の濫觴の楚国に至れば、則ち万物 満つるに至るは、則ち之を合する者衆《おお》ければなり。善く学ぶ者は、其れ能く此に外《ほか》ならんや。言公 其れ之に勉めよ。

予 始めより詩文に工《たくみ》なるに意有るに非ざるも、夙習 洗濯し去らず、高きに臨み遠きを望みて、未だ能く情を忘れず、時時に戯れに語言を為し、作るに随いて毀つに随い〔作るそばから棄て〕、好事者の皆な能く之を録するを知らず。南州の琦上人の処にて巨編を見、之を読みて面熱し汗下る。然れども琦の学を好むを佳《よみ》す。語言の陋なること僕の如き者と雖も、亦た肯《あえ》て遺《わす》れず、況や詩に工《たくみ》なる者をや。(41)

恵洪は終始「博観して約取する」原則を持ち続け、言語表現に禁区を設けなかった。彼にとっては、「日益」と「日損」とは求道のふたつの段階であり、知識を増進することは求道にとって欠くことのできぬプロセスであった。「益」の基礎のうえにこそ「損」の可能性が生ずる。そうでなければ、学識は増進しない。もともと茫然として無知であるところに、いったいどこから「損」の本《もと》がやってくるというのか。

とはいうものの、「無事禅」「無言禅」の影響下にあっては、「学者 方《まさ》に蒙然無知にして、反《かえ》って之を誡めて曰く、安くんぞ多知を用いん、と。但だ飽食黙坐するは、甚要〔至要〕の若しと雖も、然れども亦た愚俗を去ること何ぞ遠からんや」というのが実情であった。これこそ、恵洪が最も心を痛めた「叢林法道の壊」の根源である。(42) もとはと言えば『老子』の原文では「道を為すは日に損す」の後に「之を損して又た損し、以て無為に至る」という句がある。禅学の主流もまた「之を損して又た損する」ことを主張した。(43) しかし、もともと「蒙然無知」な学者にとっては「日益」の方が「日損」よりも明らかに対症療法としての効果は高い。そのため、恵洪の唱えた「日益」の「学」は、禅宗においてある程度許され認められていた祖師の語録や高僧の伝記だけではなく、禅宗ではどちらかと言えば排斥されていた仏教の経論や知見解会、ひいては禅宗では極端に軽蔑されていた「未だ情を忘れざるの語」をも含んでいたのである。そして、この種の考え方が禅林文学の発展にとって積極的な作用を果たしたこと、疑いはない。

三　恵洪文字禅の具体的な実践

恵洪はその生涯で大量の「文字」を書き記した。筆者の統計によると、各種の別集・僧伝・書目・方志など、その著作は以下にあげる二十五種に及ぶ。

1 『石門文字禅』三十巻
2 『林間録』二巻
3 『冷斎夜話』十巻
4 『天廚禁臠』三巻
5 『禅林僧宝伝』三十巻
6 『智証伝』十巻
7 『臨済宗旨』一巻
8 『雲巖宝鏡三昧』一巻
9 『楞厳尊頂義』十巻
10 『法華経合論』七巻
11 『筠渓集』十巻

12　『甘露集』（『石門文字禅』のことか）三十巻
13　『物外集』三巻
14　『僧史』十二巻
15　『高僧伝』（『僧史』のことか）十二巻
16　『五宗綱要旨訣』（『五宗録』『五宗語要』）一巻
17　『注華厳十明論』一巻
18　『円覚経皆証論』（『円覚皆証義』）二巻
19　『金剛法源論』一巻
20　『起信論解義』二巻
21　『志林』十巻
22　『語録偈頌』一巻
23　『恵杲禅師語録』一巻
24　『証道歌』一巻
25　『易注』三巻

重複するものを除いて、各種の著作は二十三種百五十二巻、うち前の十種、合わせて百四巻は今に伝わる。その範囲は、仏教の経論注疏、僧史僧伝、語録偈頌、禅宗綱要、更には世俗的な詩文辞賦、筆記雑録、詩話詩格、経書注解に及ぶ。内典と外典の各種「文字」に広く及んでおり、その分量の多さ、種類の多様さ、宋代の僧にあっては他に類を見ない。

恵洪の著述は彼の「文字禅」理論の自覚的実践であり、そのめざすところには前述の各種観念が明確にあらわれている。例えば、『楞厳尊頂法論』『法華経合論』の撰述は、「教に藉《か》りて宗を悟る」の精神に主体的に従ったものである。彼は『楞厳尊頂法論』後叙で次のように述べている。

我此の論を釈して、能く中に於いて自心を発明し、仏意に契会する有るは、世世法を以て親と為し、本願の力を同じくし、衆生を共済し、化して成仏せしめんことを願うなり。[44]

彼の従弟彭以明はこの論を重刻した際の跋語で「此の経注論を観るに、専ら自心を了知するを以て入道の門とし、成仏の要決〔要訣〕、以て宗趣の立を定む。性相い洞該し、頓漸悉く証さる」と指摘している。[45] 恵洪が経論に注を加えた目的は、宗教を総合することを出発点として、仏経の解釈を通して「自心を発明し」、最終的には禅者に「自心を了知す」「化して成仏せしむ」の道筋を提供する点にあることがわかる。これは禅学の精神と一致するものと言うべきである。

『林間録』は恵洪が各地を遍歴したときの見聞の記録であり、中身は「尊宿の高行、叢林の遺訓、諸仏菩薩の微旨、賢士大夫の餘論」を含んでいる。[46]『林間録』に記される三百あまりの条のうち、最も長いのは白居易の「済上人に与うる書」および恵洪が済上人に代わって書いた「楽天に答うる書」である。篇幅の最も長いものが最も重要であるとは言えないが、しかし恵洪が代作した答書は尋常のものではない。『林間録』の客観的な記述のなかに位置づけて見るとき、この書簡の主観的な言葉は突出している。特に次の言葉は注目に値する。

王公大人の天下の士を閲するに、必ずしも龍章玉山〔容姿の麗しさ〕には非ず、其れ必ず先《ま》ず言語を以てす。言語なる者は、徳行の候《きざし》なり。故に曰く「有徳者は必ず言有り」、又た曰く「其の由る所を観、其の安んずる所を察すれば、人焉《いずく》んぞ廋《かく》れんや」と。古の聖人と雖も、能く此に外《ほか》なること莫し。則ち法を知る者は人の根の

大小を観る。又た豈に他の術有らんや。(47)

『林間録』に禅師の「道を得ることの浅深の候《きざし》」に関する記述が多いことを見れば、右の一節は本書全体の趣旨を述べたものと見なせよう。言い換えると、『林間録』は「有徳者 必ず言有り」という理念のもとに書かれた著作なのである。

『臨済宗旨』の撰述については、その目的は臨済宗禅学の「道の標識」を樹立し、「法を以て人に恵む」ことにあった。『五宗綱要旨訣』の編纂は、「諸家 示す所の語」を明らかにし、禅者の無明の「翳《えい》」を取り除くためであった。(48)『禅林僧宝伝』『僧史』撰述の目的は、祖師の「前言往行」の「典刑」を標榜するためであった。『智証伝』は、意図的に禅門にいわゆる「切に説破を忌む」(49)の禁区を突き破り、禅宗の奥深い宗旨を徹底的に明らかにし、時には史書を引いて仏理を証し立て、時には経論を引いて禅語を裏づけ、儒仏を総合し、宗旨を調整し、五家を折衷した。『冷斎夜話』は、仏理禅語によって「未だ情を忘れざるの語」を論じ、また詩律句法によって仏語禅理を証し立てた。例えば、「換骨法」「奪胎法」「妙観逸想」「挙因知果」「句中眼」など、禅を借りて詩を説き、詩を借りて禅を説いた。(50)そこには士大夫や禅僧の詩詞偈頌が熱心に論じられており、詩と禅との融合がはっきりと示されている。『天厨禁臠』にはさまざまな流派の詩法詩格が網羅され、その目的は詩を学ぶ者に「兼《あまね》く諸家の長ずる所に法《のっと》る」(51)ことができるようにするためであり、「学を為すは日に益す」「博観して約取し、厚積して薄施す」という態度からなるものである。『石門文字禅』に至っては、更に明確に「語言文字の妙」に対する追求、「其の智識を増益する」ことへの肯定の姿勢があらわれている。

恵洪自身、疑いなく「文字禅」理論の最大の受益者であった。読書学問と参禅求道との相補的な関係、文学の才能と仏禅の智慧との融合、これが彼の著述の最大の特徴である。禅に参じ仏道を学ぶ士大夫の友人たちはこれを褒め称えた。例えば、侯延慶は『禅林僧宝伝』引において、恵洪の「才」「学」「識」を高く称えて次のように述べている。

余 其の書を索《もと》めて之を観るに、其の識遠く、其の学詣《いた》り、其の言 恢にして正しく、其の事 簡にして完《まった》く、其の辞 精微にして華暢、其の旨 広大にして空寂、窅然として深く、其の才は則ち宗門の遷固〔司馬遷・班固〕なり。(52)

許顗は『智証伝』後序において、恵洪の学識と道業の卓越を称えて次のように述べる。

頃《さきご》ろ辛丑の歳、余《われ》 長沙に在り、覚範と相い従うこと年を彌《わた》る。其の人品問学、道業知識、皆な超妙卓絶にして、人を過ぐること遠きこと甚し。喜びて賢士大夫文人と游び、口を言う所に横《ほしいまま》にし、心を念ずる所に横にし、風駛せ雲騰《あが》り、泉涌き河決すというも、其の快を喩うるに足らず。……今 此の書の復《ま》た歿後に出でて、窃《ひそ》かに此の意を度《はか》るに、蓋し慈心仁勇、後生の知る無く、邪説の道を害するを憫みて、昔人の切に忌む所を犯し、詳《つまび》らかに之を言う者なり。寧《なん》ぞ我をして罪を先達に得、謗を後来に獲しめんや。必ず汝曹《なんじら》をして之を聞き、仏法の中にては鴿を救い虎を飼うに等しく、世法の中にては程嬰・公孫杵臼・貫高・田光の心を用いるがごとからしめん。(53)

彭以明は『重開尊頂法論』跋語において、恵洪の「本際の内に融《とお》る〔本際内融〕」、すなわち外在の「詞」と内在の「理」との深い融合に着目して次のように述べる。

嘗て此の経注論を観るに、専ら自心を了知するを以て入道の門とし、成仏の要決、以て宗趣の立を定む。性相い洞該し、頓漸 悉く証さる。詞約にして達し、理尽きて明かにして、徒に虚文を騁《ほしいまま》にするに非ず。精研窮探して、前輩の未だ到らざる所に造《いた》り、其れ本際の内に融るを要め、力《つと》めて弘法を以て己の任と為す。故に道を見ることの審かなること、率《おおむ》ね肺肝の中自《よ》り流出し、往くとして通ぜざるは無し。(54)

謝逸は『林間録』の序において、より明確に次のように述べる。

昔 楽広は清言を善くするも筆に長ぜず、潘岳に請いて表を為さしめんとして、先《ま》ず二百語を作りて以て己の志を述ぶ。岳 取りて之を次比し〔表現を整え〕、便ち名筆と成る。時人 或いは云う、「若し広 岳の筆に仮らず、岳 広の旨に仮らざれば、以て斯の美を成す無し」と。今 覚範 口の談ずる所、筆の録する所、兼ねて二子の美有るは何ぞや。大抵 文士の妙思有る者は、未だ必ずしも美才有らず、美才有る者は未だ必ずしも妙思有らず。惟れ体道の士、見《けん》亡じ執謝《さ》り、定乱 両つながら融《とお》り、心は明鏡の如く、物に遇いては便ち了《さと》る。故に口を縦《ほしいまま》にして談じ、筆に信《まか》せて書し、適《ゆ》くとして真ならざるは無し。然らば則ち覚範の二子の美を兼ぬる所以の者は、体道にして然るに非ざるを得んや。余 是を以て士の道を知らざるべからざるを知るなり[55]。

この一節は、恵洪の著述における「美才」と「妙思」との結合という美点を明らかにしているだけでなく、彼の文学と禅道とを融合させようとする思いといわゆる「道を学ぶことの人を益する」「其の語言文字に益すること此くの如し」という考え方とが完全に一致していることを深く理解したものである。南宋の胡仔は恵洪を批判して「但だ其の才性 嶷爽にして、言語文字の間に見《あら》わる。禅門の本分の事に于《お》けるが若きは、則ち之無きなり[56]」と述べるが、言葉・文字と禅門の本分とを切り離してしまっており、明らかにこれは実態を顧みない偏見と言うべきである。

四　恵洪文字禅形成の要因

恵洪が宋代の文字禅を代表する人物となりえたのは、彼の生涯の特異な閲歴と関わっている。なかでも以下に述べる四つの要素が決定的に作用した。

第一に、恵洪は青少年期に儒家の経史子集および仏教の経論禅旨など多方面の教育を受け、博学多才であり、広い視野を持っていた。宋代の江西は神童を多く輩出した地域であり、晏殊が童子科から出仕し宰相に至ってからというもの、人々は神童の教育に熱をあげた。恵洪は幼い頃よりかかる気風のなかで儒家の経典を学んだ。「蔡儒効〔康国〕に贈る」詩によると「君の髪は眉に斉しく我は総角、竹居の読書 日課に供す。君 盤庚を誦すること瓶に注ぐが如く、我 孝経を読むこと磨《うす》を転ずるが如し。……十三 環坐して同《とも》に詩を賦し、語を出して已に能く怯懦を驚かす」(57)。ふたりの子ども〔恵洪と蔡康国〕は儒家の経典に習熟し、詩を作っては人を驚かせる言葉を発したのだという。

恵洪が十四歳のとき、父母ともに没した。出家後は、吟詠を好む艶禅師のもとで僧童となった。艶禅師は吟詠を好み、彼が朗誦する「伽葉波偈」は少年の恵洪に深い印象をのこしただけではなく、「深く縁起無生の境に入る」動因ともなった(58)。また、彼が渓流で溺れそうになったときに作った自嘲の詩、布施を求めて壁に題した詩は、いずれも恵洪の翰墨の遊戯にとって手本となった(59)。艶禅師の門下にあって、恵洪は十五歳にしてすでに人を圧する豪気を備え、詩句を求めるため「食を廃し眠りを忘」れた(60)。また「日に数千言を記し、群書を覧て殆ど尽くす」ほどであったという(61)。

恵洪は十九歳のとき、都に出て仏経の試験を受けて得度し、宣秘大師深公に師事して『唯識論』を研究した。深公は義学の律師であり、その門下で恵洪は仏教経論を解釈するための厳格な訓練を受け、『唯識論』の理解は「其の奥に臻《いた》る」ものであり、「声を講肆に有する〔講経の場において名声を有する〕」ほどであった(62)。当時、都にあった彼は更にいっそう「子史を博観」し、また「詩を以て京華の縉紳の間に鳴」らしたという(63)。二十三歳からは廬山の帰宗寺や石門の宝峰院にて真浄克文禅師に師事、禅理を研究し、法眼文益・明教契嵩・黄檗希運・汾陽善昭・玄沙師備・大愚守芝・風穴延昭など高僧の著述・語録を読み、その思想を会得した。同時に、克文の門下では文学的な雰囲気の薫陶を受け、知らず知らずのうちに「教に藉《か》りて宗を悟る」の考え方、そして「無事禅」を排斥する傾向に染まっていったのである。

第二に、恵洪は多年にわたって各地を遍歴した。訪れた地は湘・贛・江・浙・淮・皖に及ぶ。臨済宗黄龍派の禅師との交流が密接であったほか、臨済宗楊岐派・雲門宗・曹洞宗の諸家道友とも往来した。これによって深く禅宗五家の宗旨に通じ、博観して約取、融通して折衷することが可能となったのである。

彼が最も密接に交わった禅師には、黄龍派の晦堂祖心門下の霊源惟清、東林常総の法孫花光仲仁・真隠善権、雲蓋守智門下の白鹿法太、楊岐派の円悟克勤門下の大慧宗杲、龍門清遠門下の竹庵士珪、更には雲門宗の善本門下の妙湛思慧、守一門下の空印元軾、曹洞宗の芙蓉道楷門下の枯木法成およびその弟子の龍王法雲であった。うち、善権・法太・士珪らは当時の著名な詩僧であり、惟清・宗杲・思慧・法成らは禅門の宗師であった。彼らとの交遊は、詩藝を磨いただけでなく、禅宗各家の宗旨についての理解も深めた。そのため恵洪の著述には、自らが属する宗派の綱要を説いた『臨済宗旨』のほか、曹洞宗を解説した『雲巖宝鏡三昧』があり、雲門宗については『禅林僧宝伝』で特に雲門文偃のために伝を書いているだけでなく、記序題跋のなかでも幾度となくその宗旨を宣揚している。

第三に、恵洪は士大夫との交遊を好んだ。上は宰執大臣、下は羈臣逐客に至るまで、詩文を応酬し、談論を交わした。そのため、士大夫の「文は以て道を載す」という儒家的な観念を深く理解し、儒仏を総合した士大夫の参禅の思考方法についても熟知することとなった。

恵洪は平生、蘇軾・黄庭堅の詩文を最も愛し、交わったのも多くは元祐党人と江西派の詩人であった。『江西宗派図』に名を挙げられ、恵洪と唱和したことのある詩人は、黄庭堅・徐俯・韓駒・李彭・謝逸・謝薖・汪革・饒節・善権・祖可・洪芻・洪炎・夏倪・林敏功ら十四名。蘇軾門下では、秦観・李之儀・李廌・銭世雄・蘇堅・蘇庠・呉可ら。曾布の子や甥の同党では曾紆・呉則礼・高茂華・王銍・陳瓘・鄒浩・朱彦ら。ほかに張商英の同党では、范坦・許幾・

何昌言・彭几らであった。

彼ら士大夫は胸中に万巻の書を有し、学識豊かであり、その参禅の仕方も多くは経論の研究のために仏理を探求し、「学を為すは日に益す」から「道を為すは日に損す」へと向かうものであり、当時の無知蒙昧な「無言禅」、飽食して勤めない「無事禅」とは大きく趣を異にしていた。恵洪は、士大夫の言論から少なからぬ啓発を得た。「語言は道を得ることの浅深の候《きざし》なり」と強調し、「放なること狂に似、静なること懶に似、学者 未だ其の真を得ずして、先に其の似るを得」ることを批判しているが、これらはいずれも蘇軾の言論のなかに類似したものを見出すことができる[64]。士大夫の視点から禅門の弊害を反省すること、これが恵洪の「文字禅」理論における重要な要素である。

第四に、恵洪は生涯にわたって不運続きであった。二度、禅門の排斥を受け、四度、獄につながれた。遠く流刑処分を受け、人生経験は豊富であった。彼が打撃を受けた期間は、しばしば著述に専念した期間でもあった。蘇軾は杜甫の詩的達成を評価して「詩人 例として窮苦す、天意 遣《や》りて奔逃せしむ[65]」と述べ、落魄の不幸な人生は詩人が偉大なる作品を生み出すための「天意」であると見なした。恵洪もまた、困難のなかこの種の考え方を受け入れていった。

政和二年（一一一二）、海南島に流された恵洪は、瓊州の開元寺の壊れた龕室のなかから『楞厳経』一冊を発見すると、感嘆して「天 余《わ》が経を論ずるの志を成さしめんと欲するか。罪戻を以て荒服に投棄せらるるに非ざるよりは、渠《なん》ぞ能く心緒を整え、深談を研《きわ》めて之を思わんや」と言った[66]。もし、地の果てに流されることを経験しなかったならば、深く心のなかを見つめ直すこともできなかっただろう。海南島に流されて『楞厳経』を得られたのは、天の配慮であったのだ。このことに気づくと、恵洪はただちに仏典に注釈を施そうと志したのである。

儒家の「発憤著書」の伝統もまた恵洪の創作の衝動を呼び起こした。海南島から故郷に帰って後、筠渓の石門寺で夏安居《げあんご》を過ごした際に、越王句践と伍子胥の雪辱・復讐の故事や、自らが三界を流転し五陰の恥に縛られていることに思い至ると、『華厳十明論』の注釈を決意した(67)。実際には、恵洪は政和元年に僧籍を剝奪されており、身分は俗人であった。しかし、この後十年あまり、「巾を冠りて法を説き(68)」、経論を研究すること、孜々として倦むことはなかった。太原の獄から帰ると、恵洪は筠州にあって相次いで『釈華厳十明論』『尊頂法論』『僧史』を完成させ、南昌の獄を脱してからは『禅林僧宝伝』『冷斎夜話』『智証伝』『法華経合論』などを著した。

以上のような経歴によって恵洪は、禅宗一家の狭い見識を打ち破った。その結果、宋代の文化的資源を見渡しうるような立場から、儒・釈・道の思想を総合し、内外典の精義を吸収し、詩と禅の境界を突破し、禅と教との壁を取り払い、宋代以後の禅宗文学の発展に大きく貢献したのである。

五　恵洪文字禅の中国禅林および日本五山文学への影響

恵洪在世時より、その詩文や他の著述は禅僧たちから珍重された。『石門文字禅』巻二六所収の題跋を例にとるならば、仏鑑・誼叟・珣上人・宗上人・円上人・淳上人・其上人・范上人・端上人・隆上人・休上人・英大師ら十餘名の僧が恵洪の『禅林僧宝伝』を筆写・収蔵し、また恵英・仏鑑・弼上人・言上人・幻住庵主・琦上人・隆上人・珠上人らが『石門文字禅』あるいは他の詩文を筆写・収蔵していたことがわかる。恵洪に詩や文を求めた禅僧に至っては枚挙に暇ない。韓駒によれば「往年、余 分寧〔江西省修水県〕に宰たりしとき、覚範 高安〔江西省高安県〕従《よ》り来たり。之を雲巖寺に館《やど》らしむるに、寺僧三百、各《おのおの》の一幅の紙を持ちて詩を覚範に求む。覚範 斯須にして立《たちどころ》に就《な》す」であったという(69)。これだけでも、彼の詩文が当時の禅僧に歓迎されていた様子がわかる。

恵洪自身、宋代の「詩僧」あるいは「文章僧」の典型と見なされていた。例えば、詩友の王庭硅「洪覚範画賛」は

「公を謂いて仏と為さば、乃ち文章に工《たくみ》なり。公を謂いて儒と為さば、乃ち是れ和尚なり[70]」と述べ、兄弟子の法雲杲禅師は「若《も》し是れ花を攢《あつ》め錦を簇《あつ》め、四六の文章、閑言長語をなさば、須く是れ我が洪兄にして始めて得べし[71]」と認め、釈正受は「少年より俊異にして、儒生自《よ》り祝髪し、文字 人口に膾炙すれば、世 遂に以て詩僧と為す[72]」と称賛し、釈道融は曇橘洲を称えるなか「学問 該博にして、名を天下に擅《ほしいまま》にするは、本朝は覚範自《よ》り後、独り此の人を推すのみ[73]」と述べ、李邴は釈慶老を祭る文に「今の洪覚範、古の湯慧休[74]」と称え、釈円悟は恵洪と詩僧有規・士珪を並べて「古に規草堂有り、近く珪竹庵有りて、更に個の洪覚範有り、今に至るも士大夫只だ喚《よ》びて文章僧と為す[75]」と述べ、元の欧陽詹「蒲庵集序」は「唐由り宋に至りて、大覚璉公・明教嵩公・覚範洪公、宏詞妙論にして、人 尽く嘆服す[76]」と称え、張之翰「跋林野叟詩続稿」も「詩僧 唐宋より盛んなるは莫きも、唐宋も纔《わず》かに百餘人にして、其の伝世の大家数を求むるに、皎然・霊澈・貫休・斉己・恵崇・参寥・洪覚範の如きに過ぎず[77]」と述べている。批判するにせよ称賛するにせよ、後世の禅林あるいは士林において皆な恵洪の文学面での傑出した才能を認めている。

同時に、恵洪の著述は文字禅の観念を伝えるものとして、宋・元・明・清の禅林に行われ、東方の日本にも伝わった。『禅林僧宝伝』『石門文字禅』『冷斎夜話』『天廚禁臠』などは皆な五山版が刊行されており、そのことをはっきりと示している。

恵洪以前、禅門の主な著作形式は語録と灯録であった。僧文瑩『湘山野録』のような筆記が存在したとはいえ、そこに記されている宗旨は禅宗とは無関係であった。恵洪の『林間録』こそが禅林での筆記創作の伝統を切りひらいたのであり、後の宗杲『宗門武庫』、暁瑩『羅湖野録』『雲臥紀談』、道融『叢林盛事』、曇秀『人天宝鑑』、円悟『枯崖漫録』、明本『東語西話』、無慍『山庵雑録』、袾宏『竹窓随筆』、元賢『寱言』、更には日本僧玄光『独庵独語』など、その体例に学ばないものはなかった[78]。これら禅林筆記に共通する精神は、恵洪の唱えた「君子 多く前言往行を識り以て大いに其の徳を蓄う」であった。暁瑩『羅湖野録』の序は次のように述べる。

> 愚 游に倦むを以て、帰りて羅湖の上に憩い、杜門却掃し、世と接せず。因りて疇昔 叢林に出処し、其の聞見する所の前言往行を追繹するに、多からずと為さず。或いは尊宿の提唱、朋友の談説に得、或いは断碑残碣、蠹簡陳編に得たり。歳月 浸久せり。其の湮墜するを慮り、故に復た料揀銓次せず〔順序を考慮せず〕、但だ得る所の先後を以て会粋して編を成し、命《な》づけて「羅湖野録」と曰《い》う。然れども世殊なり事異なりて、正に恐る 伝聞の謬舛、適《まさ》に先徳を滓穢し、誚を後来に貽《のこ》すに足るを。姑《しばら》く私《ひそ》かに諸《これ》を蔵し、以て審訂を俟つ。脱《も》し博達の士、董狐の筆を操り、僧宝の史を著わす有らば、取りて罅漏を補苴する〔不備を補う〕に、益無しとは為さず。(79)

無著妙総は『羅湖野録』を称えて「載する所は皆な命世宗師と賢士大夫の言行の粋美、機鋒の酬酢〔応酬〕なり」と述べ、暁瑩を称えては「娓娓として前言往行を談」じ、それらが「道を為し学を為すの要」であることをよく理解していると述べた。(80) 宗演もまた『叢林盛事』を称賛するに際して、同様に「娓娓として前言往行を談ず」「皆な命世宗師と賢士大夫との酬酢更唱の語」といった類の言葉を使っている。(81) 清溶は『山庵雑録』のために書いた題跋で「此の編は乃ち古人の前言往行を挙げて、以て学者の見聞を広む」と述べている。(82) この「前言往行」というキーワードは、恵洪が儒家の経典から取り出してきたことによって、はじめて禅林に広く行われるようになったと言っても過言ではない。

『禅林僧宝伝』の画期的な独創性については言うまでもないだろう。恵洪以前、僧伝はすべて法師や律師の手で書かれた。例えば『高僧伝』『続高僧伝』『宋高僧伝』は十科〔十の分野〕からなるが、「習禅」は十のうち一つを占めるに過ぎない。『禅林僧宝伝』は初めて禅師の手で書かれたものであり、また専ら禅師の伝を記した書物である。加えて、『禅林僧宝伝』はこれに先立つ『景徳伝灯録』『天聖広灯録』『建中靖国続灯録』などとは体例をまったく異にしている。灯録の体は言葉を記録するのに詳しいが、『禅林僧宝伝』は行動についても合わせて記録している。そのため、『禅林僧宝伝』と『五灯会元』とは「同《とも》に梵林の亀鑑と為す」と言う人もあるが、(83)しかし、前者が新たな史料を編集して成ったものであるのに対して、後者は旧来の灯録を編集し直したものであり、その独創性は同日に語ることはできない。

『禅林僧宝伝』は新たな僧伝のスタイルとして禅門の読者・作者から歓迎され、朗読・伝写・収蔵・刊刻する者は絶えなかったし、その後を継ぐものが多く現れた。例えば、慶老『補禅林僧宝伝』、祖琇『僧宝正続伝』、自融『南宋元明禅林僧宝伝』など、皆なその体例に倣って禅門の「典刑」を保存することを目指した書物である。明の釈明河が『高僧伝』の伝統的な十科の序列を継承して作った『補続高僧伝』に至っては、「例を寂音〈恵洪〉の僧宝を伝するに取り、系《か》くるに論賛を以てす」と述べている。(84)なお附言すると、「系くるに論賛を以てす」るのは司馬遷・班固以来の儒家の史伝の伝統であり、恵洪は初めて意識的にこの形式を『禅林僧宝伝』へと移植した。「史伝に依倣し、各賛辞を為す」と述べるように。(85)まさにこの意味において、侯延慶は恵洪について「其の才は則ち宗門の遷固なり」と述べたのであり、(86)この種の見立ては後人に広く認められていたのである。

『石門文字禅』は禅僧による「筆硯を以て仏事と為す」の典型であり、その文学と禅学の結合という考え方は、非常に深い影響力を持った。南宋以来、『石門文字禅』は繰り返し刊刻され、遅くとも明代初期には日本へと伝わっていた。惟肖得巌（一三六〇―一四三七）は「平沙落雁図叙」で「瀟湘八景図の若きは、『湘山野録』を按ずるに宋の復古氏〈宋迪〉より出づと云う。然れども坡集〈東坡集〉惟だ復古の瀟湘晩景を称するのみにて、其の八に件《わか》ち繫けざるは、怪しむべきなり。寂音の『石門集』に及びて、八篇具《そな》わり、之を無声の句と称す。妙絶なること想見すべし」と述べている。(87)当時、すでに五山版の『石門文字禅』が行われていたことが窺われよう。

明末、達観真可は『径山蔵』所収の『石門文字禅』のために序を書き、「文字」と「禅」とがもとより一つであることを重ねて解き明かしている。

夫《そ》れ晋宋斉梁自《よ》り道を学ぶ者、争いて金屑を以て眼を翳《おお》う。初祖 東来して、病に応じて剤を投ずるに、直《た》だ人心を指して、文字を立てず。後の虚を承け響に接し、薬忌を識《し》らざる者は、遂に一切〔一律〕に其の垣を峻《たか》くし、文字を禅の外に築く。是由り疆を分かち界を列し、虚空を剖判し、禅を学ぶ者は精義に務めず、文字を学ぶ者は了心に務めず。夫れ義 精ならざれば則ち心了するも光大ならず、義に精なるも心を了せざれば、則ち文字終《つい》に神に入らず。……蓋し禅は春の如く、文字は則ち花なり。春は花に在りて、花を全うするは是れ春、花は春に在りて、春を全うするは是れ花なり。而して曰《い》う、禅と文字とは二有らんや、と。故に徳山・臨済の棒喝交《こもご》も馳《は》するは、未だ嘗て文字に非ずんばあらず。清涼・天台の経を疏し論を造《な》すは、未だ嘗て禅に非ずんばあらず。而して曰う、禅と文字と二有らんや、と。(88)

『径山蔵』所収本が日本に伝わると、江戸時代の僧廓門貫徹がそれに注を附した。その友人の卍山道白、無著道忠が序を書いて、恵洪・真可の説を称えて「禅は文字に非ざるも、文字は禅を顕らかにすれば、則ち文字は乃ち心を了す。文字禅は乃ち精義の禅なり。禅は即ち文字、文字は即ち禅、善を尽くし、美を尽くすなり」「不立文字、是れ禅と為すなり。奇怪なり甘露の滅〔寂滅の境〕、文字を以て禅と為す。是れ回互《えご》〔相互にかみ合う〕に非ざるも、所謂る不立文字の意は全し」と述べている。一方で『石門文字禅』について「学問該博の吐演する所」「経史に資取〔依拠〕し、禅教に出入す」といった博学の傾向を誉め、廓門の注が恵洪の知音とも言うべき成果であることを称えて「亦た千歳の子雲〔揚雄〕にして、後世の覚範」あるいは「異土の伯牙〔琴の名手〕、異代の子期〔鍾子期、琴の理解者〕」と述べている。(89)『石門文字禅』は、無著道忠らが当時の視野の狭い宗師の提唱する「胸襟の禅」に対して反対するのに大きな助けとなったと言っていいだろう。

注目すべきは、南宋に盛行する臨済宗楊岐派の宗師が恵洪の「文字禅」を推奨していたことである。円悟克勤は恵洪の『尊頂法論』を見て「筆端に大弁才を具え、及ぶべからずと以為《おも》う」と述べ[90]、その書が「真人の天眼目」であると感嘆した[91]。大慧宗杲はかつて恵洪に対して「尊ぶに師礼を以てし」、また「毎に其の妙悟弁慧を歓び」、その画像に賛を附した[92]。まさに暁瑩が述べたように、恵洪は「文華才弁を以て其の道を掩う」ものであり、禅林のほとんどはその悟りの経歴を知らなかった。宗杲の宣揚がなければ「後に信を取る」ことはむずかしかったであろう[93]。事実、暁瑩と妙総はともに宗杲の弟子であり、宗杲は恵洪の兄弟子の湛堂文準の弟子、つまり恵洪の法侄であった。真浄克文の家風は、文准と恵洪を通して大慧の禅の血脈に流れこんでいる。「老成する無しと雖も、尚お典刑有り」という考え方も、恵洪が宗杲のために書いた「洪州大寧寛和尚語録序」において明確に表明されたものであった。宗杲編の『正法眼蔵』、その弟子が編んだ『大慧普覚禅師宗門武庫』は、いずれも直接的あるいは間接的に恵洪の著述の考え方を受け継いでいると言える。曇秀「人天宝鑑序」は「大慧の『正法眼蔵』の類に擬せん[94]」としたというが、その著述スタイルは実際には『林間録』の方により近いものとなっている。

恵洪の禅学上の見解には欠点があるために批判を受け、その才を恃む人となり、大げさな作風もまた盛んに批判されたが、しかし彼が提唱した「文字禅」の観念は宋代の禅学の大きな流れにうまく乗った。宋代の禅学は、臨済宗の盛行と不可分である。およそ南宋の禅僧が世に問うた著作の多くは、自覚するとせぬとにかかわらず、恵洪の論理を祖述するかたちで言語・文字が仏学・禅理を解き明かすのに不可欠であることを説いている。以下、幾つかの例をあげてみよう。

臣僧蘊聞　窃《ひそ》かに以《おも》えらく　仏祖の道、文字語言の及ぶ所に非ずと雖も、発揚流布するは、必ず仮る所有りて後に明らかなり、と。譬うれば手を以て月を指すに、手と月と初めより相い干せず、然れども手の指す所を知れば、則ち月の在る所を知るが如し。是を以て一大蔵教、世の標準と為り、今に至るも之に頼る。(95)

達磨 西より来たりて、大根〔大乗の気根〕を純接す〔手厚く教え導く〕。僧群学ばずして、例《み》な言う、文字を立てずと。愚かにして自ら量らず、餒《う》うるに甘んじて斃るるは、是れ真に憫れむべし。三世の如来は学に始まり、無学に終わる。果たして学ばずして至る者有るは、亦た鮮《すくな》きかな。『法華』曰く、其れ習学せざる者は、能く暁了せず、と。此 豈に徒《いたずら》に言わんや。(96)

鐘鼓 楽の本に非ざるも、器は去るべからず。論議は道の本に非ざるも、言は亡《うしな》うべからず。苟も器を存して本を忘るるは、楽の遁《かく》るる所以なり。言を立てて本を忘るるは、道の喪《ほろ》ぶ所以なり。然れども器を去れば以て九韶の楽を聞く無く、言亡わるれば以て一貫の道を顕らかにする無し。唯だ器を調うるに中和を以てするは、楽の成るなり、言を話すに大公を以てするは、道の明らかなるなり。(97)

これらの議論の基本的な出発点はすべて言語・文字の弁護、立言求学の弁護であり、そこには恵洪の潜在的な影響が認められる。恵洪を強く批判する『叢林公論』の作者でさえ、「不立文字」の立場を放棄し、「文字」を「禅」とする点では恵洪と軌を一にしている。

日本の臨済宗の五山文学がたどったのも、恵洪が提唱した文字と禅との結合の途である。宋元の詩僧は禅門において軽蔑されたが、日本の五山においては詩を作ることはすでに禅門の高僧が喜ぶ伝統となっていた。まさしく臥雲山人周鳳が「文章は已に一小技、詩は又た此に於いて尚お末と為す、何ぞ況や道に於けるをや。然らば則ち詩は実に吾が徒の学ぶべからざる者なるか。故に清涼の覚範を以て詩僧と為すは、有識の恨む所なり。但だ近古の高僧、皆な詩集有り、後生 相い承けて之を学ぶのみ。……且《も》し詩を論じ禅を論ずれば、豈に二有らんや。句に参じ意に参ずるに至りては、惟《こ》れ一なり。若《も》し文章の末事を捨てずして吾が道の本色を得れば、則ち大全と謂うべし[98]」と述べるように。この種の詩禅一体の観念は、五山文学において主導的な位置を占めていたと言うべきだろう。『五山文学新集』には、恵洪を推奨する言葉が随所に見える。また「文字禅」という語の使用頻度も極めて高い。ここでは横川景三の『薝蔔集』から幾つかの例をあげてみよう。

覚範　文字禅を著すは、実に天下の英物と為す。（「天英住相国道旧疏」）

覚範は宗門の固遷（班固・司馬遷）、僧宝は珠のごとく耀く。（「文叔住西禅江湖疏」）

円明を承けて真浄の禅を説けば、月は一欄の花影を移す。（「雲岩住江宏済山門疏」）

詩に参ずること禅に参ずるが如く、筠水は江西に借りて潤色す。（「正宗住筑聖福江湖疏」）

いずれも『石門文字禅』『禅林僧宝伝』を高く評価している。特に恵洪（円明）の禅は克文（真浄）の詩禅であり、恵洪（筠水）の詩は黄庭堅（江西）の禅詩であると称えている。他に、彦隆周興の『半陶文集』は再三にわたり張商英の語を借りて恵洪を「天下の英物[99]」と称え、繰り返し中国、日本の禅師の「文字禅を説く」「文字禅を学ぶ」ことを称えている[100]。

恵洪が作りあげた各種の観念が五山の詩僧に応用されている例に至ってはより数は多く、例えば横川景三は「儒釈道は水の海に皈《かえ》るが如く、禅文　詩は春の花に在るに似たり」「文字もて禅を説き、東魯（孔子）を学びて西来の意を得[101]」と述べ、正宗龍統は「経は是れ仏の語、禅は是れ仏の心」「吾が仏心宗（禅宗）の如きは、文字を立てずと雖も、可祖（慧可）安心して以来、文字に非ざれば則ち何を以てか伝えて今に至らんや[102]」と述べており、儒釈道の思想的資源を借りて「文字禅」を擁護する恵洪の考え方を受け継いでいることは明らかである。

この種の観念の助けを得て、五山の禅僧は主体的に中国の禅宗各派のエッセンスを吸収・発展させると同時に、中国の文学藝術の精神を引き入れ発展させていった。仏教の経律論蔵、禅門の僧伝語録と儒学の経義古文、儒士の詩賦書画が並び行われ、うまく融合して、五山文学の汲めども尽きぬ「文字」の源泉となった。恵洪がはじめて「瀟湘八景図」を詩にうたった功績は五山の詩僧によって繰り返し言及されているが、これまた「文字禅」を通してもたらされた中日文化交流、とりわけ文学藝術上の交流の象徴的な事例と言えるだろう。

註

（1）宋・釈恵洪『石門文字禅』巻二「送能上人参源禅師」に「応怪納飯師、赶逐倒脱履」（『四部叢刊初編』本、上海商務印書館、第二一頁下）、宋・釈守堅『雲門匡真禅師広録』巻上に「有僧出、礼拝、擬伸問次、師以拄杖趁云『似這般滅胡種、長連床上納飯阿師、堪什麼共語処』」（『大正新修大蔵経』第四七巻、台北仏陀教育基金会、一九九〇年、第五四八頁）、『新五代史』李愚伝に「廃帝亦謂愚等無所事、嘗目宰相曰『此粥飯僧爾』。以謂飽食終日而無所用心也」とあるのは、粥飯僧の注釈とすることができる。

（2）『石門文字禅』巻四「示忠上人」に「唖羊苾芻紛作隊、口吻遅鈍懶酬対」。『大智度論』巻三に「云何名唖羊僧。雖不破戒、鈍根無慧、不別好醜、不知軽重、不知有罪無罪。若有僧事、二人共浄、不能断決、黙然無言、譬如白羊乃至人殺不能作声。是唖羊僧」（『大正新修大蔵経』第二五巻、第八〇頁上）。宋・釈善卿『祖庭事苑』巻五に「伝法諸祖初以三蔵教乗兼行、後達磨祖師単伝心印、破執顕宗、所謂『教外別伝、不立文字、直指人心、見性成仏』。然不立文字、失意者多。往往謂屏去文字、以黙坐為禅。斯実吾門之唖羊爾」（『卍続蔵経』第一一三冊、台北新文豊出版公司、一九九三年、第一三二頁上）。

（3）宋・釈道謙『大慧普覚禅師宗門武庫』（『大正新修大蔵経』第四七巻、第九四八頁中）。

（4）宋・釈恵洪『禅林僧宝伝』巻二三「黄龍宝覚心禅師伝」（『卍続蔵経』第一三七冊、第五三一頁下）。

（5）宋・謝逸『渓堂集』巻七「円覚経皆証論序」（『文淵閣四庫全書』、台北商務印書館、一九八六年、第一一二二冊、第五一九頁下—五二〇頁上）。『禅林僧宝伝』巻二三「泐潭真浄文禅師伝」（第五三三頁下）を参照。

（6）宋・釈正受『楞厳経合論』巻一〇「統論」に「始寂音著是論、霊源以書抵之、謂窒後人自悟之門」（『卍続蔵経』第一八冊、第一八六頁上）。また宋・釈浄善『禅林宝訓』巻二引『章江集』に「霊源謂覚範曰『聞在南中時究「楞厳」、特加箋釈、非不肖所望。蓋文字之学不能洞当人之性源、徒与後学障先仏之智眼。病在依他作解、塞自悟門、資口舌則可勝浅聞、廓神機終難極妙証、故於行解多致参差、而日用見聞尤増隠昧也』」（『大正新修大蔵経』第四八巻、第一〇二三頁下）。

（7）宋・賾蔵主編『古尊宿語録』巻四五「宝峰雲庵真浄禅師偈頌」（北京、中華書局、一九九四年、第八五二—八九五頁）参照。

（8）日本五山版『冷斎夜話』巻六「艶禅師勧化人」条。同巻「艶禅師為流所溺詩」条（『稀見本宋人詩話四種』、南京、江蘇古籍出版社、二〇〇二年、第五五—五六頁）参照。

（9）宋・釈暁瑩『羅湖野録』巻下（『卍続蔵経』第一四二冊、第一〇〇一頁上—一〇〇二頁上）。

（10）『冷斎夜話』巻四「五言四句得於天趣」条（第三六—三七頁）。

（11）宋・釈恵洪『臨済宗旨』（『卍続蔵経』第一一一冊、第一七四頁下）。また恵洪『智証伝』参照。

（12）『石門文字禅』巻二六「題所録詩」（第一二頁下）。

（13）『石門文字禅』巻二六「題弼上人所蓄詩」（第一三頁下）。

（14）劉正忠「恵洪『文字禅』初探」（『宋代文学研究叢刊』第二期、高雄、麗文文化公司、一九九六年）、黄啓江「僧史家恵洪与其『禅教合一』観」（『北宋仏教史論稿』台北、台湾商務印書館、一九九七年、第三二一—三五八頁）、周裕鍇「『文字禅』発微——用例、定義、範疇——」（『文字禅与宋代詩学』北京、高等教育出版社、一九九八年、第二五—四二頁）参照。

（15）『禅林僧宝伝』巻七「筠州九峰玄禅師伝」（第四七二頁上）。

（16）唐・釈浄覚『楞伽師資記』巻一載達磨語に「夫入道多途、要而言之、不出二種。一是理入、一是行入。理入者、藉教悟宗、深信含生」。また宋・釈道原『景徳伝灯録』巻三〇「菩提達磨略弁大乗入道四行」参照。

（17）『石門文字禅』巻二五「題宗鏡録」（第九頁）。

（18）『論語注疏』巻一四「憲問」（『十三経注疏』本、北京、中華書局、一九八〇年、第二五一〇頁上）に「有徳者必有言、有言者不必有徳」。

(19)『冷斎夜話』巻四（第四三頁）。
(20)『石門文字禅』巻二五「題譲和尚伝」（第一一頁上）。
(21)『楞厳経合論』巻末附恵洪「尊頂法論後叙」（第一八八頁下）。
(22)『揚子法言』巻四「問神」に「故言、心声也。書、心画也。声画形、君子小人見矣」（『文淵閣四庫全書』本、第六九六冊、第二九九頁下）。
(23)『石門文字禅』巻二五「題百丈常禅師所編大智広録」（第一四頁）。
(24)『石門文字禅』巻二六「題自詩与隆上人」（第一五頁上）。錯按：この文章で恵洪は自らが禅修行において流行していた「坐睡法」を学ぶべく務めていることを記しており、言葉は嘲笑の語気を含む。
(25)『毛詩正義』巻一八・大雅・蕩に「雖無老成人、尚有典刑」、鄭玄箋に「老成人、謂若伊尹・伊陟・臣扈之属、雖無此臣、猶有常事故法可案用也」（『十三経注疏』本、第五五四頁上）。
(26)『論語注疏』巻三・八佾の鄭玄注に「献猶賢也」。邢昺疏は「文献」を「文章賢才」とする（第二四六六頁下）。
(27)釈恵洪『林間録』巻上記仏印語（『卍続蔵経』第一四八冊、第五九一頁下）。
(28)『古尊宿語録』巻一九・釈文政「潭州雲蓋山会和尚語録序」（第三六七頁）。
(29)『石門文字禅』巻二三「臨平妙湛慧禅師語録序」に「伝曰、雖無老成、尚有典刑。典刑且次之、則老成蓋前人所甚貴也」（第六頁上）。また同巻二六「題才上人所蔵昭黙帖」に「伝曰、雖無老成、尚有典刑。然則老成、典刑所不逮也」（第一頁上）。
(30)『石門文字禅』巻二三「洪州大寧寛和尚語録序」（第五頁下）。
(31)『周易正義』巻三・大畜に「象曰、天在山中、大畜。君子以多識前言往行、以畜其徳」、孔穎達疏に「君子則此大畜、物既大畜、徳亦大畜、故多記識前代之言、往賢之行、使多聞多見、以畜積己徳」（『十三経注疏』本、第四〇頁中）。
(32)『石門文字禅』巻二二「思古堂記」（第八頁上）。
(33)『石門文字禅』巻二五「題修僧史」、同巻二六「題仏鑑僧宝伝」、「題珣上人僧宝伝」、「題宗上人僧宝伝」。
(34)『石門文字禅』巻二三「僧宝伝序」（第七頁）。

(35)『石門文字禅』巻二六「題隆上人僧宝伝」(第一〇頁上)。
(36)『老子道徳経』下篇・第四八章に「為学日益、為道日損」、王弼注は前句について「務欲進其所能、益其所習」、後句について「務欲反虚無也」(『諸子集成』本、第三冊『老子注』、北京、中華書局、一九五九年、第二九頁)。
(37)『石門文字禅』巻二六「題英大師僧宝伝」(第一一頁下)。
(38)『石門文字禅』巻二六「題所録詩」(第一二頁下)。
(39)『石門文字禅』巻二六「題仏鑑蓄文字禅」(第一三頁上)。
(40)『石門文字禅』巻二七「跋東坡悦池録」(第七頁上)。
(41)『石門文字禅』巻二六「題言上人所蓄詩」(第一三頁下—一四頁上)、「題自詩」(第一四頁下)。
(42)『石門文字禅』巻二六「題英大師僧宝伝」(第一二頁上)。
(43)例えば明・釈道霈編『永覚元禅師広録』巻三〇「続寱言」に引く霊源惟清の恵洪を誡む書に「予善覚範、慧識英利、足以鑑此。倘損之又損、他時相見、定別有妙処耳」(『卍続蔵経』第一二五冊、第七七七頁上)。
(44)『楞厳経合論』巻末附恵洪「尊頂法論後叙」(第一八八頁下)。
(45)『楞厳経合論』巻末附彭以明「重開尊頂法論跋語」(第一八九頁下)。
(46)『渓堂集』巻七「林間録序」、また『林間録』巻首。
(47)『林間録』巻下(第六二〇頁下)。
(48)『石門文字禅』巻二五「題五宗録」(第二一頁上)。
(49)『智証伝』巻末附許顗後序(『卍続蔵経』第一一一冊、第二二七頁上)。
(50)『冷斎夜話』巻一「換骨奪胎」、同巻四「詩忌」、同巻五「荊公東坡警句」「荊公東坡句中眼」。
(51)日本寛文版『石門洪覚範天廚禁臠』巻上附恵洪自序(『稀見本宋人詩話四種』第一七、四二、四九、一一〇頁)。
(52)『禅林僧宝伝』巻首附侯延慶「禅林僧宝伝引」(第四四〇頁下)。
(53)『智証伝』巻末附許顗後序(第二二七頁上)。

(54)『楞厳経合論』巻末附彭以明「重開尊頂法論跋語」（第一八九頁下）。
(55)『渓堂集』巻七「林間録序」（第五二〇頁下）。
(56)宋・胡仔『苕渓漁隠叢話』後集・巻三七（北京、人民文学出版社、一九八一年、第二九六頁）。
(57)『石門文字禅』巻一「贈蔡儒効」（第一〇頁下）。
(58)『石門文字禅』巻二五「題香山艶禅師語」（第一七頁下—一八頁上）。
(59)『冷斎夜話』巻六「靚（艶）禅師為流所溺詩」「艶禅師勧化人」（第五五—五六頁）。
(60)『石門文字禅』巻二「次韻平無等歳暮有懐」に「我年十五恃豪偉、廃食忘眠専制作」（第二〇頁下）。
(61)宋・釈正受『嘉泰普灯録』巻七「筠州清涼寂音慧洪禅師」に「乃依三峰艶禅師為童子、日記数千言、覧群書殆尽、艶器之」（『卍続蔵経』第一三七冊、第一二八頁下）。
(62)『石門文字禅』巻二四「寂音自序」（第一七頁上）。宋・釈祖琇『僧宝正続伝』巻二「明白洪禅師伝」。
(63)『僧宝正続伝』巻二「明白洪禅師伝」（第五八一頁下）。
(64)例えば『蘇軾文集』巻六六「題僧語録後」に「然真偽之候、見於言語」、また巻五六「答畢仲挙二首」其一に「学仏老者、本期於静而達、静而懶、達似放。学者或未至其所期、而先得其所似、不為無害」（北京、中華書局、一九八六年、第二〇六六、一六七二頁）。
(65)『蘇軾詩集』巻六「次韻張安道読杜詩」（北京、中華書局、一九八二年、第二六六頁）。
(66)『楞厳経合論』巻末附恵洪「尊頂法論後叙」（第一八八頁上）。
(67)『石門文字禅』巻二五「題華厳十明論」（第三頁上—四頁下）。
(68)『智証伝』に「予為沙門、乃不遵仏語、与王公貴人游、竟坐極刑、遠竄海外。既幸生還、冠巾説法、若可憫笑。然予之志、蓋求出情法者。法既出情、則成敗賛毀、道俗像服、皆吾精進之光也」（第二二二頁下）。
(69)『苕渓漁隠叢話』前集・巻五六引韓子蒼語（第三八四頁）。
(70)宋・王庭珪『盧渓文集』巻四一「洪覚範画賛」（『文淵閣四庫全書』本、第一一三四冊、第二八七頁上）。

(71)『大慧普覚禅師宗門武庫』(『大正新修大蔵経』第四七巻、第九四七頁上)。
(72)『楞厳経合論』巻十「統論」(第一八六頁下)。
(73)宋・釈道融『叢林盛事』巻下(『卍続蔵経』第一四八冊、第九〇頁上)。
(74)宋・釈暁瑩『雲臥紀談』巻上(『卍続蔵経』第一四八冊、第二三頁上)。
(75)宋・釈円悟『枯崖漫録』巻中(『卍続蔵経』第一四八冊、第一七〇頁上)。
(76)清・姚之駰『元明事類鈔』巻一九に引く元・欧陽旾「蒲庵集序」(『文淵閣四庫全書』本、第八八四冊、第三一五頁上)。
(77)元・張之翰『西巖集』巻一八「跋林野叟詩続稿」(『文淵閣四庫全書』本、第一二〇四冊、第五〇四頁上)。
(78)清・釈性朗『為霖道霈禅師還山録』巻四「独庵独語序」に「如甘露滅之『林間録』、杲大慧之『宗門武庫』、以及中峰之『東語西話』、雲棲之『竹窓随筆』、鼓山之『寱言』等、皆以慈悲之故、乃有逆耳之言也。……適有日本玄光禅師、乃新豊嫡裔、以所著『独庵独語』一編、附商船見寄且請正焉」(『卍続蔵経』第一二五冊、第九六四頁上)。
(79)『羅湖野録』巻首附自序(第九六一頁上)。
(80)『羅湖野録』巻末附無著妙総跋語(第一〇〇三頁下)。
(81)『叢林盛事』巻末附宗演跋語(第九五頁上)。
(82)明・釈無慍『山庵雑録』巻末附清濬「題山庵雑録後」(『卍続蔵経』第一四八冊、第三六五頁下)。
(83)清・釈自融『南宋元明禅林僧宝伝』巻首附林友王序(『卍続蔵経』第一三七冊、第六二六頁上)。
(84)明・釈明河『補続高僧伝』巻首附范景文序(『卍続蔵経』第一三四冊、第三五頁上)。
(85)『石門文字禅』巻二三「僧宝伝序」(第七頁下)。
(86)『禅林僧宝伝』巻首附侯延慶「禅林僧宝伝引」(第四四〇頁下)。
(87)玉村竹二編『五山文学新集』第二巻『惟肖得巖集・東海瓊華集』巻三(東京大学出版会、一九六七年、第七九六頁)。
(88)『石門文字禅』巻首附釈達観真可序(第一頁)。
(89)江戸刊本『注石門文字禅』巻首附卍山道白「注石門文字禅序」、無著道忠「題石門文字禅」(『禅学典籍叢刊』第五巻、第九七―一〇一頁、禅文化研究所）。

(90)『僧宝正続伝』巻二（第五八二頁下）。

(91)『楞厳経合論』巻一〇「統論」（第一八六頁上）。

(92)『嘉泰普灯録』巻七「筠州清涼寂音慧洪禅師」（第一二九頁下）。

(93)『羅湖野録』巻上（第九七七頁下）。

(94)宋・釈曇秀『人天宝鑑』巻首附自序（『卍続蔵経』第一四八冊、第九七頁上）。

(95)宋・釈蘊聞編『大慧普覚禅師語録』巻首附自撰「進大慧禅師語録奏劄」（『大正新修大蔵経』第四七巻、第八一一頁上）

(96)『祖庭事苑』巻末附釈師鑑跋（第二四二頁下）。

(97)宋・釈恵彬『叢林公論』巻首附釈宗恵序（『卍続蔵経』第一一三冊、第八九九頁上）。

(98)『五山文学新集』第一巻『横川景三集・小補集』巻首附臥雲山人周鳳「小補集序」（第三頁）。

(99)『五山文学新集』第四巻『彦隆周興集・半陶文集』三「千江字説」に「覚範出江之南、而賦湘江八景、称之天下之英」（第一〇六六頁）、「景筠字説」に「昔人称天下英物、聖宋異人者、実不誣也」（第一〇六七頁）、「文英字説」に「覚範於文也、攢花簇錦、戛玉鏗金、駆遷固於筆下、折蘇黄於面前。故無尽張公指以為天下英物」（第一〇七五―一〇七六頁）。

(100)『彦隆周興集・半陶文集』三「景筠字説」に「元有天隠、説文字禅、秉書記筆」（第一〇六六頁）、「秦英字説」に「栖芳一代活宗師、至文字禅、則波瀾浩渺、後生豈可窺涯涘乎」（第一一一一頁）、「跋旭岑杲蔵主詩巻」に「昔祖翁得先正覚之道、充然為足、而後游中華、学文字禅」（第一一一八頁）、「与人絶交書」に「千光・恵日・大覚・正覚爾来唱文字禅者」（第一一五〇頁）。

(101)『横川景三集・薝蔔集』「天隠住真如江湖」「継章住建仁江湖」（第八六一、八六二頁）。

(102)『五山文学新集』第四巻『正宗龍統集・禿尾長柄帚』上「跋侄黄書金剛経」（第四五頁）、『禿尾長柄帚』下「希文字説」（第六八頁）。

(103)『彦隆周興集・半陶文集』三「千江字説」に「覚范出江之南、而賦湘江八景、称之天下之英」（第一〇六六頁）、「題便面」

に「瀟湘八景者、濫觴於宋復古之絵、浸爛於垂鬚仏〔恵洪〕之詩」（第一一〇四頁）、「瀟湘八景幷漁樵対問図」に「夫八景之詩、長篇短篇、出於垂鬚仏之手、自爾擬而作者、如蛀之有餘」（第一一三七頁）。前掲『惟肖得巌集・東海璚華集』三「平沙落雁図叙」を参照。

寒山拾得の受容とその変遷
――五山禅僧の詩歌・絵画に見られる寒拾の形象と宋元禅文学の関係――

査　屏球
谷口　高志　訳

はじめに

宋元の禅林文学にしばしば見られる寒山拾得の形象は、海を渡って日本に伝わり、五山禅林の詩歌・絵画のなかに活き活きと描き出され、日中の禅林文学共通の文学形象となった。南宋後期から元初に至ると、中国の禅宗は臨済宗が盛んとなり、なかでも「圜悟—虎丘」の法系が最も発展する。虎丘以後の三大支系は、「松源崇岳」、「曹源道生」、「破庵祖先—無準師範」であるが、彼らはみな寒山拾得の故事を用いて禅を説いており、この風潮が日本にもそのまま伝わることとなったのである。その後、日本における寒拾の形象は、一方では宋元の禅僧の作を継承しつつ、また一方ではそれとは別の変化や発展を遂げていく。

そもそも五山の禅林文学は、宋元の文学環境と違い、鎌倉・室町期の文学の主流であり、傍流におしやられた「緇流文学」とは大いに異なる。それ故に、伝存する文献は宋元の禅林文学よりかなり豊富である。また、寒山拾得に関する題賛の詩の多くは、実際の絵画に基づいて書かれたものであるが、それらの絵画も日本には数多く現存している。日本で描かれた寒山拾得の水墨画は、宋元の禅画の模倣や踏襲が多く、それらに関する文献資料を用いることで、宋元文学の失われた一面をたどり、寒山拾得に対する宋元禅家の題賛をより明瞭に理解することができよう。更には、当時における日中文学交流の実態を知ることも可能である。

本稿では、来日した禅僧の中国における師承関係や、来日後における五山僧との師承関係、また入宋・入元した日本僧の中国における師承関係[1]について、その継承と発展のあり方を分析しつつ、寒山拾得に関する文学の変容を考察していく。以下、影響力のあったいくつかの門派ごとに整理を行い、互いに関連する作品の比較を試みたい[2]。

一　破庵祖先系——無学祖元と夢窓派——

一二七九年五月に来日した無学祖元（一二二六—八六）は、五山文学の祖とも言うべき僧である[3]。彼は宋代に北礀居簡に参禅し、その後、無準師範の法嗣となり、「虎丘—無準」の法系を嗣いだ[4]。「無学祖元行状」には、「無学　首《はじ》めに無準範和尚に径山に参じ、七年の間、心法を尽くすを得たり」[5]と述べられており、無準が寒山拾得を用いて禅を説いた方法についても、彼は当然熟知していたはずである。彼の語録『仏光国師語録』巻一には、次のような説法が見られる。

◯上堂、「不是目前法、非耳目之所到、寒山子行太早、十年帰不得、忘却来時道」。

◯上堂、「結夏已一月、寒山子作麼生、乞無再、面語要随郷」。

この二つの説法では、前人の成語を介して禅が説かれている。初めの一則は、「説話禅」の経典である圜悟克勤『碧巌録』のなかに既に見られるものであり[6]、寒山の詩を用いた公案となっている。このことは、寒山を援用して禅を説くことに無学祖元が習熟していたことを物語っていよう。

また、彼の語録の巻八には、次のような偈賛がある。

◯「寒山」

寒山有佳篇、白紙写不到、極其叵耐処、冷地偸眼笑。（図九）[7]

文殊大人境界、本来無壊無雑。幸得一幅白紙、又添一重垃圾、髪峰鬆甚面目。（図九）

紅葉題詩、青天作屋、再出頭来、与吾洗足、胡写乱写、千偈成集、寒岩倚天、飛湍箭急。（図八・十六）

◯「拾得」

風前吟未成、緊把禿笤箒。一句趁口得、便作獅子吼。（図七）

両脚蹁躚、叉手握節、普賢門風、一斉漏泄。看何書不識義、瞎瞞眼、枉箍気。（図二）

月照峨眉、家山万里。你題詩我磨墨、痴人不識野雲情、涼兎漸遙春草緑。人人銀色、世界処処、白玉楼閣。因你動著笤箒、糞掃堆山積岳。（図四）

○「寒山拾得同軸」

懶惰不看経、風狂弄吟筆。一首落韻詩、写出煙霞癖。老鼠口中無象牙、芭蕉葉上添荊棘。（図五）

菜滓蒙蜜惜如珍、彼此難禁久客貧。忘却峨眉五台路、野花啼鳥正愁人。（図十二）

文殊普賢、彌陀攫金。撞入娑婆、月下有人。見伱相牽、且入草窠。

指月話月、一口一舌。広南除夜、納涼五台。六月下雪、対月論心。唯我与伱、見得分明、未能忘指。

説僧非偸仏飯、筒裏菜滓千金不換、打失峨眉五台路、直至如今不知返。（図十四）

○「四睡」

松門外、双澗曲。人斑変作虎斑、慈悲都是悪毒。伱也睡足、我也睡足。風起腥膻、彌満山谷。依依残月転松関、睡裏須還各著姦。話到劫空懸遠事、虎斑終不似人斑。（図十七）

右に挙げた諸作はそれぞれ当時流行していた、「寒山図」「拾得図」「寒山拾得図」「四睡（寒山・拾得・豊干・虎）図」の題賛であろう。それらの絵画は宋代のものは現存せず、類似する元代の作品と日本の画家による模本が日本に伝存するのみである。各首は、そういった絵画作品との関連を指摘することが可能であり、たとえば「寒山」の第一・二首に見られる「白紙」と「偸眼」は図九に符合する。第三首に描かれた寒山の姿は、図八・図十六に類似する。「拾得」の三首の内容は、それぞれ図七、図二、図四に通じる。「寒山拾得同軸」の詩では、「詩を吟じる」「手を携えて笑う」「余り物を食べる」「月を指す」などの動作が描かれており、一つの画について書かれたものではないだろうが、図五、図十二、図十四と概ね一致する。また「四睡」詩は図十七と符合し、「人虎 相和す」という趣意を述べたものだが、人斑と虎斑が似かようという点が特に強調されていることに注意する必要がある。実際の「四睡図」（図十七）では、豊干の後ろの拾得の顔が前面の虎の顔と似ているかは不明瞭であり、画家がその点を意識していたかどうかはわからない。翻って無学はこの一点を強調し、活き活きとその禅味を写し取っているのである。

これらの詩を見れば、寒山拾得に対する無学の想像力の働き方が、無準の影響を強く受けていることは明らかであろう。そのことは、既成の公案文献などに典拠を持つ伝統的な表現と、既成のものから派生した発展的な表現が併存している点に顕著に認められる。伝統的な表現としては、「手をたたき大笑する」「ボサボサに乱れた髪」、また「箒を持つ」「詩を題する」「墨を磨る」「余り物を食べる」「月を指す」などが挙げられる。また発展的なものとしては、「白紙の経」「詩を題した紅葉」「書を読むがその意味を解さない」「経を読まない」、などがある。

無学祖元の語録は日本の門人の手によって整理され、やがて元にも伝えられることとなる。それらの文献は、寒山によって禅を説くという虎丘派の家法が無学祖元によって日本にもたらされたことを示していよう。

無学祖元の法嗣、**高峰顕日**（一二四一—一三一六）の『仏国禅師語録』巻上（『大正蔵』No.二五五一）にも、次のような説法が見られる。

◯中秋上堂、「秋水冷冷、秋風浙浙。良夜寒蟾、分外皎潔」。（拍膝云）「叵耐寒山子、眼中却添屑」。

◯中秋上堂、「中秋節、許誰知、寒山子、錯題詩。新月有円夜、人心無満時」。

「耐え叵《がた》し　寒山子」の一句は、師である無学祖元の説法に見える「極めて其れ耐え叵き処」（前掲）を踏襲している。その他の内容も、無学の「月を指して月を話す」の句（前掲）の趣意を敷衍したものである。その継承関係は明白と言えよう。ただし、普通の諧謔的な題賛と異なり、高峰顕日はここで批評家の立場から寒山を説き、寒山の詩を饒舌で余計なものとして捉えている。寒山の「我をして如何が説かしめん」という詩句を承け、更に慧能の「本来無一物、何れの処にか塵埃を惹かん」の意に依拠しつつ、禅家の妙境は言葉にする必要がなく、また言葉にできないものであることを指摘しているのである。それ故に、寒山は「錯《あや》まりて詩を題した」、というわけである。

寒山と明月の関係を強調するのは、彼以前から既に見られたことであるが、ここには彼の創意が認められ、後人の題賛と絵画にも多大な影響を与えることとなる。なお、この寒山と明月というモチーフは、彼以後の五山禅林文学においても盛んに取り上げられるようになり、「寒山公案」が日本に伝わった後に顕著に見られる一大特徴と言える。

夢窓疎石（一二七五―一三五一）は、高峰顕日の法を嗣ぎ、夢窓派を開いて五山文学の発展に大きく寄与した人物である。彼の語録、『夢窓正覚心宗普済国師語録』巻上（『大正蔵』No.二五五五）のなかにも、寒山に言及した例が見られる。

○次日上堂、「十五日已前鉢盂口向天、十五日已後鞔却紫茸氈。正当今日聻」。（卓柱杖云）、「寒山不管安居事、須彌頂上打鞦韆」。

○次日上堂、「法歳(8)已終、人人策功。寒山拈却蓋面帛、元是東家李大翁(9)」。

僧侶でありながら富貴となる者がいるが、寒山はそのような得失や浮沈に全く興味を示さず、ただ仏像の上でブランコを揺らし、己の楽しみに耽る。初めの一則は、このように述べている。心中に仏を宿す者は、外物のしがらみに縛られず、また仏家の礼法にも拘泥しないものだ、と説くのである。「ブランコを揺らす」という動作は、仏祖を叱り罵る禅家の放胆な行動の表れと言え、「寒山子伝」に見える「拾得　我を打つ」の一節を踏まえて敷衍したものであろう。

また次の一則は、法歳の礼が終ったにもかかわらず、なお人々が仏の功徳を讃えていたところ、寒山が仏像の顔を覆う絹布を掲げ、仏像が実はただの村人であったことに皆が気づく、という内容である。人間には皆、仏性があり、禅と俗とに境目がないことを説くのだが、ここに述べられている内容は、夢窓という天才による独創であろう。彼は自らの想像力によってかくも喜劇的な情景を作り出したのである。寒山はここでは一人の喜劇役者となっており、無学祖元の題賛に見られた喜劇性は、夢窓の手によって更なる発展を遂げたと言えよう。

円通大師と称される鉄舟徳済（?―一三六六）は、夢窓疎石の法嗣である。元に渡り、廬山・円通寺の竺田悟心や、開先寺の古智慶哲、金陵・保寧寺の古林清茂、南楚師説、月江正印らに参禅し、一三四七年頃に帰国した。その『閻浮集』には、次のような詩が見える。

○「孤月」

桂影婆娑輝古今、光呑万象碧沉沉。瞥然鑑覚相忘処、吐出寒山一片心（一二七一頁）[10]

○「賀典座韻二首之一」

典得衣盂供養他、満堂禅衲莫相誇。家風若似寒山子、不択残羹与菜滓。（一二九〇頁）

前の一首では孤月から寒山が想起されているが、それはもとより寒山の詩から啓発された連想である。寒山と明月の組み合わせが、当時極めて流行した表現であったことがこの詩から窺え、そのことは後世の水墨画に見られる寒山の形象とも一致する（図二十四・二十五）[11]。また次の一首は、寒山が余り物を食べたという故事を用いて、禅家の「心中に仏有り」の意を強調したものである。

五山文学の巨匠、義堂周信（一三二五―八八）も夢窓疎石の法を嗣いだ僧である。彼の『空華集』には、以下のような詩が見られる。

○「送心月吾蔵主之雲居」

秋陰月黒少人観、半夜憑欄想広寒。好看天龍指頭上、孤明歴歴不容瞞。心月相逢子細観、不円不缺逼人寒。寒山只解尋光影、対面分明被眼瞞。（一三六九頁）

○「中秋不見月呈瑞龍厳二首」

月明処処総相宜、何必南楼独擅奇。宇宙千秋同旅泊、陰晴万里共襟期。孤光一任浮雲蔽、快霽依然宿霧披。擬把吾心容易説、寒山撫掌笑掀眉。（一五九五頁）

○「重用前韻幷答嵩上人五首之四」

心地軽安到処家、好看松月入窓斜。本無得失休尋馬、雖有官私莫問蛙。城味暁分隣井水、緑芽時碾後園茶。同流結約寒山子、去探林辺与水涯。（一五二二頁）

○「寄国清可久庵兼簡藤太守」

寒山出世国清寺、千仞双峰潑翠寒。為報閭丘賢太守、莫教饒舌罵豊干。（一四五六頁）

○「次韻送円天鑑住国清」

首座出世国清寺、閭丘太守笑開顔。威音旧話拈無暇、古仏真風挽要還。壔壔堆収如意宝、芭蕉葉写擬寒山。遙知熟路軽車穏、旆影翩翩去莫攀。（一五七七頁）

第一首の最後の二句は寒山に対する叱責を述べたものであり、義堂も師の家法を受け継いでいたことを窺わせる。第二首では寒山と明月を関連させつつ、寒山の詩が翻案・改変され、最後の三首では隠逸者の典故として寒山が用いられている。これらの例からも、寒山の形象が五山の詩人たちのなかで大いに流行していたことが知られよう。また、『義堂和尚語録』巻四（『大正蔵』№二五五六）には、次のような例も見られる。

○結夏上堂、垂語云、「有句無句如藤倚樹、離却有無道将一句来」。問答罷、師乃挙雲門大師云、「今月十五日入夏也、寒山子作麼生」。自代云、「和尚問寒山、学人答拾得。今日有人問寒山子作麼生、只挙一偈対他去也。微風吹幽松、近聴声愈好。十年帰不得、忘却来時道。好大哥」。

○「寒山拾得」

蓬頭垢面陋身形、好句還他上石屏。回首貪看雲背月、不知落却手中経。（図二十一右）

曳帚背人行、一転知他何処。掃塵埃忙忙、不見天辺月、却被寒兄指点来。（図二十一左）

山衣被勃窣、頭髪乱婆娑。怪得曳苕帚、満廊紅葉多。手展是何巻、寧非行願経。勧爾急看畢、国清斎鼓鳴。（図二十二）

初めの一則は公案を解いたものであり、「一偈」によって「寒山作麼生」という公案の新たな答えを導き出している。字面の意味に執着しすぎることを戒め、それに執着しないことによってこそ、禅家の空境を悟りうるのだ、と義堂は説くのである。次の一首の詩は、恐らく「寒山拾得図」の題賛。そこに見える「月を看て経を落す」「塵を掃いて月を遮る」「寒山 指点す」などのモチーフは、宋元の僧の詩にも見えず、義堂が新たに生み出したものと考えられる。詩人の想像力が極めて活き活きと、且つ精緻に働いており、戯画化された情景が巧みに写し出されている。この種の詩人の想像力が画家にも影響を与え、寒山拾得の新たな形象の創造を促したことは、後代の絵画作品を見れば、容易に理解されよう。図二十二・二十八・二十九がその例であり、そこでは本詩に近い寒拾の風格や動作が描かれている。

夢窓派のなかで特に注目すべき僧としては、他に古剣妙快（?—?）がいる。彼は元に渡って恕中無慍、楚石梵琦、穆庵文康らに参禅し、一三六五年に帰国した。その詩文集『了幻集』、『扶桑一葉』には、次のような作品が見られる。

○「法眷疏」

寒山皺眉、拾得笑撫掌。笑箇什麼、歇後鄭五作宰相。[12]（二一六五頁）

○「道号・月浦」

銀蟾飛出白苹洲、浸爛乾坤一色秋。堪笑寒山心似水、清光全属釣魚舟。（二一〇九頁）

○「道号・月澗」
桂輪秋浸冷沈沈、弄影争如徹底深。夜半正明天似水、寒山笑指碧波心。（二二四〇頁）
○「道号・月蒲」
冰輪輾出白苹州、浸爛乾坤一色秋。慚愧寒山心似水、清光不在旧漁舟。（二二四一頁）
○「桂石」
天香吹落碧崖秋、指月寒山笑点頭。坐断攀縁随日月、心空及第湜風流。須彌訥在黄金粟、世界推開白玉楼。畢竟吾無隠乎爾、雨華台畔水悠悠。（二二一四頁）
○「次韻半夏」
九夏于今半早過、牯牛親牧得来麼。箇寒山子無巴鼻、一笑風前輥草窠。（二二二四頁）
○「和韻答天佑蔵海和尚」
祖燈輝処木鶏鳴、眨得眼来天已明。一笑寒山逢拾得、風前尽把此心傾。昨夜虚空曝曝鳴、同風一句太分明。破沙盆子翻筋斗、天佑堂前法雨傾。（二〇九四頁）
○「次韻懐龍湫和尚」
漂北湘南更那辺、夜深月在合同船。如何得箇寒山子、把手風前笑掲天。（二二一七頁）
○「月浦歌為竺首座」（節録）
桂擢穿過七十二朶之煙島、若箇辺、又不見寒山子、吟断碧潭清皎潔、湛湛寒光浸寥穴。喚醒天宮夢一毘、無端釘取虚空橛。（二二四七頁）
○「月澗歌為項侍者」（節録）

昨夜邂逅寒山子、話別霊山已久矣。把手浩歌帰去来、白鳥蒼煙尽知已。月兮澗兮渉風騒、八万四千毛竅無塵労。明暦暦兮孤回回、好在流伝曹渓正脈之滔滔。（二一四七頁）

○「游武庫山温泉寺次韻答玉田首座」（節録）

九月天風落木前、武庫峰頂親飛泉。想得寒山逢拾得、磨崖筆下生雲煙。（二一五三頁）

○「贈天龍首座赴信州安国寺」（節録）

万象森羅竟勧駕、寒山拾得掀双眉。同條句子只者是、目送西風雁飛時。（二一五六頁）

初めの例に見られる「法眷」とは、共に修行に励む道友を指すが、ここではその道友が寒山拾得の形象に対比されている。苦労して修行する者は、木に登って魚を求めるようなもので、拾得に一笑されるだけである。そのようにして悟りを求める者は、歇後詩しか作れない鄭綮が宰相となるようなものであり、何一つなしえることはない、と説くのである。古剣は寒拾の滑稽な形象を用いることにより、悟りを求める世俗の者たちを嘲笑し、諷刺しているのである。なお、ここに見える寒山が眉をしかめるという仕草は、彼の独創によるものであろう。

続く四首では、「寒山 月を指す」という動作が強調されており、当時、このモチーフが古典的なものとして定着していたことを窺わせる。それ以下の七首は、寒山拾得の故事を典故として用い、相手の高雅で脱俗的な生活を賛美したもの。そのうちの後半の数首には、やはり寒山が月を見て禅境に思いをはせるというモチーフが描かれている。これらの詩は寒山拾得そのものを主題としたものではない。しかし、その使用頻度の高さは、寒拾の形象が日本において、単に公案の流行りの題材となったのみならず、五山僧たちが自在に運用しうる文学的典故となっていたことを示していよう。

清拙正澄（一二七四―一三三九）は、虎丘系の石田法薫の再伝の弟子にあたり、その石田法薫は無準師範と同じく、破庵祖先の法嗣である。正澄が杭州にいたころ、入元僧らがその高名を聞き伝え、執政の北条高時は二度にわたって使者を派遣して彼を日本に招こうとした。その結果、彼は嘉暦元年（一三二六）に六人の入元僧に導かれて来日し、五山禅林において多大な影響を及ぼすこととなる。彼の『禅居集』にも、寒山を詠み込んだ以下のような詩がある。

○「松巖」

千尺蒼髯鎖断崖、天風長送海濤来。寒山去後無人聴、石室重重自落釵。（四四五頁）

○「次月江和尚送百蔵主韻送霊栖侍者之元」

寒山拾得倶年老、自従空劫論交早。動地清揚不可追、想見金園歩瑤草。迢迢回首天雲迷、五台遠隔峨眉西。驀然這辺蜚閃電、定応那畔震忽雷。恒沙諸仏皆引領、悉使朝参仍暮請。一片清池似海深、白牯黧奴来照影。（四七九頁）

清拙正澄は日本でその生涯を終えたのだが、右に挙げた二つ目の詩において、彼は日本の僧との交情の厚さを寒拾の交わりによって表現している。[13] この寒拾の形象には、異郷に客居していた彼の心が寄託されていると考えられる。

また、「続宏智禅師題国清二偈之二」では、次のように詠われている。

○虚玄大道本無蹊、立者危於万仞梯。五彩雲中獅子吼、百花香処鷓鴣啼。杖蔵宝月光流夜、筆挽銀河派落西。一句迥超群象表、寒山拾得放頭低。（四三二頁）

詩題が示しているように、この作品は宏智禅師の国清寺での偈賛に擬したもの。宏智禅師の詩は、『宏智禅師広録』（『大正蔵』No.二〇〇一）巻八に見える。

○「小師智寛与国清作丐請語」

入廛一鉢是生涯、来自寒山拾得家。暁影玉鉤蘿戸月、春叢黄粉蜜房華。午炊仏土香伝鼻、参飽雲門飯打牙。准擬神通何処借、浄名居士住毘耶。

これら二つの詩には、明らかな継承関係が見て取れる。宏智禅師は、默照禅の提唱者であると同時に、禅門各派の思想の統合者でもある。彼が著した書は宋元期に禅家の経典として広く流行した。正澄は虎丘系の僧として、自らの禅派の立場から宏智禅師の思想を取り入れようとし、その結果、禅師同様、詩人の禅境を描きだしながら、寒山の詩によって「説話禅」の妙用を強調したのである。来日僧に見られるこのような寒拾への愛好は、その形象が日本へ伝播するのを大いに促すこととなったであろう。

日本において正澄の法を嗣いだのは**天境霊致**（一三〇一―八一）であり、彼は二十六歳のときに正澄から禅を学んだ。その『無規矩』乾集には、次のような説法が見える。

○「東山建仁禅寺語録」

中秋上堂、「去年今年看此月、古人今人看此月。月色年年総一同、見処人人端的別。寒山子甚饒舌、無物堪比倫、教我如何説。説不到看不徹、只得河漢無雲、自然光明皎潔」。（『五山文学新集』第三巻二八頁）

天境霊致は師の考えを深く理解し、師の詩に見られた「寒山　低頭す」の含意をより徹底した語り口で明晰に説いている。禅境というものは言葉で表せないものでは決してなく、それを言葉にできないのはただ悟りが完全でないからに過ぎない、と彼は認識しているのである。これは文字禅家の「文字を立てざるも文字を離れず」という考えと通底する。

以上のように、宏智・正澄・霊致は、何れも月から寒山を連想し、寒山が月によって禅境を喩えたその詩の真意に迫ろうとしている。しかし、三者には異なる部分もあり、それは寒山に対する態度や語気に表れている。尊崇から愛惜へ、また愛惜から叱責へ。寒山は古代の「大徳」から詩僧へと、更には饒舌で滑稽な人間へとその姿を変えていくのである。天境霊致において顕著に見られるこの変化は、恐らく寒山が喜劇化・滑稽化され、世俗化されていく禅林文学全体の傾向に影響を受けているだろう。

二　松源崇岳系――無象静照と愚中周及、並びに石渓心月などの元僧について――

初期の五山文学においては、日本に帰国した入宋僧が来日僧と同じように大きな影響力を持っていた。たとえば、無象静照（一二三四―一三〇六）がその一人である。彼は、来日僧の大休正念（一二一五―八九）が中国にいた頃の同門であり、「虎丘―松源崇岳」系の天台・石渓心月（?―一二五四）の法を嗣いだ僧である。その石渓心月は来日こそしなかったが、日本の禅林と深い交流を持っており、『石渓心月語録』（『卍新纂続蔵経』No.一四〇五）には以下のような例が見られる。

○日本僧、馳本国丞相問道書至。上堂、「五髻峰頭望海東、煙重重又水重重。同人相見論心事、又得西来一信通。且道西来意、作麼生通」。拈拄杖、卓一下。

○「送日本合上人」
夜来帰夢逸郷関、滄海何曾碍往還。有問大唐天子国、為言覩史在人間。

○「寄日本国相模平将軍」
径山収得江西信、蔵在山中五百年。転送相模賢太守、不煩点破任天然。

これらの例は、石渓心月の名声が当時遙か日本にまで伝わっていたこと、僧侶のみならず幕府の将軍にまでその名が知られていたことを物語っている。

『石渓心月語録』には、寒山拾得に言及した説法が相当数見られる。

○上堂、「禅禅万万千、眉挿鬢耳垂肩。千花影裏、百草頭顛。或時虚空裏釘橛、或時旱地上生蓮。引得寒山子笑掀天、吟得新詩一両聯、足成三百篇。喝一喝、習気猶在」。

○上堂、「春山青春水緑、独立危亭看不足。李花白桃花紅、一色同中又不同。知音惟有寒山子、拊掌歌笑臨春風」。

更に『石渓心月禅師雑録』（『卍新纂続蔵経』No.一四〇六）にも、次のような例がある。

○「勧請首座挂牌上堂」

三春去向那辺去、九夏来従屋力来。一喝両頭倶坐断、人天眼目与誰開。烏飛兎走、地転天回、時有清風匝九垓、寒山子満頭灰、引得豊干笑満腮。且道笑箇什麼、問取首座。

○上堂、「結夏五日了也、寒山子作麼生、眼倒生筋、水牯牛又作麼生。昨夜今朝又明日、主人翁聻、諾、笑殺傍観」。

○「蔣山結夏秉払」

依様画将来、且図寒山子水牯牛。随隊於九十日内、渇飲飢湌。謹初護末、且与麼過。

○「月潭」

皎潔清光艶艶寒、幾回撈攎犯波瀾。憑誰説与寒山子、莫把吾心一様看。

右に挙げた例では、全て寒山の形象が禅を説く糸口となっている。前の三つの例では喜劇的な色彩が特に強い。また後の三例では、寒山に関連する語が繰り返し引かれ、彼の詩を援用することで閑寂な趣が醸し出されている。

また石渓心月には、寒拾の題賛の詩もある。

○「豊干・寒拾」

只解踞虎頭、不解収虎尾。你若訐露人、人也訐露你。出没虎声中、巻舒牛跡上。半是小児嬉、半是大人相。（図

十七・二十三）
執爨灰満頭、掃地塵撲面。岩下細思量、一場不着便。（図二十左）
道兮無貧、徳兮有隣。五峰双水磵牛、誰主誰賓。相靠而睡也、象王回顧。相呼而笑也、獅子嚬呻。噫、不省這箇意、修行徒苦辛。（図十二）
双磵底、五峰前、塊石上、磨松煙。多無一両字、少有三百篇、明明此意落誰辺。（図四）
微風吹、岩松鳴、聴愈好、吟愈清。渾崙一句子、文彩甚分明、筆下如何写得成。（図三）
左手執巻、右手指示、覿露不覆蔵、幾人知此意、回首台山鎖寒翠。（図二十九右）
対面撫掌、両鏡相照。双磵与五峰、冷地斉失笑、喚作普賢還料掉。（図十四・十八）

初めの一首は「四睡図」に題したものであろう。寒山拾得たちの「小児嬉」（稚気にあふれた）な性質を上手く捉え、その純真無垢な心を巧みに描き出している。第二・三首は「寒山拾得図」に題したもので、その内容は図四、図二十左に類似する。火をたき地面を掃いたために、すっかり汚れてしまった二人の顔や、巌のそばに立つさま、寄り添うさま、また互いに呼び交わして笑い、心を通わせるさまなどを描いて、彼らが苦行を楽しみに変えてしまっていることを述べるのである。このような描写は「寒山拾得撫掌図」を想起させ、図十四などと近しい関係にある。また最後に挙げた四首では、それぞれ墨を磨る、筆をとる、経を持つ、手を叩くといった、類型的な寒拾の動作が描かれているのだが、そこには詩人自らの禅体験も織り込まれている。禅心によってのみ詩意を理解しうること、無心の状態ではじめて好い詩が生まれること、一心に禅を解き明かしてもそれを理解する者がいないこと、精神が契合し俗世を超越すること、などが説かれているのである。それらは、「言葉を経た後に玄妙な理を導く」という「参話頭」の本領と言えよう。

無象静照は、師である石渓心月の発想や手法を受け継いでおり、『無象和尚語録』下には寒山拾得に言及した次のような例が見られる。

○「豊干禅師」
閑倚五峰間、何曾解守己。尽尽許露人、人也許露你。吃佗寒拾動唇吻、尽大地人扶不起。虎識人善、仏心獣面、彼此軒昂、風行草偃、閭丘瘡疣頓釈、寒拾唇吻難掩、自知西土彌陀、已是離宮失殿。（図二十三）

○「寒山」
手執無字経、脚穿破木履、深蔵笑裏刀、此意無人委、回首乱峰前、白雪鎖寒翠。（図二十右）

○「拾得」
執丱赤脚来、掃地坐塵面。叉手心胆傾、六耳応離辨。偸取仏飯童、元来是者漢。（図二十左）

○「寒拾」
就岩磨松煙、拾葉写何編。五峰双澗畔、両両掣風煙、遭它饒舌豊干後、回首五台眉山嶺前。（図十三）
拈箒指空、低頭合掌、国清偸仏飯、敗尽窮伎倆、渠儂廚富貴、嚢裏有僧有鏹。（図十）
双澗底、五峰前、神出鬼没、徹風徹顚、咄、却被豊干都漏泄、挙止不直半文銭。（図十一）
持巻倚松根、竪起眉毛笑。底事不覆蔵、何人知此妙、但見白雲鎖翠嶠。（図二十九左・二十右）
拈帚奴役、心未厭寒、頭面已露、休罵豊干。（図二十九右・二十左）
杖桃曲尺剪刀、三代助楊聖花、両手擘破面皮、至今索尽高価。（図二十二）

（『五山文学新集』第六巻五九〇頁）

初めの一首は「豊干図」、もしくは「四睡図」に題したものであろう。伝記の内容に依拠しつつ、画に対する説明や描写が加えられている。次の数首は、寒山拾得を直接詠んだものかと思われる。そこに見られる寒拾の仕草や表情は、宋元の禅詩に既出のものだが、その描かれ方がより詳細なものとなっている。たとえば「笑裏の刀」とは、世の中を見透かす寒山の叡智を巧みに言い表したものである。また、「眉を竪にし笑う」という特異な表情は、無象静照の独創によるものであろう。

松源崇岳の法系の影響を強く受けた僧としては、他に入元僧の**愚中周及**（一三二三—一四〇九）がいる。彼は先ず夢窓疎石のもとで禅を学び、一三四一年（興国二年）に元に渡り、月江正印と即休契了に参禅して即休の法嗣となった。月江と即休は、「虎丘—松源崇岳」系の法を伝える僧である。

愚中は入元した後、同じく日本から渡った僧、龍山徳見らと唱和詩の応酬を続けながら、互いに切磋琢磨して禅の研鑽に努め、至正十一年（観応二年・一三五一）に帰国した。その『草余集』には、次のような例が見られる。

○「透徹」

索性不存元字脚、一椎打就鉄牛機。寒山強曰似秋月、拾得横拋苕箒帰。（一二三〇一頁）

○「広照」

龍女捧来心地印、顔如秋月出雲衢。雖寒山子不能説、光境何妨自一如。（一二三〇四頁）

○「怡然」

法喜又禅悦、心心自照徹。仏也不能言、寒山如何説。（一二三一一頁）

○「答覚伝知蔵問」

寒山云、「無物堪比倫、教我如何説」。南岳云、「説似一物即不中」。若不顧不中而敢事張打油、則何愚中之有也。但得五蘊皆空、度一切苦厄耳。（一二三九二頁）

○「真秘訣」
大蔵小蔵、都没交渉。抛却柴片、弄巧成拙。欲知箇中意、且聴我弾舌。嚕嚕嚕、金剛脳後三斤鉄。打落天辺一団月。嚕嚕嚕、夜来依旧海門東。為君開示真秘訣。真秘訣兮絶比方、寒山也如何説。吽、吾家真秘訣。為南印宗公知蔵、和盤托出。聊表共甘淡泊、不空過耳。（一二三九七頁）

初めの三例は、情景に託して禅の境地を説いたもの。寒山の詩の趣意を逆手にとりつつ、禅家の空境が言葉にできないことを強調しており、これは後期の「説話禅」に頻見される論法である。後の二例も同じく寒山の詩句を引用する。禅心をひとたび得れば、俗を禅に変えることができ、この境地は他に喩えようがない、と述べる。

また『草余集』のなかには、寒拾についての題賛の詩もある。

○「寒山」
本称七仏師、跡号寒山子。愍物迷自心、労我標月指。（図二十六右）

○「拾得」
普賢愧不賢、改頭又換面。欲明拾得心、常自舒経巻。（図二十六左）（一二三一六頁）

前の一首は、恐らく「寒山指月図」に題したもの。寒山の詩に「吾が心 秋月に似たり、碧潭 清くして皎潔たり。物の比倫に堪うるは無し、我をして如何が説かしめん」とあるのを踏まえ、月によって禅を説くという公案の趣意を解き明かそうとしている。また次の「拾得」詩では、経典を学ぶ効用について説かれる。経典の研究に励むことも、禅心を求める者にとって重要である、と愚中は述べるのである。これは当時の「拾得読経図」に題したものであろう。

愚中周及の作品に見られる、以上のような寒拾の形象は、その師である即休契了に淵源を求めることができる。『即休契了禅師拾遺集』（『卍新纂続蔵経』№一四〇八）所収の次の作品を見てみよう。

○「龍翔輝蔵主下遺書呈偈用韻答之」
五千余巻総閑閑、文錦蔵胸不露斑。江上忽投天外句、喚回拾得与寒山。
○「次韻答何山月江和尚」
神光謂受老胡記、大渇如何望梅止。更将皮髄尽分張、直得渾無卓錐地。満面慚惶帰去来、剛言五葉一華開。山兄三昧誰能識、機如大地蔵春雷。劃然一震空衆説、衲子疑団湯沃雪。巨壑何曾却細流、千江有水千江月。狂瀾倒久復障回、小渓従此清於苔。五月香浮天瑞雪、寒山拾得笑咍咍。

この二首では、ともに寒拾が典故として用いられている。前者は相手の詩才を賞賛し、後者は寒拾の典型的な仕草を借りて悟りの境地を表す。即休は禅家の詩境を感得したとき自然と寒拾を連想し、世に伝えられるその喜悦の姿とは、彼らが心中に悟りの境地を抱いていたためであると考えたのである。

中国における愚中周及のもう一人の師、月江正印は、即休と同じく虎巌浄伏門下の僧である。(14) 彼もまた寒拾に関する作品を残しており、『月江正印禅師語録』(『卍新纂続蔵経』No.一四〇九)には、以下のような例がある。

○「頌古」
挙僧問雲門、「如何是一代時教」。門云、「対一説」。頌曰、「対一説、没誵訛。寒山逢拾得、撫掌笑呵呵。却笑長汀憨布袋、到頭不識蔣摩訶」。
○「語録」
師乃云、「凡夫色碍、二乗空碍。菩薩色空無碍、嘉州大像、騎箇蹇驢児、走入陝府鉄牛鼻孔裏、拝白安居、撞見寒山拾得、跳出来、撫掌呵呵大笑云、『仏法不是者箇道理、畢竟是什麼道理。任従滄海変、終不為君通』」。
○「松月庵歌」(節録)

永嘉証道曾有辞、江月照兮松風吹。寒山静聴声愈好、馬師賞玩増光輝。

これらの三例では、寒拾の典型的な形象によって禅が説かれている。二つ目の例では、多くの禅語を列挙することで滑稽な場面が生み出されており、寒拾の形象もその一助となっている。日本の五山詩人が寒拾を「笑星」〔喜劇スター〕として扱うその起源は、月江のような宋元の禅僧にも求めることができるのである。

また、月江は寒拾の題賛のなかで次のように詠っている。

◯「豊干寒拾」

三人行談甚事、不説峨眉五台、便説西方浄土、国清寺風月平分、寒巌下醜拙倶露、大人境界有誰知、幾回来往松門路。（図二十三）

◯「寒山拾得」

六月台山雪、人間沸似湯。芭蕉揺動処、遍界是清涼。（図二十九）

手内一巻経、字字無人識。赤脚下峨眉、九九八十一。（図二十九）

国清寺裏箇蓬頭、相喚相呼去看牛。禿帚生苕偏峭措、檻褸破衲転風流。拈来一片芭蕉葉、写出百篇張打油。叵耐豊干軽触諱、至今落賺老閭丘。（図十）

是誰拾得便為名、却道寒山是我兄。不放一塵来実際、尽将万事付吟情。打他土地防鴉食、嚇倒潙山作虎声。拍手高歌脱身去、寒巌回首暮雲平。（図十一）

右の諸作は、恐らく「四睡図」「寒拾図」の題賛であろう。日本の禅画のなかには、月江のこれらの題賛と符合する絵が存在する。

月江には即休契了に贈った「寄金山即休和尚」という詩があり、そのなかで彼は師の虎巌浄伏に触れて、「先師の

付嘱 忘却する休《な》かれ、虚空を爛嚼し査《かす》を吐く莫かれ」と述べている。虎巖も寒拾に関する題賛の詩を残しているが（図一・二）、そのような師の教えを受け継ぐことを月江と即休は自らに任じていたのである。右に挙げた諸例もその延長線上に位置づけられよう。

なお「百篇の張打油を写し出す」という句は、先に挙げた愚中周及の「若し中《あた》らざるを顧りみずして敢えて張打油を事とすれば」に酷似しており、愚中が師の月江の作品を熟知していたことを窺わせる。

虎丘—松源系の法を日本に伝えた僧としては、更に明極楚俊（一二六二—一三三六）の名が挙げられる。彼は即休契了と同門であり、虎巖浄伏の弟子である。天暦二年（日本の元徳元年・一三二九）、竺仙梵僊、雪村友梅らと同時期に来日した。『明極楚俊語録』一巻や、詩軸「夢窓明極唱和篇」（明極が夢窓やその一門の僧らと交わした唱和詩を集めたもの）が今に伝わる。その文集には、次のような作品が見られる。

○「月江歌為巴禅人賦」

秋江澄、秋月白、両物相資成妙絶。一江月印千江水、千江水月一月摂。智者一見心花開、昧者昏蒙無辨別。此時拾得与寒山、対這光明説得別。説得別、見得徹。無物堪比倫、教我如何説。（一九六一頁）

明極のこの詩の風格は即休契了のそれに近く、同門の彼らが詩風を同じくしていたことが窺える。詩中では寒山と月が特に強調されており、寒山の詩句に対する解釈も加えられている。寒山と月の組み合わせは、このように五山文学においてしきりに詠われ続け、禅境を解き明かす一つの作品群を形成することとなっていく。このことは、愚中周及等の日本の詩僧がこの二つの組み合わせにとりわけ興味を抱いていたこととも関連しよう。

また、現在日本に伝わる寒山拾得の絵画のなかには、明極の師、虎巖浄伏の題賛が記されたものが二幅存在する。以下がその題賛である。

○「寒山図」
颪前執筆欲裁詩、想象渾如何如思。堪笑至今吟未就、瘦肩高声立多時。（図一）
○「拾得図」
手持一巻出塵経、両眼相看幾度春。要与世人為牓様、莫教虚度此生身。（図二）
初めの詩は寒山が詩を書くところを、そして次の詩は拾得が経を読むところを詠ったもの。ともに、「古徳」としての寒拾の高雅な趣や、強固な信念への共感が率直に表現されている。
この二首は実際の絵画に基づいて書かれたものであるが、その内容は寒拾に関する早期の伝記史料とも符合している。このような特徴は明極楚俊の作品にも認められ、早期の寒拾の題賛がどのようなものであったかを窺い知ることができる。後代の題賛の詩において、寒拾の諧謔的・喜劇的な形象が偏重されるようになるのとは対照的であると言えよう。
明極楚俊の再伝の弟子、惟肖得巌（一三六〇―一四三七）の文集『東海璚華集』にも、次のような詩が見られる。
○「寒山」
吟詩題木葉、豈啻六篇遺。但有寒潭月、不磷還不緇。（図十一・二十一）
○「拾得」
微塵合法界、禿帚画峨嵋。不得閭丘守、猱人無了時。（図十・二十一）
（『五山文学新集』第二巻七〇四頁）
前の「寒山」詩では、禅心禅意が託された寒山の詩は六経を超えるものであり、その人格は神をも超越する、と述べられる。また次の「拾得」詩では、公案のなかの「豊干饒舌」の故事が敷衍して説かれている。どちらの詩も雅致と禅意に富んでおり、彼がこの公案を深く理解していたことを物語っている。

無象静照から惟肖得巌に至るまで、一世紀あまりの時間の隔たりがあるが、寒拾を扱った彼らの作品には明らかな師承関係を見て取ることができよう。

三　曹源道生系――一山一寧から虎関師練へ――

五山文学の興隆は、一山一寧（一二四七―一三一七）の来日（一二九八）と密接な関係にある。一山一寧の禅学の淵源は、臨済宗の楊岐方会派であり、「圜悟克勤―虎丘紹隆」の法系、特にその曹源道生の支派に属する。彼は若年の頃、無等慧融に師事して大慧派の臨済禅の修行に励み、更に天台の教義を学んだ後、天童寺や阿育王寺において簡翁居敬、環渓惟一、蔵叟善珍、東叟元愷、寂窓有照、横川如珙らに参禅し、普陀山の頑極行彌の法嗣となった。そして、当時の名僧、愚渓如智の推挙により普陀山の住持となり、使者として日本に渡った。(15) 虎丘の法系において、寒山拾得を用いて禅を説くという手法が流行していたことを彼は当然熟知していたはずであり、彼自身その手法に則った説法や偈頌を残している。『一山国師妙慈弘済大師語録』には、たとえば次のような例がある。

◯上挙、挙古徳示衆云、「結夏已半月、水牯牛作麼生」。又一古徳云、「結夏已半月、寒山子作麼生」。拈云、「水牯牛寒山子、頭角雖殊鼻孔相似。結夏已半月、当露迥地、認著依然還不是」。

この一段は、典型的な「説話禅」の説法である。ここに見える「水牯牛」は、禅僧が常用する公案の題材。その典拠は、唐の僧、潭州の潙山霊佑禅師の説法であり、『景徳伝灯録』（『大正蔵』№二〇七六）巻九に以下のようにある。

◯師上堂示衆云、「老僧百年後向山下作一頭水牯牛、左脇書五字云、『潙山僧某甲』。此時喚作潙山僧、又是水牯牛。喚作水牯牛、又云潙山僧。喚作什麼即得」（雲居代云、「師無異号、資福代作円相。托起古人頌云、『不道潙山不道牛、一身両号実難酬。離却両頭応須道、如何道得出常流』」)。

一方、「寒山子作麼生」の公案を説いた最も早い例は、恐らく雲門宗の『雲門匡真禅師広録』(『大正蔵』No.一九八八)巻中に見える次の説法であろう。

○一日云、「今日十五入夏也、寒山子作麼生」。代云、「和尚問寒山、学人対拾得」。或云、「爾諸人傍家行脚、還識西天二十八祖麼」。代云、「坐底坐臥底臥」。

臨済宗の禅家たちは、これら「水牯牛」と「寒山子」の公案を結び付けて説くようになり、たとえば圜悟克勤には以下のような説法がある。

○上堂云、「古者道、『結夏得十一日也、寒山子作麼生』。又道、『結夏得十一日也、水牯牛作麼生』。山僧即不然、結夏得十一日也、灯籠露柱作麼生。若透得灯籠露柱、即識水牯牛。若識得水牯牛、即見寒山子。忽若擬議、老僧在爾脚底」。(『大正蔵』No.一九九七『圜悟仏果禅師語録』巻七)

○挙、雲門示衆云、「結夏得数日也、寒山子作麼生」。大潙真如道、「結夏得数日也、水牯牛作麼生」。師拈云、「結夏得数日也、諸上座作麼生」。復云、「寒山子意在鈎頭、水牯牛事在函蓋」。且道、「諸上座、落在什麼処、惜取眉毛」。(同上巻十七「拈古」)

「牯牛」の公案は、物の相には定めがなく、言語はそれが指し示す物そのものとは異なることを説く。また「寒山」の公案は、彼が普賢菩薩の化身であったという伝説を用い、肉体は所詮仮のものに過ぎないことを述べる。両者ともに、万象はみな空であるという禅の教えを強調しているのであり、それ故に、禅家は両者を一つに結びつけたのである。勿論、『宋高僧伝』等の伝記材料に見える寒山の変身の描写が、精彩に富み印象的であったこともその要因の一つであっただろう。「寒山牯牛」は、かくして禅家が常用する公案の一つとなっていく。

一山一寧は、宋にいた頃、複数の師に参禅しているが、その師の多くも寒拾の故事を用いて禅を説いている。また一山の法系の祖である曹源道生の『曹源道生禅師語録』（『卍新纂続蔵経』No.一三七五）にも、寒拾に言及した例が見られる。

○出郷帰上堂、「一九与二九、相逢不出手。巍巍不動尊、脚不離地走、有般漆桶、聞与麼道。便向東涌西没、七縦八横処、点頭咽唾。這般野狐見解、是諸方普請会底、且超然抜萃一句、作麼生道」。良久云、「寒山逢拾得、撫掌笑呵呵」。

これは、当時の詩文に最もよく見られる寒山拾得の形象である。禅家は右のような喜劇的情景を好んで説き、「言無くして禅を説く」という効果をあげるのである。一山の法系のなかでも、この説法は最も一山と近しい関係にある例だと言えよう。

また、一山一寧とほぼ同時期の禅僧のなかに、寒山拾得を好んで説いた希叟紹曇（？—一二九七）がいる。彼の説法は極めて文学的な色彩に富んでおり、たとえば『希叟和尚広録』巻三「慶元府瑞岩山開善崇慶禅寺語録」には次のような例がある。

○五月旦上堂、「結夏已半月了也、水牯牛作麼生。愛従荒草去、不向坦途行。鬧中牽索、静処加鞭。月白風清眠露地、声声牧笛響煙村」。

更に『希叟紹曇禅師語録』には、以下のような例も見られる。

○結夏上堂、「百二十日夏、今朝始髪頭。飯抄雲子白、羹煮菜香浮。未問寒山子、先看水牯牛。山前千頃地、信脚踏翻休」。

○上堂、「結夏已十日了也。寒山子作麼生。村詩吟落韻、竹管貯残羹。結夏已十日了也、水牯牛作麼生。愛従荒草去、不向坦途行。精神徒頓、頭角崢嶸」。

これらは、禅を解する方法や観点のみならず、用語の面においても、先に挙げた一山一寧の説法と類似している。

次に、一山一寧が「寒拾」について詠った題賛の詩を見てみよう。

◯澗泉研墨汚苔石、断壁題詩雑蘚紋。好句依然顕不得、峨眉山月五台雲。（図三・四）

ここに見られる、墨が苔石を汚す、断壁に詩を題すといったモチーフは、虎丘系の禅師たちの作品に繰り返し描かれてきたものであり、(16) 現存する「寒山題詩図」とも符合する。ただし最後の一句は、伝記資料に依拠しつつなされた想像であろう。寒山拾得が普賢菩薩・文殊菩薩の姿で現れたのを、豊干が天台山で見たという話が、僧伝に記されているのである。(17) 一山はこの句において、寒拾が変幻自在で虚無な存在であることを示そうとしており、これは詩歌が絵画を超越した例の一つだと言える。

日本には一山一寧の墨蹟も現存しており、図十五の「寒山図」に彼が書いた題賛がそのまま残されている。その絵の主題は「寒山　巻を展《ひら》く」という所作であるが、この所作は宋代の禅詩のなかに既に見られ、先に言及した無準師範の「寒山持経拾得手接」詩の其一に「手ずから経巻を持し、同倫に付与す。己の欲せざる所、人に施す勿かれ」、其二に「自ずから一経有るも、肯えて受持せず。却って他の覓《もと》むるに従《まか》せ、可《はなは》煞だ愚痴たり」とある。無準の詩からすれば、一山の詩も元来は、「寒山　経を持す」と「拾得　受持す」の二つの絵に題したものであり、そのうちの一幅のみが今に伝わったと思われる。一山のその題賛の詩とは、次のようなものである。

◯双澗声中、五峰影裏、展此一巻経、且不識字義、一種風癲、世無比。（図十五）

「双澗」と「五峰」は、既に引用した石渓心月、無照静象の作品のなかにも見られ、禅家が寒山に配する典型的な情景。一山の題賛は、先人の表現の型を踏襲してなされているのである。ただし一山は、寒山が「無字経」を読むという禅意を強調し、画に対する別の解釈を試みてもいる。禅門には「無字経」と「無言禅」の説があり、たとえば普庵印粛（一一一五―六九）の偈に、「達士 幾つの者を知らん、常に無字経を看る。打動して山鼓に和し、舞起して吾が神を道《みちび》く」とある。(18) また、一山一寧より前に日本に渡った蘭渓道隆（一二一三―七八）の語録にも、「無字経」に関する以下のような言及がある。

◯汝等只解看有字経、是故不能感天動地。山僧講一巻無字経、回上天之怒、散下民之愆、掃除千嶂雲、放出一輪日。俾五穀豊稔万姓謳謡、看看、上無点劃、下絶方円、聴着則耳門塞、摸着則眼睛穿、缺歯老胡猶不会、区区只影返西天。(19)

「山僧 一巻の無字経を講ず」の表現は、「寒山持経図」の情景と通じ合うものがあるだろう。しかし、「無字経」と寒山を明確に結びつけた例は、先人の文献のなかにはあまり見られず、一山一寧が日本という新しい環境下で生み出した、新たな寒山の形象だと考えられる。

なお、図十五に描かれた寒山の形象は、基本的には宋僧の公案や偈頌に見られる描写の特徴を保持している。頭頂に髪を描かないことで、彼が受戒した僧であることを示し、頭頂の周囲にざんばら髪を描いて、彼が身なりにこだわらないことを表す。また、笑みを浮かべた表情と、顔の中央に集中して描かれた目鼻によって、童顔のあどけなさと喜劇的な色彩を醸し出している。このような描き方は、宋元の禅門の詩人たちの描写とも符合し、この水墨画の寒山の形象は、宋元の詩歌・絵画のなかの寒山を移植・複製したものだと考えられる。ただし、この絵の全体の構図には工夫も見られ、軸頭の部分の空白は幽玄な趣きに満ち、人物の動作は躍動感にあふれ、寒山の姿と精神とが巧みに表現されている。一山の題賛が、「風癲」のなかの風流を描いてみせたのも、至極妥当なことと思われる。

一山一寧の作品に見られた諸々の特徴は、彼の日本の弟子たちにも継承されている。弟子の一人、雪村友梅（一二九〇―一三四六）は若年の頃、一山一寧のもとで禅を学んで彼の法嗣となり、その後、元に渡って二十四年間の研鑽を積み日本に帰国した。彼の『宝覚真空禅師語録』には、次のような詩が見られる。

○「看一花五朶」

山房夜話擬寒山、信外無心辨八還。幻口忽開無幻剣、獅峰回首動歓顔。

○「四睡」

眉山台嶠楽邦主、遊戯天台露一斑。各別郷談人不省、不知打睡共偸閑。（図十七）

初めの詩の第一句からは、雪村友梅が他の僧と同様、寒山の詩を熟知していたことが窺える。次の一首は「四睡図」の題賛であり、僧伝のなかの神秘的な逸話を改編して、諧謔味を出している。これまで見てきた作品と趣を同じくするものと言える。

また、五山文学の先駆者の一人であり、東山湛照の法嗣である虎関師錬（一二七八―一三四六）も、中年の頃、一山一寧に師事していた僧である。彼の『済北集』巻五には、次のような作が見られる。

○「寒山拈筆」

窮懐一点不関胸、未見愁容只笑容。割破海山風月看、剣鋒争似憑筆鋒。（図一）

○「拾得磨墨」

風狂別似一風流、終日笑歌恣戯游。抛却自家銀界子、供它磨墨幾時休。（図四）

○「寒山持経」

猊台穏坐身、海嶠苦吟人。手裏大千巻、何時得破塵。（図二）

○「拾得執帚」

役役労劬身、元来草裏人。国清浄潔地、弊帚却成塵。（図七）

右の諸作に描かれた、「墨を磨る」「経を持つ」「箒を執る」といった所作は、宋僧の偈賛のなかにも少なからず見られるものである。しかし、「寒山　筆を拈る」という所作は前例を見ない。これにやや近い例として、剣関子益の「寒山把蕉葉執筆賛」や虎巌浄伏の「風前　筆を執り詩を裁たんと欲す」（前掲）が挙げられるのみである。思うに、この所作は「寒山題岩図」「寒山題芭蕉図」などから派生して生まれたものであろう。たとえば図三・十一・十三などでは、僧伝の内容に依拠して、岩や芭蕉に詩を題する動作が描かれているが、概して水墨画の画法は簡略を貴ぶものである。岩壁や芭蕉の葉などが省略された結果、ある画家の創意によって筆を拈るという所作が生み出されたのであろう。宋元の題賛の詩や日本に伝わる絵画のなかに、この所作があまり見られないのもそのような事情によると思われ、虎関がこの所作に関心を抱いたのは、彼特有の審美眼の表れと言うべきであろう。「寒山持経図」と先に挙げた一山一寧や虎関師練の題賛に鑑みるに、「筆を拈る」「無字経を読む」といった所作は、寒拾の形象が日本に伝わった後に現れたものであったと考えられる。

一山一寧、雪村友梅らの寒拾に対する関心は、彼ら以後の世代にも引き継がれていく。雪村友梅の再伝の弟子、南江宗沅（一三八八—一四六三）の『漁庵小稿』には、以下のような作がある。

○「四睡図」

凡聖同居両不平、人斑争及虎斑明。不知拯睡難驚覚、空劫以来松有声。（図十七）

○「寒山図」

龍蛇凡聖同路走、一笑大開蚌蛤口。文殊普賢何太貴、将三十文買苕帚。（図六）（『五山文学新集』第六巻二六三頁）

○「寒山」

凡聖龍蛇一串穿、生苕帚換幾文銭。可憐三杯自家酒、酔到文殊与普賢。（図七）

爺娘嚼飯啗児腸、三十三年恨最長。明日有斎大悲院、鬼来搗殺仏跳墻。（図八）（同上二六六頁）

○「題寒山書詩拾得磨墨図寄明心上人」

尖毫入石翠崖春、誰悟寒山句裏真。貪得百年銭使鬼、不知一笏墨磨人。（図三・四・五）（同上一七六頁）

この四首は、全て俗人と聖人の垣根を超越する寒拾の禅の力に焦点をあてている。「苕帚を売る」、「自家の酒」、「銭もて鬼を使う」といった通俗的な語彙は、寒拾の世俗的な形象を強調するものである。

また雪村の三伝の弟子、万里集九（一四二八―八九？）の文集『梅花無尽蔵』にも、次のような作品が見られる。

○「寒山持筆写詩岩背図」

露肥苔痩鳥飛遅、造意猶従筆底来。不着却高何用写、半岩秋色一篇詩。（図三・十三）

○「拾得岩背磨墨回顧寒兄一笑図」

袖中東海窄吹埃、万仞懸崖磨霹煤、回顧低声笑何事、寒兄骨相痩於梅。（図四・十三）

（『五山文学新集』第六巻七二四頁）

○「寒拾賛」

朝出清涼古寺扃、左忘禿帚右忘径。拍肩一笑約可事、若不鴛鴦必鶺鴒。（図五）（同上八五一頁）

先ず注目すべきなのは、「骨相　痩せたり」という寒山の形象であり、これは早期の「寒拾図」における寒拾の形象と大いに異なる。また更に重要なのは、詩人の詠嘆の内容が、絵画に描かれた特定の所作（「寒山持筆写詩岩背」「拾得岩背磨墨回顧寒兄一笑」）に依拠しているということである。このような詩の書き方は、宋元の詩人による後期の「寒拾図」の題賛と共通しており、五山詩人の題画詩が宋元のそれと同じかたちで発展を遂げたことを物語っている。画中の細部の動作に着目する描写のあり方は、宋元の禅僧が開拓した新たな題画詩の手法であり、詩歌と絵画の結合によって生まれた産物だと言える。

なお禅門の題賛の詩は、常に画面に書き込まれたというわけではなく、多くの場合はただ画を見た際の感懐を述べたものだったと思われる。だとすれば、絵画のなかの細部の所作に詩人が言及する意図は二つあるだろう。一つは、自らが観た絵画の特徴を詩中に示し、その具体的な内容を明確にするためである。そしてもう一つは、詩人が抱いた感興の契機を指し示すためである。細部の動作を詩に書くことで自らの所感の契機を表すのであり、これは禅家が特定の所作によって禅機を表すのと符合する。以上に見てきた詩からすれば、こういった詩の妙用と禅の玄理の双方に、一山一寧の後学たちが深く通じていたことが窺えよう。

四　古林清茂と笑隠大訢、中巌円月と絶海中津など

元代の禅家は五山禅門の法系に重要な役割を果たしたが、彼らは元初、禅風が盛んになったころ、寒山とその詩に多大な関心を寄せていた。たとえば、元叟行端（一二五五―一三四一）の『元叟端禅師語録』（『卍新纂続蔵経』No.一四一九）巻八には、「居ること三歳にして巌逝き、乃ち淛右に還る。虎巌伏公、時に径山に住し、師に請いて第一座に居せしむ。既にして楞伽室に退処し、『寒山子詩』百余篇に擬す。皆 真乗の流注せしものにして、四方の衲子、多く伝えて之を誦す」と記されている。また、古林清茂の『古林和尚拾遺偈頌』（『卍新纂続蔵経』No.一四一三）巻下「古林和尚行実」にも、「時に十九歳、明年復た国清に回り、『寒山詩』三百首に擬す。故に後に『僧を送りて天台に帰る』有り、『休居の平生 口を開くに懶く、咄咄 三百首に擬題す。正音の決定 誰か知るもの有らん、古や先ならず 今や後

ならず』の句有り」とある。彼らのこのような創作活動が、元代の禅林に大きな影響を及ぼしていたことは、元叟行端の「擬寒山子詩」に月江正印が更に擬して「和元叟和尚擬寒山三首」を作ったことなどからも明らかである[20]。そして元に渡った日本僧も元僧のそういった創作活動に触れ、寒山の詩に擬したり、寒拾の題賛を書いたりする風習を日本に持ち帰ることとなったのである。

有馬頼底『禅僧の生涯』は、当時の法系について次のように解説している。「鎌倉時代より室町初期にかけて伝えられた禅文学にだいたい三つの派がある。その一つは一山一寧によって伝えられ、雪村友梅、虎関師錬などと伝わったもので、伝統的な宋朝系のもの。その二つは、古林清茂の法系を嗣ぐ竺仙梵僊の伝えた一派で、龍山徳見、石室善玖、中巖円月などに伝えられた。そして第三が、大慧宗杲の法嗣の笑隠大訢号蒲室と、その弟子季潭宗泐号全室の一派であり、これを蒲室派といった。この一派を伝えたのが絶海中津と中巖円月である。中巖は、茂古林についてその法を極めてから、さらに季潭をも学んだのである[21]」。ここで述べられている、後の二つの流派が盛行したのは、中国で言えば概ね元の時期にあたる。古林清茂、笑隠大訢の禅学と入元僧たちの禅学は、密接な関係を有しており、そのことは彼らが寒山という題材に示した関心の高さと芸術表現のなかにも看取される。

古林清茂（一二六二―一三二九）は、もともと天台の国清寺に住していたが、十九歳で雁蕩山・能仁寺の横川如珙（一二二二―八九）に参禅し、その後、天台から四明に居を移しつつ、六年間随侍した。彼は若年の頃、寒山の詩に擬して三百首の詩を作り、禅林に多大な影響を与えたが、元の至大三年（一三一〇）に完成した「重拈雪竇挙古一百則」にも寒山拾得に関する次のような言及が見える[22]。

○波斯入鬧市、以思無思之妙、返思霊焰之無窮、釈迦老子与天帝釈相争仏法甚鬧。雲門大師忍俊不禁、来山僧払子頭上、呵呵大笑、且道「笑箇甚麼。我笑釈迦老子二千年前、不善輪機、甘心受屈。当時若下者一著、免致笑殺傍観、畢竟如何」。卓主丈云、「寒山拾得」。

また『古林清茂禅師語録』には、寒山拾得に触れた以下のような偈賛がある。

○万法本閑、惟人自鬧。放過臨済徳山、打殺雲門雪嶠。尽大地是金剛眼睛即不問、拈却糞箕苕帚、寒山子為甚麼拍手大笑。沢広蔵山、理能伏豹。

○十五日已前、掘地覓青天。十五日已後、携籃盛水走。正当十五日、天明日頭出。待得黄昏月到窓、無限清光満虚空。豈不見、寒山子曾有言、「岩前独静坐、円月当空耀。万象影現中、一輪本無照」。若謂中秋分外円、堕它光影何時了。

○鍾声咬破七条、梁燕深談実義。可憐拾得寒山、借它鼻孔出気。只如達磨面壁九年、二祖立雪断臂。又明甚麼辺事、一花五葉無分付、幾箇男児是丈夫。

○一夏九十日、尚有十五日。報汝参玄人、光陰莫虚擲。天高高不窮、地厚厚無極。開単展鉢時、札札用心力。忽若寒山子、騎牛入你鼻孔裏去、又作麼生、直得額頭汗出。

○頌云、万里無寸草、出門便是草。瀏陽与洞山、一老一不老。君不見、寒山子、十年帰不得、忘却来時道。

「寒山と牛」、「寒山が道を忘れる」、「寒山が月によって禅を喩える」、これらのモチーフは全て五山の禅林で流行していたものであり、「帚を持つ」、「手を拍つ」という所作も寒拾の形象の典型的なものである。これらを横川如珙の語録と比較すれば、両者の間に明らかな師承関係を見出すことができよう。また、古林清茂とその門人たちは、日本の五山僧たちと交流が深く、古林の著作はかなり早くに日本で流行している[23]。寒拾によって禅を説くという方法も自然と五山の禅林に広まっていったはずである。

龍山徳見（一二八四―一三五八）はもともと一山一寧の弟子であったが、後に中国に渡って四十年間禅を学び、一三四九年に帰国した。彼は後年、臨済宗黄龍派の法系を嗣ぐこととなるが、中国滞在時に隆盛であった方会派の禅風、特に古林清茂の禅風の影響を強く受けている。(24) その『黄龍十世録』には、次のような作品が見られる。

○「寒山」

破一微塵出此経、非図遮眼亦遮身。急須帰去莫落托、荒却台山経幾春。(図九)

○「拾得」

見人拍手笑呵呵、更有傍人笑你多。白浄身遭塵土汚、天台山月照嵋峨。(図二十七)

(『五山文学新集』第三巻二五五・二五六頁)

初めの詩は、寒山が経を棄て山に帰ることを詠ったもの。次の詩は、拾得が凡俗を笑い飛ばすことを述べる。この二つの詩は、恐らく実際の絵画に基づいて書かれたものであり、「眼を遮る」「身を遮る」という表現は図九に、「手を拍ちて笑う」は図二十七に類似する。活き活きとした動作を想像によって描き出しており、喜劇的な諧謔味だけでなく、禅家の静寂な趣をも備えた作品である。

中巖円月(一三〇〇—七五)は、一三二五年より一三三二年に至るまで元に滞在し、大慧系の百丈山・大智寺の東陽徳輝などの法嗣となり、物初大観の三伝の弟子となった僧である。彼は元滞在時に古林清茂とも深い交流を持ち、(25) その影響を強く受けた。『東海一漚集』には、以下のような例がある。

○「無比説」

万有之象榧然森列、莫弗自心現量之境、非仮於他術爾、豈可以比量而能及之致也哉。寒山子有言曰、「無物堪比倫、教我如何説」。誠哉是言不誣矣。(九五二頁)

○「寒山拾得」

竹筒裏有菜滓、経巻中無文字。奇哉奇哉、怪矣怪矣。眼孔瞎瞌。笑口張開。更奇怪哉、朝峨眉夕五台、到頭身不離天台。（図十・十一）（一〇四四頁。『五山文学新集』第四巻『東海一漚別集』五二四頁にも所収）

初めの例では、禅門で最も流行した寒山の詩が引用されている。次の例に見られる、「菜滓」を集めたという故事は、宋人が既に言及していたものだが、「無字経を読む」という所作は、当時新たに流行したモチーフであろう。また最後の一句は、僧伝の故事に見られる神秘的な記述を援用したもの。喜劇的な描写のなかで、高雅で脱俗的な形象を際立たせているのがこの作品の大きな特徴と言えるが、その特徴は物初大観の作品や、師の古林清茂の作品に淵源を求めることができる。

此山妙在（一二九六―一三七七）は壮年の頃に入元して禅を学び、至正五年（日本の貞和元年・一三四五）に帰国した。元に滞在時、彼は了庵清欲（一二八八―一三六三）などに師事したが、了庵は古林清茂の弟子であるから、此山は古林の再伝の弟子にあたる。了庵の語録『了庵清欲禅師語録』（『卍新纂続蔵経』No.一四一四）には、寒山拾得に言及した説法が極めて多い。

○上堂、挙寒山子道、「我見瞞人漢、如籃提水走。急急走帰家、籃裏何曾有」。保寧勇和尚挙了拍手大笑云、「有意気時添意気、不風流処也風流」。

○上堂、挙円悟和尚示衆云、「古徳道、『結夏已十一日、寒山子作麼生』。又有道、『結夏已十一日、水牯牛作麼生』。山僧即不然、結夏已十一日、灯籠露柱作麼生。若識得灯籠露柱、即識得水牯牛、若識得水牯牛、即識得寒山子。……忽若露柱着衫南岳去、灯籠沿壁上天台。狸奴白牯無消息、拾得寒山笑満腮」。

○中秋上堂、「久矣不上堂、口辺生白醭。侍者来焼請法香、拈出秦時旧轒轢。金剛脳後下一錐、空裏磨盤生八角。寒山撫掌笑呵呵、夜来月向西辺落。喝一喝」。

○是則令不虚行、其奈将真珠作豌豆糶却。本覚雖是死馬医、就中要妙。拈拄杖卓一下云、「文殊普賢、寒山拾得、疥狗泥猪、者白拈賊。喝一喝」。

前の二例は寒山の詩を引いて、当時流行していた公案に答えを示したもの。また次の二例は寒拾の形象を用いることで、活き活きとした禅家特有の境地を生み出している。何れも当時の禅家に慣用の言い回しが見られる。

了庵の語録には、次のような作品も見られる。

○「四睡」

閉眉合眼人如虎、伏爪蔵牙虎似人。夢裏乾坤無彼我、緑鋪平野草成茵。

咄哉豊干、抱虎而睡。拾得寒山、正在夢裏。可憐惺惺人、未能笑得你。（図十七）

○「次松月法兄韻送杲上人」（節録）

万里秋光連海嶠、霜清大野帰鴻叫。朗誦寒山三百篇、何待拈花発微笑。

○「聴松堂」

風来松韻清、風去松韻停。松堂得松韻、六月生清氷。重陰覆瑤席、時作韶鈞鳴。世無寒山子、好在誰解聴。我欲呼朱弦、和此大古音。忽聞深澗泉、悠然契吾心。

○「和竺元和尚閑居雑言韻」

寒山拾得是勍敵、百霊龐老非同参。雲自高飛水自下、馬頭向北牛頭南。

○「和訥無言十二時歌韻」

禺中巳、知音頼有寒山子、拶倒毗耶不二門、上大人兮丘乙己。

右に挙げた例からすれば、寒山の詩を朗唱することは読経よりも重要であると了庵は考えていたようであり、それ故に彼は作品中に寒拾の故事を頻繁に用いたのである。彼のもとに参禅した此山妙在も、自然とその影響を受けていたはずであり、たとえば『若木集』には、以下のような詩がある。

○「寒山」

蓬鬆剪髪垂、蕉葉更題詩。只箇風狂子、何堪七仏師。（図十六）

○「拾得」

放下生笤箒、呵呵笑展眉。大人真境界、何処覓峨嵋。（図七・二十一右）（一一一八頁）

○「次敬庵首座韻」

古寺閑房振化儀、楼台得月近清池。芒鞋倒裹袈裟角、鉢袋高懸榔標枝。指日須張羅鳳綱、得時当下釣鰲糸。雲間忽遇寒山子、此外看詩不是詩。（一一三八頁）

右に見られる髪をふり乱す寒拾は、狂僧の典型的な形象である。僧侶は一般的に髪を剃っており、早期の水墨画のなかの寒拾も髪は乱れているものの、頭頂部には髪がなく、彼らが具足戒を受けた僧であることを示している。翻って右の詩中には、寒拾のボサボサの髪が描かれており、これは後期の禅画の影響を受けたものと思われる。寒拾の形象が日本に渡った後に生まれた重要なモチーフの一つであろう。

古林清茂の弟子、竺仙梵僊が来日して以後、古林の影響は益々日本で強くなっていく。竺仙梵僊（一二九二―一三四八）は一三二九年に日本に渡り、竺仙派（日本禅宗二十四流の一つ）を創始した僧で、その法を嗣いだ者も極めて多い。彼の語録『竺僊和尚語録』（『大正蔵』№二五五四）には、次のような例が見られる。

○上堂、「西風一陣来、落葉両三片」。拈主杖卓一下云、「釈迦老子走入露柱裏去也、直得迦葉擎拳、阿難合掌。文殊、普賢、呵呵大笑」。且道、「笑箇甚麼、寒山拾得」。

○「偈」
九旬中禁足、三月内安居。掘得一宝蔵、純是水精珠。昔有寒山子、為我作先駆。於今久不見、令人思有余。

ここに見られる「釈迦老子相争う」、「寒山を見ず」といったモチーフは、先に挙げた古林清茂の説法と同一基軸のものである。初めの例は、菩薩の化身としての寒拾の象徴性を援用し、事実そのものに固執すべきではないことを説く。次の例は、安居《あんご》して一心に仏に仕える自らの精神を寒山の詩に寄託したものであり、師の古林が寒山の詩に擬して詩を作ったのと一脈通じるものがある。なお、竺仙と中巌円月の間に親密な交流があったことが中巌の文集から窺え、[26]古林清茂の寒拾に関する禅詩も、竺仙のそのような交友関係をもとに日本に伝わったと推測される。

曹洞宗宏智派を伝えた**別源円旨**（一二九四—一三六四）は、一三二〇年に入元し、法を求めて当時の禅門の高僧たちに広く師事した。彼は曹洞宗の僧ではあったが、古林清茂のもとでも禅を学び、一三三〇年に帰国する。その『東帰集』には、彼の帰国後の作である、次の偈賛が見られる。

○詩無題目寒山子、樹葉崖根佳句多。開得好懐為何事、相逢拾得笑呵呵。（図十六）（七五七頁）

「詩に題目無し」「葉や岩に詩を題する」「拾得と大笑する」といった寒山に関する三つの言及がここでなされているが、そのうちの一つ目は宋代の僧たちが殆ど触れてこなかったものである。規範的な漢文を遵守しようとする日本人の彼にとって、寒山の詩に「題目」が無いことは奇異に映り、それ故に敢えて詩中で言及したのであろう。これは中国では見落とされがちなことであり、日本人ならではの着眼と言える。

大慧派の居簡の三伝の弟子、**笑隠大訢**（一二八四—一三四四）は、元の文宗の接見を受け、至元二年には「釈教宗主兼領五山寺」の号を下賜されており、当時最も影響力の強かった禅僧の一人である。彼は詩文にも長じ、その『笑隠大訢禅師語録』（『卍新纂続蔵経』No.一三六七）には、以下のような例が見られる。

○端午上堂、「好是天中節、当陽見不偏。桃符懸壁上、艾虎挂門前。理応群機合、心空万境閑。無人知此意、令我憶寒山」。

○「天岩銘」(節録)

譬如虚空、絵之五采。是故智者、賛毀不動。五岳可軽、一芥可重。我銘于岩、伝之無已。識真者誰、惟寒山子。

○上堂、「龍翔孟八郎、悪辣難近傍。仏祖也潜踪、従教人起謗。雲門扇子跳上天、趙州葫蘆挂壁上。寒山帚地接豊干、却是南岳譲和尚」。

○上堂、「入夏已半月、為問寒山子。天台不帰去、頭白紅塵裏。頼有同道人、相伴為如己。文殊踞虎頭、普賢収虎尾。仏法忽現前、不用生歓喜。洗面摸着鼻、元是自家底」。

○「偈」

幾片白雲横谷口、数声寒雁起滄洲。令人苦憶寒山子、紅葉断崖何処秋。(図十六)

初めの二例は、寒山を自らの理解者とみなし、禅の境地の自得と満足感について述べたもの。次の二例は、寒山・拾得・豊干の故事を用いて禅家の超俗的な精神を表し、禅境の闊達自在なさまを強調したものである。また最後に挙げた偈は、眼前の実景を寒山図と符合させつつ描き出した作。当時、寒山図と寒山の形象が、既に典型的な詩的情景となっており、詩人の美意識をかき立てるものであったことを窺わせる。

笑隠大訢の作に見られるこのような詠いぶりや典故の用い方は、日本における彼の高弟、絶海中津(一三三六—一四〇五)によって継承され、運用されることとなる。絶海中津は、夢窓疎石の法嗣であり、応安元年(明洪武元年・一三六八)に入明した後は、笑隠の伝人である季潭宗泐の法嗣ともなった。洪武九年(日本永和二年・一三七六)には明の太祖に招かれており、義堂周信と並んで五山文学の双璧と称された人物である。その『蕉堅稿』には、次のような詩が見られる。

〇「山居十五首次禅月韻之十五」

寒山拾得邈高風、物外清游誰与同。林鎛穿雲凌虎穴、潭頭洗盋瞰龍宮。百年多興朝朝過、一夢無憑念念空。題遍蒼崖千万仞、長歌短詠意何窮。（二九一五頁）

絶海中津の詩文集と語録のなかで、寒山に言及するものはこの一例のみである。恐らく、彼の時代においては、寒拾という詩材は既に使い尽くされ、新味を出しにくくなっており、寒拾を扱った詩も下火に向かいつつあったと思われる。文字による表現から絵画表現の方へと関心が移り、画家が描いた寒拾の形象が、詩人のそれより多彩で広がりを見せるようになっていくのである。

右に挙げた詩は、寒山拾得の高雅で脱俗的な側面に焦点をあてたものである。この詩の妙所は、寒拾に関する故事を一篇のなかに凝縮しつつ、詩興によって禅意を解する楽しみを述べている点にある。詩中に描かれた寒拾は快楽的であると同時に、悟りを得た聡明な高僧でもあり、詩心と禅心が一体となった境地が示されている。また、「題は蒼崖に遍し」という表現が、先に見た笑隠大訢の偈の「紅葉の断崖」と類似している点にも注意が必要である。それらの表現については、図十六が理解の一助となるだろう。

おわりに

以上、時系列に沿って、五山前期の禅僧の詩文に見られる寒拾の形象と、宋元禅僧の作品との関係について述べた。筆者は必ずしも全ての文献資料を閲したわけではないが、これまでに挙げた作品から、寒拾に対する五山禅僧の関心のあり方と表現方式が、宋元の禅文学と密接な関係にあったことが看取されよう。入宋もしくは入元した禅僧たちが、宋元禅林の詩歌のなかの寒拾の形象を正確に複製した一方で、来日した宋元の僧たちも、当時の禅林文学における寒拾の形象を日本に正確に伝えた。その結果、寒拾に関する詩文は、完全な形で日本の五山文学に移植されたのである。このように宋元の禅僧と五山僧の関係のあり方を源流に遡って探ることにより、文学の交流が行われる際の一種の規範のようなものを窺い知ることができる。それは、正確な模倣と複製は、文化の受容における重要な基礎条件であるということである。宋元に渡った僧も、また日本において来日僧に師事した僧も、寒拾によって禅を説くという師の方法と意味について深く理解していた。それ故にこそ、彼らは説法の場において寒拾を契機に禅意を示し、大慧の禅系における「参話頭」「説話禅」の特色と技能を存分に発揮できたのであり、寒拾図の題賛を通して自らの意や情を述べ、禅境の悟りを表現することもできたのである。

ところで、五山禅僧が受容したのは、宋元において十分に「禅」化された後の寒拾の形象である。宋元の禅僧の言語に見られるその形象は、ある種の特徴的な志向を持つ。それは、言語の不確定性、身体と事物の虚幻性、そして凡俗に対する超越性、である。大慧宗杲の「説話禅」において、これらは既に定型的な「話頭」として機能していた。つまり、禅師は「上堂」した際に、しばしばそういった志向のもとに禅を説いて神秘性を醸し出し、時には論理を超えた言語を交えつつ、人々が寒山の詩によって禅を悟るよう導いたのである。

宋代初期の禅僧たちが説法する際、もともとこのような志向は、寒山自身が残した詩や僧伝に記された故事と強く結びついていた。ところが、公案が流行し、禅家が寒拾の形象に潜む禅意を常用するようになってからは、そこに変化が生じる。後期の禅家たちの寒拾の援用の仕方や題賛の詠みぶりは、寒拾の原型、即ち彼らが残した詩や僧伝史料における形象とは次第にかけ離れていくのである。結果、寒拾は遂には達磨や慧能、布袋などの「古徳」と同じ扱いを受けるに至る。

五山の禅僧たちが受容したのは、まさに寒拾のこのような形象であり、それをもとに彼らは自らの筆を揮ったと言える。ただし、日本の禅宗は、禅と俗との境界が明確に区別されていた宋・元とは異なり、もともと世俗化の傾向が強い。そのため、五山の詩僧の手によって描かれた寒拾は、文殊と普賢の化身としての神秘性や、世捨て人としての虚幻性を次第に失っていき、世俗的な一面をより強めていくこととなった。五山の詩人たちは、寒拾の形象が有する禅意を保ちつつも、喜劇的な性格の方に着目し、特にそれを強調したのである。これは、宋元の禅僧たちの場合と、明らかに異なる点と言えよう。

五山の禅林文学に見られるそのような傾向は、恐らく当時の禅画と関係がある。日本には、喜劇的な寒拾の姿を描いた作品が数多く現存しており、たとえば、『禅林画賛』に引かれる、**春屋宗園**（一五二九―一六一一）の題賛を持つ「寒山拾得図」がそれである。その題賛は、次のように詠っている。

両箇頭陀骨肉親、立談忘我笑誾誾。平生持帚渾閑事、這裏原来絶点塵。[27]（図十九）

春屋宗園は、桃山時代における禅門の高僧であり、茶道と水墨画の発展に大きく寄与した人物である。『禅林画賛』は、この題賛が付された「寒山拾得図」を室町時代における水墨画の技術の継承と発展を示すものとし、梁楷の溌墨の藝術が存分に活かされて超現実的な雰囲気が横溢している、と述べている。絵画そのものの内容について言えば、そこに描かれた寒拾の形象は、戯画的な性格を強く帯びており、春屋宗園の題賛も禅家の「無処掃」「無須掃」の境地を強調している。また、もともと頭頂部を露わにしていたはずの僧が、この絵画ではボサボサに髪を伸ばし、拾得に至ってはそれを束ねて結わえている。このような姿は、『寒山詩集』や『宋高僧伝』のなかの寒山とは大きく隔たっていると言わねばならない。もとより、日本にもたらされた牧谿や因陀羅、顔輝らの禅画の影響も考えられようが、それらより明らかに世俗的・喜劇的な側面が強まっているのである。更に江戸時代に至ると、寒拾の形象は一種の文化的な符号として広く流行し、大量の絵画が描かれることとなる[28]。寒拾の地位は益々高まって、釈迦の画像と肩を並べるまでになり、その喜劇性もまた更に強調されていくのである。このような現象は、寒拾の形象が海を越えて日本に渡った後の新たな藝術環境において育まれたものと言えよう。

他方、中国においても寒拾の形象は発展と変化を遂げていき、明清の頃になると、それは土着の民俗と結びついて「和仙」「合仙」となる（図七参照[29]）。普賢・文殊の化身としての神秘性が高められた結果、寒拾は民間における神となり、またその明朗快活な部分も大きく強調されていくのである。これは、後代の日本において、寒拾が完全に世俗化された「喜劇スター」として注目を集めていたのと様相をやや異にする。中国では、禅文化の低迷とともに寒拾は士大夫の雅なる文化から姿を消し、次第に民間層の文化のなかへ融け込んでいったと考えられる。しかし日本では、その外来の身分と、禅家としての性格が起因して、彼らは常に文人たちの「明星《アイドル》」であり続けたのである。

このように同じ源から別の流れが形成されていく現象は、極めて興味深いものである。それは豊富な文化情報を含んでおり、整理と分析を加えれば、当時の寧波・杭州を中心とする中国の禅林と、日本の五山文化との関係を窺い知ることができるのである。また、十二・十三世紀の東アジア漢文学が寧波・杭州一帯を発信地とし、当時強勢となっていた北方のモンゴルの中心地と分離していたことも、注目に値する文化現象と言えよう。

註

（1）これらの師承関係については、主に上村観光編『五山文学全集』別巻（思文閣出版社、一九九二年）、玉村竹二編『五山文学新集』（東京大学出版会、一九六九年）を参考とした。

（2）本稿が扱うのは、主に十三世紀から十四世紀までの僧である。

（3）蔭木英雄『五山詩史の研究』（笠間書院、一九七七年）四四頁参照。

（4）『仏光国師語録』（『大正蔵』№二五四九）巻一〇「年譜」。

（5）同上。

（6）『碧巖録』巻四第三十四則に「（本則挙語）右盼已老、君不見、寒山子、行太早、十年帰不得、忘却来時道」、克勤の解語に「寒山子詩云、『欲得安身処、寒山可長保。微風吹幽松、近聴声愈好。下有班白人、嘮嘮読黄老。十年帰不得、忘却来時道』」。

（7）寒山拾得図の題賛を挙げる際、それに関連すると思われる絵画がある場合は、その情報を後掲する。詩の末尾に付したのはその図の番号である。本稿では絵画の図像は載せずに、作品の題と所蔵先を示すにとどめた。本稿末尾の一覧を参照。

（8）「法歳」とは、僧侶が具足戒を受けた後に夏安居を行った年数をいう。僧林では毎年四月十六日より七月十五日まで夏安居を行い、その最後の一日を一年の終わりとし、元旦を迎える。七月十六日からが新年であり、比丘・比丘尼は受戒後、毎年夏安居が終ったときに法歳が一つ増える。

（9）宣和七年（一一二五）に成立した祖慶重編『拈八方珠玉集』（『卍新纂続蔵経』№一三一〇）に「仏海云、智鬪智、勇鬪勇。拳対拳、踢対踢。且道是誰家風月、吓倒東村李大翁」とあり、これが夢窓の語の基づくところである。この書は、圜悟克勤の序が付された、「説話禅」「参話頭」の経典であり、夢窓がこれを典拠としたのも決して偶然ではない。また、宋濂『文憲集』巻十七「方珍神道碑銘」によれば、元の至正年間の初め（一三四〇）、黄岩沿海一帯に李大翁という名の海賊が存在した。夢窓は、このことを踏まえて上記のように述べているのかもしれない。

（10）本稿で引用する作品のうち、『五山文学全集』所収のものについては、（　）内にその頁数を明記した。

（11）この二幅の絵画は、一つは江戸時代のものであり、もう一つは明人の作品である。時代がやや下るものではあるが、寒山拾得図の多くは前人の作品の模倣や改作が多く、この二幅にも早期の作品の造型や構想が反映されていると思われる。

（12）『旧唐書』「鄭綮伝」に以下のようにある。「綮善為詩、多侮劇刺時、故落格調、時号鄭五歇後体。初去廬江、与郡人別云、『唯有両行公廨涙、一時灑向渡頭風』。滑稽皆此類也。……昭宗見其激訐、謂有蘊蓄、就常奏班簿側注云、『鄭綮可礼部侍郎、平章事』。中書胥吏詣其家参謁、槃笑而問之曰、『諸君大誤、俾天下人幷不識字、宰相不及鄭五也』。胥吏曰、『出自聖旨特恩、来日制下』。抗其手曰、『万一如此、笑殺他人』。明日果制下、親賓来賀、搔首言曰、『歇後鄭五作宰相、時事可知矣』」。

(13) 詩題に見える「月江和尚」は月江正印を指す。正印は、正澄清拙の異父兄。『即休契了禅師拾遺集』(『卍新纂続蔵経』No.一四〇八)「大監禅師舎利塔銘」に「復呉淞、省其同母兄印公月江師於真浄、因留以養高」とある。

(14) 『増集続伝灯録』巻六(『卍新纂続蔵経』No.一五七四)参照。

(15) 虎関師錬「一山国師行状」(『一山国師妙慈弘済大師語録』巻下、『大正蔵』No.二五五三)参照。

(16) 『西岩了慧禅師語録』巻下「寒拾(作一団眠、地有苕帚)」に「五台為床、峨嵋作枕。眠似不眠、惺如不惺。喚起来、三十苕帚柄」、同「拾得磨墨寒山題巌」に「乱石当淘泓、千巌作詩軸。意到句不就、句到意不足。墨漸消、筆漸禿。蒼松偃蹇莓苔緑」、『希叟和尚広録』巻七「寒山拾得(一題詩、一磨墨)」に「国清窃得残羹清飯、也学人前弄竹篙。欲写断崖無活句、心如秋月待如何」、「面皮頑悪髪蓬鬆、磨墨元来也不中。冷看他人書淡字、不知汚得布裙濃」とあり、この句に類似する表現が見られる。

(17) 『景徳伝灯録』巻一七、『五灯会元』巻二。

(18) 『普庵印粛禅師語録』(『卍新纂続蔵経』No.一三五六)。普庵印粛は、仏眼清遠の再伝の弟子。その「塔銘」には、「或問師、『修何行而得此』。師乃当空画云、『還会麽』。其人云、『不会』。師云、『止止不須説』。其峻機玄辯多如此、而歌頌賛語徧伝人間、如『証道歌』『判元録』已盛行於世」とある。ここに見られる「空に画く」という所作は、「無字経」や「寒山 筆を拈る」という所作と近しい関係にあるだろう。

(19) 『大覚禅師語録』巻上(『大正蔵』No.二五四七)。

(20) 『月江正印禅師語録』(『卍新纂続蔵経』No.一四〇九)。

(21) 『禅僧的生涯』一〇九頁(有馬頼底著、劉建訳、中国社会科学出版社、二〇〇〇年)。

(22) 『古林清茂禅師語録』巻四(『卍新纂続蔵経』No.一四一二)。

(23) 『古林清茂禅師拾遺偈頌』(『卍新纂続蔵経』No.一四一三)は、古林の日本での弟子・海濤が、日本で編纂・刊行したものであり、その竺仙梵僊の序には、「昨有如聞上座者、欲南絢、乃附舶而去。飄風至耽羅舶破之、逗留高麗。高麗人問其故、乃出一巨編以示、則皆古林和尚所作。中間唯略間東山空和尚者一二耳、聞乃録之。以為得至宝而帰……於高麗獲此本也、奈何不即開版耶、於是欲募縁」と記されている。古林清茂の影響の大きさを窺い知ることができよう。

(24)　中巖円月の「尚春庵別源禅師定光塔銘」に「師二十七歳、乗商舶往江南、参訪諸老、鳳台古林、天童雲外、天目中峰、本覚霊石、華頂無見、東林古智、円通竺田、妙果南楚、龍岩真首座、般若誠庵主、皆是一代宗匠也。在雲外会下承侍巾瓶、親炙古林最久。遍游江湖、再帰保寧、領知蔵職。南游凡十有一年、元朝至順庚午回郷」とあり、また「真源大照禅師行状」に「復游呉門、時東洲主虎丘而古林守隆祖塔、主賓相忘、旦旦夕夕。敲倡激揚、禅流挟天資而有志斯道者、莫不依此師頡頏其間、古林最喜以為有道韻」とある（『五山文学全集』巻二『東海一漚集』、一〇七九頁）。

(25)　中巖円月『東海一漚集』の「自歴譜」に、「元泰定三年丙寅本朝嘉暦元年春、挂搭呉之霊岩、無幾往建康、見古林和尚於保寧。泰定四年丁卯本朝嘉暦二年夏、在雲岩。秋帰保寧、再参古林和尚」（『五山文学全集』巻二、一〇二六頁）とある。

(26)　中巖の「祭竺僊和尚」（『五山文学全集』巻二『東海一漚集』、九八八頁）に以下のようにある。「泰定乙丑、斗杓建亥、吾往江南、舶碇定海。出示佳什、芳華蓓蕾。天育名勝、賞韻庚載。古鼎附詞、増発光彩。予晞若人、霊師鳳台。再之不遇、帰哉帰哉。蔵拙稠衆、南屛之隅。恵然過吾、鳳林同来。緬懐嘉会、嗟乎難再。幸而吾邦、不見為隘。公先吾来、道契官宰。位衆浄妙、日夜労徠。予自万寿、専使請師。師行不果、宝山俄移。反荷寵呼、半席玷之。及乎赴詔、予学虎渓、不出藤陰。限以三朞、爾来疎闊。或合或睽、識面以降。至於今歳、倒指数之、二十又四。踪跡雖殊、中心密契。崇卑位分、亦同臭味。嗚呼已矣、今已亡兮、永訣不旋、欲得如昔、抵掌談笑、無有間然。而不可得焉。嗚呼哀哉」。

(27)　島田修二郎・入矢義高監修『禅林画賛――中世水墨画を読む』（毎日新聞社、一九八七年）一〇九頁。

(28)　羅時進「日本寒山題材絵画創作及其淵源」（『文藝研究』、二〇〇五年）参照。

(29)　崔小敬「寒山：重構中的伝説影像」（『文学遺産』、二〇〇六年）参照。

図一覧

図一　「寒山図」、虎巌浄伏賛、東京都　静嘉堂文庫蔵。
図二　「拾得図」（図一と双幅対）、神奈川県　常磐山文庫蔵。
図三　伝　可翁「寒山図」（「拾得図」「出山釈迦図」と併せて三幅対）、兵庫県　雲門寺蔵。
図四　同上「拾得図」。
図五　伝　馬麟「寒山拾得図」、石橋可宣賛。
図六　伝　顔輝「寒山図」、東京国立博物館蔵。
図七　同上「拾得図」（図六と双幅対）。
図八　「寒山図」、大千恵照賛、私人蔵。
図九　「寒山図」、カルフォニア大学バークレー美術館蔵。
図十　因陀羅「寒山図」。
図十一　同上「拾得図」（図十と双幅対）。
図十二　伝　梁楷「寒山拾得図」、静岡県　ＭＯＡ美術館蔵。
図十三　伝　牧谿「寒山拾得豊干図」、東京藝術大学蔵。
図十四　因陀羅「寒山拾得図」、楚石梵琦賛、浅野家旧蔵、東京国立博物館蔵。
図十五　「寒山図」、一山一寧賛、静岡県　ＭＯＡ美術館蔵。
図十六　默庵「寒山図」。
図十七　默庵「四睡図」。
図十八　天游松谿「寒山拾得図」、私人蔵。
図十九　伝　周文「寒山拾得図」、春屋宗園賛、東京国立博物館蔵。
図二十　「寒山拾得図」、愛知県　養寿寺蔵。
図二十一　雪舟「寒山拾得図」、京都府　立本寺蔵。

図二十二　伝　啓書記「寒山拾得画像」、愛知県　普済寺蔵。
図二十三　狩野元信「豊干寒山拾得図」、福岡市美術館蔵。
図二十四　森狙仙「指月図」。
図二十五　張路「拾得笑月図」、フリーア美術館蔵。
図二十六　狩野探幽「豊干寒山拾得図」、富山県　瑞龍寺蔵。
図二十七　狩野益信「文殊寒山拾得図」、富山県　善徳寺蔵。
図二十八　狩野景信「寒山拾得図」、富山県　善徳寺蔵。
図二十九　曾我蕭白「寒山拾得屛風」、京都府　興聖寺蔵。

『中興禅林風月集』続考

朱剛
甲斐雄一 訳

『中興禅林風月集』上中下三巻は、「若洲孔汝霖編集、芸荘《うんそう》蕭澥校正」と題するように、宋末の江湖詩人によって編まれた詩僧の絶句集で、全百首を収める。中国ではつとに散佚し、日本の禅林において流伝していたが、近年『全宋詩』の編集・補訂の方面から中国の研究者に注目されつつある。張如安・傅璇琮「日蔵稀見漢籍『中興禅林風月集』及其文献価値[1]」が龍谷大学所蔵本に拠って『全宋詩』を補訂し、続いて卞東波「『中興禅林風月集』考論[2]」、黄啓江「南宋詩僧与文士之互動——従『中興禅林風月集』談起[3]」がそれぞれ入手した異本を対照し、所収される詩人やその詩作について考察を加え、多くの成果をあげた。黄氏の論文は現存する各版本を最も詳細に整理し、卞氏の論文は大塚光信『新抄物資料集成』第一巻の影印本を主な考察対象としているが、この名古屋市蓬左文庫（以下、本稿では蓬左文庫と略称する）蔵本[4]を底本とする『集成』本に付される日本の五山僧が加えたとおぼしき注釈は、龍谷大学蔵本の注釈とほぼ同じものである。これらの注釈は、詩僧に関する伝記資料を少なからず提供してくれるが、それらは現存する他の史料を以て裏付けられるものと、傍証が難しいばかりか、注釈者がどのような資料に拠ったかわからないようなものとがある。こうした「抄物」史料の一般的状況に即して言えば、その注釈が反映するのは必ずしも注釈者個人の学識だけではなく、むしろ禅林における歴代の講習の蓄積とみるべきで、つまり、その情報の出処はかなり古いと考えられるのである。宋末元初、日中両国の禅僧の往来がかなり頻繁であった頃、宋元の日本に渡った禅僧及び日本の入宋・入元僧らは、詩僧についての伝記情報を手に入れ得たと思われ、五山禅林の歴代の講習を通して、こうした情報が「抄物」として今に伝わっているのである。したがって、我々がたとえ傍証となる史料を探し当てられないとしても、これらの注釈の価値は軽視できないのである。

本稿は、主に蓬左文庫本に付される注釈を用い、龍谷大学本等の現存史料を適宜参照して『中興禅林風月集』（以下、本稿では「本集」と略称する）に詩が収められる作者（詩僧）について考察を加える。上述の諸氏による先行研究があるので、本稿を「続考」と題する。全三巻に詩が収められる詩僧は六十二名、『全宋詩』に収録される者もあるため（ただし、『全宋詩』は異なる史料に拠る）、『全宋詩』とその小伝を比較対象として、以下に列挙する。

1．道潜

『全宋詩』第十六冊（一〇七一五頁）に本集所収詩を含む詩十二巻を収録。

按ずるに、参寥子道潜（一〇四三―？）[5]は北宋の著名な詩僧で、陳師道「参寥を送るの序」（『後山集』巻十一）に「妙総師参寥、大覚老の嗣なり」とあることから、彼が雲門宗の禅僧・大覚懐璉の弟子であることがわかる。

2．保暹

『全宋詩』第三冊（一四四五頁）に本集所収詩を含む詩二十五首を収録。

按ずるに、本集は南宋を指す「中興」と題するにもかかわらず、巻頭の二人はなぜか北宋人である（以下にも北宋人と思われる詩僧が収められる）。

3・顗　万

『全宋詩』第二十八冊（一八二七六頁）に詩十四首を収録。張如安・傅璇琮両氏は本集所収詩三首を補遺する。

蓬左文庫本の注釈に「字致一、本集 悟渓と号す」とある。按ずるに、「悟渓」とは「浯渓」の訛伝であろう。『全宋詩』小伝に拠れば、顗万は呂本中（一〇八四―一一四五）と面識があるので、北宋末南宋初の詩僧であろう。

4・蘊　常

『全宋詩』第二十二冊（一四六一五頁）に本集所収詩を含む詩十首を収録。

蓬左文庫本の注釈に「字不軽、号野雲、金山寺無用の弟子なり」とある。『全宋詩』の小伝に拠ると、蘊常、字は不軽、蘇庠（一〇六五―一一四七）兄弟等と交流がある北宋末の詩僧で、著作に『荷屋集』がある。按ずるに、南宋の趙蕃（一一四三―一二二九）に「青原山常不軽に寄す」（『淳熙稿』巻六）があり、また「代書して周愚卿に寄す二首」（其二、『淳熙稿』巻二十）に「窮岡 岡上 欧陽子、荷屋 屋中 常不軽」とある。さらに「周愚卿に寄す」（『淳熙稿』巻二十）に「青原 若《も》し常荷屋を訪《おとな》えば、爾《なんじ》を助け扶携して句の新たなるを覓《もと》めん」とある。これらの詩句から、趙蕃が詠う「荷屋」に住む「常不軽」とは、不軽を字とし『荷屋集』の著者である蘊常であろう。しかしこの蘊常は南宋中期の詩僧である。『全宋詩』第四十七冊（二九六五三頁）には詩僧「常不軽」の詩一首が収録され、小伝に彼が楊冠卿（一一三八―?）と交流があったと説明されるので、趙蕃の詩に詠われる僧侶と同一の人物とみるべきであろう。蓬左文庫本の注釈にある「金山寺無用」については未詳だが、南宋の臨済宗・大慧宗杲に無用浄全（一一三七―一二〇七）

という弟子がいるので、蘊常は彼の弟子であると推測することもできよう。(6) しかし、『全宋詩』所収の蘊常詩には「蘇養直に別る」と題する詩があり、これは確かに北宋末蘇庠と交流した僧侶の作である。蘊常を、北宋末の蘇庠と南宋中期の趙蕃いずれとも交流できる年齢の人物として設定することも可能ではあるが、この両時期に同名の詩僧が二人いて、その詩作が混在して現在もなお判別できない、と考える方が自然であろう。

5・法　具

『全宋詩』第二十七冊（一七四五二頁）に詩十六首を収録。張如安・傅璇琮両氏は本集所収詩一首を補遺する。

蓬左文庫本の注釈に「字円復、号化庵、大鑑派の僧」とある。按ずるに、『直斎書録解題』巻二十一の「『化庵湖海集』二巻、僧法具円復撰」という記述が、この注釈と合致する。だが、「大鑑派」の一語はまったく意味をなさない。「大鑑」とは六祖の慧能を指し、宋代の禅宗はすべて慧能を祖とするので、「大鑑派」でない禅宗はない。禅僧の流派を説明する際に「大鑑派」という言い方はあり得ないので、これは「仏鑑派」の書き誤りかと思われる。(7) もしそうならば、法具は臨済宗楊岐派の仏鑑慧懃（一〇五九—一一一七）の弟子である。楼鑰（一一三七—一二一三）「雲丘草堂慧挙詩集に跋す」（『攻媿集』巻七十三）に「近世の詩僧、具円復・瑩温叟の輩の如きは、淪落して既に尽きぬ」とある。この具円復は法具であるが、彼が慧懃の弟子であれば楼鑰よりも年長であり、かつ同時期に活動できようから、ここでの「近世の詩僧」の謂いに当てはまる。(8)

6・道　全

『全宋詩』第十三冊（九〇五八頁）に、本集所収詩を含む詩六首を収録。

蓬左文庫本の注釈に「字大同、号月庵」とある。按ずるに、『全宋詩』釈道全（一〇三六—八四）の小伝は『天台続集別編』巻五に「字大同」とあるのに拠り、また『五灯会元』巻十七及び蘇轍「全禅師塔の銘」（『欒城集』巻二十五）に述べられる事跡に基づいている。今見るに、この小伝は二人の道全を合わせて一人の伝にしていると思われる。『五灯会元』と蘇轍の銘文が指す道全は、北宋臨済宗黄龍派の真浄克文禅師の法弟・黄檗道全であり、詩に長じていたわけではなく、「字大同」という記述も見あたらない。そして、南宋の史料にこそ字号を「大同」とする禅僧を見つけられる。例えば『銭塘湖隠済顛禅師語録』には、済公が入寂して三日後、「時に江心寺の全大同長老有り、亦た知りて、特に来たりて相送る。会《たまたま》斎罷《おわ》り、全大同長老 済公と龕に入り、香を焚き了《おわ》りて曰く、『大衆聴き著《つ》けよ。……纔《わず》かに清和を過ぎれば昼便ち長く、蓮芰の芬芳 十里に香《かんば》し。衲子 心空しく浄土に帰し、白蓮花の下 慈王に礼す……』」これより湖隠道済（一一三七—一二〇九）が死去した時、全大同が江心寺に居たことがわかる。また、日本東福寺本の『禅宗伝法宗派図』（『大日本古文書・東福寺文書の一』）から「大同全禅師」が臨済宗楊岐派の円極彦岑の法弟で、雲居法如（一〇八〇—一一四六）の孫弟子であることも判明する。その他、黄龍派の塗毒智策（一一一七—九二）の法弟である古月道融の『叢林盛事』巻下に「四明の道全、大同と号する者」の金沙灘頭菩薩像に讃する詩一首を収録する。時代を勘案すれば、以上に見た三種の史料に登場する全禅師は同一人物であり、彼こそが本集に詩を収める道全である。『全宋詩』が収録する六首は、二人の道全として分けられるべきで、かつ『湖隠語録』の偈及び『叢林盛事』の詩一首は、ともに南宋の禅僧道全の詩として遺を補うことができる。

7．曇瑩

『全宋詩』第三十八冊（二四〇二一頁）に本集所収詩を含む詩七首を収録。

蓬左文庫本の注釈に「自ら蘿月と号す」とある。按ずるに、「永安持山主に上《たてまつ》る書」(『四明尊者教行録』巻五)に「乾道二年(一一六六)四月八日蘿月曇瑩」と彼の跋がある。また『楽邦文類』巻五に収める蘿月禅師曇瑩の「西帰軒」詩、および『禅宗雑毒海』巻四に収める「蘿月瑩」の「妙高台」詩は『全宋詩』未収詩である。

8・志南

『全宋詩』第四十五冊(二七六九〇頁)に詩一首、本集所収の「江上春日」詩を収録するが、第二句に異同がある。

蓬左文庫本の注釈に「武夷の僧なり、雪豆派なり」とある。按ずるに、禅家で「雪豆」といえば、雪竇重顕(九八〇―一〇五二)を指すのが一般的で、そうならば志南は雲門宗の僧侶であることになる。しかし、朱熹「南上人の詩に跋す」(『晦庵集』巻八十一)に「南上人 此の巻を以て余に旧詩を求む、夜坐して為に此を写す……南の詩 清麗にして余り有り、格力間暇にして絶えて蔬筍の気無し。『衣を沾《うるお》して湿らさんと欲す 杏花の雨、面を吹きて寒からず 楊柳の風』と云うが如きは、余 深く之を愛するも、世人の如何と以為《おも》うかを知らざるなり。淳熙辛丑清明後一日、晦翁書す」とあり、朱熹が引用する「南上人」の詩句は、「江上春日」詩の後半二句なのである。これより「南上人」は志南その人で、彼が朱熹と同時期の南宋の僧であり、雪竇重顕とは活動時期が大きく離れることがわかる。その上、雲門宗は南宋以降大きく衰微しており、ここでの「雪豆」が重顕を指すとは考えにくい。先に引用した朱熹の跋文が書かれた淳熙八年(一一八一)に、雪竇寺の住持であったのは自得慧暉(一〇九七―一一八三)禅師であり、(9) 足庵智鑑(一一〇五―九二)禅師がその後を継いでいる。(10) 二人とも曹洞宗の高僧で、雪竇寺にて遷化しているが、おそらく志南はどちらかの弟子であったのだろう。

9．宝　曇

『全宋詩』第四十三冊（二七〇八四頁）に本集所収詩を含む詩四巻を収録。蓬左文庫本の注釈に「自ら橘洲と号す」とある。按ずるに、橘洲宝曇（一一二九―九七）は南宋の著名な詩僧であるが、彼の禅門の流派については大きな問題がある。『叢林盛事』巻下に「曇橘洲は、川人なり、乃ち別峰印和尚の法弟なり」とあり、また『増集続伝灯録』巻六「杭州径山石橋可宣禅師」条に「蜀嘉定許氏の子、別峰印公・橘洲曇公の師弟なり、曇 又其の同気なり。時人謂えらく『師 禅は印と、詩は曇と相頡頏す』と」とあることから、橘洲宝曇は別峰宝印（『全宋詩』第三十六冊、二二五二〇頁）・石橋可宣（『全宋詩』未収）と同門の兄弟弟子であり、しかも仏門に入る前には可宣と実の兄弟であったことがわかる。則ち宝曇は臨済宗の楊岐派に属し、円悟克勤（一〇八九―一一六三）の孫弟子、華蔵安民の弟子であると推定される。しかし、『続蔵経』に収められる宝曇の『大光明蔵』には、流派別に前代の主要な禅僧が紹介されるが、円悟克勤の跡には大慧宗杲（一〇八九―一一六三）が記されるのみである。しかもこの書に付される宰相史彌遠の序文には、「橘洲老人、蜀の英なり、奇才有り、能く文を属し、語は輒ち人を驚かす。一日忽ち所業を棄て、上乗に諸方に参ず、後 妙喜の室中に造《いた》り、大事を決し了《おわ》る」とある。妙喜とは大慧宗杲であるから、この序に従えば、宝曇は宗杲の弟子であり、臨済宗大慧派の禅僧となる。宋代の様々な灯録や宗派図は、いずれも華蔵安民や大慧宗杲の後には宝曇を配していない。推測するに、宝曇は本来華蔵安民の弟子であったが、四川を出た後、大慧宗杲に傾倒し、その弟子となった。だが彼は詩を以て名を鳴らしたことで、士大夫には好まれたものの、禅門には数えられなかったと考えられる。

10・居 簡

『全宋詩』第五十三冊（三三〇三二頁）に詩十二巻を収録。張如安・傅璇琮両氏は本集所収詩一首を補遺する。

蓬左文庫本の注釈に「字敬叟、号北磵、蜀人なり」とある。按ずるに、北磵居簡（一一六四—一二四六）については、黄啓江論文を参照されたい。

11・法 照

『全宋詩』第五十七冊（三五九七七頁）に本集所収「表忠観」詩一首を含む四首を収録。張如安・傅璇琮両氏は本集所収の詩を他に三首補遺する。

蓬左文庫本の注釈に「天台の僧、号晦巖、大川の弟子なり」とある。按ずるに、大川普済（一一七九—一二五三）は南宋臨済宗大慧派の禅僧である。『全宋詩』小伝は『新続高僧伝四集』巻三に拠って法照の事跡を記すが、それによれば彼は天台宗の仏光法照（一一八五—一二七三）で、その伝記は『続仏祖統紀』巻一に更に詳しい。南宋の浙江地域において、天台宗と禅宗が互いに強く影響し合ったことを考慮すれば、法照が大川普済を師と仰いだこともあり得ないことではない。

12・義 銛

『全宋詩』第七十二冊（四五二九七頁）に詩一首を収録するが、小伝は無い。

蓬左文庫本の注釈に「字朴翁、号朴庵、会稽の名士葛無懐、字天民、後僧と作《な》るなり」とある。按ずるに、葛天民は南宋の江湖詩人で、『全宋詩』第五十一冊（三二〇六二頁）に本集所収詩を含む詩一巻が収録される。同一人物である義銛と葛無懐を分けて収録する誤りについては、陳新等『全宋詩訂補』[11]の既に指摘するところである。朴翁義銛は臨済宗大慧派の禅僧、仏照徳光（一一二一—一二〇三）の弟子である。禅宗の典籍『禅宗頌古聯珠通集』や『禅宗雑毒海』、また日本の義堂周信が編集した『重刊貞和類聚祖苑聯芳集』や『新撰貞和分類古今尊宿偈頌集』には、義銛の『全宋詩』未収詩が多く見られ、遺を補うことができる。

13・正　宗

蓬左文庫本の注釈に「杭州の呉山の僧なり」とあり、張如安・傅璇琮両氏は『全宋詩』第二十八冊（一八二七四頁）の釈正宗だとし、本集所収詩一首を補遺する。按ずるに、『全宋詩』は正宗の詩五首を収録し、小伝に「出家の後梅山に居す……『愚丘詩集』有り」とする。釈暁瑩『雲臥紀譚』巻上に「池州梅山愚丘宗禅師」と練塘居士洪慶善との夜話を載せるが、この「愚丘宗禅師」が正宗であろう。とすれば北宋末南宋初の禅僧であるが、流派は不明である。

14・志　道

『全宋詩』未収。

蓬左文庫本の注釈に「会稽の人、号蘿屋、痴絶派なり」とある。按ずるに、痴絶道沖（一一六九—一二五〇）は南宋の臨済宗虎丘派の禅僧で、志道が彼の弟子であるならば、宋末元初の僧であろう。

15・永　頤

『全宋詩』第五十七冊（三五九八三頁）に詩一巻を収録。張如安・傅璇琮両氏は本集所収詩一首を補遺する。

蓬左文庫本の注釈に「蜀成都の人なり、字山老、号雲泉、無準派の僧なり」とある。按ずるに、無準師範（一一七八—一二四九）は南宋の臨済宗虎丘派の禅僧である。永頤については、黄啓江論文にて詳しく考証されている。

16・善　珍

『全宋詩』第六十冊（三七七七四頁）に本集所収詩を含む詩一巻を収録。

蓬左文庫本の注釈に「字蔵叟、青原の人なり」とある。按ずるに、蔵叟善珍（一一九四—一二七七）は南宋末の禅僧で、妙峰之善（一一五二—一二三五）に師事した。之善は仏照徳光（一一二一—一二〇三）の弟子で、臨済宗大慧派に属する。善珍の詩は、『増集続伝灯録』や『禅宗雑毒海』、上述の義堂周信が編集した詩集に『全宋詩』未収のものが見られる。

17・斯　植

『全宋詩』第六十三冊（三九三一九頁）に本集所収詩を含む詩二巻を収録。

蓬左文庫本の注釈に「字子莫、号芳庭、天台の人なり。芳庭法師は玄会の弟子なり、天台に在ること日久し、故に山の根源を極知す」とある。詳しくは黄啓江論文を参照。

18・大　椿

『全宋詩』未収。

蓬左文庫本の注釈に「字老壑、号霊岳。……文集十巻、世に行わる」とある。張如安・傅璇琮両氏は『宋詩紀事補遺』巻九十六に見える釈大椿であるとする。

19・恵　斎

『全宋詩』未収。

蓬左文庫本の注釈に「字挙直、廬山東渓寺に至り、常崇禅師に参ず。文集四十六巻有り、『草堂集』と号す」とある。按ずるに、張如安・傅璇琮両氏は龍谷大学蔵本が「慧峰」と作るのに従うが、「慧斎」・「慧峰」のいずれであっても法名ではなく別号であろう。そして、本集の僧名はすべて法名を用いている。筆者は「慧挙」の訛伝ではないかと考える。恵挙は南宋の詩僧で、周必大「乾道壬辰（一一七二）南帰録」（『文忠集』巻百七十一）二月戊午の条に「僧慧挙有り、字挙直、姓朱氏、父祖 皆仕宦す、頗る詩を能くし、庵に住むこと数里の間に在り。予の山に入るを聞き、来たりて相伴う」とあり、また楼鑰「雲丘草堂慧挙詩集に跋す」（『攻媿集』巻七十三）に「余 頃歳 雲巌に遊ぶ、詩牌の壁上に挂《か》かる有り、塵を払いて之を読むに、云く『朝に見る 雲の巌上従《よ》り飛ぶを、暮れに見る 雲の巌下の宿に帰るを。朝朝暮暮 雲来り去る、屋老い僧移りて翻覆幾《いく》ばくぞ。夕陽 流水 乱山に空しく、巌前の芳草 年年緑なり』と。其の清きこと甚だなるを愛し、其の名を視るに、則ち僧挙なり。曰く、『季若に非ざるや』と。僧曰く、『此 今の廬山老慧挙なり』と。後 其の詩編を得、『雲丘草堂集』と号す、呂東萊紫微公・雪谿王性之・後湖蘇養直・徐師川・朱希真の諸公と遊ぶに及び、最後は尤も范石湖の知る所と為り、尽く其の大峨の諸詩に和す……」とある。周必大が慧挙を「字挙直」と記し、楼鑰がその文集を『雲丘草堂集』と呼んでいること、蓬左文庫本の注釈と合致することから、本集の署名の誤りを正すことができよう。また他の史料を用いて、この注釈が依拠するところを示すこともできる。范成大の『石湖詩集』に「挙書記」との唱和詩が見えるが、これは慧挙に違いない。また、陸游「雲丘詩集の後に跋す」（『渭南文集』巻二十九）に宋代の詩僧を列挙しているが、中でも慧挙を高く評価している。しかし、現存する慧挙の作品は上掲の楼鑰が引用する詩牌と、本集に載せる「琅花洞」のみである。その他、注釈に見える廬山東渓寺の常崇禅師なる僧の記録は、宋代灯録には見られず、未詳であるが、もし東林常総（一〇二五—九一）だとすると、活動時期が慧挙と合わない。楼鑰の記述からも、慧挙が廬山に居たのは確かなので、この注釈も必ず依拠するところがあるに違いなく、更なる考証が必要である。

20・紹　嵩

『全宋詩』第六十一冊（三八六〇五頁）に詩七巻を収録。張如安・傅璇琮両氏は本集所収詩二首を補遺する。蓬左文庫本の注釈に「字亜愚、青原の人なり、痴絶派の僧なり」とある。按ずるに、痴絶道沖（一一六九—一二五〇）は南宋の臨済宗虎丘派の禅僧である。詳しくは黄啓江論文を参照。

21・行　昱

『全宋詩』未収。

蓬左文庫本の注釈に「字如昼（晝）、号龍巖」とある。按ずるに、張如安・傅璇琮両氏は彼を宋末の句容の僧だと考証し、字を蓬左文庫本とは異なる「如画（畫）」とするが、名が「昱」なので、字も「如昼」とすべきであろう。

22・永　際

『全宋詩』未収。

蓬左文庫本の注釈に「号瘦巖、南州の人、大川派なり」とある。按ずるに、大川普済（一一七九―一二五三）は南宋の臨済宗大慧派の禅僧である。張如安・傅璇琮両氏は龍谷大学本に従って「永隆」とする。無文道璨「瘦巖序」（『無文印』巻七）に「淳祐戊申（一二四八）二月、隆上人 霊隠自《よ》り予を径山に訪ね、瘦巖を以て序を謁《こ》う」とあり、また同書巻十七には「隆瘦巖に与うる書」が見える。ここから、「永隆」に作るのが正しいとわかる。

23・道　璨

『全宋詩』第六十五冊（四一一六一頁）に詩二巻を収録。

蓬左文庫本は上巻の「道場雲峰閣下に宿す」詩の題下に道璨と記し、注に「字無文」とある。按ずるに、張如安・傅璇琮両氏は龍谷大学本には署名がないことから、すぐ前の「崇真観」と同じく永隆の作と見なす。同じ上巻の後方に、また道璨と署名する「湯晦静の盱江守に起つを送る」、「丞相鄭青山に上《たてまつ》る」二首があり、同じ一巻の中に同一作者の作品を二箇所に分けて収録するのは不合理であるので、蓬左文庫本の先の署名を衍文と見なしたのだろう。しかし、筆者が目睹した国立公文書館内閣文庫（以下、内閣文庫と略称する）蔵の白文本『中興禅林風月集』上巻にも、「道場雲峰閣下に宿す」詩の題下に道璨の署名がある以上、これを道璨ではなく永隆の作と断じてしまうのは早計であろう。無文道璨（一二一三―七一）は南宋の臨済宗大慧派の禅僧で、『全宋詩』に収録する「晦静湯先生を迎ゆ」詩は本集の「湯晦静の盱江守に起つを送る」詩であり、また「安晩節丞相に上る三首」の第一首は「丞相鄭青山に上る」詩である。(12)「道場雲峰閣下に宿す」詩は未収だが、『全宋詩』四一一七五頁の「秋思」詩の「自ら団扇を携えて堦を繞《めぐ》りて行く」という句は、該詩の第二句「自ら団扇を携えて堦を下りて行く」とほぼ一致する。

24・覚崇
『全宋詩』未収。
蓬左文庫本の注釈に「蜀の人、号雪牛、円悟派の僧なり」とある。按ずるに、円悟克勤（一〇六三―一一三五）は臨済宗楊岐派の著名な禅僧で、南宋の大慧派、虎丘派はみな円悟の門下から出ている。虎丘派の『痴絶道沖禅師語録』巻下に「覚崇禅人に示す（建寧府の三峰に前往す）」という法語があるので、道沖（一一六九―一二五〇）と同時期の人物であろう。

25・赤驥
『全宋詩』未収。張如安・傅璇琮両氏は本集所収詩二首を補遺する。
蓬左文庫本の注釈に「字希良、号北野」とある。管見の限り、関連する史料は見あたらない。

26・宝沢
張如安・傅璇琮両氏は龍谷大学本に拠って「宗𤁋」とするが、内閣文庫本は蓬左文庫本と同じく「宝沢」に作る。いずれも『全宋詩』には未収。
蓬左文庫本の注釈に「自ら秋巖と号す、文集四十巻 世に行わる」とある。管見の限り、関連する史料は見あたらない。

27・祖阮

張如安・傅璇琮両氏は「祖元」とする。内閣文庫本は蓬左文庫本と同じく「祖阮」に作る。『全宋詩』に祖阮はなく、「釈祖元」はあるが、張・傅両氏は別人だと判断している。

蓬左文庫本の注釈に「字叔円、又翁淵、号清渓、即ち密庵派の僧なり」とある。按ずるに、密庵咸傑（一一一八―八六）は南宋の臨済宗虎丘派の禅僧である。

28・師　侃

『全宋詩』未収。本集は彼の詩を三首収める。

蓬左文庫本の注釈に「天台の人なり、字直翁、号真山」とある。按ずるに、『全宋詩』第六十五冊（四〇六五六頁）に劉瀾（?―一二七六）の「夜 侃直翁を訪ぬ」詩があり、この「侃直翁」は師侃であろう。とすれば劉瀾と同時期、南宋末の人物である。

29・行　肇

本集には「探梅」詩に行肇の署名があるが、『全宋詩』第五十九冊（三六九二四頁）では作者を釈元肇としている。「行」は恐らく書き誤ったのだろう。

蓬左文庫本の注釈に「自ら淮海と号す」とある。按ずるに、淮海元肇（一一八九―?）は仏照徳光の孫弟子、浙翁如琰（一一五一―一二二五）の弟子であり、臨済宗大慧派に属する。詳しくは黄啓江論文を参照。

30・恵　嵩

『全宋詩』第七十二冊（四五四三五頁）に本集にも所収の詩一首を収録。

蓬左文庫本の注釈に「字少陵、青原の人なり、号雪庭」とある。按ずるに、黄啓江氏は周弼に「恵嵩上人の西山蘭若に住するを送る」詩（『端平詩雋』巻二）があることを指摘している。

31・智　逸

『全宋詩』未収。

蓬左文庫本の注釈に「字仲俊、号竹渓、詩集二巻、世に行わる」とある。管見の限り、関連する史料は見あたらない。

32・可　翔

『全宋詩』未収。

蓬左文庫本の注釈に「字沖高、自ら侵翁と号するなり」とある。張如安・傅璇琮両氏は南宋嘉定年間の呉の僧だと推測している。

33・宝　瑩

張如安・傅璇琮両氏は「宗営」とし、『宋詩紀事』巻九十三は「宗瑩」とする。『全宋詩』にはこれらの名前は見あたらない。

蓬左文庫本の注釈に「字叔温、玉山の人、号玉澗、詩集一巻在り」とある。按ずるに、無文道璨（一二一三―七一）「瑩玉澗詩集序」（『無文印』巻八）に「予の友 瑩玉澗、早《つと》に諸生と為り、場屋に遊ぶも、数《しばしば》利ならず、是に於いて緇を以て儒に易ゆ。胸中の存する所、浩浩として遏《とど》むべからず、溢れて詩と為る」とある。恐らくはこの僧であろう。

34・希　顔

『全宋詩』未収。張如安・傅璇琮両氏は本集所収「普和寺」詩が『宋詩紀事』巻九十三に晞顔（字聖徒、号雪渓）の作として見えることを指摘している。

蓬左文庫本の注釈に「浙江の人なり、元広寺に住す、録有り、号して『希顔録』と曰《い》う、世に行わる」とある。按ずるに、この僧の法名は、各史料で「希顔」や「晞顔」或いは「睎顔」に作っている。『仏祖統紀』巻十六に「首座晞顔、字聖徒、自ら雪渓と号す、四明奉化の人……居る所の小軒に扁して『憶仏』と曰う、詩を作り以て志を見《あらわ》す……」とある（同書の巻二十七では「晞顔」とする）。彼は天台宗の僧だが、浄土教にも通じていた。『楽邦文類』巻五に「雪渓首座希顔」作の「憶仏軒詩」十首を収めるが、そのうちの一首は前掲『仏祖統紀』が引用する詩と同じものである。また『四明尊者教行録』巻七には、「雪渓希顔」が紹興甲戌（一一五四）に書いた「四明法智大師賛」を収める。さらに、『法華経顕応録』巻下に希顔「無畏法師（法久）を悼む」詩一首が見える。

35・法　淵

『全宋詩』未収。

蓬左文庫本の注釈に「号別舸、永嘉の人」とある。管見の限り、関連する史料は見あたらない。

36・夢 真

『全宋詩』未収。

蓬左文庫本の注釈に「号覚庵、杭州宣城の人なり」とある。按ずるに、覚庵夢真は松源崇岳（一一三二―一二〇二）の孫弟子、大歇仲謙の弟子で、臨済宗虎丘派に属する。日本の前田育徳会尊経閣文庫には、彼の『籟鳴集』・『続集』の抄本が現存する。この抄本に収める二百三十五首の詩歌については、金程宇氏の論文が既にあるが[13]、その中には本集所収の「江西の故人に寄す」詩は入っていない。また、義堂周信が編集した詩集（『重刊貞和類聚祖苑聯芳集』、『新撰貞和分類古今尊宿偈頌集』）にも少なからず『籟鳴集』・『続集』には見えない夢真の詩作を収めている。ここから推測するに、五山の禅林では『籟鳴集』・『続集』以外の夢真の詩集が流伝していたと思われ、更なる考証の余地がある。この他、『籟鳴集』には「蕭芸荘の江西に帰るを送る」詩が見えることから、夢真と本集の校正に携わった蕭澥の間に交流があったことがわかる。

37・自 南

『全宋詩』第七十冊（四四四四五頁）に詩一首を収録。張如安・傅璇琮両氏は本集所収詩一首を補遺する。

蓬左文庫本の注釈に「号叔凱、天台の人なり」とある。按ずるに、『全宋詩』小伝は自南を「生平不詳」とし、宋末の人かと推測している。『無文印』巻八の「周衡屋詩集序」には「頃《このごろ》故人南叔凱と南湖に見《まみ》ゆ」とあり、また同巻十三の「祭霊鷲（行）果南澗講師」に「尚記《しる》す 昔者 侍坐せし時、升降進退、眼中に凡子無く、韻は叔凱の如く、清なること小山の如く、雅なること貫卿の如く、和なること養直の如し、顒顒卬卬、応接 暇あらず。今三子者は已に作すべからず、小山 深く台雲に入る……」とある。これより、自南は無文道璨（一二一三―七一）と同時期の天台宗の僧で、道璨より先に世を去ったことがわかる。また、「大慧・痴絶・天目・偃谿・晦巖・断橋・象潭・叔凱諸老の墨跡に跋す」（『元叟行端禅師語録』巻八）に「叔凱の苦吟、浪仙（賈島）を師として及ばざる者なり、『九皐集』今焉《ここ》に在り」とあり、彼の別集が『九皐集』であることがわかる。

38・覚　真

張如安・傅璇琮両氏は「覚新」に作る。『全宋詩』にはいずれも未収。

蓬左文庫本の注釈に「会稽の僧なり、字行古、号冶城」とある。按ずるに、黄啓江氏が周弼に「覚新上人の越に還《かえ》るを送る」詩（『端平詩雋』巻二）があることを指摘しているが、これに拠れば「覚新」に作るのが正しい。

39・正　暹

張如安・傅璇琮両氏は「正邏」に作る。『全宋詩』にはいずれも未収。

蓬左文庫本の注釈に「潁川永寧県の人なり、号石庵」とある。管見の限り、関連する史料は見あたらない。

40・智　綱

『全宋詩』未収。

蓬左文庫本の注釈に「号柏渓、四明の人」とある。張如安・傅璇琮両氏は宋末の僧だと推測している。

41・海　経

張如安・傅璇琮両氏は「海径」に作る。『全宋詩』にはいずれも未収。

蓬左文庫本の注釈に「字巨淵、号柏巌」とある。管見の限り、関連する史料は見あたらない。

42・若　渓

『全宋詩』未収。

蓬左文庫本の中巻「夜坐」詩の注釈に「雪川の僧、号雲壑、雪豆派の僧」とある。しかし、下巻の「山中」詩の注釈では「号雲岳」に作る。按ずるに、本集における「雪豆」が雪竇重顕（九八〇―一〇五二）ではないと思われることについては、「8・志南」の条で既に述べた。

43・本　立

『全宋詩』未収。

蓬左文庫本の注釈に「号虚舟なり」とある。按ずるに、『江湖後集』巻二十に李龏「虚舟立上人の天竺に還《かえ》るを送る」詩があり、また釈文珦『潜山集』巻五に「立虚舟を哭す」詩があるが、おそらくこの本立であろう。

44・法　俊

『全宋詩』未収。

蓬左文庫本の注釈に「自ら退庵と号す」とある。管見の限り、関連する史料は見あたらない。

45・妙　通

『全宋詩』未収。

蓬左文庫本の注釈に「字介石、号竹野」とある。張如安・傅璇琮論文及び黄啓江論文ともに、周弼に「僧妙通の平江万寿寺に遊ぶを送る」詩（『端平詩雋』巻二）があることを指摘している。

46・宗　敬

『全宋詩』未収。

蓬左文庫本の注釈に「号菊荘、天台の人なり」とある。管見の限り、関連する史料は見あたらない。(14)

47・景　偲

『全宋詩』未収。

蓬左文庫本の注釈に「字与明、号蘭諸、天台の人なり」とある。管見の限り、関連する史料は見あたらない。

48・曇　岳

『全宋詩』未収。

蓬左文庫本の注釈に「閩中の僧なり」とある。管見の限り、関連する史料は見あたらない。

49・如　広

『全宋詩』未収。

蓬左文庫本の注釈に「号黙堂なり」とある。管見の限り、関連する史料は見あたらない。

50・守　輝

『全宋詩』未収だが、張如安・傅璇琮両氏は『全宋詩』第七十二冊（四五二五〇頁）の「釈輝」がこの守輝だとする。蓬左文庫本の注釈に「字明遠、霅川の人なり」とある。龍谷大学本には他に「作る所は『船窓集』と号す」という注釈もある。張如安・傅璇琮両氏は、釈永頤『雲泉詩集』に「霅城に遊びて輝明遠に寄す」詩が、釈居簡『北磵集』巻五に「輝船窓に過ぎらる」詩があることを示し、注釈を裏付けている。按ずるに、張・傅両氏の考証は正しいが、ただ『全宋詩』に収める釈輝詩五首のうち、『宋藝圃集』巻二十二から収録する二首は実際には北宋の詩僧仲殊の詩作であり、『宋藝圃集』が作者を「僧暉」と、仲殊の俗名「張揮」を用いて記すことから誤ったものと思われる。

また、本集所収の守輝「八月十四夜　印書記に簡す」詩の題に見える「印書記」に、蓬左文庫本は「径山の印月江なり」と注している。按ずるに、『続蔵経』に『月江正印禅師語録』三巻を収録するが、上巻の「月江和尚初住常州路碧雲禅寺語録」に拠れば、初めて住持となったのは元貞元年乙未（一二九五）であるので、彼が書記であったのはそれよりも前のことであろう。守輝は北磵居簡（一一六四―一二四六）や月江正印と交流しているので、宋末元初の僧侶であろう。

51・永　聡

『全宋詩』未収。

蓬左文庫本の注釈に「霊隠の僧なり」とある。張如安・傅璇琮両氏は、釈居簡「金山蓬山聡禅師塔の銘」（『北磵集』巻十）に、字自聞、号蓬山、于潜徐氏の子で、径山別峰に師事したと記されるのを紹介した上で、「しかしこの銘文には霊隠の僧であったことは記されておらず、彼がこの詩僧の永聡と同一の人物か否かはわからない」と述べている。

按ずるに、北礀の銘文の僧侶は、南宋の臨済宗楊岐派の禅僧・蓬庵永聡（一一六一―一二二五）で、彼は径山寺の別峰宝印禅師の法弟である。筆者は、本集の注釈は日本の五山禅林における講習の蓄積された成果であり、こうした禅僧と禅門の流派について、とりわけ径山寺の関係者については熟知しているはずであると考える。よって、ここの詩僧・永聡が蓬庵永聡であるならば、当然注釈が付されるに違いあるまい。以上のような観点から、筆者はこの永聡は別の僧ではないかと考えている。

52・子　蒙

『全宋詩』未収。

蓬左文庫本の注釈に「天竺寺の僧なり」となる。按ずるに、『景徳伝灯録』巻二十六の目録に、永明延寿禅師の法弟「杭州富陽子蒙禅師」が見えるが、この僧であろうか。永明延寿（九〇四―七五）は北宋法眼宗の禅僧である。

53・嗣　持

『全宋詩』未収。

蓬左文庫本の注釈に「号高峰」とある。張如安・傅璇琮両氏は、張鎡『南湖集』巻六に「嗣持上人に贈る」詩が見えることを指摘している。

54・守　璋

『全宋詩』第三十七冊（二三三八九頁）に本集下巻に収録する「春晩」詩一首を収録。

蓬左文庫本の注釈に「呉山の僧なり」とある。按ずるに、『全宋詩』小伝に拠ると、守璋は紹興初に臨安天申万寿円覚寺に住したとあるので、南宋初期の天台宗の僧であろう。

55・清　順

『全宋詩』第十六冊（一〇七〇九頁）に本集所収詩を含む詩五首を収録。

蓬左文庫本の注釈に「天竺の僧なり」とある。按ずるに、『全宋詩』小伝に拠ると、清順は北宋の杭州の僧である。(15)

56・若　珍

『全宋詩』未収。張如安・傅璇琮両氏は「若玢」に作り、『全宋詩』第七十二冊（四五三五七頁）の「釈若芬」と同一の僧とした上で、本集所収詩一首を補遺する。

蓬左文庫本の注釈に「字仲巖、号玉磵、金華の人なり」とある。按ずるに、張・傅両氏の考証は正確であり、注釈の字や号から見ても、この僧の法名は「若玢」とすべきである。

57・景　淳

『全宋詩』第十八冊（一二〇六〇頁）に本集所収詩を含む詩二首を収録。

蓬左文庫本の注釈には「桂林の人なり」とある。按ずるに、景淳は北宋の僧で、彼については『冷斎夜話』巻六に見える。

58・致　一

『全宋詩』未収。

蓬左文庫本の注釈には「青原山の人なり」とある。管見の限り、関連する史料は見あたらない。

59・中　宝

張如安・傅璇琮両氏は「仲宝」に作り、内閣文庫本は「中瑤」に作る。いずれも『全宋詩』には未収。

蓬左文庫本の注釈には「号月渓、武林の僧なり」とある。張・傅両氏は、周弼に「僧仲宝月渓に贈る」詩があることを指摘している。

60・法　欽

『全宋詩』未収。

蓬左文庫本の注釈には「呉門の僧なり」とある。按ずるに、『直斎書録解題』巻十五に『唐僧詩』三巻を著録し、「呉僧法欽　唐僧三十四人詩二百余篇を集む、楊傑次公　之が為に序す」とある。これに従えば、法欽は無為居士・楊傑と同時期であり、北宋の僧である。

61・俊　森

張如安・傅璇琮両氏は「復森」に作る。いずれも『全宋詩』未収。

蓬左文庫本の注釈には「山陰の僧なり」とある。按ずるに、『偃渓広聞禅師語録』巻上に収める「慶元府阿育王広利禅寺語録」には「侍者復森編」とあり、恐らくはこの僧であろう。偃渓広聞（一一八九―一二六三）は南宋の臨済宗大慧派の禅僧である。

62・清　外

『全宋詩』第七十二冊（四五一九五頁）に詩一首を収録。張如安・傅璇琮両氏は本集詩一首を補遺する。

蓬左文庫本の注釈には「呉中の僧なり」とある。按ずるに、『全宋詩』には小伝がなく、管見の限り、関連する史料は見あたらない。

註

（1）『文献』二〇〇四年第四期。

（2）『域外漢籍研究集刊』第三輯（中華書局、二〇〇七年）。

（3）『一味禅与江湖詩』（台湾商務印書館、二〇一〇年）に収録。

（4）卞氏は影印本が「京都府立総合資料館所蔵本に基づく」ものだと誤認し、黄氏もこの説に従っている。実際には、『新抄物資料集成』第一巻には京都府立総合資料館所蔵の『中興禅林風月集抄』と蓬左文庫所蔵の『中興禅林風月集』の二種の影印が収められており、卞氏のいう『集成』本とは後者を指す。

（5）蘇軾「太虚・辨才の廬山題名に跋す」（『東坡題跋』巻六）に「太虚今年三十六、参寥四十二、某四十九」とあることから、道潜が蘇軾より七歳若いことがわかる。

(6) 無用浄全は『全宋詩』第四十七冊（二九五六五頁）に詩七首が収録される。浄全の伝記史料には、彼が金山寺の住持であったとするものは無く、径山寺にて大慧宗杲に弟子入りしたとあるので、「金山」は「径山」を誤写したものかと思われる。

(7) 俗字の「仏」は筆画が乱雑であった場合や字がかすれていた場合、「大」と誤認しやすい。

(8) 蘊常と法具に関する史料は、他に『竹荘詩話』巻二十一、『輿地紀勝』巻五に引く洪邁『夷堅己志』がある。

(9) 『嘉泰普灯録』巻十三「臨安府浄慈自得慧暉禅師」条に「紹興丁巳（一一三七）、待制仇公悆 補陀に開法せんことを請い、万寿及び吉祥・雪竇に徙《うつ》らしむ。淳熙三年（一一七六）勅して浄慈を補さしむ……七年（一一八〇）秋 雪竇に退帰し、明覚塔に晦蔵す。十年（一一八三）仲冬二十九日中夜、沐浴して偈を書して逝く」とある。

(10) 楼鑰「雪竇足庵禅師塔の銘」（『攻媿集』巻百十）に「（淳熙）十一年（一一八四）、雪竇 席を虚しうし、衆皆師を以て請を為す……勉めて起廃を為し、一住すること八載なり」とあり、足庵智鑑が自得慧暉の直後に雪竇寺の住持となったことがわかる。

(11) 大象出版社、二〇〇五年、六九七頁。

(12) 「安晩」は南宋の宰相・鄭清之（一一七六―一二五一）の別号である。ゆえに『全宋詩』の「安晩節丞相に上る三首」という詩題の「節」字は衍字であろう。恐らくは「鄭」字の訛伝と思われる。

(13) 金程宇「尊経閣文庫所蔵『籟鳴集』『続集』校録」、『稀見唐宋文献叢考』（中華書局、二〇〇八年）に所収。

(14) 11・法照や17・斯植、そして37・自南の条で見たように、本集の注釈で「天台僧」、「天台人」、「天台之人」という時には、天台宗の僧侶を指すようである。

(15) 釈暁瑩『雲臥紀譚』巻上に、熙寧年間の西湖の僧・清順の詩二首を収めるが、これは『全宋詩』未収詩である。しかし、『天聖広灯録』巻二十八にはこの二首を霊隠玄順庵主の作として収める。『天聖広灯録』の方が先に成立しているので、後人の作品に誤るとは考えにくく、この二首は玄順の作であろう。玄順は北宋法眼宗の僧であるが、『全宋詩』には未収。

日本入宋僧南浦紹明および宋僧の詩集『一帆風』について

陳　　捷

はじめに

南浦紹明は中国より日本に赴いた名僧蘭渓道隆の弟子であり、日本禅宗史上における重要人物である。若き日に入宋し、仏果圜悟門下の虎丘派の虚堂智愚のもとで長年修行を積み重ねた末に大悟した。その後、虚堂智愚の法を継承し、帰国後、多くの臨済禅の弟子を養成し、円寂の後、後宇多法皇により円通大応国師の号を賜っている。一方、彼が中国より持ち帰った飲茶の方法、茶典および茶道具は日本茶道の形成過程において重要な役割を果たした。

南浦紹明が中国より持ち帰った文物の中に、帰国の際に中国の僧侶から贈られた一巻の送別詩の詩軸が存在していた。この詩軸をもとに、寛文四年（一六六四）に刊刻された『一帆風』と題する詩集が今日まで伝えられている。本書は中国の歴代の目録書においては著録されず、日本においても伝本が少ない。その内容については、『五山文学新集　別集』において収録されたものの、そのテキストや内容に関する研究はほとんどなされていない。そのため、筆者は二〇〇六年八月に中国の四川大学で開催された「国際宋代文化研究討論会」において、「日本入宋僧南浦紹明与宋僧詩集『一帆風』」と題する研究発表を行い、その際に提出した論文が『中国典籍与文化論叢』第九輯に発表された。(1) この小論はいささかの反響を起こし、その後、中国では、侯体健「南宋禅僧詩集『一帆風』版本関係蠡測」および許紅霞「日蔵宋僧詩集『一帆風』相関問題之我見」などの論考が相次いで発表された。(2) 本稿では、これらの論考を踏まえて前稿に加筆し、入宋僧南浦紹明の経歴および彼が帰国の際に中国の僧侶から贈られた送別詩の詩集『一帆風』の版本について紹介した。これを通して、より多くの宋代文化の研究者が、日本に保存されている宋代中日文化交流の資料の研究に興味を持つようになれば幸いである。

一　日本入宋僧南浦紹明と『一帆風』

南浦紹明（嘉禎元年一二三五—延慶元年一三〇八）、道号南浦、法諱紹明、俗姓藤原氏、日本駿河国（今の静岡県）安倍郡の人。少年時代に建穂寺の浄辯法師より天台の学を学び、十五歳の時に薙髪して具足戒を受け、鎌倉に赴いて中国より来た名僧蘭渓道隆に師事している。

蘭渓道隆（南宋寧宗嘉定六年（建保元年）一二一三—南宋衛王祥興元年（弘安元年）一二七八）は西蜀出身の中国の禅僧であり、無準師範、痴絶道冲に師事し、松源崇岳の法嗣である無明慧性の法を嗣ぎ、南宋理宗の淳祐六年（寛元四年、一二四六）に弟子である義翁紹仁、龍江応宣などの同行のもと日本に赴いている。程なくして、彼は鎌倉幕府の第五代の執権である北条時頼（一二二七―六三）の招きを受けて、鎌倉の寿福寺および常楽寺に向かい、北条時頼の帰依を受けている。建長元年（南宋理宗淳祐九年、一二四九）に、蘭渓道隆は北条時頼の支持のもと、日本最古の純粋な禅宗の規格による寺院である建長寺を住持、修建し、建長五年（一二五三）に寺院が落成した後はこの鎌倉五山の首に位置する禅寺の開山となった。建長寺のような重要な寺院を中国僧を迎えて住持修建したことは、鎌倉幕府の京都朝廷に対する政治姿勢の誇示であるとともに、鎌倉幕府が宋代の僧侶のもたらす最新の禅宗文化を受け取ることによって、精神的、文化的方面において独自の発展方向を確立したことを示すものでもあった。

蘭渓道隆は日本において三十三年の歳月を過ごし、三度建長寺を住持したほか、後嵯峨天皇の招きに応じて京都に赴き、建仁寺の第十一世の住持となり、禅林の規則に法って建仁寺の入寺開堂の儀式を行い、また宋代の禅によって一連の改革を行い、『大覚禅師語録』、『辨道清規』等の著作を残し、日本の禅宗史上に重要な業績を残している。その円寂の翌年、天皇は大覚禅師と勅諡したが、これはまた日本最初の勅諡による禅師号である。

南浦紹明が鎌倉に到着し蘭渓道隆に師事したのは、ちょうど蘭渓道隆が北条時頼の発願によって建長寺を建立することとなったその年のことであった。その後、彼は蘭渓道隆に従って修行すること十年、正元元年（一二五九）、二十五歳の時に入宋したようである。

南浦紹明は他の入宋僧である成尋、奝然、戒覚のように、『参天台五臺山記』、『巡礼記』、『渡宋記』等の宋での記録を残していないため、その入宋後の経歴に関しては、弟子が編纂した『大応国師語録』、『大応国師語録』巻末に附載されている杭州路中天竺天歴万寿永祚寺の住持である廷俊による「円通大応国師塔銘」や、虚堂智愚の『虚堂智愚禅師語録』など、限られた記載を参照するしかない。「円通大応国師塔銘」によれば、南浦紹明は入宋後、「遍参知識」し、その後、虚堂智愚を師として修行を行ったという。

虚堂智愚（一一八五―一二六九）は俗姓陳、号は虚堂、息耕叟などである。四明象山の人、十六歳で出家し、宋理宗の紹定二年（一二二九）嘉興府興聖禅寺に住し、その後、報恩光孝寺、慶元府顕孝寺、瑞岩開善寺、万松山延福寺、婺州雲黄山宝林寺、冷泉寺、慶元府阿育王山広利寺、柏岩慧照寺、臨安府浄慈報恩光孝寺、径山興聖万寿寺に住している。虚堂智愚は仏果圜悟門下の虎丘一派に属していたが、これは松源崇岳の法嗣である運庵普岩の法嗣で、宋の理宗、度宗の両朝の帰依を受けている。国家の政治権力の保護を求め、形式化した棒喝主義と機鋒を玩弄する当時の禅宗界の堕落した状況に彼は不満であり、固く禅者の本分を守り、純粋な禅風を守ることに務めたため、『虚堂智愚禅師語録』に附載された釈法雲の「行状」においては、彼を「平生不通方、与時寡合。臨事無所寛仮、言纔脱口、則釈然無間。以是学者畏而仰之」と称えている。(3)

『虚堂智愚禅師語録』には虚堂智愚と南浦紹明との交流の記録のほかに、虚堂智愚と日本の禅師智光、さらに源侍者と呼ばれている日本の僧侶との交流の記録を収めている。『虚堂智愚禅師語録』巻七に収録されている「示日本智光禅人」の詩において、「隠隠孤帆絶海来、虚空消殞鉄山摧。大唐国裏無知識、己眼当従何処開」と述べられているのは、明らかに虚堂智愚の当時の禅宗界に対する不満であり、それが日本の禅僧へ贈った詩において現れたものである。『虚堂智愚禅師語録』巻十に収められている「日本源侍者游台雁」においては、「師道厳明善応酬、石橋過了問龍湫。一花一草人皆見、是子知機独点頭」と述べ、聡明で機知に富んだ日本の僧侶に称賛の意を示している。その他、以下において述べるように、南浦紹明と同時に虚堂智愚に師事していたものとして、「照知客」無象静照、「源長老」巨山志源、(4)さらに「通首座」と呼ばれている日本の僧侶に言及している。これらの記載は皆、虚堂智愚と日本の入宋僧との間のかなり密切な関係を示しているものといえるだろう。

南宋期における日中間の僧侶の往来は比較的頻繁であったため、日本の仏教界は中国の仏教界の動向に対して一定の知識を有していた。そのため荒木見悟博士は、南浦紹明は入宋の初めより虚堂智愚に参拝することを目標としていたと述べている。[5] たしかに南浦紹明の師である蘭渓道隆の師、無明慧性と虚堂智愚の師である運庵普岩とはともに松源崇岳の門より出ているため、そのように推測することも無理ではないが、具体的な証拠が無いため、確定することはできない。

　南浦紹明が初めて虚堂智愚に面会した時の状況に関しては、廷俊の「円通大応国師塔銘」の中に生き生きとした記載が見られる。

　虚堂愚公主浄慈。門庭高峻、学者望崖而却。師往礼謁。堂曰、「古帆未掛時如何」。師云、「蟭螟眼裏五須彌」。堂云、「掛後如何」。師云、「黄河向北流」。堂云、「未在、更道」。師云、「某甲恁麼、和尚又作麼生」。堂云、「黄河向北流」。師云、「和尚莫謾人好」。堂云、「参堂去」。久而令典賓客、日夕咨扣。

　虚堂愚公は浄慈〔浄慈寺〕に主たり。門庭高峻にして、学者 崖を望みて却く。師往きて礼謁す。堂曰く、「古帆 未だ掛けざる時は如何」。師云ふ、「蟭螟眼裏の五須彌」。堂云ふ、「掛くる後は如何」。師云ふ、「黄河 北に向ひて流る」。堂云ふ、「未在《いまだし》、更に道《い》へ」。師云ふ、「某甲《それがし》は恁麼《いんも》、和尚又た作麼生《そもさん》」。堂云ふ、「黄河 北に向ひて流る」。師云ふ、「和尚 人を謾《まん》すること莫くんば好し」。堂云ふ、「参堂し去れ」。久しくして賓客を典《つかさど》らしめ、日夕咨扣す。

　この記載によれば、南浦紹明が初めて虚堂智愚に会ったのは臨安府浄慈報恩光孝寺ということになり、多くの日本禅宗史の著作における南浦紹明の入宋の叙述もこの記述に沿ったものとなっている。しかしながら、「円通大応国師塔銘」が記録しているこの入門時における出色の応答に関して、荒木博士は、「塔銘」が作られたのは南浦紹明歿後半世紀後のことであり、その名声が確立して以降のものであるため、その真実性を完全に信じることはできないとしている。(6) この説は応答の内容のみによる立論であるが、南浦紹明の入宋の時期と虚堂智愚が浄慈寺に移住した時とからも、その傍証を得ることができる。南浦紹明が入宋したのは理宗の開慶元年（一二五九）であり、『虚堂智愚禅師語録』及び釈法雲の「行状」によれば、虚堂智愚は詔を奉じて臨安府浄慈報恩光孝寺を住持したのは南宋理宗の景定五年（一二六四）であるため、もし南浦紹明が初めて虚堂智愚に会ったのが浄慈寺であるならば、その後のことでなければならない。しかしながらそれは南浦紹明が入宋後五年目にして初めて虚堂智愚に面会したことを意味する。先に述べたように、南浦紹明の師である蘭渓道隆の師、無明慧性と虚堂智愚の師である運庵普岩とがともに松源崇岳の門より出ていることを考慮に入れるならば、南浦紹明が入宋後五年も虚堂智愚に面会していないとは考えにくい。このことは、「円通大応国師塔銘」の南浦紹明が浄慈寺で虚堂智愚に謁見したことに関する記載には確かに疑問点が存在することを物語っている。

「円通大応国師塔銘」には、もう一つ南浦紹明と虚堂智愚との関係に関する逸事を載せている。

一日、使善画者写堂寿像、請賛。堂掇筆書曰、「紹既明白、語不失宗。手頭簸弄、金圏栗蓬。大唐国裏無人会、又却乗流過海東。時咸淳改元之夏六月也」。

一日、善く画く者をして堂の寿像を写さしめ、賛を請ふ。堂筆を掇《と》りて書して曰く、「紹既に明白にして、語宗を失はず。手頭簸弄す、金圏栗蓬。大唐国裏人の会《え》する無く、又た却つて流れに乗じて海東に過ぐ。時に咸淳改元の夏六月なり」。

このことは『虚堂智愚禅師語録』巻十にも見えており、しかも南浦紹明の弟子である宗峰妙超（大灯国師）の創建になる京都の大徳寺には、今に至るまでこの咸淳元年〔文永二年、一二六五〕の自賛を有する絹本着色の虚堂和尚像を珍蔵しており、この記載を裏付けている。(7) 虚堂の題識にも、南浦紹明に対する称賛の念が示されており、彼がこの日本の弟子に、将来、自身が努力して守ってきた純粋な禅法を日本に伝えるという期待を寄せていたことが窺えるのである。

宋の度宗の咸淳元年、虚堂智愚は詔を奉じて径山興聖万寿寺を住持することとなり、南浦紹明も師の命を奉じてこれに随行した。この年、静定の時において南浦紹明は大悟している。「円通大応国師塔銘」は当時の情況を以下のように記す。

是年秋八月、堂奉詔遷径山、俾師与倶。師益策励。一夕、于静定中起大悟、呈偈曰、「忽然心境共忘時、大地山河透脱機。法王法身全体現、時人相対不相知」。堂巡寮、報衆曰、「這箇漢参禅大徹矣」。自是一衆改観。

是の年 秋八月、堂 詔を奉じて径山に遷り、師をして与に倶《とも》にせしむ。師 益々策励す。一夕、静定の中に于いて大悟を起こし、偈を呈して曰く、「忽然として心境共に忘ずるの時、大地山河 機を透脱す。法王の法身 全体現ずるに、時人 相ひ対して相ひ知らず」。堂 寮を巡り、衆に報じて曰く、「這箇の漢 参禅大いに徹る」。是れより一衆 観を改む。

大悟より二年後の咸淳三年（一二六七）秋、南浦紹明は帰国することを決めて、虚堂智愚に別れを告げた。帰国の前に、虚堂智愚は南浦紹明の求めに応じて偈一首を記している。

敲磕門庭細揣磨、路頭尽処再経過。明明説与虚堂叟、東海児孫日転多。

また、この偈には次の序が附されている。

明知客自発明後、欲告帰日本。尋照知客・通首座・源長老、聚頭説龍峰会裏家私、袖紙求法語。老僧今年八十三、無力思索、作一偈、以贐行色。万里水程、以道珍衛。

明知客 発明してより後、日本に帰るを告げんと欲す。照知客・通首座・源長老を尋ね、頭を聚めて龍峰会裏の家私を説き、紙を袖して法語を求む。老僧今年八十三、思索に力無なきも、一偈を作り、以て行色に贐《はなむけ》す。

万里の水程、道を以て珍衛せよ。

序中における「明知客」とは南浦紹明を指しており、「照知客」、「源長老」は南浦紹明とともに虚堂智愚に師事していた日本の僧侶である無象静照、巨山志源を指している。通首座が誰かは不詳だが、ともに径山にて虚堂に師事していた日本僧であろう。無象静照（一二三四—一三〇六）もまた日本臨済宗史上の重要人物であり、建長四年（一二五二）十九歳の時に入宋し、杭州径山にて石渓心月に師事し、随侍すること五年、その後、育王山に至って虚堂智愚に師事し、随行して柏岩慧照寺、臨安府浄慈寺、径山興聖万寿寺に移り、文永二年（一二六五）に帰国している。巨山志源の生卒年は不詳である。『延宝伝灯録』巻三によれば、彼は諸老宿を遍く尋ね、内外典を究めたという。入宋して浄慈に至り、径山寺にて虚堂智愚に面会し、帰国後は相模（今神奈川県）禅興寺の二世となっている。

序文によれば、南浦紹明は帰国前に日本の僧侶とともに虚堂智愚のもとに行き討論を行い、虚堂智愚に法語を記すことを求めている。この偈語は南浦紹明に対する虚堂智愚の印可とみなされ、日本の臨済宗においては至宝として奉られている。偈の最後の一句が「東海児孫日転多」であるため、日本の臨済宗においては、この偈語を「日多之記」（記とは授記のことで、預言の意）と呼んでいる。

虚堂智愚が南浦紹明のために上記の法語を記した時期に関しては、「円通大応国師塔銘」には「咸淳三年秋、師辞帰日本、堂贈以偈曰」云々とあり、また、『虚堂智愚禅師語録』巻十「虚堂和尚新添」に収められている虚堂智愚「送日本南浦知客」の序の最後には「咸淳丁卯年秋住大唐径山智愚書于不動軒」との年紀が記されており、いずれも宋度宗の咸淳三年（文永四年、一二六七）となっている。そして南浦紹明の帰国の年について、「円通大応国師塔銘」および『延宝伝灯録』（延宝六年〔一六七八〕成立）巻三、『本朝高僧伝』（元禄十五年〔一七〇二〕成立）巻二十二にある南浦紹明の伝記において、いずれも日本の文永四年すなわち咸淳三年としている。しかしながら、佐藤秀孝「虚堂智愚と南浦紹明――日本僧紹明の在宋中の動静について」、許紅霞「日蔵宋僧詩集『一帆風』相関問題之我見」において、日本に残されている虚堂智愚の弟子である無示可宣が南浦紹明を送る墨蹟に「咸淳戊辰夏孟下澣書於大円鏡」との紀年があることなどによって、南浦紹明の実際に帰国した時間は咸淳三年ではなく、咸淳四年の五月末から六月以降であると指摘しているが、(8) 正しいと思われる。

日本に戻った南浦紹明は蘭渓道隆に留学の収獲を報告した後、まず建長寺に留まって蔵主を担任したが、それほど長くは鎌倉にとどまらず、文永七年（一二七〇）秋に檀越の要請に応じて筑前（今の福岡県）の早良郡姪浜の興徳寺に赴き、その開堂において虚堂智愚の法香を継承し、世間に対して自らが虚堂智愚の法統を継承した、嗣法の弟子であることを正式に表明したのである。

二年後の文永九年（一二七二）、南浦紹明は大宰府の崇福寺に移り、その後、同寺を住持すること三十三年、名声は日増しに盛んとなり、当時の日本の仏教界において、彼は下野那須の雲岩寺住持である高峰顕日と併称され、雲水が必ず参拝しなければならない名僧となったのである。また、大宰府は日本と元朝との外交において重要な位置を占めていたため、南浦紹明は元朝の使節の接待にも関与しており、元使と応酬した詩文が世に伝わっている。嘉元二年（一三〇四）、南浦紹明は後宇多法皇（一二六七―一三二四）の招きに応じて京都に赴き、翌年には京都万寿寺に居住した。徳治二年（一三〇七）、鎌倉の正観寺に赴き、執権北条貞時の帰依を受け、名寺建長寺の第十三世の住持となった。南浦紹明は延慶元年（一三〇八）十二月二十九日に円寂し、翌年、後宇多法皇は円通大応国師の号を下賜し、この後、その門下は大応派と呼ばれることとなった。南浦紹明の法嗣の中で最も有名なのは大灯国師宗峰妙超であり、宗峰会下の無相大師関山慧玄とともに、それぞれ大徳寺と妙心寺とを創建し、日本臨済宗の主流である、所謂「応、灯、関」

の一派を形成したのである。この派は後に白隠慧鶴の時に中興し、その法脈は今日まで続いている唯一の臨済禅である。このことからも、南浦紹明が日本の臨済宗の発展において果たした重要な役割がわかるだろう。

南浦紹明は入宋時において仏法を学ぶと同時に、虚堂智愚のもとにおいて飲茶およびそれに関連する知識も学んでいた。彼は帰国時に中国の茶道具と七部の茶典とを携えており、さらに宋人劉元甫著の『茶堂清規』の中の『茶道軌章』、『四諦義章』を抄録、改名して『茶道経』として刊刻印行している。その弟子である宗峰妙超が創建した京都大徳寺からは後に一休宗純等の名僧が現れ、日本茶道史上の重要人物である村田珠光、武野紹鷗、千利休などもみな大徳寺と密接な関係を有している。そのような角度から見れば、南浦紹明はまた日本に中国の茶文化を伝えた重要人物の一人なのである。

南浦紹明が日本に持ち帰った多くの文物のなかに、上述の虚堂智愚の画像、墨蹟、送別の偈語と各種の仏典、茶典の外に、彼の帰国の際に、中国の僧侶より贈られた送別の詩巻があったが、即ち以下において紹介する宋の僧侶の詩集『一帆風』である。

二　『一帆風』の内容、編集と出版

現在我々が目にすることのできる『一帆風』は江戸時代の寛文四年（一六六四）において日本の僧侶輪峰道白が刊刻した版本である。一巻一冊、巻前に宋咸淳三年（一二六七）冬の慧明の序、巻末に寛文四年孟秋の即非如一の跋、輪峰道白の跋を有し、本文は半葉九行十八字、単辺無界欄、巻首・版心はいずれも「一帆風」と題する。本書に収録されている送別詩の製作の経緯について、巻前に附載する咸淳三年冬慧明の「一帆風序」には次のように述べている。

日本明禅師留大唐十年、山川勝処、遊覧殆遍。洎見知識、典賓于輦寺。原其所由、如善窃者、間不容髪。無端於凌霄峰頂、披認来踪。諸公雖巧為遮蔵、畢竟片帆已在滄波之外。咸淳三年冬、苕渓慧明題。

日本明禅師　大唐に留まること十年、山川の勝処、遊覧殆ど遍し。知識を見るに洎《およ》び、輦寺に典賓す。其の由る所を原《たず》ぬること、善く窃む者の如く、間　髪を容れず。端無くも凌霄峰頂に於いて、来踪を披認す。諸公　巧に遮蔵を為すと雖も、畢竟　片帆已に滄波の外に在り。咸淳三年冬、苕渓慧明題す。

序中において南浦紹明は中国に十年間も滞在し、有名な山川名所をほとんど遊歴し、智慧のある僧侶にも会い、この度来たところに帰って行くこととなったとしている。序文においては南浦紹明を一人の「善窃者」に例えているのは、中国の禅法を海外の日本に持ち去ろうしていることであり、「片帆已在滄波之外」というのは詩集『一帆風』の題名の寓意と関連する。唐韋荘の「送日本国僧敬龍帰」において、「扶桑已在渺茫中、家在扶桑東更東。此去与師誰共到、一船明月一帆風」との有名な句があり、『一帆風』に収められている赤城行弘、四明志平の詩にそれぞれ「一帆風急鷺濤秋」、「万程煙水一帆風」の句があるのも、この意によるものである。これらのことから、本書に収められている詩作は南浦紹明を送るために知人の僧侶たちによって作られたもので、南浦紹明が帰国する前の咸淳三年の冬、苕渓慧明が序文を記した時までに大体において完成されたと推察される。

『一帆風』の刊刻経緯および資料の根拠に関しては、巻末に附された輪峰道白の跋語において以下のように言っている。

禅之与詩、無有二也。禅者何、詩之醸於心而已矣。詩者何、禅之形於言而已矣。所謂詩従心悟得、字字合宮商。抑有詩於禅林也尚也。班班乎唐、唱乎宋。宋僧詩巻行于世者甚多焉、就中『一颿風』者、南浦明禅師回檣之秋、一時髦英各声詩送旃、輯而顔是名也。余索之十最餘、或得而不過其一二爾。甲辰夏、偶獲完軸於神京古刹、凡四十有三章、首于惟俊、尾于可権。然而似之時人、或不以為然也。余雖於詩未窺斑、想其言之円活奇絶、非巨禅碩師、詎能若斯耶。於是乎質諸聖寿一和尚、並匄言以為証、繡梓而布播。上以備先覚之慧目、下以便可畏之時習。俾之果造古之哲人禅詩無二、師友道重之式、不亦小補乎哉。冠以径山付法偈者、令読之人先知禅師之出自有拠也。
輪峰道白敬識。

禅と詩とは、二有る無きなり。禅なる者は何ぞ、詩の心に醸すのみ。詩なる者は何ぞ、禅の言に形《あらは》るるのみ。所謂る詩は心に従ひて悟得し、字字 宮商に合す。抑《そもそ》も詩の禅林に有るや、尚し。唐に班班として、宋に唱ふ。宋僧の詩巻の世に行はるる者甚だ多し、就中《なかんづく》『一颿風』なる者は、南浦明禅師回檣の秋、一時の髦英 各《おのお》の詩を声して旃《これ》を送り、輯めて是の名を顔するなり。余 之れを索むること十最餘、或いは得れども、其の一二に過ぎざるのみ。甲辰の夏、偶《たまた》ま完軸を神京の古刹に獲、凡そ四十有三章、惟俊を首とし、可権を尾とす。然して之れを時人に似《しめ》すに、或いは以て然りと為さざるなり。余 詩に於て未だ斑を窺はずと雖も、其の言の円活奇絶なるを想ふに、巨禅碩師に非ざれば、詎《なん》ぞ能く斯の若くならんや。是に於てか諸れを聖寿一和尚に質し、並びに言を匄《こ》いて以て証と為し、繡梓して布播す。上は以て先覚の慧目に備へ、下は以て可畏の時習に便ならしむ。之れをして果して古の哲人の禅詩無二にして、師友の道の重きの式に造《いた》らしめば、亦た小補ならざらんや。冠するに径山の付法の偈を以てし、読む人をして先づ禅師の出自、拠る有るを知らしむるなり。輪峰道白、敬して識す。

この跋文からもわかるように、輪峰道白の時代においては、宋僧の詩巻はまだ多くが世に伝えられていた。輪峰道白は南浦紹明が帰国された際の送別詩を探すこと十餘年、そのうちの一二を得るのみであったが、甲辰年（すなわち寛文四年）の夏、やがて京都の古刹において完全な詩巻を得ることができた。現物は巻軸装で、『一帆風』の題名を付けられており、初めに惟俊、終わりが可権で、全四十三章であった。輪峰道白は虚堂智愚が南浦紹明に贈った詩偈を巻首に冠し、また聖寿一和尚に題跋を依頼して、刊刻して流布させたのである。

『一帆風』を刊刻した輪峰道白（寛永十三年一六三六―正徳四年一七一四〔『国史大辞典』正徳五年一七一五とする〕）は、字卍山、法諱は道白、別称は随時子、復古道人であり、江戸時代前期の曹洞宗明峰派の僧侶である。一線道播に師事し、兼ねて黄檗宗隠元隆琦、木庵性瑫等に参じ、また加賀国大乗寺の月舟宗胡に参じてその法嗣を得ている。越前国永平寺、武蔵国観清寺、加賀国大乗寺、摂津国興禅寺、山城国禅定寺などの寺に住し、宗門の改革に務めた。寛文三年（一六六三）、彼は『正法眼蔵』を閲読したことにより、宗統の復古を決意し、翌年には自ら『正法眼蔵』を筆写している。『一帆風』を刊刻したのはちょうどこの時期のことであり、その動機は明らかに彼のこの一連の活動と関係するものである。

輪峰道白の願いを受けて『一帆風』のために跋文を撰した聖寿一和尚の跋文には以下のように言っている。

南浦明禅師歴遍宋国也。是布袋嚢灰、諸尊宿各贈一帆風、大似為鯤裁翼、五百年後、猶作濤声。明眼観来、寐語不少。

南浦明禅師は宋国を歴遍するなり。是れ布袋の嚢灰、諸尊宿各《おのおの》の一帆の風を贈り、大いに鯤の為に翼を裁するに似たり、五百年の後、猶ほ濤声を作さん。明眼もて観来れば、寐語少なからず。

聖寿一和尚とは即ち即非如一（明万歴四十四年、元和二年一六一六―清康熙十年、寛文十一年一六七一）であり、江戸時代前期に日本に渡った明僧である。彼は宋代の文人林希逸の後裔であり、明崇禎十年（一六三七）に黄檗山万福寺（古黄檗）に到って隠元隆琦に参謁し、清順治八年（一六五一）正月に嗣法し、雪峰の崇聖寺を住持した。順治十四年（一六五七）に、先に順治十一年（一六五四）に渡日した隠元禅師の招きに応じて東渡し、長崎崇福寺の住持となり、福済寺住持木庵性瑫とともに二甘露門と称せられた。寛文三年（一六六三）八月には宇治の黄檗山万福寺（新黄檗）に到って隠元を省覲し、後に小倉藩主小笠原忠真に迎えられて広寿山福聚寺の開山となった。『聖寿山崇福禅寺語録』、『即非禅師語録』、『即非禅師全録』等の二十一種の著作がある。日本の黄檗宗を語る際、普通、隠元の徳、木庵の道と即非の禅とを略称して隠、木、即としており、また三人の書法をあわせて黄檗三筆と称している。以上の経歴からもわかるように、即非は輪峰道白より『一帆風』の跋文の執筆を依頼されたのは、すでに宇治黄檗山万福寺に到り、隠元、木庵とともに黄檗宗を大きく発展させようと務めていた際のことであり、南浦紹明の業績と『一帆風』の内容とは、彼自身を励ますところもあったに違いないであろう。

なお、ここで指摘しなければならないことは、現在伝えられている『一帆風』の刊本はいずれも江戸寛文四年刊本と見なされてはいるものの、実際は前後二つのテキストがあり、収録されている詩作の数量は異なり、文字にも異同が存在することである。例えば、後に述べるように、初刊本では第三首の作者は「江西道東」としているが、増補本では「江西道洙」となっているのである。虚堂智愚の詩偈及び惟俊から可権にいたる四十三首の計四十四首の作品を収めた初刊本に対して、増補本では可権の詩の後にさらに師仙から修善に至る二十五首も加えられ、計六十九首となっている。また、前文で初刊本により引用した輪峰道白の跋語の、「凡四十有三章、首于惟俊、尾于可権」の数語も、増補本では収録の作品数に合わせ、「凡六十有七章、首于惟俊、尾于修善」と改められており、「六十有七」と人名「修善」の二箇所には明らかな入れ木の痕跡が見られることから、後に修正されたものと思われる。これらのことから推察できるように、輪峰道白が寛文四年に『一帆風』の初版本を刊刻した時は虚堂智愚より天台可権に至る四十四首のみを収録したが、その後、輪峰道白自身或いは他の人が新たに発見した、補充を必要とする師仙から修善までの二十五首を増補し、その時に、初刊本に既収のものに対してもその文字に一定の校訂を行ったのであろう。

ただし、増補本の内容を実際にみると、惟俊より修善に至るまでの作品数は六十七首ではなく六十八首であるが、これは恐らく跋文の数字を彫り直す際の偶然の誤りであろう。増補本と初刊本とを比べてみると、他にも不統一が見られる。例えば、初刊本にあった作品の作者の署名が四文字であるのと違い、増補された作品の作者の署名は全部二文字である。また、初刊本に収められている作品は七言絶句の後に七言古詩がつづくという体裁によって配列されているが、増補本では初刊本にあった七言古詩の後に新たに二十五首の七言絶句が加えられている。さらに、増補された詩作は水辺送別にかかわる内容であると思われるが、初刊本の作品の趣向とやや異なるところも見られる。

上述のような文字の修正および作品の増補は何時、誰の手によるもので、どのような根拠によって加えられたかなどのことについて、現在分析の手がかりとなる資料は見あたらない。そのため、増補本に新たに加えられた二十五首の詩は、「来歴は不明で、或いは後人により随意に加えられたもの」として、宋詩として扱うべきではないとの主張も出ている[9]。ただし、許紅霞氏が論文で指摘しているように、増補された作品の作者には、虚堂智愚の弟子である徳惟、曹洞宗の東谷妙光の弟子可挙などのような宋末元初の禅宗僧侶も確認できるため、増補本に加えられた詩作は、例えそのすべてが南浦紹明に送る送別詩ではなくとも、まったく根拠のない増補として無視することはできないと思われる。

『一帆風』は伝本が少なく、恐らく当時においてもそれほど広く流布しなかったと思われる。江戸時代後期の学者伊藤松は隋唐より明清に至る時代の中日両国間における公私の往来の資料と詩文とを捜集、編録し、『隣交徴書』初、二、三篇を編纂したが、その中の『初篇』巻二において『一帆風』より惟俊および道東の「送南浦明公帰日本」詩を一首ずつ引用している。詩の作者を「道洙」ではなく「道東」としていることと、編者の伊藤松は道東詩の後において記している「同時送者四十三人、後世僧道白梓行、今載二人。『一帆風』」という注において「同時送者四十三人」としていることなどから、『隣交徴書』の編纂に利用されたのは四十四首の詩作しか収録していない『一帆風』の初刊本だったことが推察することができよう。

『隣交徴書』の後において、偶然の言及を除けば、『一帆風』を引用したり研究を行ったりした著作は見られず、『一帆風』の版本に二種のテキストが存在することに注意するものもなかった。一九九一年に出版された五山文学の資料集である『五山文学新集』は別巻においてとくに『詩軸集成』の一項を設け、日本公私収蔵の各種の詩軸と詩軸によって刊刻された詩板、詩集の資料を収録し、また『一帆風』初刊本によって四十四首の詩作を収録したが、残念ながら翻刻の文字には訛誤があり、しかも解題においては『一帆風』のテキストの問題には全く言及していないのである。

以下、『一帆風』の内容について考察を加えていきたい。

前文に述べたように、『一帆風』増補本の正文は十三葉のみであり、虚堂智愚以下、全部で六十九人の僧侶による六十九首の作品を収録している。「径山虚堂愚和尚送南浦明公還本国」の題によって前文で引用した、虚堂智愚が南浦紹明の願いに応じて題した「日多之記」の偈語及び小序を収録しており、その後に惟俊より修善に至る、全六十八人の作者（その中に一首、詩作者が闕名となっているものがある）の六十八首の詩作を収録している（附録を参照のこと）。詩作の多くは送別のためのものなので、その内容は南浦紹明が十年の修行によって大悟を得たことを称え、またその帰国を惜別する情を記すものとなっている。これらの詩作を通して、南浦紹明の宋における経歴に関する理解を深めることできる。たとえば赤城允澄の詩に、「十載思帰入夢頻、海濤翻雪浪無垠。大唐天子親曾見、誰道謾他外国人」とあることから、南浦紹明が恐らくは虚堂智愚に随行して宋の皇帝に謁見していたことが推測できる。また双鶏惟栄の詩に、「曲施客礼接来賓、茗瀹湖波上苑春。今日故郷帰夢遠、眼明東海復何人」とあることから、南浦紹明が虚堂智愚のもとにおいて賓客を接待した時の情景がわかるとともに、南浦紹明が虚堂智愚のもとに茶道を研鑽したことを推測することができるのである。

『一帆風』に収録されている六十九首の詩の中、三首のみ北京大学古文献研究所編『全宋詩』に収録されている。しかしながらこれらの作品の処理に関しても、それぞれ修正すべき点が見られる。以下この三首を挙げて、それぞれ説明を加えることとする。

1　釈智愚「問話行者智仁炷香請語以此贈之景定癸亥至節虚堂老僧書于雪竇西庵送日本南浦知客咸淳丁卯秋」

敲磕門庭細揣磨、路頭尽処再経過。明明説与虚堂叟、東海児孫日転多。『虚堂智愚禅師語録』巻一〇

（『全宋詩』第五十七冊、三五九〇二頁）

上述の如く、この詩は虚堂智愚が咸淳三年における南浦紹明の帰国の際にその求めに応じて記したものである。『全宋詩』はこの詩を収録しているが、詩題の中の「問話行者智仁炷香請語以此贈之景定癸亥至節虚堂老僧書于雪竇西庵」という三十字は本作と関係が無く、しかも「景定癸亥」の時期と詩の題下注の「咸淳丁卯秋」とは相互に矛盾する。『虚堂智愚禅師語録』巻十ではこの詩を記録して、「送日本南浦知客」としており、詩後の注に、上文で引用した虚堂智愚の序の後に「咸淳丁卯秋住大唐径山智愚書于不動軒」とあるのを引用しており、そのことは「雪竇西庵」云云と矛盾する。『全宋詩』ではこの詩の前に釈智愚の「贈禅客智仁」を収録しており、この三十字は実は前の作品の注であり、誤ってこの詩の詩題の一部分としてしまったことがわかる。

2　釈惟俊「送南浦明公帰日本」

空手東来已十霜、依然空手□回檣。明明一片祖師意、莫作唐朝事挙揚。日本天保尹藤松『隣交徴書初篇』巻二

（『全宋詩』第五十七冊、三五九七八頁）

上で既に述べたように、伊藤松編『隣交徴書初篇』巻二は『一帆風』の初刊本によってこの詩を収録している。「依然空手□回檣」の第五字は『一帆風』の原本では「趁」に作っているが、『隣交徴書』では「□」としており、『全宋詩』に収録の際も闕字となっている。また『隣交徴書』の編者は伊藤松であるが、『全宋詩』は誤って「尹藤松」としている。

3　釈道東「送南浦明公帰日本」

十幅蒲帆万里風、来無踪迹去還同。擡眸錯認雲山処、人在水天一色中。日本天保尹藤松『隣交徴書初篇』巻二

（『全宋詩』第六十八冊、四三一四八頁）

この詩の作者に関しては、『一帆風』増補本では江西道洙と訂正されているが、『隣交徴書初篇』巻二は初刊本によって「道東」としており、『全宋詩』はそれによっている。

以上において見てきたように、『全宋詩』に収録されているこの三首の作品は、いずれも多少とも訂正が必要である。この三首以外の六十六首の作品はいずれも『全宋詩』未収の作であり、作者についてさらに考証の上、増補が待たれるものである。

おわりに

以上、南宋末年の日本の入宋僧、南浦紹明の中国における経歴及びその帰国時に日本に持ち帰った、宋僧による送

別の詩集である『一帆風』について考察を行ってきた。隋唐時代と比して、宋元時代における日中間の往来はより安全、便利なものとなり、民間の往来も更に発展し、残された文献および実物資料もより豊富なものとなっている。そのうち、比較的注目されてきた宋槧元刊などの貴重書の他にも、世の注目を浴びてはいないものの、宋元時代の文化研究の闕を補う文献資料が数多く存在しているのである。特にこの時代において、日中両国の仏教界の交流は極めて密接であり、この分野に関してはさらに研究を深めていく必要があるものと思われる。今回、江戸時代の版本である『一帆風』という、南浦紹明が持ち帰った宋代の僧侶の詩集を考察してみたが、今後も引き続き、日本に残されている宋元時代の文物と文献とについて研究し、これらの資料の宋元時代の文化史および日中文化交流史上における意義を明らかにしていきたい。

【附録】『一帆風』所収詩（増補本による、底本は国文学研究資料館蔵本）

1　径山虚堂愚和尚送南浦明公還本国併序

明知客自発明後、欲告帰日本。尋照知客、通首座、源長老、聚頭説龍峰会裏家私、袖紙求法語。老僧今年八十三、無力思索、作一偈、以賫行色。万里水程、以道珍衛。

敲磕門庭細揣磨、路頭尽処再経過。明明説与虚堂叟、東海児孫日転多。

2　前題　天台惟俊

空手東来已十霜、依然空手趁回檣。明明一片祖師意、莫作唐朝事挙揚。

3　又　江西道洙

十幅蒲帆万里風、来無蹤跡去還同。擡眸錯認雲山処、人在水天一色中。

4 又　甬東徳来

一片寒雲下翠微、櫓声高処語声低。誰知月白風清夜、日本人従天外帰。

5 又　赤城行弘

南詢端的便知休、天上原無両日頭。可是明明窮得到、一帆風急鷺濤秋。

6 又　清源崇愈

古帆未掛錯承当、拶透含暉識本光。到未到人親按過、大陽原不在扶桑。

7 又　叙南妙相

十年宋国自奔馳、識得奔馳人便帰。碧落之碑無贋本、鉢嚢華湧泛杯時。

8 又　赤城允澄

十載思帰入夢頻、海濤翻雪浪無垠。大唐天子親曾見、誰道讒他外国人。

9 又　双鶏惟栄

曲施客礼接来賓、茗瀹湖波上苑春。今日故郷帰夢遠、眼明東海復何人。

10 又　清漳本因

大唐国裡本無禅、剛要南来探一回。沾得龍王涓滴水、扶桑那畔鼓風雷。

11 又　江南慈容

毳擁呉雲鶴羽儀、玄微極尽眼如眉。昼明夜暗一寰宇、誰道家山隔海涯。

12 又　重慶継寧

山上鯉魚纔入手、掉頭重買旧時舟。明朝帆遂海潮落、無底籃提上築州。

13　又　白雲惟汾
風波眼孔鉄肝心、華夏渓山飽訪尋。碧海東還休錯挙、黄金如土貴知音。

14　又　合陽東翔
去国悽悽遍扣関、口頭声色恣相謾。要知法性波瀾闊、掛起帰帆子細看。

15　又　笠沢清達
家在扶桑何所求、梯山航海賦帰休。大唐逴得単伝旨、黄葉飄飄双径秋。

16　又　康山宗憩
清波無路透応難、一舟親従大国還。雲浄風休天似洗、不知身在屋頭山。

17　又　金華智端
誰知家住在扶桑、万里迢迢入大唐。雑毒中心帰故国、定応錯罵老虚堂。

18　又　濾南徳源
幾年経歴在南朝、大道何需苦外求。識得自家無尽蔵、海門風月一斉収。

19　又　東梓祖正
赤手空拳入大唐、驪珠抉得便還郷。到家切莫暗投却、放出従教耀日光。

20　又　西蜀正因
月従東上日西沈、錯向中華苦訪尋。海水易枯天可補、万牛難挽是帰心。

21　又　古洪浄喜
風前冷笑錯参方、知識何曾在大唐。巨舶連檣軽撥転、兎甌渾帯雨前香。

22 又　鄞江曇瑞
十載曾為宋地僧、青山無翳水無塵。万年一念難抛棄、海国誰分眼底春。

23 又　石橋自簡
氷寒蘗苦不推尋、万斛沙中一寸金。海面無風波自湧、扣舷休作大唐吟。

24 又　東川慧林
搆得淩霄那一機、片帆高掛賦帰歟。扶桑故国人相問、報道山頭有鯉魚。

25 又　石橋法思
唐言会尽見帰程、六国風清一葦軽。更説扶桑煙水闊、黄蘆葉葉是秋声。

26 又　福唐若水
身蔵日本未離前、一摑須彌上梵天。命委危流来又往、方知意不在南辺。

27 又　古滕本聞
当機擬辨賓中主、玅在南針転踵間。窮尽煙波一漚爾、還従漚未発前看。

28 又　象山可観
煙波尽処見青山、的的南方有路還。仏法固知無彼此、普天風雪一般寒。

29 又　赤城義為
主賓句裡元無句、錯入唐朝錯見人。煙水茫茫一仍旧、笑他海底起紅塵。

30 又　南康道準
怒浪千尋奮激時、分明棒喝上全機。最初一歩悔不領、落賺十年方始帰。

31　又
樹頭零落眼頭空、路在千波万浪中。帰到扶桑尋旧隠、依然午夜日輪紅。
鄮山契和

32　又
巨宋山河掌様平、荒村野店亦堪行。衲僧公験有如此、又逐天風理去程。
左綿鋭彰

33　又
離却家郷到五峰、黄金颺下捧頑銅。臨風一別分妍醜、日本依然在海東。
甬東宗海

34　又
日光浮動海光揺、湿碧吹青路一条。南国自来無仏法、莫言今復在淩霄。
四明祖英

35　又
掺到塵飛水底時、口如鼻孔眼如眉。脚頭未跨船舷錯、海闊山遙挙似誰。
南康永秀

36　又
賊来須打客来看、句裡明明露凡骨。更於句裡覓玄微、鷂子已過新羅国。
富順智炎

37　又
祖天日月一山河、異域殊疆較幾何。道得糸毫無差路、海東匝匝起寒波。
天台克俊

38　又
誰知別了又逢君、三処家山一日分。我自坐看峰頂月、聴帰撥乱海東雲。
蘭陵法新

39　又
江山歴尽眼頭空、霜粛寒林樹樹紅。今日辞唐還本国、万程煙水一帆風。
四明志平

40　又　鄞江元明

歴遍天南欲尽頭、慣於陸地上行舟。不知郷国在何処、征袂遙遙不可留。

41　又　四明正芾

恵日峰前露一斑、帰帆曾不犯波瀾。到家若遇知音者、合作通方眼子看。

42　又　東嘉従逸

扶桑国裡蓬莱客、万里迢迢扣師席。太唐元在脚頭辺、早是循人旧途跡。当頭撞著老於菟、遭他一口毒無薬。含冤直上五峰巓、直要窮他起死着。機前攘臂捋其鬚、未拈棒時先領略。従来子不使爺銭、肯用東山省数佰。秋風吹起故郷心、打辦行嚢払短策。臨行無可壮行色、問龍借力飛大舶。

43　又　天台禧会

高禅家近扶桑国、巨海遐征験知識。年後生涯自許長、孰知寸短難憑尺。東西曠索六七年、雨華雲葉固瀰漫。鉄心一触機穎脱、玻璃盞面春芳妍。風味果然非草草、如人飲水応難道。取之不足用有餘、地産黄金奚足宝。了了了没可尋、乗時帰去蔵家林。胸中新語慎勿吐、故郷易動行人心。

44　又　天台可権

海東古有僧名暁、冒浪衝波来訪道。骷髏誤飲便知帰、四七二三倶靠倒。上人逸格真其流、骨気雄雄沖斗牛。鉅宋山河脚跟底、風驚草動知来由。驀被南山老虎齧、従前学海成枯竭。手面換人双眼睛、一甌苦茗浮春雪。因恩百丈曾載参、迅機一喝何森厳。五峰相見歯不啓、甘草苦兮黄連甜。樹頭葉葉落寒雨、万里迢迢又杯渡。郷邦元是太平人、莫把華言成錮鏴。

45　又　師仙

舞棹時四海浪平、呈橈処百川潮落。直得朝飛一片雲、等閑遮断滕王閣。

46　又　瑞鹿

汀沙岸柳酔薫風、不与尋常洲渚同。争奈善財行不到、至今煙水渺無窮。

47　又　元玅

虚明之象離為火、点点漁灯沙觜辺。尽道秋晴天似水、不知晩霽水天運。

48　又　徳縛

発足那辺知是錯、黒風巻地怒濤寒。滔滔天下有如此、春水緑波空渺漫。

49　又　円鑑

分秀分能支派別、誰知已是失全潮。三更月下自搖櫓、流滴至今猶未消。

50　又　徳濡

一針定向纔分後、挙目依然水接天。若使片帆帰者裡、閻浮樹在海旁辺。

51　又　惟林

彷彿瀟湘両岸秋、依稀紅蓼白蘋洲。謝三郎是釣魚客、未必曾親到地頭。

52　又　徳惟

撥転船頭向北看、全潮拍岸正漫漫。咨詢童子不知有、寒走百城煙水寒。

53　又　桂光

窮尽滄溟達本源、閻浮早已八千年。而今活転煙波眼、不在白蘋紅蓼辺。

54　又　梵思

幾度遙看車指処、善財応恨路難行。西風影裏帰帆急、隠隠沙洲潮正長。

55 又　徳正

移舟要過那辺帰、越漠逾沙岸転迷。驀地通身道一句、浪花堆裏火星飛。

56 又　可挙

春草碧分春水緑、昔人送別歌一曲。船頭撥転忽知帰、万頃煙波寒潑目。

57 又　清止

烏鵲蜚蜚月上時、夜潮寂寂冷涵輝。扁舟掣得錦鱗去、蘆葦叢叢翠打囲。

58 又　宗康

知誰在天台那畔、一糸独釣月明中。夜深両眼無安処、狼藉灘頭五両風。

59 又　宗瞞

不是西兮不是東、驀然水底火焼空。閻浮世界平沈了、直下流通済北宗。

60 又　徳湛

目前渾是瀟湘境、片片帰帆帯夕暉。無限煙波都歴尽、不同北海浪頭危。

61 又　継深

緑楊横映娟娟月、沙渚平分瀲灔秋。遙想海門煙靄裏、百城祇在脚尖頭。

62 又　恵為

向北漣漣沙水清、月朧煙渚夜潮生。珠還此地無人鑑、散作漁竿両岸明。

63 又

水浅不是泊船処、誰知北斗背身看。就中要覓其辺際、雪浪翻空勢渺漫。

64　又　仁宅

日輪杲杲正当午、蘆葉青青吹凱風。未跨船舷親薦得、分明百処一潮通。

65　又　竺賓

払払薫風岸草青、揚帆幾度待潮生。等閑構得截流句、回首依然北斗横。

66　又　紹覚

無端濁港一漚発、列派分宗較後先。帯累負蔵蛮獦獠、九江無日夜撐船。

67　又　祖璧

斗星七点明波底、沙際孤舟竟日横。合掌退身看得透、江天漠漠浪花生。

68　又　可及

派別枝分済北来、流芳呉越亦悠哉。波斯近説炎州事、断岸書生古釣台。

69　又　修善

離中虚処渺無辺、万頃煙波浸碧天。擡首六星頭上現、謝家人不在漁船。

註

（1）「日本入宋僧南浦紹明与宋僧詩集『一帆風』」、『中国典籍与文化論叢』第九輯、八五―九九頁、二〇〇七年四月。

（2）侯体健「南宋禅僧詩集『一帆風』版本関係蠡測」、『中国典籍与文化』二〇〇九年第四期、一五―一七頁、鳳凰出版社、二〇〇九年十一月。許紅霞「日蔵宋僧詩集『一帆風』相関問題之我見」、『中国典籍与文化論叢』第十三輯、一五〇―一六六頁、

二〇一一年。なお、前稿の執筆の際に参照することができなかったが、虚堂智愚と南浦紹明との関係については、佐藤秀孝「虚堂智愚と南浦紹明――日本僧紹明の在宋中の動静について」（『禅文化研究紀要』第二十八号）が比較的詳しい論考である。

（3）虚堂智愚の伝記については、『虚堂智愚禅師語録』に附されている釈法雲「行状」や、『増続伝灯録』巻四、『仏祖綱目』巻四十、『続灯存稿』巻四、『五灯厳統』巻二十一などが参照できる。『虚堂智愚禅師語録』にはまた『虚堂和尚語録』という書名もあり、十巻、宋咸淳五年（一二六九）の刊本がある。そのうちの前七巻は虚堂智愚の生前においてその門人により編纂されたものであり、虚堂の歿後、釈妙源は『続録』『後集』を三巻として編纂し、釈宗卓が「遺逸を捜し、新たに後録の後に数紙を添え（捜遺逸、新添数紙于後録之尾）」て刊刻した。『虚堂和尚語録』は刊刻後まもなく日本に持ち込まれており、今日まで伝わってきた五山版だけでも二種類があり、その他にも木活字本や数種の整版が見られる。『虚堂和尚語録』の注釈書には、無著道忠撰『虚堂録犂耕』（写本）があり、また、巻五の「頌古」のみを抜き出して単行した『虚堂和尚頌古』および「頌古」部分の注釈書『虚堂頌古注』二巻、虎林全威『虚堂和尚頌古講義鈔』、含虚性天刪補『虚堂和尚頌古評唱折中録』二巻（宝永元年〔一七〇四〕序刊）、大灯述『虚堂和尚頌古鈔』、『虚堂録頌古鈔』等がある。

（4）『虚堂智愚禅師語録』巻十に収められている「日本源侍者游台雁」の「源侍者」とは同一人物かもしれない。

（5）『日本の禅語録』第三巻『大応』、五三頁、荒木見悟、東京、講談社、一九七八年三月。

（6）同前註、五一頁。

（7）この虚堂和尚図は重要文化財に指定され、『大徳寺墨蹟全集』第一巻（毎日新聞社、一九八四年十一月）に虚堂智愚「頂相自讃　南浦紹明請」として収められている。なお、同寺には虚堂智愚の墨蹟（国宝）、絹本着色の運庵和尚像（宋嘉定十一年〔一二一八〕自賛、重要文化財）と虚堂智愚尺牘（重要文化財）などの貴重な宋代の文物も所蔵されている。

（8）無示可宣の墨蹟は田山方南『禅林墨蹟』乾冊に収められ、田山方南および前掲の佐藤秀孝氏の論文には「無爾可宣」とされているが、許紅霞氏のご指摘の通り、無示可宣が正しいと思われる。

（9）侯体健「南宋禅僧詩集『一帆風』版本関係蠡測」、『中国典籍与文化』二〇〇九年第四期、一五―一七頁、鳳凰出版社、二〇〇九年十一月。

禅僧による禁中漢籍講義——近世初頭『東坡詩』の例——

堀川貴司

はじめに

五山禅林の文学は、鎌倉後期から南北朝にかけて、渡来した中国人僧や留学を経験した日本人僧たちが、同時代の中国の文学状況を移植したことに始まるが、中国との頻繁な往来が下火になる室町時代には独自の伝統が形成されていく。その一つが「抄物」と呼ばれる漢籍注釈書である。宋元のさまざまな書物のなかから、禅僧の基本的教養として、また漢詩文作成の手本となるものとして、唐代詩人の作品を含めていくつかがテキストとして禅林において頻繁に講義され、その手控えや筆録が整理編集されて注釈書となっていった。特に重要なテキストに関しては、教え子がそれに基づいて増補修正を行い（重層化）、またいくつかの流れが生まれていく（並列化）こともあった。

彼らが蓄積していった知識は、禅林以外の社会、あるいは後代にはどのような形で広がり、継承されたのか。それをできるだけ生の資料に基づいて検証してみたいと考え、本論文では、禁中という禅林の外で、中世から近世へと移り変わる時期に、講義を直接聞いてメモした聞書を取り上げ、読解を試みた。

一　前史――室町中期以降の様相――

公家社会における漢学・漢文学は、長らく博士家と呼ばれる中流貴族が担ってきたが、南北朝・室町時代、五山禅林の僧侶たちが室町幕府との強い結びつきによって、武家社会における「漢」の担い手として登場すると、その影響は次第に公家社会にも及び、特に応仁の乱以後、博士家あるいは三条西家のように漢学に熱心に取り組んだ公家と禅僧との交流が進むことになる。そのような蓄積によって、禅僧が広く公家社会に受け入れられる素地が生まれてきたのであろう。

交流にはいろいろな形があるが、禅僧の持つ知識を直接吸収する方法としては、漢籍講義の聴聞が最も広く行われた。これには、それぞれの寺院（塔頭）において弟子や後進の禅僧を対象にした講義に公家も参加する場合と、自邸に招いて講義を行わせる場合とがある。(1)前者の例では、左大史壬生雅久が文明八年（一四七六）九月に蘭坡景茝の『論語』、音首座の『東坡詩』、紹蔵主の『三体詩』、天隠龍沢の『東坡詩』『杜詩』、横川景三の『山谷詩』をつぎつぎと聴聞していて、「凡此間所々講義流布、毎日事也」と記している。『山谷詩』聴聞の記事には「惣忽間不レ及ニ聞書ニ」とあって、逆に多くの場合聞書を作成していたことが知られる（以上『大日本史料』第八編之九、文明八年雑纂所引『雅久宿禰記』による）。講者を自邸に招く例としては、後述する近衛政家や三条西実隆らが頻繁に行っている。

天皇に対する漢籍講義は、博士家の役割として最も重要なものの一つであったが、その分野にも禅僧が進出するのは、恐らく文明十年（一四七八）十二月から翌十一年閏九月まで後土御門天皇に対して行われた、蘭坡景茝（南禅寺）による『三体詩』講義が最初であろう。(2) ただし、いわゆる「侍読」としての進講は基本的に一対一の関係であるのに対し、この講義は天皇のみならず多くの公家や他の禅僧も聴聞する、一対多の関係で行われたこと、テキストはそれまでの定番であった経史類ではなく詩文類、しかも禅寺における初学書であること、の二点において異なる。公家側から見れば、いわば博士家の領分を侵さない限りでの、新しい知識の吸収を目指すというもくろみであったろう。このあと蘭坡は引き続き『山谷詩』講義も行っている。

『東坡詩』に関しては壬生雅久の記録にも見えているが、長期間にわたり行われたものに、近衛政家邸における竺関瑞要（南禅寺）の講義と、徳大寺実淳邸における桃源瑞仙（相国寺）の講義とがある。前者は『後法興院記』に文明十三年（一四八一）七月から十二月にかけて関係記事が見え、門跡や公家も陪席している。時には禅僧も二人三人とやってきて、終了後聯句に興じたりもしている。後者は『実隆公記』に見えるもので、文明十六年八月に第二巻から始まり（記録がないだけで、これ以前に序や第一巻も行われた可能性はある）、十八年十一月の第十二巻までの記事がある。

禁中での講義は、やや下って永正九年（一五一二）閏四月に禅僧ではなく博士家の高辻章長が後柏原天皇に対し行った記録がある（『実隆公記』）。同十六年（一五一九）四月にも章長が第十八巻末を講じた（『二水記』）というのであるから、この間断続的に行われていたかもしれない。さらに天文十一年（一五四二）五月・六月に相国寺の僧侶某（「せう西堂」）が後奈良天皇へ進講した（『お湯殿の上の日記』）。

同十八年（一五四九）九月には、『言継卿記』に次のような記事が見える。

三日（略）禁裏東坡点之事に参内、竹内殿・予・新中納言・菅宰相等、於二記録所一沙二汰之一。
廿四日（略）自二禁裏一、東坡可レ被レ点之間可レ参之由有レ之、四時分参内。竹内殿・広橋新黄門・菅宰相等被レ参。

後奈良天皇の命により、曼殊院門跡覚恕（竹内殿、後奈良天皇皇子）、広橋国光、高辻長雅（章長の子）とともに山科言継が『東坡詩』に訓点を書き入れている。この四人は禁中和漢聯句の常連で、広橋家は藤原北家日野流、高辻家は菅原家嫡流として、漢学を家業とする家柄であった。この作業は、今後の講義や読書に備えてのものであったろう。

室町中後期、歴代天皇およびそれを支えた公家たちの和歌および和学への関心の深さはよく知られるところであるが、それに比例するように、このような漢学・漢詩文の学習も行われ、禅僧がその主要な部分を担ったことは、この時期の文化を考える上で注目されてよい。

言継の子言経は、天正十年（一五八二）三月十一日、長く拝借していた書籍を禁中に返却したが、その目録中に「東坡　十五冊」とある（『言経卿記』）。父たちが加点した本ではなかろうか。ついで同十六年十一月には、大村由己に頼まれた東坡・山谷の両書を冷泉為満から借り受け、貸与している（『同』）。

このように、書籍の貸借あるいは書写を通じても『東坡詩』が普及していった。それはまた新たな講義聴聞への準備ともなったであろう。

二　文禄五年月渓聖澄講義

諸記録には関連記事が見出せないが、宮内庁書陵部蔵智仁親王自筆『聴書抜書類』（三五三―三、写本六冊）第三冊に、文禄五年（＝慶長元年、一五九六）三月十日に禁中で行われた『東坡詩』講義の聞書が二種収められている。(3)

講者月渓聖澄（一五三六―一六一五）は近江立入城主立入宗長の子で、兄宗継は禁裏御蔵職を務めた。東福寺に入って器之聖琳の法を嗣ぎ、学芸は相国寺の仁恕集堯に学んだ。東京大学国語研究室蔵『古文真宝抄』は元亀三年（一五七二）に相国寺鹿苑院において行われた仁恕の『古文真宝後集』講義を月渓が記録、自己の見解を交えて整理したものである。その後天正年間は長らく豊後大友氏に仕えて外交文書作成に携わり、文禄三年には伊達政宗に招かれて仙台東昌寺住持にもなった。この慶長元年末に東福寺二二二世となる。慶長十七年から十八年にかけては禁中で『古文真宝後集』の講義も行った(4)。

この二種の聞書はともに、中世日本において流布した『増刊校正王状元集註分類東坡先生詩』（以下「王状元本」と称する）(5)巻一・紀行の第二首から第六首までを対象にしたもので、恐らくは一日分に相当するであろう。一方は一つ書の形式で語注を列挙しただけなのに対して、もう一方は詩題・詩本文を掲げ、その後に説明を小字双行の形式で文章化して記している。前者を講義当日の筆記メモ（以下「A稿」）、後者を後日まとめ直した清書（以下「B稿」）と見てよいだろう。以下、両者を比較しながら見ていこう。

その前に、ここで講義の対象となっている蘇軾の詩について簡単に述べておく。彼は嘉祐六年（一〇六一）二十六歳で制科（科挙の特別試験）を受け合格、鳳翔府（陝西省宝鶏市）の簽判（事務官）となって都開封から赴任した。五首ともその鳳翔府内を公務で巡回したときの作である(6)。

まず第二首、B稿は以下の通り。（以下、引用は読みやすさを考えて、原文の句点を句読点に使い分け、読点を補い、濁点・振り漢字を付した。B稿の場合は双行注を本文次行に移した）

［2―B］

太白山ノ下ニ早行シテ至テ㆑横渠鎮、書㆓崇寿院ノ壁㆒。

云《いふこころ》ハ、上ヨリノ御使ナレバ、早朝ヨリ出テ、太白山下横渠鎮ニヰテ、崇寿院ト云所ノ壁ニ、コレヲ書付タト云心ナリ。

馬上続ニテレ残夢ヲ　不レ知スラ朝日ノ昇コトヲ　乱山横レ翠幛　落月淡シレ孤灯

云心ハ、マダ夜深《よふけ》ニ出タルニヨリテ、馬上ニテ残夢ヲツグナリ。シカルニヨリテ、朝日ノ昇ヲモシラヌナリ。サテミレバ、アタリノ山朝日出タル故ニ、ミドリノシヤウジ《障子》ナドヲ横スゴトクニ、ミ《見》ユルニ、十六日ノ事ナレバ、月未入《いまだいらぬ》ヤウデアルカ、イカニモウスク、灯ナドヲトボ《灯》シタヤウニ、ミ《見》エタリ、ト云心ナリ。又説アリナリ。

奔走煩スレ郵《ユウ》吏　安閑愧ヅレ老僧ヲ　再遊応レ眷々タル　聊カ亦タ記セナンレ吾カ曾ヲ

奔走ハキモ《肝》ヲ入心ナリ。上ノ御使ニ、東坡ガキタコトナレバ、此郵吏ドモカアナタコナタスル心ナリ。煩スハシンラウ《辛労》ヲサスルナリ。安閑ーートハ、崇寿院ニイカニモシヅカニ老僧タチノヰ《居》ラル、所ヘ東坡参ナバコレニツレテ郵吏モヰ《行》クナリ。イカニモ閑カ僧タチナレバ、郵吏・東ガハヅ《恥》ルナリ。今ハ上ノ御使ナレバ、逗留モナラヌホドニ、又参ランホドニ、ネン《念》比ニセヨ、我東ガキタト云コトヲ、少書シルイ《記》テヲクナリ。眷々ハネン《念》比ナリ。曾ハムカシ《昔》ナリ。又「記センレ吾カ曾ヲ」此セント云時ノギリ《義理》ハ、東ガコ、ヘキタト云コトヲ、少書シルスベキト云心ナリ。

これに対してA稿は次の二行しかない。

［2―A］
太白ノ ー

応眘々　ハネンゴロ也。

このA稿のみからB稿を作成するのは、記憶を辿ったとしても難しいであろう。他の聴講者のメモを参照したか、あるいは講義者から改めて聞き取ったか、何らかの追加情報をもとにしているはずである。

題および前半四句の説明は「云ハ」「云心ハ」で始まる。漢籍の注において「言、……」として文意を述べるやり方を踏襲したもので、この二箇所はこなれた訳文になっている。しかも、「上ヨリノ御使ナレバ」「マダ夜深ニ出タルニヨリテ」「十六日ノ事ナレバ」といったように、読解の前提となる状況の説明もうまく溶け込ませている。

このなかで「十六日ノ事ナレバ」としているのは、『東坡詩』の抄物として名高い『四河入海』(7)が、

白云、嘉祐七年壬寅二月十六日ノ早旦ニ郿県ヨリ盩厔ニ赴ク時、太白山ノ麓ヲトヲル。其日崇寿院ヘタチヨリテ題壁上、不一宿而ヤガテ帰ル。

一云、題注云「長篇｜｜」ト云ハ、此ノ前ノ五百言ノ詩ハ長篇デ有ゾ。叙事ゾ。其外ニハ是等ノ詩ヲ専ラトシ賦シタゾ。嘉祐七年壬寅二月、前ノ詩ト同時ノ作ゾ。

と注しているのに基づくのであろう。第一首の五言百句という長詩の中にも太白山が出てきていて、王状元本の第二首の注に「此篇幷第五巻楼観篇乃先生長篇叙事之外所専賦也」とあるのを根拠に、その長篇に盛りきれなかった事を別の詩として詠んだ、と考えたのである。第一首は詩題に「壬寅二月」すなわち嘉祐七年二月十三日から十九日にかけて管轄四県を周遊したと記し、詩のところどころに自注で経由地とその日付を明示していて、それによると太白山は十六日に通過したことになる。こういった一連の根拠に基づき、この詩は十六日、すなわち満月の翌日で明け方西の空低く月が残っているときに詠まれ、その情景が第四句に反映されていると見たわけである(8)。

最後の二句についてB稿は、崇寿院の僧への呼びかけと解している。第七句は「もう一度来た時には懇ろにもてなして欲しい」、第八句は「聊カ亦タ吾ガ曾ヲ記セナン」と読めば「少しは私がここに来たことを書き記しておいて欲しい」、「記セン」と読めば「私がここへ来たということを（私が）少し書き記しておこう」となる。これについても『四河入海』を見ると、国会図書館本では第八句「記」右側に「セヨ」左側に「｜セン」と二種の訓が書き入れられ、注では、

一云（略）今此寺ヘマイルガ、他日我レ再遊セバ、僧タチモ、モト来タル軾デアルトヲボシメシテ、念比サセラレテ、「聊亦記吾曾」ト云ゾ。眷々ト云ハ、念比義ゾ。又ハ「記吾曾」ト云トキハ、我他日再遊ノ時、当ニ以曾遊之地、眷々之情アルベキゾ。「記吾曾」ト云ハ、坡ガ今日遊ヲ記スベキゾ。

となっていて、やはり両説載せ、第一説が「記セヨ」（ここでの「記」は記憶の意で、覚えておいて欲しい、と解する）、第二説が「記セン」（作者自身が覚えていようと決意する、の意）での解釈になっている。ただ、第二説は「眷々」たる感情を覚えるのも作者自身と取っている点、月渓の解釈と異なる。

抄物において複数の解釈を併記するのは珍しいことではなく、

白云、両点孰無害（両点孰《いづ》れも害無し）。

として、「記」の二つの読み（「点」）を許容している。

次に第三首、B稿から掲げる。

［3—B］

二十六日、五更《ニ》起《キテ》行《ク》。至《ルマテニ》レ磻渓《ニ》未レ明。

嘉祐七年七月二十六日ノ夜《ニ》磻渓ト云所ヘユク心ナリ。

夜入レハ二 磻渓ニ一如シレ入カレ峡ニ 照レ山ヲ 炬火落スニ驚猿ヲ一 山頭ノ 孤月耿シテ 猶在 石上ノ 寒波暁更ニシ 喧 至人ノ 旧隠白雲合ス

夜磻渓ヘイタ《（到）》レバ峡ニ入ガ如様ニアツタナリ。峡トハ、蜀ノ国ニ三峡ト云所アルナリ。ソレニヨリ似タト云心ナリ。蜀ガ東古郷ナレバ、思出シタナリ。峡ハ水ヲハサム山ナリ。炬火ハタイマツ《（松明）》ナリ。コレニ山モアカ《（明）》クナルユエニ、猿ナドモ驚テ落ナリ。此タイマツヲ、東ガトボ《（灯）》スデハナシ、カノ郵吏ドモガトボシテヲクル《（送）》ナリ。耿ハ月ノ光ナリ。石上寒波ーーートハ目ニハミヘネドモ、波ガ暁カシマ《（喧）》シウキコユルナリ。至人トハ大呂カコト也。至人ハイタ《（至）》、トホムル心ナリ。モトハ此磻渓ニ大呂ガツリ《（釣）》ヲシタ所ナリ。ソノアトガ今ハ白雲ガイツパイアルト云心ナリ。

神物已化シテ 遺蹤蛇タリ

神物ハ龍ナリ。モトハ此磻渓ニイタレ共、今ハヨソヘイテ《（行）》、ワゴタマリ《（蟠）》タアト《（跡）》バカリガアルナリ。蛇ハワゴタマルナリ。

安ソ 得夢ニ 随霹靂ノ 駕ニ一 馬上ニ 傾二倒シテ 天瓢 翻ヲコホセン

安ハ何同心ナリ。霹靂ハ雷ノキウ《（急）》ニナル《（鳴）》ヲ云ナリ。雨カブリ《（冠）》ヲノケ《（除）》テ、石ヘン《（扁）》ニモ書ナリ。駕、ノリ物也。雷車也。

注ニ巨宅ノ巨ハ、大字ノ心也。鬃ハ、馬ノフリガミ也。殆トハ、十ノ物七八ノ心也。

傍線部はA稿にない部分である。「夜……」と「コレニ……」は第一・二句の訳文を補ったもの。「ソノアト……」も同じく第五句の訳である。第六句以下は語釈を並べた程度に終わっていて、あまり補足がない。題の注では制作年時を示しているが、「嘉祐七年七月二十六日」としたのは、王状元本の任居実注に「嘉祐七年先生在鳳翔作」とあり、同本では巻十六・懐旧上に収められる「七月二十四日……（曾氏の建てた閣の壁に趙薦の名を見て懐古した）」に続くものと考えたからである（清代以降の編年体詩集では両者連続して収められる）。同本附録「東坡紀年録」もそのように考証している。一方、『四河入海』はどうか。

芳云、嘉祐七年七月廿六日也。当レ在二七月廿四日曾氏閣懐趙薦詩之次一。

施宿年譜云、嘉祐八年癸卯、先生二十八、秋禱二雨磻渓一有二猿字韻一。又仙渓紀年録云、嘉祐七年壬寅、先生二十七、七月二十四日禱二雨磻渓一（略）。某謂、施宿・仙渓両説不レ同。題下任居実字文孺注、与二仙渓一同。遺芳幷続翠抄取二仙渓一、皆与二施宿年譜一異也。今幷記レ焉。

編者笑雲清三（「某」）は王状元本に依ったそれまでの通説を尊重しつつ、施宿の「東坡先生年譜」の説も併記する。[9]第二首末の解釈が分かれていることについては言及した月渓が、ここでは通説に従うのみで、嘉祐八年説を挙げなかったのは、聴講者の知識や理解度を考え、詩の解釈と鑑賞に直接関わらないこととして省略した、と考えられる。

もとになるA稿は次の通り。

［3―A］

一磻渓　大呂ツリスル所也。

一如入峡　峡ハ蜀ノ三所アルガ、ソレニヨクニタリ。東坡ハ蜀ノ衆ナレバ、古郷ヲ思出シタリ。峡トハ水ヲハサム山ナリ。心ヘ（得）ベシ。

一炬火　タイマツナリ。東カトボスデハナイ、上ノ使ナレバ郵吏トボスナリ。

一蜀ノ国ニ猿カ多イゾ。ソレニヨリ猶ヨク似タリト念也。峡トカケ（懸）テミ（見）ベシ。

一耿ハ光也。

一石上ノ寒波　目デミネドモ、キ、テカシマシイナリ。
一至人トハ、大呂ナリ。至人ハイタリヲホメテ云心也。
一神物ト云ハ、龍ヲバ云。
一已化ト云ハ、龍カ今コ、ニイヌナリ。
一蜿トハ、龍ノワゴタマリタアトガ今アリナリ。
一遺蹤　アトガノコル心ナリ。
一霹靂　カミナリノキユ（急）ニナル也。ーー雨カブリノケテ石ヘンニモ云也。コ、ニヒセイノコトヲ引也。
一駕　ノリ物也。雷ノ車ナリ。
一注ニ巨宅ハ巨ハ大字ノ心也。鬃トハ、馬ノフリガミナリ。殆トハ十物七八ノ心也。
一安《ク□□》　何字同。

第二首とは違ってかなり詳細に記録されている。点線部はB稿と表現が異なる部分、傍線部はB稿にない部分で、「蜀ノ衆」や「心へベシ」といった表現からは講義の口吻が伝わってくる。「蜀ノ国ニ……」は第一句の「峡」、第二句の「猿」が共に故郷の蜀を想起させる景物として用いられていることを指摘しており、これはB稿に生かしてもよかったと思われる。「霹靂」の注にある「コ、ニヒセイノコトヲ引也」とは、王状元本の該当部分の注にある李鄘の故事ではなく、第八句の注にある唐の武将李靖（李衛公）の二つの故事を指すだろう。一つは、老婦人に姿を変えた龍から雨を降らせる瓢箪を授けられたというもの、もう一つは若い時に龍宮に迷い込み、やはり瓶の水滴を馬のたてがみに滴らせて雨を降らせる、というものである。そのあとの「注ニ」とある項目の「巨宅」「鬃」「殆」はいずれも二つの故事の引用文中に出てくる語である。「ヒセイ」は李靖を聞き間違えたと思われる。実際の講義でどの程度まで説明されたかは分からないが、聴講者の理解が行き届かなかったためか、B稿では省かれてしまった。

以下、第四首から第六首まではA稿とB稿にほとんど差はない。A稿の箇条書きをほとんどそのまま追い込みで記したのがB稿という内容であるので、B稿のみ掲げる。

［4―B］

是《コノ》日自レ磻渓往テレ陽平憩《イコウ》二於麻田ノ青峯寺ノ之下院ノ、翠麓亭一ニ。

亭ハチン也。一段ト面白所也。憩トハ、ヤスムナリ。

不レ到ンハ二峯前ノ寺一ニ　空ク来ラン二渭上ノ村一ニ　此ノ亭聊可レ喜シフ　倏径豈ニ辞レ捫　谷ハ映シテ二朱欄一ニ秀テ　山含テ二古木一ヲ尊シ　路窮テ

驚二石キノ断一ルニ　林欠テレ見二河奔一ヲ　馬困シテ　嘶ウレ青草ニ　僧留メテ　薦レ晩飧《ソン》シムヲ　我来テ　秋日午ナリ　旱久シテ　石床温ナリ　安ンソ　得テ二雲ノ

如レ　蓋コトヲノ

倏径《キン》ハ、ナガキミチ也。辞捫トハ、物ニトリツキテミル也。●谷映朱欄ニ、欄ウツクシクミユルナリ。映、アキラカナリ。●驚石断トハ、石アル所ハアルキニクキ心也。●欠トハ、林ノヒクキ所也。ソノヒクキ所ヨリ河ガミユルト云心ナリ。●嘶青草トハ、東ガ乗タ馬ガヤツレタモ、青草ヲミテイナ、ク（嘶）心也。●晩飧トハ、バンノシヨク（食）ナリ。我ハ、東也。石床温トハ、コシ（腰）ヲカクル石ナリ。旱久ケレバ、一ダント温ニナリタルト云心也。●雲如蓋トハ、雲カテンガイ（天蓋）ニ似タリト云心ナリ。

能ク令シメン一レ雨ヲ　瀉カレ盆ヲ　共ニ看ミン二山下ノ稲ノ　涼葉晩ニ翻々タランコトヲ一

●瀉盆トハ、軒ノシヅクナドガ、盆ニ水ヲ入テウチアグルヤウニシタイト云心也。

［5―B］

二十七日、自レ陽平、至《テ》レ斜《ヤ》谷《ニ》 宿《ス》二於南山《ノ》 中《ノ》 蟠龍寺《ニ》一。横《ヘテ》レ槎《ヲ》 晩《ニ》 渡《ル》 碧澗ノ口《ホトリ》 騎《テ》レ馬《ニ》 夜《ル》 入《ル》 南山《ノ》 谷 谷《ヨク》中《ノ》 暗水響 瀧々《キヲウ〈》 嶺上《ノ》 疎星明《ニシテ》 煜《ヨク》々 寺《ハ》 蔵《ル》 巖底千万仞 路《ハ》 転《ス》 山腰三百曲 風生《シテ》 饑虎嘯《テ》レ空林《ニ》 月黒《クラウシテ》 鷲麞竄《ル》二倏竹《ニ》一

コ、マデハ道ノコトナリ。●槎ハ、独木橋カレ木ヲ一本渡ス橋ナリ。●谷《ヨク》ト、読トキハ、水ノアルタニナリ。谷《コク》ノ声ノ時ハ、水ノナキ心ナリ。●瀧々ハ、水ノナガル、心ナリ。●煜々ハアキラカニ星ノミユル心ナリ。●仞ハ七尺八尺バカリナリ。●ソレ千仞万仞ノソコニ寺アル心ナリ。●曲トハマガリナリ。●饑虎トハ、ウヘル虎ナリ。●麞《キン》、キンノ鹿ニハツノナキナリ。物ニヨクヲドロクナリ。竹ヨクスム物也。

入《レハ》レ門《ニ》 突兀《トシテ》 見レ深殿《ヲ》 照《シテ》レ仏《ヲ》 青熒《トシテ》 有レ残燭 媿《トシテ》レ無《コトヲ》二酒食《シノ》 待《スル》レ遊人《ヲ》 旋斫《ヤ、キッテ》レ杉松《ヲ》 煮《ク》レ渓蔌《ソク》 板閣《ニ》 独眠《テ》 驚《ス》レ旅枕《ヲ》 木魚暁《キ》 動《テ》 随《フ》レ僧粥《ニ》 起観《レハ》 万瓦鬱《トシテ》 参差《ノ》 目《日ハ》 乱《タル》二千巖散《スルニ》一紅緑《ヲ》 門前《ノ》 商賈《コ》負レ椒蕣《センヲ》 山後咫尺連レ巳蜀《ニ》 何《ノ》 時《キカ》 帰二耕《セン》 江上《ノ》 田《ニ》一 一夜心《ハ》 逐《フ》二南飛《ノ》 鵠《ヲ》一

突ハ、ツク、●兀ハタカキ心也。●青熒トハ、二字ナガラ、文選ニ、アホヤカナリト、云心ナリ。●旋ハ、ヤカテト云心ナリ。●蔌《ソク》ハ、ヤサイナリ。ネセリ歟。●板閣トハ板テフキタ、サウ〈ノ所也。●木魚《ホクキヨ》トハ、タ、クナリ。●鬱トハ、幽ナル心モアリ、トヾコホル、心モアリ。コ、ニテハ幽ノ心ヨキナリ。参差トハ、瓦ヲカタ、ガイニフク心ナリ。●椒蕣、椒ハサンセウ、蕣ハチヤナリ。ヲソクトルヲ云ナリ。一曰茶、二曰檟《カ》、三曰蔎、四曰茗、五曰蕣ナリ。蜀ノ国ニ椒蕣アル也。

［6—B］

是日《コノ》、至《テ》レ下馬磧《ニ》、憩《フ》二於北山《ノ》 僧舎《ニ》一。有《リ》レ閣曰レ懐賢《ト》。南《ハ》 直《アタリ》レ斜《ヤ》谷、西《ノ方》 臨《ム》レ五丈原《ニ》。諸葛孔明《カ》 所二従《テ》 出《シ》レ師《ヲ》也。

出《スイ》ハコチヨリ物ヲイダス心ナリ。ソレニヨリテコ、ニテハスイヨキ也。シツノ声ノ時ハジネンニ物ノイヅル也ナリ《（ママ）》。

南《ノ方》望《メハ》二斜谷口《ヲ》一　三山如レ犬牙《ノ》　西《ノ方》観《レハ》二五丈原《ヲ》一　鬱屈《トシテ》如《シ》レ長蛇《ノ》　有レ懐《フ》二諸葛公《ヲ》一　万騎出《ツ》漢巴《ヲ》一　吏士寂

如《トシテ》レ水《ノ》　蕭々　聞《トシテ》二馬《ク》撾《タヲ》一公　才《ノ》与《ハト》レ曹丕《ヒ》　豈《ニ》止《タ》十倍加《ハルノミナランヤ》　顧瞻《シテ》二三輔《ノ》間《ヲ》一　勢《ハ》若《シ》二風《ノ》巻《カ》レ沙《ヲ》

●蕭々ハ□□□《（アキ）》。●撾ハ馬ノブチ《（鞭）》也。●三輔トハ三ノタスケ也。官ノ名也。●注ニ治所トハ、此官ヲ治ル所也。●顧ハカヘリミル也。瞻ハミル也。●注ニ颯々トハ風ノ音ナリ。

一朝長《ヂヤウ（朱「ニコルヨキナリ」）》星墜　竟《ニ》使《シム》レ蜀婦髽《ヲサンス》　山僧《ハ》豈《ニ》知《ンヤ》レ此《ヲ》　一室老《ウ》煙霞《ニ》　往事逐《テ》レ雲《ヲ》散《ス》　故山依《テ》レ渭《ニ》斜《ナリ》　客来

空《テ》弔《ク》レ古《ヲ》　清涙落《ツ》レ悲笳《ニ》

●髽ハ、男ノ亡ズル時、女ノスルワザナリ。カミツ、ム也。●一室、一ノ家ナリ。コ、ハ、僧ノイル所ナレバ、サンゼン《（参禅）》ノ、所也。●往事トハ、孔明ガコト也。●故山トハ、古郷ノコトナリ。蜀ノ国ノコト也。●斜ハ、シヤウジキニハ、ミヘイデ、スヂカイテ見心ナリ。●客トハ、東ガコト也。●弔トハ、古ノ孔明ヲ東カトブラウ心ナリ。●悲笳トハ、カナシイ吹物ナリ。

第五首「青熒トハ、二字ナガラ、文選ニ、アホヤカナリト、云心ナリ」というのは、『類聚名義抄』（観智院本・仏下末三七）に「青ー《エイ》トアザヤカナリ トアヲヤカナリ」、また九条家本『文選』や足利学校本六臣注『文選』巻一「西都賦」の当該語に「アヲヤカナリ」という訓が書き入れられているように、語句の典拠である『文選』の古訓を示したものである。『四河入海』では典拠の指摘があるのみで、古訓については触れない。公家にとってなじみ深い古典である『文選』に『源氏物語』など和文の古典にも用いられる語が訓として使われているため、殊更に言及したものであろう。このあたりは、博士家の学問を吸収した痕跡が看て取れる。

同じく第五首「木魚」については、A稿には「木魚《ボクキヨ》トハ、寺カタニハ木魚ヲツクリテタ、クナリ。粥ナドノイデキタトタ、ク也」とある。禅寺の日常風景を語るもので、僧侶に対する講義では無用の説明であり、禁中講義ならではの部分だが、B稿には採用されなかった。詩の解釈には直接関係ないと判断したのであろうか。

三　慶長十八年文英清韓講義

こちらは『鹿苑日録』『言緒卿記』に比較的詳細に記事が残り、第三回以降の講義場所となった八条殿の当主である智仁親王の自筆年譜『智仁親王御年暦』[10]にも「八月十八日、韓長老東坡講尺聞」と記される。また、中院通村筆かと推定される聞書（佐藤道生氏蔵）が現存する。これについては、解題を付して全文の翻刻を行った[11]。

改めて概略を述べると、この聞書には王状元本の第一首から第四十二首までが収められているが、途中第二首から第七首までと、第十九首から第二十六首までを欠く。前者は第二回・第三回講義、後者は第六回講義の分と推定され、その三回を欠席したのであろう。形態は智仁親王のA稿と同様、語句を掲げてその意味を箇条書きで記すのが中心であるが、それぞれの作品の制作状況を冒頭で簡単に説明している場合が多い。また、王状元本の注の語句についても一部説明している。

講者文英清韓（一五六八―一六二一）も東福寺の僧侶で慶長五年に住持になっている（二二七世）。大坂冬の陣のきっかけとなったと言われる方広寺鐘銘事件の当事者として知られるが、学芸にすぐれ、公家からの信頼も厚かったことは、この事件で追放され、後許されて復帰すると、元和六年（一六二〇）九月にも『東坡詩』巻十四の禁中講義を行っていることからも知れよう（この時も智仁親王は聴講している）。

大阪府立中之島図書館蔵の『増刊校正王状元集註分類東坡先生詩』元刊本[12]は文英の手沢本で、全巻にわたり書き入れがある。末尾には

天正十三年癸酉（左傍注記「愚十八歳也」）四月十九日始講　天正十九年己卯（左傍注記「二十四歳也」）四月二日成就也

清韓拝

坡講伝受

○桃源―一韓（右傍注記「蕉雨余滴」）―咲雲三和尚（右傍注記「四河入海述之」）―文叔彦和尚―清韓二十五歳恵日前板秉払

という識語があり、師文叔清彦の講義のテキストとして使用したこと（書き入れはその時のものか）、桃源瑞仙に始まる『東坡詩』講義の正統を受け継いでいるという自負があることがわかる。

前節で取り上げた月渓が、導入として最初にどのような話をしたのか、聞書が第二首から始まっているため不明だが、文英の場合は第一回講義の分がある。それを見ると、冒頭、第一首の解釈に入る前に、書名の「王状元」「分類」「東坡」について説明するとともに、著者蘇軾の略伝や、蘇軾が徹底的に批判した王安石の新法についても述べている。そのなかには、（以下引用文には前節同様手を加えている）

東ハ宋朝ノ世ノ者　東坡ト云ハ、東坡軒ヲ中ニ白楽天ガ建ヲ慕テゾ。蘇軾モ白楽天ヲ慕タゾ。居所ヲ東坡ト云タゾ。（このあたり書き直しがあり、文意がつかみにくい）

白ー　セウクワン（ママ）ハンソト云美人ヲモチタゾ。蘇ハ白ニ不似所ガ一ツアルハ是ゾ。

というように、公家になじみ深い白居易を蘇軾がどう見ているかという点に言及がある。「東坡」号が白居易詩に由来することについては、『四河入海』に『容斎三筆』巻五「東坡慕楽天」の全文を引いて説明するように、禅林にお

いて広く知られていた。「白ー」以下は、『容斎三筆』にも引かれる蘇軾の「我甚似二楽天一、但無二素与一レ蛮」すなわち白居易が寵愛した妓女小蛮・樊素のような女性が私にはいない、というユーモラスな詩句に基づいた解説である。

王安石に関しては、

> 王荊公・呂恵卿ト云テ二人威勢シタル物アリ。此者悪法ヲ行、民百姓ヲナヤマス。

また「東ハ善人也。悪人共ニクム」とも言っている。

これらは、詩の内容へ入る前の導入として、聴講者たちの関心に沿って白居易や中国史に関する周辺知識をも与えながら、作者蘇軾のイメージ作りを行い、作品の理解を助けようという意図が窺える内容である。禁中という場に応じた工夫と言ってよいだろう。

さて、第一首の注を見てみよう。この長篇詩は、鳳翔府管轄下の十県のうち四県を巡回して、「減決」すなわち軽罪人を赦免、重罪人を処刑するという任務に赴いたときの作で、都にいる弟蘇轍（子由）に宛てたものである。旅程に従って、行く先々の名所旧跡を詠み込み、一種の観光案内のような内容を含んでいる。

> 此年旱シタゾ。旱事ハ天下国家ノ政悪ニヨリテ也。サレトモタゞ能悪ガ覚ラレザルホドニ、決ノ科罪人ヲセンサクシテユルサントゾ。

冒頭の注である。「減決」がいわゆる天人相感の思想に基づくものであることをまず説明する。

第三十二句「孤城象漢劉」にはこんな注がある。

> 孤城　トウタククガコトヲ思出タゾ。トウタクハイカイモノ（者）ゾ。ーーヲノケテソシノ人ヲス（据）ヘタゾ。後ニハケンテイ云ヲ位ニスヘタゾ。

この部分、王状元本では自注に「有二董卓城一、象二長安一、俗謂二之小長安一」とあり、その後の詩句にも袁紹や伍孚との

対立が注されているが、彼が廃立した皇帝の名については記していない。『四河入海』では、

白云、後漢書（略）董卓有二廃立之心一、遂脇二太后一、廃レ帝為二弘農王一、立二陳留王協一為レ帝〈献帝是也。後漢十三主、一百九十二年、献帝最後之主也〉。（略）

一云、董卓ハコワモノデ有ゾ。（略）

三私云、（略）「注卓議廃立」ト云ハ、後漢ノ霊帝ノ太子辯ヲ廃シテ、弘農王トナル。辯弟協ヲ立テ、帝トスルゾ。是ヲ廃立ト云ゾ。

というように皇帝の名を挙げて説明している。文英もそのように話したのであろう。ここで筆録者が「トウタク」と董卓をカナで記録しているのは、

（ア）注のあるテキストを持たず、漢字がわからなかった。

（イ）テキストはあって漢字もわかったが、画数が多く、書くのが面倒だった。

この二つの理由が考えられる。

ちなみに、そのあとの人名は注にもないので、「――」（霊帝）は聞き取れずにブランクのまま、「ケンテイ」（献帝）は漢字がわからずカナ書き、と推測できる（「ソシノ人」は何を指すか不明）。

「トウタク」が（ア）（イ）のどちらであるか、というのは、実は講義の実態を推測する上で重要な問題である。最低限、詩本文のテキストは手元にあると考えるのが自然だろう。次々と出てくる語句を耳で聞いただけで筆録することは、たとえ東坡の詩に親しんでいたとしても難しい。しかし、注についてはどうか。

聞書には、注の語句についての説明がわずかながら見られる。第一首から集めてみると、次のように、「注」の字を冠して、七箇所記されている（（　）内は対象となった注文中の語句を示している）。

注　任公之大ナツリバリ大ナルツリイトーー（第三十句注「任公之釣」）
注　梟鏡ハ父ヲコロスゾ。ハ鏡ハ母ヲコロス。（第三十五句注「梟鏡」）
注ニ　藻ハ色々色トルゾ。（第五十二句注「玉藻」）
注　二聖ハ太祖太宗ゾ。（第五十八句注「宋二聖御容」）
百家注　産ハ知行ノ事ゾ。（第七十九句注「数百家之産」）
注　浮陽ハメバチゾ。日アタレバ浮出ル物ゾ。（第九十句注「浮陽之魚」）
注　縋レ石（左訓「スガラスレドモ」）（第九十四句注「以縄縋石」）

すべて対象の語句は漢字表記がなされており、このように筆録するには、注文の備わったテキストがその場にないと難しいのではないか。版種は不明ながら、王状元本を目で追いながら聴講していたと考えるのがよいだろう。

なお、冒頭の王安石の新法についての説明では、明らかにテキストには出てこない用語が「青苗法《セイメウノ》」「助役法《ジョエキノ》」というようにフリガナ付きで記されている。これは講義者が、どういう字を書くかということまで、丁寧に説明したからであろう。

詩句の鑑賞に関わる注では、第八十一・八十二句「軽風幃幔巻、落日髻鬟愁」について、

　軽風ー　此二句面白トゾ。

とあるのが唯一と言ってもよい。これはやはり『四河入海』に、

一云、（略）「軽ー」女道士ノ二人ヲル処ナレバ、其ノナリヲ云ゾ。サラ〳〵ト、小風ガ吹テ、幃幔ヲ吹キ巻時分

ニ、落日ノ光ニ映ジテ、髻鬟愁アルナリヲ見タゾ。幽美ニシテ物《（も）》ノ思イスガタニ有ゾ。是ガ女人ノナリゾ。此句ガ長編ノ中ノ警句デ有ゾ。サラリト吹ナガ《（流）》イテ云ガヨイゾ。昔ハサコソア《（有）》ツシガ、今ハモノサビテアルト傷《（いたむ）》ゾ。

とあるような説明があったのを、ごく簡略に「面白」の一語で書き留めたのだろう。

続いて第九首「風水洞二首和李節推（その二）」を見よう。七言律詩の第七句「世事漸艱吾欲去」について、

世事ーー　此二句ハ前ヲケツ《（結）》シテ云タゾ。此時分ハーーカ新法ヲ行タ時分ゾ。東坡ヲヒンケンシタ時分ナレバ、世ー我欲去トソ。

と注している。冒頭、導入で説明した王安石の新法の知識がここで生きてくるわけである（「ヒンケン」は「讒言」あるいは「擯斥」か）。『四河入海』では『烏台詩話』を引いて、背景に王安石の新法があることを説明し、また句の構成についても、

一云、（略）「世事ー」此ノ二句ニ、以上ヲ合シテ、結スルゾ。

と述べている。これらを踏まえた注であろう。

第十三首「別黄州」では、作品中には出てこない「東坡」について、

黄州ニ五年居タゾ。此時東坡ト云所ヲカマヘテ居タルニヨツテ東坡ト云タゾ。

とわざわざ言及しているのも、王安石同様、導入部分で言及したことに関連させてのものだろう。

第十六首「将至筠先寄遅・适・遠三猶子」第八句にある「髧髦」については、『四河入海』にはない詳しい説明を加えている。

一髧《タン》髦《ボウ》　女主ノカミデ無テ、日本ノカモジヤウ《（様）》シタ物カト也。ボウハ親ノアル間老若ニヨラズツケルゾ。親死後ニトルトゾ。

『儀礼』『礼記』などの記述に基づいた説明で、これも聴講者の関心に配慮したものであろう。

以上、全体としては『四河入海』の豊富な情報を取捨選択し、かみ砕いて伝えているると言えるが、その中で公家たちの知識や関心に沿って新たな内容も付け加えようしている様子が看て取れる。

おわりに

この両者の聞書には漏れている第七首「往冨陽新城李節推先行三日留風水洞見待」および第八・九首に登場する李節推について、蘇軾の男色相手だとする俗説が近世前期には流布していた。その淵源には抄物があるのではないか、との推測を述べたことがある。(13) そこに、智仁親王『聴書抜書類』第四冊の「物語聞書」と題された短い文章に、

一　李節推《リセッスイ》　東坡若者卜也。

と記されていることを紹介した（「若者」は若衆、すなわち年少の男色相手を指すであろう）。こういったことも、禁中あるいは九条殿における講義のなかで、蘇軾の人柄と共に語られ、記録されていた。

詩の内容や鑑賞と共に、そういったややいかがわしい事柄を含め、五山禅林の知識を公家の世界に広めるのに、禁中講義が果たした役割は小さくないだろう。

さらに今後、慶長・元和年間に盛んだった天皇や公家による古活字版の出版とこのような講義がどう関係するのか、といった問題も検討すべきところではあるが、本論文では講義そのものの実態を、資料に基づいて明らかにしようとするところまでで精一杯であった。続稿を期したい。

註

（1）以下、『大日本史料』およびそのデータベース（東京大学史料編纂所）、斯文会編『日本漢学年表』（大修館書店、一九七七）によって記録類の記事を検索した。

（2）伝および文事は朝倉尚「蘭坡景茝小論」（『国文学攷』四八、一九六八・一〇）に詳しい。なお、天皇ではないが、禁中では同年七月二十二日には勝仁親王（後柏原天皇）が東福寺の僧月崖元修より『三体詩』を習い始めている（『お湯殿の上の日記』）。

（3）『聴書抜書類』および同様の資料『聴書類』（五〇三―一三三、写本一一冊）に収める講義聞書の内訳やその意義については柳田征司「梅印元冲講智仁親王聞書『蒙求聞書』」（『築島裕博士傘寿記念国語学論集』汲古書院、二〇〇五）に詳しい。

（4）『大日本史料』およびそのデータベース（東京大学史料編纂所）、白石虎月『東福寺誌』（思文閣出版、一九七九復刊）による。

（5）宋元版・五山版・朝鮮版があり、近世初頭まではそれらが入り乱れて流布した。五山版は通常「王状元集百家（または諸家）註分類東坡先生詩」の内題を持つ。

（6）孔凡礼《蘇軾年譜》上（中華書局、一九八八）、小川環樹・山本和義『蘇東坡詩集』第一冊（筑摩書房、一九八三）による。

（7）東福寺の僧笑雲清三（「三」あるいは「某」）が先行する四種の注（「脞」…瑞渓周鳳『脞説』、「芳」…大岳周芳『翰苑遺芳』、「白」…万里集九『天下白』、「一」…一韓智翃（桃源瑞仙の講義に基づく）『蕉雨余滴』。他に江西龍派（続翠）『天馬玉沫』などの説も引く）を集成し、自身の説を加えたもの。少なくとも東福寺僧で『東坡詩』講義を行う者は見ているはずであろう。影印が二種ある。抄物大系は詳細な訓点書き入れのある国立国会図書館蔵古活字版を用い、抄物資料集成はやや書き入れの少ない宮内庁書陵部蔵古活字版を用いる。

（8）註（5）小川・山本著では、王文誥『蘇文忠公編年注集成』に基づき、翌三月、雨乞いのため太白山に赴いた時の作とする（有名な「喜雨亭記」が作られた時）。

（9）註（5）著は同じく八年の作とする。

(10) 嗣永芳照「史料紹介　智仁親王御年暦」(『書陵部紀要』二〇、一九六八・一二)に全文の翻刻がある。

(11) 堀川貴司「〔東坡詩聞書〕解題と翻刻」(『花園大学国際禅学研究所論叢』五、二〇一〇・三)。拙著『五山文学研究　資料と論考』(笠間書院、二〇一一)に、誤記誤植訂正の上収録した。

(12) 請求番号・甲漢二一、全二十八冊。十二行二十二字の版式を持つ元刊本を主とし、巻十九を十一行十九字の元刊本、巻十一・十六全巻と巻十五・二十・二十一の一部を五山版、巻十七・二十・二十四の一部を補写した取り合わせ本で、東福寺天得庵(文英の住庵、現在の天得院)・岸和田藩旧蔵。文英所蔵時に現状の取り合わせであったことは、蔵書印や書き入れの様子から確実であろう。なお、書き入れそのものはそれほど詳密ではなく、内容もこの聞書の対象部分について見る限り、『四河入海』の記述を出るものではないが、柳田征司「書込み仮名抄一斑(『愛媛大学教育学部紀要』第二部人文・社会科学九、一九七七・二)によると、独自の内容も含むという。

(13) 堀川貴司「蘇東坡と李節推」(『東海近世』一〇、一九九九・五)。なお、この俗説の流布には『野槌』に言及されていることが大きく関っているとの指摘が朝木敏子「自律する挿絵――『なぐさみ草』の挿絵の世界――」(『国語国文』八〇―一一、二〇一一・一一)にあり、従うべきであろう。

和刻『唐詩選』出版の盛況

大庭卓也

はじめに

文学史に説かれるよう、日本の近世初期における唐詩受容は、中国の『三体詩』（宋、周弼撰）、『聯珠詩格』（宋、于済・蔡正孫撰）、『瀛奎律髄』（元、方回撰）、日本の天隠龍沢編『錦繡段』など、五山詩僧たちの読書対象であった総集により、いまだなお中世的な色彩を基調として行われていた。が、その一方で黄檗宗の伝播や長崎貿易の増加などによって、明末の文化が盛んにもたらされるようになると、学界文壇に明代の学芸思想を喜ぶ風潮が広がって、次第に近世的な唐詩受容のありかたが準備された。すなわち新時代の唐詩研究書、鑑賞書として、明末の彼の土で数多く作られた『唐詩選』(明、伝李攀龍撰)の註釈本・評註本類が知識人の間に知れわたり、寛文年間(一六六一—七二)にはその一つである李攀龍撰・袁宏道校と称する『唐詩訓解』が和刻本として刊行されたのであった(1)。

こうした明代の学芸思想の重視、それを背景とする『唐詩訓解』愛好の風は、やがて近世中期、李攀龍の古文辞文学説に心酔した荻生徂徠の学説に収斂してゆき、享保九年(一七二四)、門人服部南郭が徂徠蘐園塾出入りの書肆、嵩山房須原屋新兵衛(小林氏)から出刊した、和刻本『唐詩選』の出現へとつながることとなる。本書は、徂徠が提唱する単純化した模倣主義による作詩方法の推薦参考書であったため、漢詩初心者にも大いに迎えられ、蘐園古文辞学が後退した近世後期にも、また明治期においても、我が国人に最も親しい唐詩総集の位置にあり続けた。さらに現代に目を転ずるならば、学校教科書に採録する唐詩のほとんどの出典とされるほどに、その影響はなお根強く息づいていると言ってよい。すなわち『唐詩選』の流行という現象は、近世から現代までの連続を明らかにする、文学史上の一課題であると考えなければならぬであろう。

これまでの研究においても、こうした点が重視され、日野龍夫氏は「『唐詩選』の役割——都市の繁華と古文辞派——」(『日野龍夫著作集』第一巻所収、ぺりかん社、平成十七年)において、都市の繁華や艶詞といった大衆的な詩情を喜ぶという、近世人の『唐詩選』の読み方自体に、その流行の原因を見定められた。また、村上哲見氏は「『唐詩選』と嵩山房——江戸時代漢籍出版の一側面——」(『日本中国学会創立五十年記念論文集』所収、汲古書院、平成十年)において、須原屋新兵衛の出版経営という観点から、『唐詩選』とその関連書の刊行と流布を検討されており、両氏の論によって研究の大枠が示されている。しかし近世における『唐詩選』の刊行事情、とくに諸版の数については論者によって様々であり、日野氏の報告では十四種、この問題を最も詳しく追求した村上氏の報告にしても、なお増える可能性があるとしたうえで四十五種（割印帳その他に見える、氏の未見のもの十四種を含む）と言い、もう一つ明瞭ではない(2)。よってこの点を説明する辞書の記述も、「小本『唐詩選』は知られる限りで版木を異にする十四の版を有する」（『日本古典文学大辞典』、岩波書店、昭和五十八〜六十年）、「二〇種類以上の版があるといい」（『日本古典文学大事典』、明治書院、平成十年）などと、かなりのぶれを生じているのが現状である。版の多少は流行の度合いをはかる最も具体的な指標であって、曖昧なままでは論の明確性をそこなうことにもなりかねない。一箇の論題として採りあげ、精査を加えるのはそのためである。

一　南郭校訂本の成立とその版式

南郭校訂の『唐詩選』は註釈や評註を持たないが、もと中国には、そのような『唐詩選』は存在しない。近世初期に輸入されていた『唐詩選』はみな、『唐詩訓解』がそうであったように、著名な学者文人たちによる註釈本・評註本の類である。それらの詳細を提示するのは容易ではないが、ただ、やや時代は降るものの、宇野士新編、大典竺常補『唐詩集註』（安永三年刊）の「考引書目」には、『唐詩訓解』をはじめ、鐘惺・譚元春同評本、鐘惺評註・劉孔敦批点本、蔣一葵箋釈・唐汝詢参註・徐宸重訂本（『唐詩選彙解』）、蔣一葵箋釈・黄家鼎評訂本（『刻菴重訂唐詩選』）、呉山附註本など十四本を載せており、南郭はこの内のいくらかを見たかと推測することも許されようか。こうした種々の『唐詩選』のなかから、南郭が底本に選んだのは、李攀龍選註・陳継儒増評と称する『唐詩狐白』という評註本であったと断ずるのは、市河寛斎の『談唐詩選』（文化八年刊）の一節である。

又、附言ニ原本ノ最モ善キ者ト称セシハ、唐詩狐白本トミヱタリ。其故ハ、現行ノ『唐詩選』ト、全部ノ詩計、次序マデモ分毫ノ異ナルコトナシ。徂来《ママ》ノ跋ニ、王元美（李攀龍とならんで古文辞派のもう一人の領袖である王世貞）ガ蛾眉天畔ノ句ヲ借リテ、此選ノ卓絶ヲ賛スルマデ、狐白ニ仮托セル、呉従先ガ跋文ノ趣向ト全ク同ナジ。……

ここに言う「附言」とは、『唐詩選』を校訂出刊するにあたり南郭みずから書いた凡例のこと。李攀龍の選詩態度の称賛、『唐詩訓解』の批判、校訂の方針などを六条にわたって述べたもので、南郭校訂本は、冒頭に李攀龍の「唐詩選序」と、この「附言」、末尾に荻生徂徠の「跋」を置いて一書の構成をなしている。附言第六条には「原本、諸刊頗る多し。或は二三を増す者有り。今取らざるなり。字の異なる有るがごときは、多く原本の尤も善なる者に従ふ。……」（原、漢文。以下同）と見え、底本についての明言はないが、寛斎によれば詩の収録数と配列が『唐詩狐白』と完全に一致すると言い、さらに徂徠跋の王世貞の詩句をふまえた行文もが、同書の呉従先の跋文をまねたものと言う。『唐詩狐白』は存否未詳の書で、いまは確かめるべくもないながら、陳継儒は明末を代表する一文人として、近世前期よりこのかた、その著述や文事に日本の知識人たちが多大の関心を寄せる人物であった。[3] 南郭が机辺に置き、善本として底本に採択するのは、さもあるべきことと思われる。また、徂徠には儒書に対して、後世の註釈によらず原典を読むべしとする主張がある。こうした師説が『唐詩選』のうえにもうつされて、「蔣（一葵）氏が注する所の二、三の評語、諸家已に具す。之を読むも可なり、読まざるも亦可なり」（附言第三条）、「于鱗（李攀龍）、選時に方《あた》りて、豈に必ずしも、後に蔣注有ることを期せんや。今、考訂する所、要は真面目を見るに在り。何ぞ注無きを憂へんや」（第五条）と述べるように、南郭は註釈・評註に重きをおかず、『唐詩狐白』から評註部分をすべて除いた、無註本のスタイルを選んだのであった。かくて南郭校訂本は誕生し、以後幕末にいたるまで嵩山房須原屋新兵衛から独占的に刊行され続けることになった。その版式は、用途内容によって次の六つに類別することができる。

第一に、小字素読本。小本一冊。享保九年（一七二四）初刊。嵩山房の広告類では、単に「唐詩選小本」とか「唐詩選小刻」と言う。本文は毎半葉八行十四字。李序、附言、本文まで訓点を施し、徂徠跋は写刻体に彫って無点とする。こうした内容体裁は、嵩山房がのちに売り出す大字素読本と同じであるから、本稿では私に小字素読本と呼ぼう（図1）。

第二に、無点本。小本二冊。寛保三年（一七四三）刊。本文の行数と字詰めは小字素読本に同じ。評註のみならず訓点をも取りさり、李攀龍編集当時の姿にさらに近づけた版式。湯浅常山の『文会雑記』には、南郭の談話として、既存の和刻本『史記』から訓点を削って白文のものを売り出すよう、彼が書肆に提案していたことが見えており、これも南郭の意向を反映した企画であったろう（図2）。以上の二版式は南郭の生前、彼の監修のもとに作られたもので、これ以後に出来する版式は、嵩山房の発案にかかわるものとなる。

そのはじめは、四声片仮名付本、小本三冊、これを第三の版式とする。宝暦八年（一七五八）〈第三冊、五七言絶句の部〉・宝暦十二年〈第一冊、五七言古詩・五律の部〉・宝暦十三年〈第二冊、排律・七律の部〉初刊。嵩山房の広告類に、「四声片仮名附」「四声仮名附」「平仄仮名附」などと呼ぶ。附言と徂徠跋は省略。本文、毎半葉七行十四字。李序、本文に訓点と片仮名による傍訓を付し、さらに排律、絶句、律詩に関してはすべて、詩題のうえに白抜きの文字で押韻の韻目を、各文字の四隅に四声を示す▲印を置き、韻字と平仄の文字の置き方を示す点において、各種版式のうち、作詩参考書としての実用性を最も追求したものである（図3）。

第四に、大字素読本。半紙本三冊。明和四年（一七六七）初刊。嵩山房の広告類に「唐詩選大字」とか、「大字素読本」「大字読書本」とか。「読書本」に「そどくぼん」と読み仮名を付す例もあって、李序、附言、本文、徂徠跋のすべてに訓点を加え、素読用のテキストを意図して作られた版式である。本文、毎半葉九行二十字（図4）。

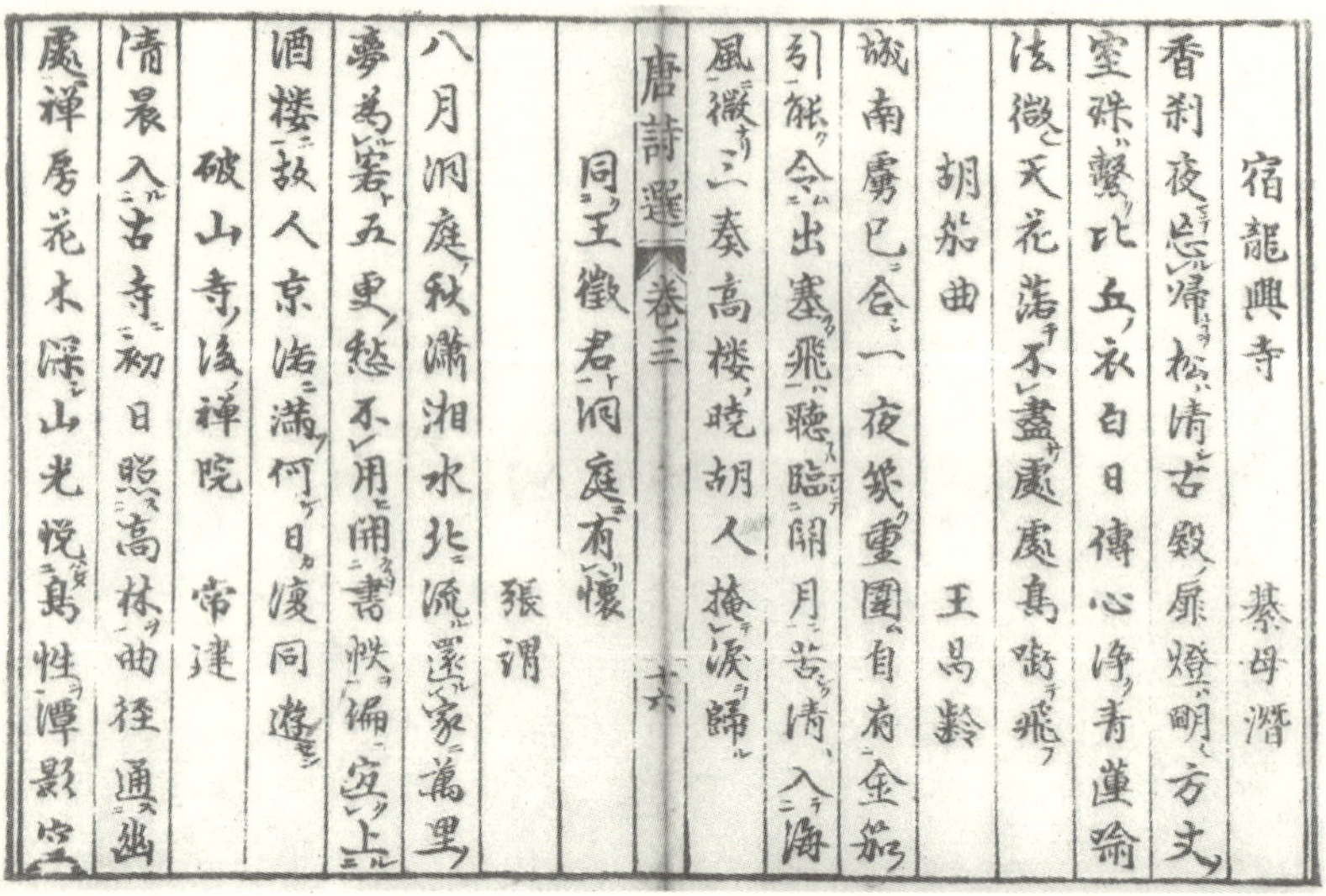
宿龍興寺　綦毋潛

香刹夜忘歸　松清古殿扉　燈明方丈室　珠繫比丘衣　白日傳心淨　青蓮喩法微　天花落不盡　處處鳥銜飛

胡笳曲　王昌齡

城南虜已合　一夜幾重圍　自有金笳引　能沾出塞飛　聽臨關月苦　清入海風微　三奏高樓曉　胡人掩涙歸

唐詩選　巻三　十六

同王徵君洞庭有懷　張謂

八月洞庭秋　瀟湘水北流　還家萬里夢　爲客五更愁　不用開書帙　偏宜上酒樓　故人京洛滿　何日復同遊

破山寺後禪院　常建

清晨入古寺　初日照高林　曲徑通幽處　禪房花木深　山光悅鳥性　潭影空

図1　後掲一覧の（1）享保9年版小字素読本（巻3本文部分）

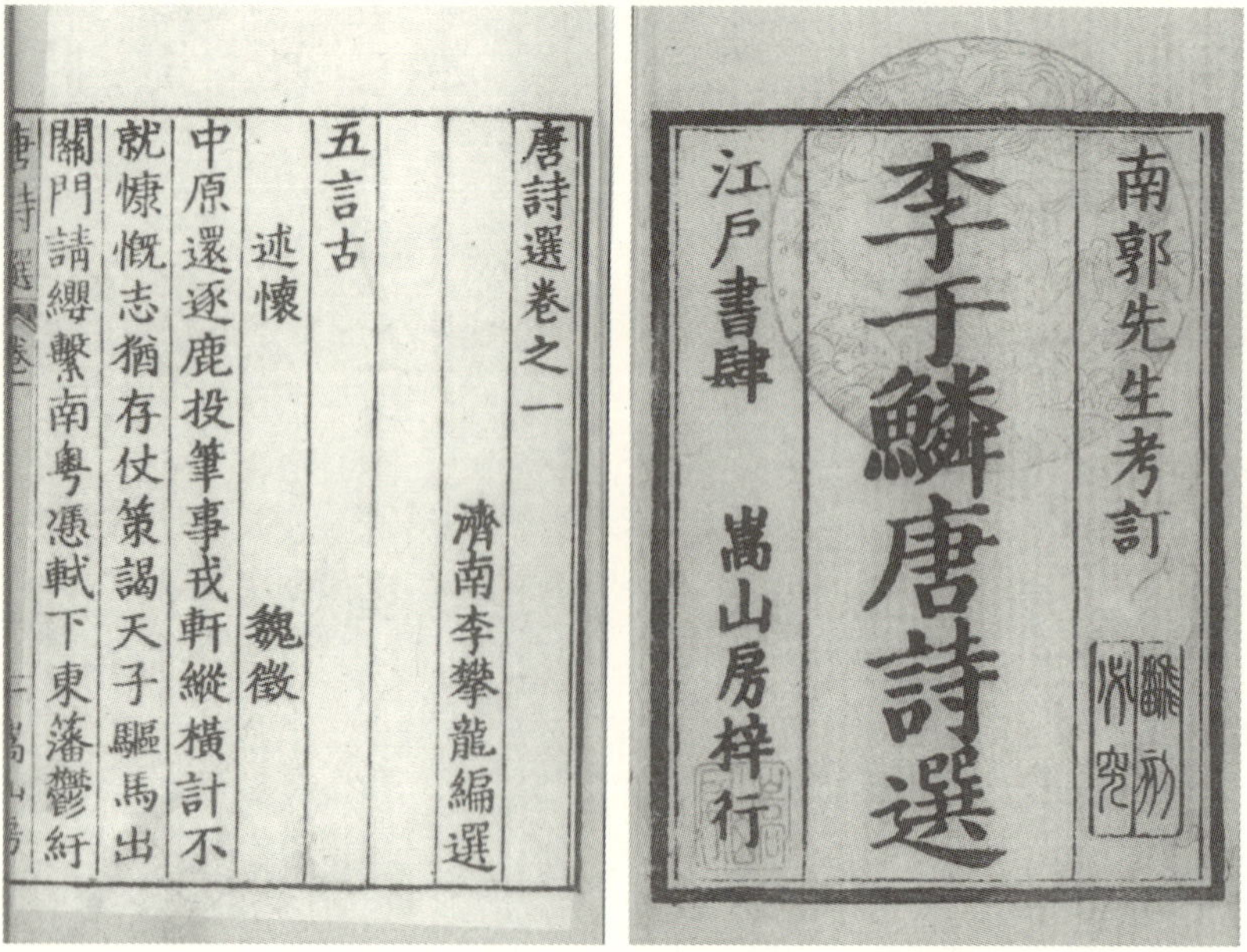
南郭先生考訂

李于鱗唐詩選

江戸書肆　嵩山房梓行

唐詩選巻之一　濟南李攀龍編選

五言古

述懷　魏徵

中原還逐鹿　投筆事戎軒　縱橫計不就　慷慨志猶存　仗策謁天子　驅馬出關門　請纓繫南粵　憑軾下東藩　鬱紆

唐詩選　巻一　嵩山房

図2　（2）寛保3年版無点本（見返し・巻頭部分）

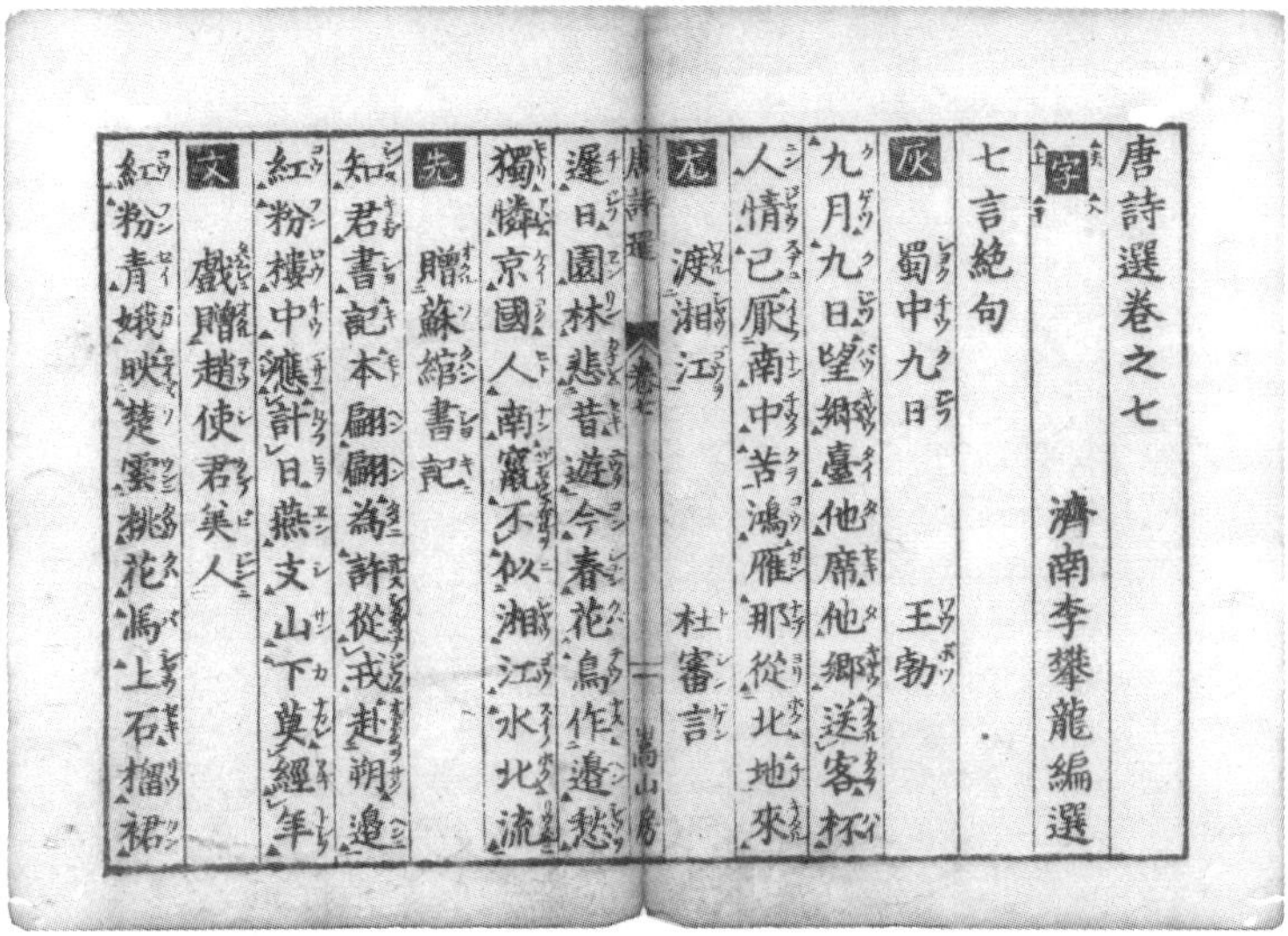
唐詩選巻之七
済南李攀龍編選
七言絶句
蜀中九日　王勃
九月九日望郷臺他席他郷送客杯
人情已厭南中苦鴻雁那従北地來
渡湘江　杜審言
唐詩選　巻七　一　嵩山房
遅日園林悲昔遊今春花鳥作邊愁
獨憐京國人南竄不似湘江水北流
贈蘇綰書記
知君書記本翩翩爲許從戎赴朔邊
紅粉樓中應計日燕支山下莫經年
戯贈趙使君美人
紅粉青娥映楚雲桃花馬上石榴裙

図3　（5）‴ 明和4年版四声片仮名付本（巻7本文部分）

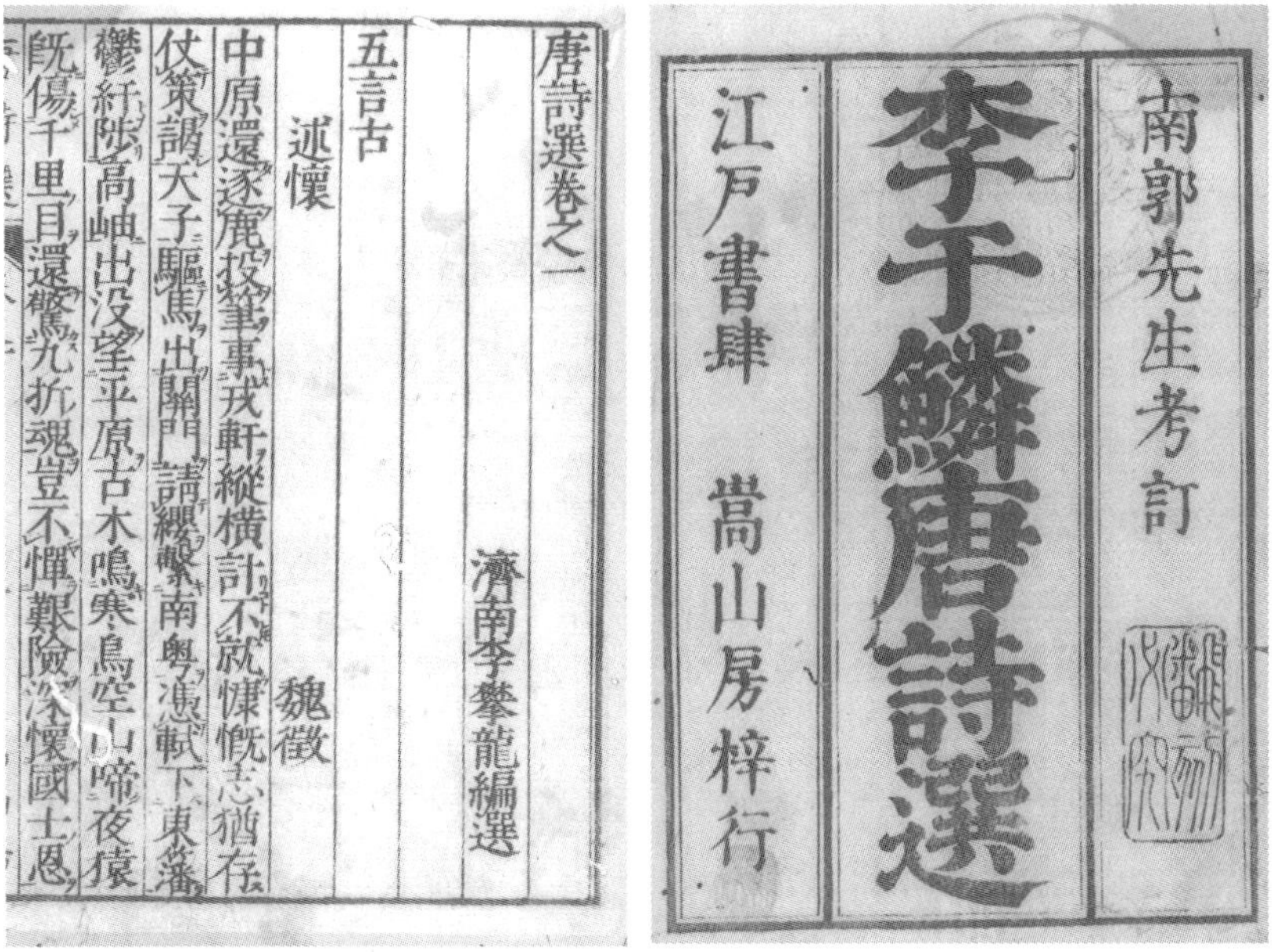
唐詩選巻之一
済南李攀龍編選
五言古
述懐　魏徴
中原還逐鹿投筆事戎軒縱横計不就慷慨志猶存
杖策謁天子驅馬出關門請纓繋南粤憑軾下東藩
鬱紆陟高岫出没望平原古木鳴寒鳥空山啼夜猿
既傷千里目還驚九折魂豈不憚艱險深懷國士恩

南郭先生考訂
李于鱗唐詩選
江戸書肆　嵩山房梓行

図4　（8）明和4年版大字素読本（見返し・巻頭部分）

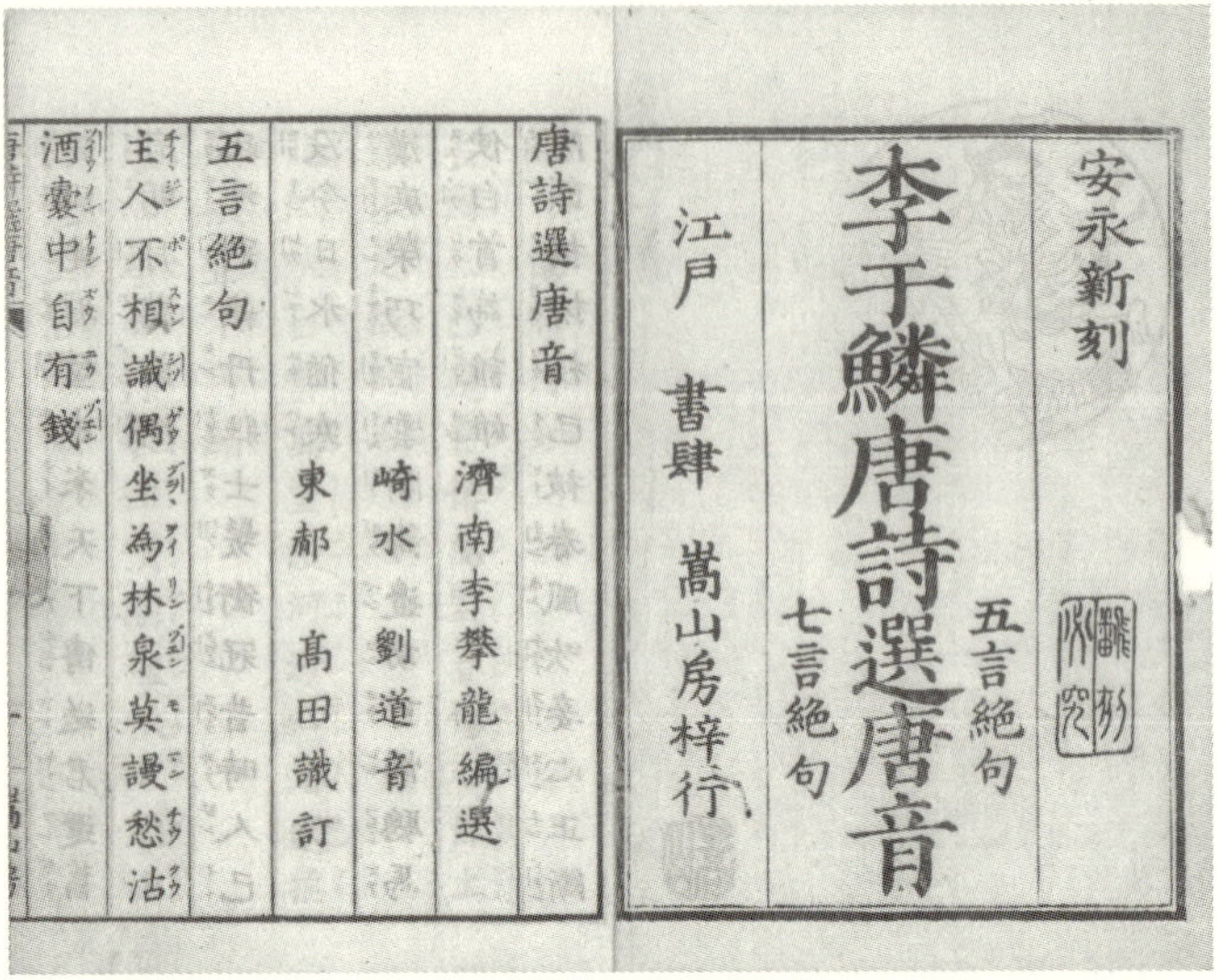
安永新刻
李于鱗唐詩選唐音
五言絶句
七言絶句
江戸 書肆 嵩山房梓行

唐詩選唐音
濟南李攀龍編選
崎水劉道音
東都高田識訂
五言絶句
主人不相識偶坐為林泉莫謾愁沽
酒嚢中自有銭

図5　(12) 安永6年版唐音付本（見返し・巻頭部分）

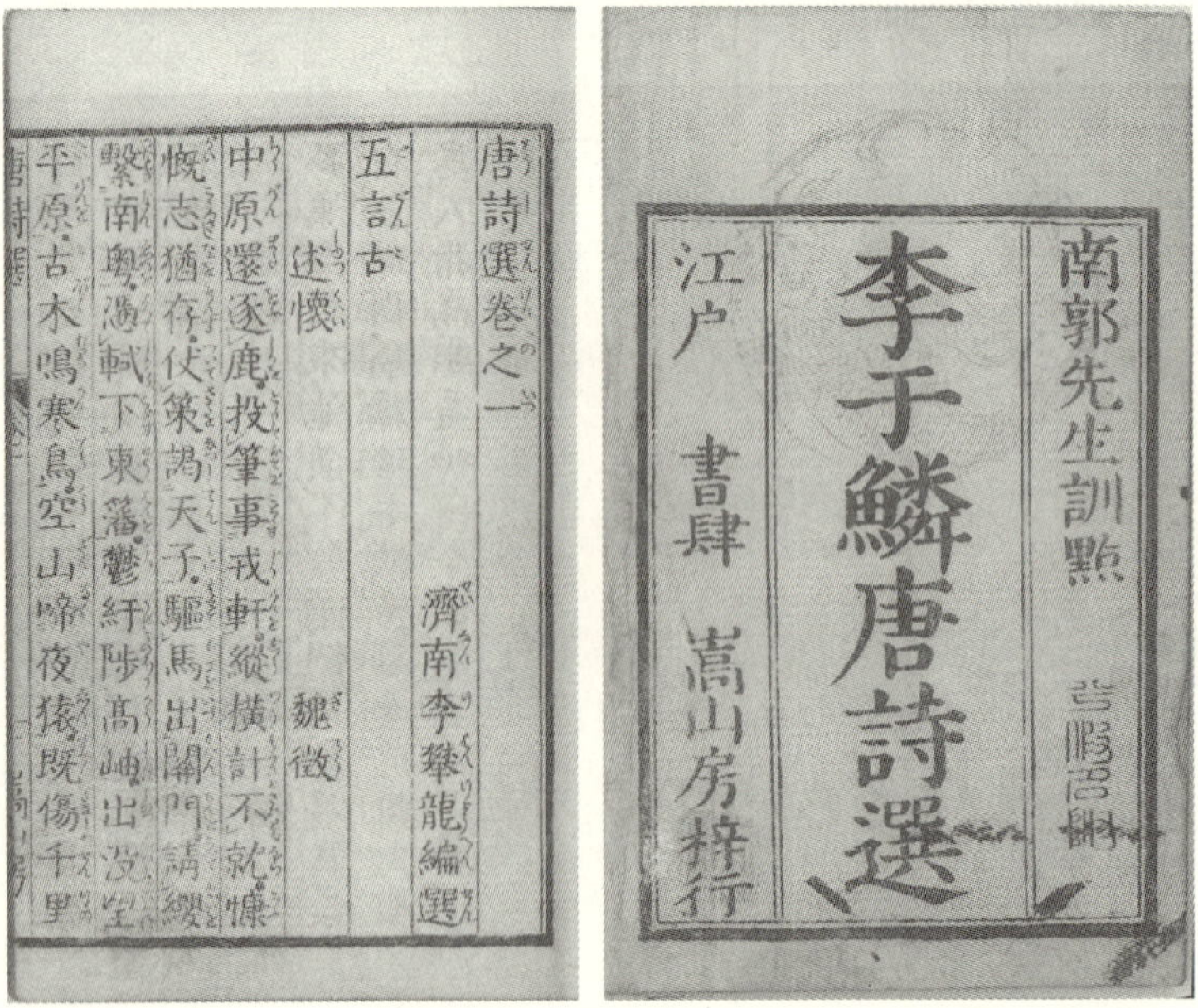
南郭先生訓點
李于鱗唐詩選
江戸 書肆 嵩山房梓行

唐詩選巻之一
濟南李攀龍編選
五言古
述懐　魏徴
中原還逐鹿投筆事戎軒縦横計不就慷
慨志猶存仗策謁天子驅馬出關門請纓
繫南粤憑軾下東藩鬱紆陟高岫出沒望
平原古木鳴寒鳥空山啼夜猿既傷千里

図6　(19) 寛政6年版平仮名付本（見返し・巻頭部分）

第五に、唐音付本。外題内題ともに「唐詩選唐音」。中本一冊。安永六年（一七七七）刊。ただし五七言絶句の部のみ。本文、毎半葉七行十四字。内題下に音註者として長崎の劉道（唐通事劉宣義、法名道詮のことか）、校訂者として江戸の高田識の両名が記され、南郭の名前はないものの、本文は南郭校訂本によっている。徂徠の唐話の師である岡島冠山にも『唐音三体詩訳読』（享保十一年刊）、『華音唐詩選』（存否未詳。明和六年刊『古今諸家人物誌』による）の著述があり、その意味において、本版式は蘐園周辺の著述として相応しいものと言える（図5）。

最後に、第六として平仮名付本、小本二冊、寛政六年（一七九四）初刊、である。李序、附言、本文、徂徠跋のすべてに訓点と平仮名の読み仮名を付す。句点を全面的に施すのも、本版式にして加わる新しい工夫である。毎半葉八行十六字。漢文の訓読、解釈、翻訳には片仮名を用いるのが当時一般の認識であるが、平仮名をもってする点、最も通俗的な版式と言える（図6）。

以上のように通覧すれば、南郭の没後、原書の姿を重視して『唐詩選』の「真面目を見る」（附言第五条）姿勢は失われ、嵩山房の手で次第に商品化がはかられていたことが知られよう。近世後期に目立ってくる、嵩山房以外の書肆が刊行した『唐詩選』も、基本的には以上の版式を踏襲するようである。ではそれらをも含めて、和刻『唐詩選』刊行の実況はいかなるものであったか。

二　和刻『唐詩選』の刊行情況

その際、よるべき一次資料としては、先行の諸論でも参考にされている、南川金渓の随筆『閑散余録』（明和七年刊）の一節、四十年来ニ板行セル書籍ノ内ニ、大ニ行ハレタルコト『唐詩選』ニ及ブモノナシ。原板享保九年甲辰正月、再板寛保三年癸亥正月、三板延享二年乙丑五月、四板宝暦三年癸酉九月、五板宝暦十一年辛巳五月、六板明和二年乙酉三月、此ノ如ク度々改刻セリ。……

と、朝倉治彦・大和博幸編『享保以後江戸出版書目』（臨川書店、平成五年）に翻刻される、江戸の書肆による出版申請の公的記録である割印帳、のふたつがある。特に割印帳の方は、和刻『唐詩選』が出刊された直後の享保十二年（一七二七）から文化十二年（一八一五）にいたる記録で、このなかに嵩山房版『唐詩選』の二十の申請記事が見出され、まことに好都合である。が、記載の漏れが所々にあると見え、『閑散余録』の証言と照合するに、享保九年は勿論、寛保三年、延享二年の各版の記載はみあたらない。こうした不備はあるものの、文化末年までの諸版については、一応の基礎となるデータが備わるのに対し、文化十三年（一八一六）以降の諸版は、これまで先達が努力してきたように、一々の現物の捜索によって把握されるということになる。従来指摘されて所見に入らぬ版も若干残るが、それらも含めて寓目しえた諸版をかかげておく。勿論、改版したものに限ることとし、前の版木を流用して奥付などを替えるものについては、その旨を註記して一版として数えない。また嵩山房以外の書肆による版にのみ、刊行書肆名、蔵版者名なども註記しておこう。なお所蔵機関を記さないものは、すべて架蔵の本によっている。

(1)享保九年（小・素読）
(2)寛保三年（小・無点）
(3)延享二年（小・素読）
(4)宝暦三年（小・素読）

(5)宝暦八年（小・四声片仮名）
　＊未見。『江戸出版書目』による。五七言絶句の部。
(6)宝暦十一年（小・素読）
(5)′宝暦十二年（小・四声片仮名）　＊五七言古詩・五律の部。

(5)″宝暦十三年（小・四声片仮名）　＊排律・七律の部。
(7)明和二年（小・素読）
(8)明和四年（半・素読）
(5)‴明和四年（小・四声片仮名）
(9)明和六年（小・素読）
(10)安永四年（小・素読）
(11)安永五年（小・四声片仮名）
(12)安永六年（中・唐音）
(13)安永九年（未詳）＊未見。註2掲出、今田洋三氏論による。
(14)天明二年（小・素読）
(15)天明五年（小・四声片仮名）
(16)天明七年（小・素読）
(17)寛政四年（半・素読）
(18)寛政五年（小・素読）
(19)寛政六年（小・平仮名）
(20)寛政八年（小・四声片仮名）
(21)寛政九年（小・素読）
(22)寛政十二年（小・平仮名）

---

(23)享和元年（小・四声片仮名）
(24)享和二年（小・素読）
(25)享和二年（小・素読）＊田島養元（昆明淵）蔵版。
(26)文化元年（小・四声片仮名）＊山口治郎兵衛（江戸）刊。
(27)文化二年序（小・素読）
＊伊東藍田蔵版。九州大学附属図書館松濤文庫所蔵。
(28)文化四年（小・素読）
(29)文化九年（小・素読）＊未見。『江戸出版書目』による。
(30)文化十年（小・素読）
(31)文化十年（半・素読）
(32)文化十四年（小・四声片仮名）
(33)文政元年（小・素読）
(34)文政九年（小・平仮名）
(35)文政十三年（半・素読）
(36)天保三年（小・四声片仮名）
(37)天保六年（小・素読）
(38)天保十四年（半・素読）
(39)天保十四年（小・素読）

*橘屋儀助（熊本）・松浦善助（金沢）刊。
(40)天保十四年（半・素読）
*橘屋儀助（熊本）刊。
(41)　同異版（半・素読）
(41)′　同異版（半・素読）
*本文は(41)と同版なるも見返を「江戸書肆高山房」のものに変える。
(42)弘化二年（半・素読）
*帯屋伊兵衛（和歌山）刊。
(43)　同異版（半・素読）
(44)　同異版（半・素読）
(45)　同異版（半・素読）
(46)　同異版（半・素読）
(46)′　同異版（半・素読）
*本文は(46)と同版なるも李序は異版。
(47)弘化三年（小・四声片仮名）
(48)嘉永二年（小・四声片仮名）
*帯屋伊兵衛（和歌山）刊。二松学舎大学附属図書館所蔵。
(49)嘉永二年（半・素読）
*未見。高市績氏『紀州和歌山江戸時代出版物出版者集覧』による。帯屋伊兵衛刊。

(50)嘉永二年（中・素読）
*神野世猷（松篁軒）蔵版。
(51)嘉永七年（小・素読）
(52)嘉永七年（小・四声片仮名）
(53)安政二年（半・素読）
(53)′　同異版（半・素読）
*(43)の版木を流用する。
(54)万延元年（小・平仮名）
(55)万延二年（半・素読）
(56)　同異版（半・素読）
(57)　同異版（半・素読）
(58)文久元年（小・四声片仮名）
(59)慶応元年（小・四声片仮名）
*久遠山蔵版。
(60)慶応三年（小・四声片仮名）
(61)慶応三年（半・素読）
(61)′　同異版（半・素読）
*(57)の版木を流用する。
(62)　同異版（半・素読）
(63)無刊記（半・素読）
*弘前藩校稽古館蔵版。
(64)無刊記（小・素読）
(65)無刊記（小・四声片仮名）
*「高山房」刊。

(66)　同異版（小・四声片仮名）
(67)　同異版（小・四声片仮名）
(68)無刊記（小・四声片仮名）

＊帯屋伊兵衛（和歌山）の見返しあり。
(69)無刊記（小・四声片仮名）＊嵩山房の見返しあり。
(70)　同異版（小・四声片仮名）＊嵩山房の見返しあり。

割印帳に見える嵩山房の二十の申請記事のうち、現物を確認しえぬのは、(5)宝暦八年版と(29)文化九年版。逆に現物があって割印帳に記事がないものは、先にも述べた(1)享保九年版、(2)寛保三年版、(3)延享二年版と、(5)明和四年版、(15)天明五年版、(16)天明七年版、(30)文化十年版、の諸版である。割印帳の記載とは、かく刊行の実際とは必ずしも合致しないものであることが知られよう。これらのうち、文化九年申十二月廿三日の割印書目に記帳される(29)と、文化十年春正月の奥付をもつ(30)は、ともに小字素読本であって、申請と刊行が妙に近接しており、あるいは同一視すべきか。また今田洋三氏が指摘する(13)安永九年版も中々に見出せないもので、安永九年十二月廿三日割印書目に、『行書唐詩選』の申請記載があって、これと関係するものか等々、未解決の問題は多く残るが、少なくとも嵩山房版に関しては、以上見るところからさして増えることはないと考える。よって次に検討すべきは、嵩山房版の各版式ごとにおける諸版の特色と普及の様相ということになる。(4)

三　嵩山房版の普及

右一覧に徴して明らかなように、嵩山房版の版式のうち、無点本と唐音付本は初学者に親しみにくい内容のためか、(2)寛保三年と(12)安永六年の各初版のみに終わってさほど普及しておらず、問題とするべきこともない。が、一言付記

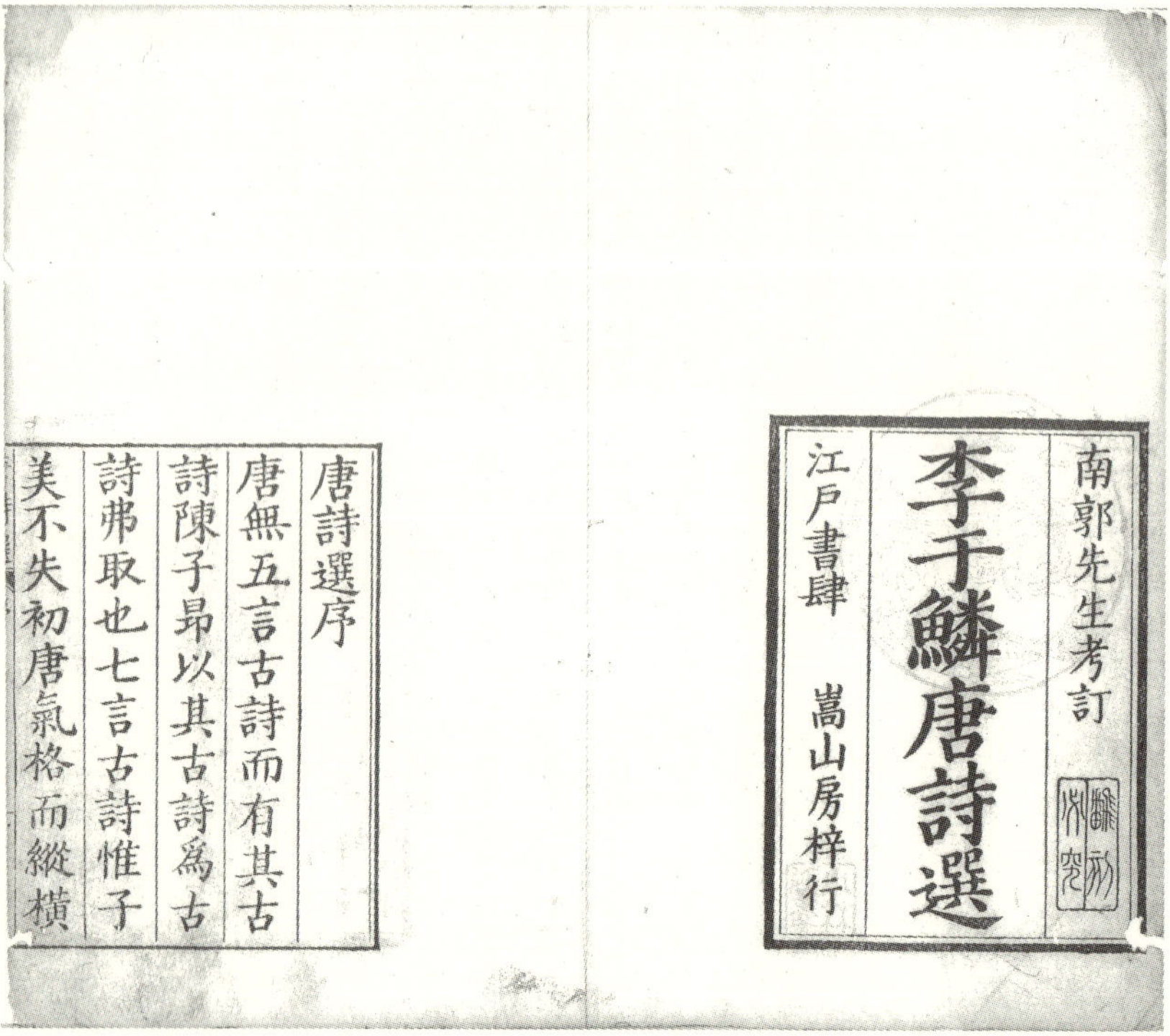

図７　（２）寛保３年版無点本の半紙本仕様版

しておきたいのは、無点本に、上部と両端に贅沢な余白をとって印刷した、やや縦長の半紙本（縦二二・三糎、横一四・五糎）に仕立てたものがある点である。通常版は見返しの「嵩山房梓行」の文字にかさねて「嵩山房」の印があるが、本仕様には「小林延季」（二代須原屋新兵衛文由）の印が捺される。享保十八年（一七三三）に、南郭が嵩山房から校正出刊した小本『唐詩品彙』にも、同様のものがあるとの報告もあり、[5]これなども南郭の指示で作られたに違いない（図７）。では以下に、残りの版式について検討を加える。

○小字素読本

一覧から拾いあげれば、(1)享保九年版、(3)延享二年版、(4)宝暦三年版、(6)宝暦十一年版、(7)明和二年版、(9)明和六年版、(10)安永四年版、⒁天明二年版、⒃天明七年版、⒅寛政五年版、㉑寛政九年版、㉔享和二年版、㉘文化四年版、㉚文化十年版、㉝文政元年版、㊲天保六年版、㊿嘉永七年版、の十七種の諸版が認められる。初刊の享保九年版の本文は、楷書のなかに行書を多くまじえ、版面に古雅な風格を備えるのが特色である。この版面は、明和二年版まで踏襲され、時代が降るに従って何の曲もない楷書体に変化してゆく。所見の享保九年版のうち、久留米市立図書館本は、薄手の雁皮紙に摺られた、嵩山房の広告類に「薄用（薄様）摺《ずり》」と呼ぶもの。楮紙に印刷した通常の小字素読本は、厚さ二～三粍ほどであるのに対し、薄用摺はその半分ほどになる。程よい光沢に文字が映え、より唐本に近い高尚な造本は高級品である。奥付は「享保九年甲辰正月日／江戸書肆／須原屋新兵衛梓」。嵩山房単独の刊行は、延享二年版まででであり、それ以降は、

宝暦三年版～文政元年版…定栄堂吉文字屋市兵衛（大坂）との連名。

天保六年版…秋田屋太右衛門（大坂）・柏原屋清右衛門（大坂）との連名。

嘉永七年版…出雲寺文次郎（京都）・河内屋喜兵衛（大坂）・須原屋茂兵衛（江戸）との連名。


と、他の書肆との相版となる。宝暦十一年版～文政元年版の奥付に、「吉文字屋市兵衛弘所」とあり、これら書肆たちは嵩山房版の取次販売所である。すなわち、宝暦初めまでは江戸での流通が主体で、それが次第に大坂へ広がり、幕末には三都まで流通範囲を拡大していたと見ることができよう。『寄宇野明霞諸家墨蹟』（大阪府立図書館蔵）に収める寛保三年（一七四三）の南郭の書簡によって、京都の宇野明霞がわざわざ南郭を通じて『唐詩選』を購入していたことが知られるという報告は、(6) この間の事情を物語るもので、刊行から三十年ほどの間、蘐園古文辞派の本拠地である江戸以外では、『唐詩選』はまださほどには行われていなかった、というのが実態と思われる。

○四声片仮名付本

三分冊につくる本版式は、宝暦八年五月割印書目に第三冊（五七言絶句の部）が、宝暦十二年十二月割印書目に第一冊（五七言古詩・五言律詩の部）が、そして翌宝暦十三年三月割印書目に第二冊（排律・七言律詩の部）が記帳されており、六年間をまたいで一冊ずつ刊行されている。(5)宝暦八年刊の第三冊は未見ながら、所見の(5)´宝暦十二年刊の第一冊、(5)″宝暦十三年刊の第二冊の末尾にはともに、四声の印と傍訓を付した二股英勝なる人物の跋語、

書家者流多く唐詩を書す。学者徒《いたずら》に之を模して、其の何の字たることを知らず。是れ、猶ほ衣服の躬《み》に在りて、其の名を知らざるがごとし。豈に罔ならずや。今、国字並びに四声を注して、以て師友無き者と、知らずして知れる者とに便す。豈に猱《さる》に木に升ることを教へ、塗塗《ひぢりこ》に附くがごとからんや。

と、刊記「宝暦壬午（十二年）初冬／江戸書林嵩山房　小林新兵衛梓行」がある。両冊ともに宝暦十二年（一七六二）に版下ができあがったのであろう。これらを揃いのかたちで刊行したはじめが(5)‴明和四年版である。第一、二冊の二股英勝跋と刊記をそのまま残し、第三冊の奥付は「宝暦戊寅（八年）初夏／明和丁亥（四年）初夏／江戸書林嵩山房　小林新兵衛梓行」。以後、二股の跋は消え、(11)安永五年版、(15)天明五年版、(20)寛政八年版、(23)享和元年版、(32)文化十四年版、(36)天保三年版、(47)弘化三年版、(52)嘉永七年版、(58)文久元年版、(60)慶応三年版、と改版を重ね、初刊の(5)・(5)´・(5)″とこれらを揃いで刊行した(5)‴を一版とみなせば計十一種を数える。出版の形態を見ると、天保三年版までは嵩山房単独の刊行、それ以降は、

弘化三年版…永楽屋東四郎（名古屋）・須原屋平左衛門（京都）・出雲寺文次郎（京都）・秋田屋太右衛門（大坂）・河内屋喜兵衛（大坂）との連名。

嘉永七年版・文久元年版・慶応三年版…須原屋平左衛門（京都）・出雲寺文次郎（京都）・河内屋喜兵衛（大坂）・河

内屋茂兵衛（大坂）・永楽屋東四郎（名古屋）との連名。

と、多くの書肆との相版となる。小字素読本は、既に宝暦頃から大坂へ流通していたから、四声片仮名付本も初刊当時から同様に流通し、幕末には大坂・京都・名古屋を拠点として、各地へめざましく行きわたったと考えられよう。

○大字素読本

(8)明和四年版、(17)寛政四年版、(31)文化十年版、(35)文政十三年版、(38)天保十四年版、(53)安政二年版、(55)万延二年版、(61)慶応三年版、の計八種。書型を小本から半紙本に変更する際、文字を大きくするとともに一行の字数も増したため、初刊の明和四年版からして版面はやや窮屈である。拡大した見返しの大題も肉太でやや品がない。後の版になるにつれ匡郭も小形となり、さらに窮屈となるが、諸版中もっとも匡郭を大きくとり、文字の大きさと字間の宜しきを得るのは二版の寛政四年版である。初版の奥付は「原本享保九年甲辰正月日成／明和四年丁亥正月日／江戸書肆嵩山房小林新兵衛梓」、次の寛政四年版の奥付には「原本享保九年甲辰正月新鐫／明和四年丁亥正月本板新鐫／今寛政四年壬子夏重刻」と明記され、「原本」とは小字素読本を、「本板」とは大字素読本を指し、本版式の出現を明和四年に定めることができよう。なお、安政二年版以降の三版には、版刻が粗雑で正規の嵩山房版とは思えない異版(53)′・(56)′・(57)′・(61)′・(62)′が各々に認められ、幕末におけるすさまじい『唐詩選』流行を物語っているが、その原因と詳細はのちに検討する。出版の形態は、明和四年版から文政十三年版までは嵩山房単独の刊行で、以後、

天保十四年版…永楽屋東四郎（名古屋）・河内屋茂兵衛（大坂）・秋田屋太右衛門（大坂）との連名。

安政二年版…出雲寺文治郎（京都）・河内屋喜兵衛（大坂）・河内屋茂兵衛（大坂）との連名、あるいは、河内屋喜兵衛（大坂）・敦賀屋九兵衛（大坂）・秋田屋太右衛門（大坂）・河内屋茂兵衛（大坂）との連名の二種類あ

り。

万延二年版・慶応三年版…出雲寺文次郎（京都）・河内屋喜兵衛（大坂）・河内屋茂兵衛（大坂）・須原屋茂兵衛（江戸）・山城屋佐兵衛（江戸）との連名。

となり、やはり幕末にいたって市場が急速に拡大していたことが推察される。

○平仮名付本

(19)寛政六年版を初版として以後、(22)寛政十二年版、(34)文政九年版、(54)万延元年版、の計四種がある。平仮名の傍訓は、四声片仮名付本のそれと照合するに細かな異同があって、流用したものではない。平仮名付本の成立前後、橘石峰画『唐詩選画本』初編（天明八年刊）、鈴木芙蓉画『唐詩選画本』二編（寛政二年刊）、宇野東山『唐詩選弁蒙』（寛政二年刊）、高田円乗画『唐詩選画本』三編（寛政三年刊）、服部南郭『唐詩選国字解』（再刻、寛政三刊）、北尾重政画『唐詩選画本』四編（寛政五年刊）など、嵩山房は国字による『唐詩選』の注釈書や訳本をしきりに刊行し、嵩山房（四代須原屋新兵衛高英）自身も『唐詩選和訓』（寛政二年刊）を著しているから、本版式もこれら書物の副産物として生まれたと考えてよいであろう。奥付は四版すべて嵩山房の名のみあって、単独の刊行である。

以上を要するに、合計四十二種（小字素読本十七種、無点本一種、四声片仮名付本十一種、大字素読本八種、唐音付本一種、平仮名付本四種）、なお現時点で認めえた安政二年、万延二年、慶応三年版大字素読本の異版が五種あり、これらは更に増える余地を残すべきであるから、四十二種に若干を加えた数の版が、近世を通じて嵩山房版として行われていたということになる。また普及の様相は、宝暦初め頃までは主に江戸中心であり、それ以降は、大坂の書肆との相版と

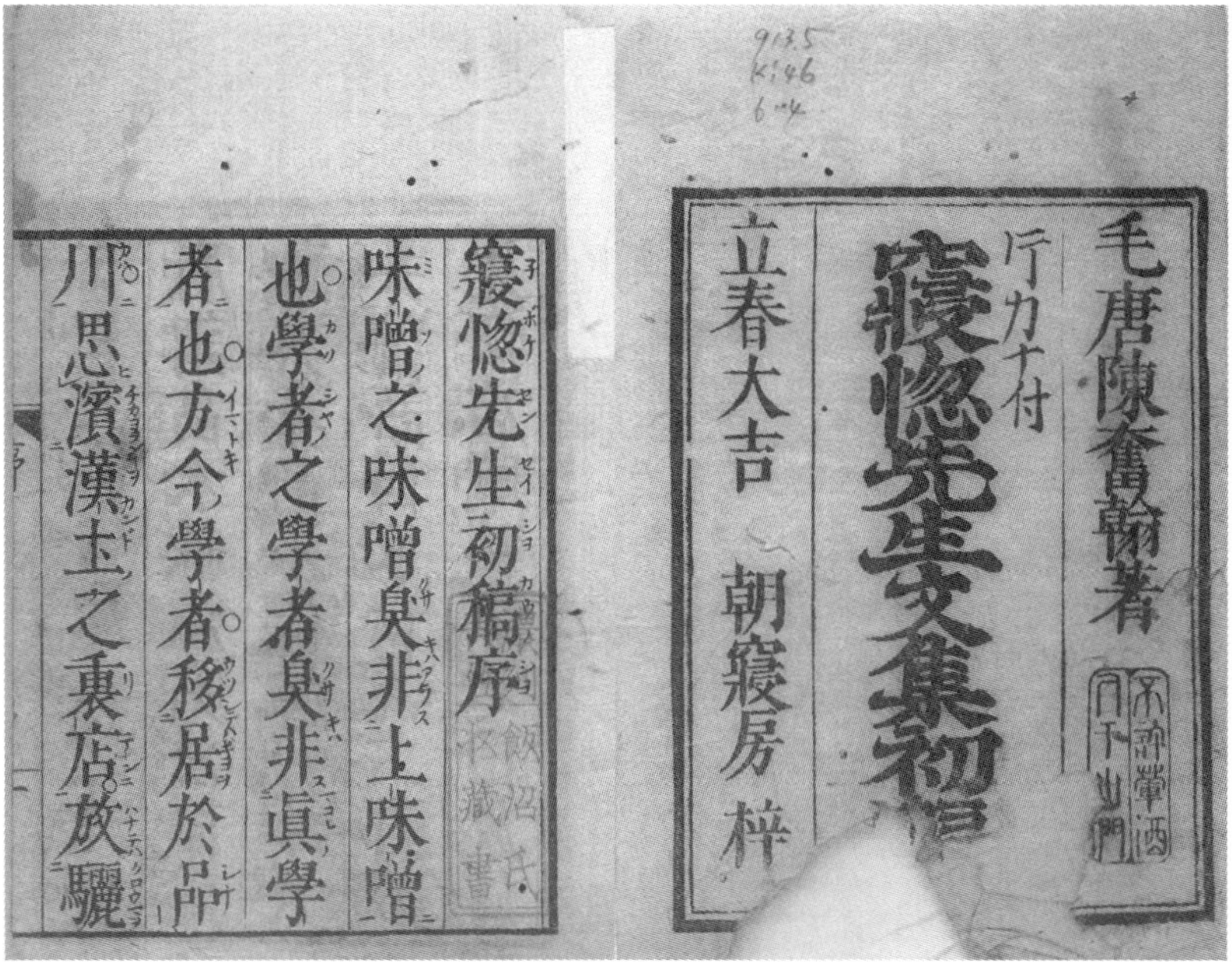

図８　大田南畝『寝惚先生文集』（九州大学附属図書館蔵）

なって流通ルートが上方へ拡大し、大小の素読本と四声片仮名付本が出そろった宝暦明和頃、そして平仮名付本が加わった寛政期をへて、諸版式が京都や名古屋の書肆との相版となって流通ルートが三都へ一躍拡大した天保弘化頃、これら二つの時期において大きな進展をとげたと考えられよう。

そしてこうした現象を当代の出版界、文学界の動向に照合すれば、嵩山房版の流通が第一の進展をみた宝暦明和頃には、蘐園古文辞派の隆盛期であることは当然ながら、井上蘭台『唐詩笑』（宝暦三年成立、同九年刊）、沢田東江『異素六帖』（宝暦七年刊）など『唐詩選』に取材した漢文戯作や洒落本が生まれ、嵩山房の三つの版式が出そろった明和四年（一七六七）には、大田南畝の『寝惚先生文集初編』が刊行されている。本書は、以後流行する狂詩狂文集の嚆矢とされる作品で、徹底した蘐園古文辞派の詩文集のパロディーである点に面白さがあり、それが本書最大の特色ともされる(7)。しかし、叙上の考察をもって本書に対すれば、見返しの意匠と大題の書体（図８）、片仮名の傍訓、「寝惚初稿序」の署名「済南郭木子服撰」（『唐詩選』李序の署名「済南李攀龍撰」と服部南郭の名を混合）、跋の署名「物茂らい題」（『唐詩選』徂徠跋の署名「物茂卿題」の捩り）等々は、大小の素読本、四声片仮名付本の諸要素のパロディーであることは明白である。のみならず、新日本古典文学大系の註釈には言及されないが、「寝惚初稿序」の一節「不レ朽者桜木。不レ味者目玉」が、『唐詩選』徂徠跋の一節「滄溟嘗謂不レ味者心」を、またその結びの一文「後之毛唐人。此集以尽二寝言一。而寝言尽二于此一」が、『唐詩選』李序の「後之君子。乃茲集以尽二唐詩一。而唐詩尽二于此一」を踏まえ、さらに「物茂らい」跋の全体が『唐詩選』徂徠跋を換骨奪胎したものであることを知るならば、『寝惚先生文集』の体裁は嵩山房版『唐詩選』のパロディーとこそ言うべきである。こうした遊戯文学の出現は、とりもなおさず宝暦明和において、嵩山房版の普及が一段と高まりをみせていたことを裏付けるものであろう。

また第二の進展時期の天保弘化頃には、蘐園古文辞派にかわって主流となった性霊派の詩人たちが鼓吹する、わが国の日常に即した詩風が大いに迎えられて、漢詩人口がそれまでになく膨張し、各地方の無名詩人たちの作品まで拾いあげて紹介した、菊池五山編『五山堂詩話』（文化四年〜天保三年刊）、『同補遺』（文政七年刊）のような当代の漢詩批評書も出現している。加納諸平編『類題鰒玉集』（文政十一年〜嘉永七年刊）、長沢伴雄編『類題鴨川集』（嘉永元年〜七年刊）など、幕末歌壇における類題集の刊行もこれに即応する現象であり、もって地方における漢詩和歌の大衆的広がりはめざましいものがあった。さらに、こうした新たな文学愛好家たちの需要に応えるべく、出版界もまた規模を徐々に拡大していった。近世後期における地方書肆の台頭と増加は、これまでの研究が明らかにするところであるが、この現象に拍車をかけたと思われるのが、天保十二年（一八四二）に出された株仲間禁止令である。これにより、以後十年間、本屋仲間は解散して実質的な機能を失い、重版類版の規制が緩和されるとともに、新規の書肆を出版界に多く参入させることにもなっている。嘉永四年（一八五一）の仲間再興後も参入書肆の増加傾向は依然として続き、良くも悪しくも幕末における活発な書物の刊行と流通が準備されたのであった。こうした時期に、漢詩の普遍的模範たる唐詩の集として、または一般教養書として嵩山房版への需要が著しく高まり、各地の書肆の手で次々に売り捌かれることは当然の結果でもあったろう。

説いてここに至れば、残る検討課題は、一覧のうちこれまで意図的に除外してきた嵩山房版以外の諸版である。以下には、これらを大急ぎで見てゆき、右に把握した嵩山房版普及の構図をさらに補強することとしよう。

四　嵩山房以外の版の数々

叙述の途次にもしばしば参照してきた、『享保以後江戸出版書目』所収の江戸の割印帳のほか、『京都書林仲間記録』などの近世出版資料には、嵩山房が『唐詩選』の版権を守るために重版を摘発した訴訟事件の記事が散見する。もはや詳述する余裕はないが、それらはやはり、嵩山房版の普及が高まる第一の時期、宝暦頃から頻度を増すようである。また嵩山房版普及の第二の時期、天保弘化頃には、本屋仲間の解散により出版規制が緩和され、新規の書肆が出版界に多く参加していたことは前に述べたとおりである。以下にかかげる、嵩山房以外の書肆が刊行した『唐詩選』は、本屋仲間の記録類に見える重版、あるいは仲間解散による混乱に乗じた刊行ということになり、これらに共通する特徴をおおまかに言えば、奥付がない点、本文に何らかの不備をもつ点、好評裡に版を重ねた嵩山房の版式である小字素読本、四声片仮名付本、大字素読本を模する点、となる。

小字素読本として目にしえたのは、(64)無刊記版、(39)天保十四年版の二種。

(64)無刊記版は柱刻に「嵩山房蔵」とあるものの、明らかに粗悪版である。架蔵の一本は見返しと奥付を欠く改装本で、刊年は不明ながら、本文に多く雑じる行書の文字の一致から、嵩山房の(1)享保九年版を覆刻したもの。版刻は非常に拙く、行書の崩しや細かな送り仮名を彫りきれておらず、様々の奇字を生じている。前述のとおり、さほど広い範囲に流布していない享保九年版をあえて用いる点から見て、本書の刊行もその頃か。とすれば、所見の範囲では最も早い嵩山房版の異版ということになる（図9）。

(39)天保十四年版は、橘屋儀助（熊本）と松浦善助（金沢）の二肆相版。松浦善助には、例えば『梅室両吟集』（天保九年刊）のように版刻から手がけた刊行書もあり、本書もあるいは金沢での彫刻になるか。嵩山房版の見返し（図2・4）に比べ、本書では「南郭先生考選」に作り、「李于鱗」の名を消す。これでは南郭が『唐詩選』を編集した意になるが、南郭の知名度を優先して商業上の効果をねらったものであろう。本文は、嵩山房の(37)天保六年版の覆刻かと思われる。なお、架蔵の一本の奥付には、名古屋の老舗書肆風月孫助の印が捺され、流通の範囲を垣間見せている（図10）。

四声片仮名付本としては、(26)文化元年版と、六種の無刊記版(65)・(66)・(67)・(68)・(69)・(70)を認める。

(26)文化元年版は、最林軒山口治郎兵衛（江戸）版。傍訓、四声の▲印など版刻は精確で、忠実に嵩山房版を模す。奥付「文化元年甲子初秋／江都　日本橋佐内町　山口治郎兵衛」。この頃はまだ、重版類版の監視体制がしっかりしており、堂々と奥付を設けて刊行しているにもかかわらず、本屋仲間記録類に摘発された形跡がない。記録に漏れがあるか、嵩山房の目が届かなかったかのいずれかと考えておくしかない。

(65)無刊記版は、見返しに営業地を明記せず「書肆高山房梓行」と何やら紛らわしい名前があり、柱刻にも「高山房」とあるもの。奥付はない。同じく「高山房」刊行と称する異版が所見の範囲でも(66)・(67)の二種があって、ともに奥付

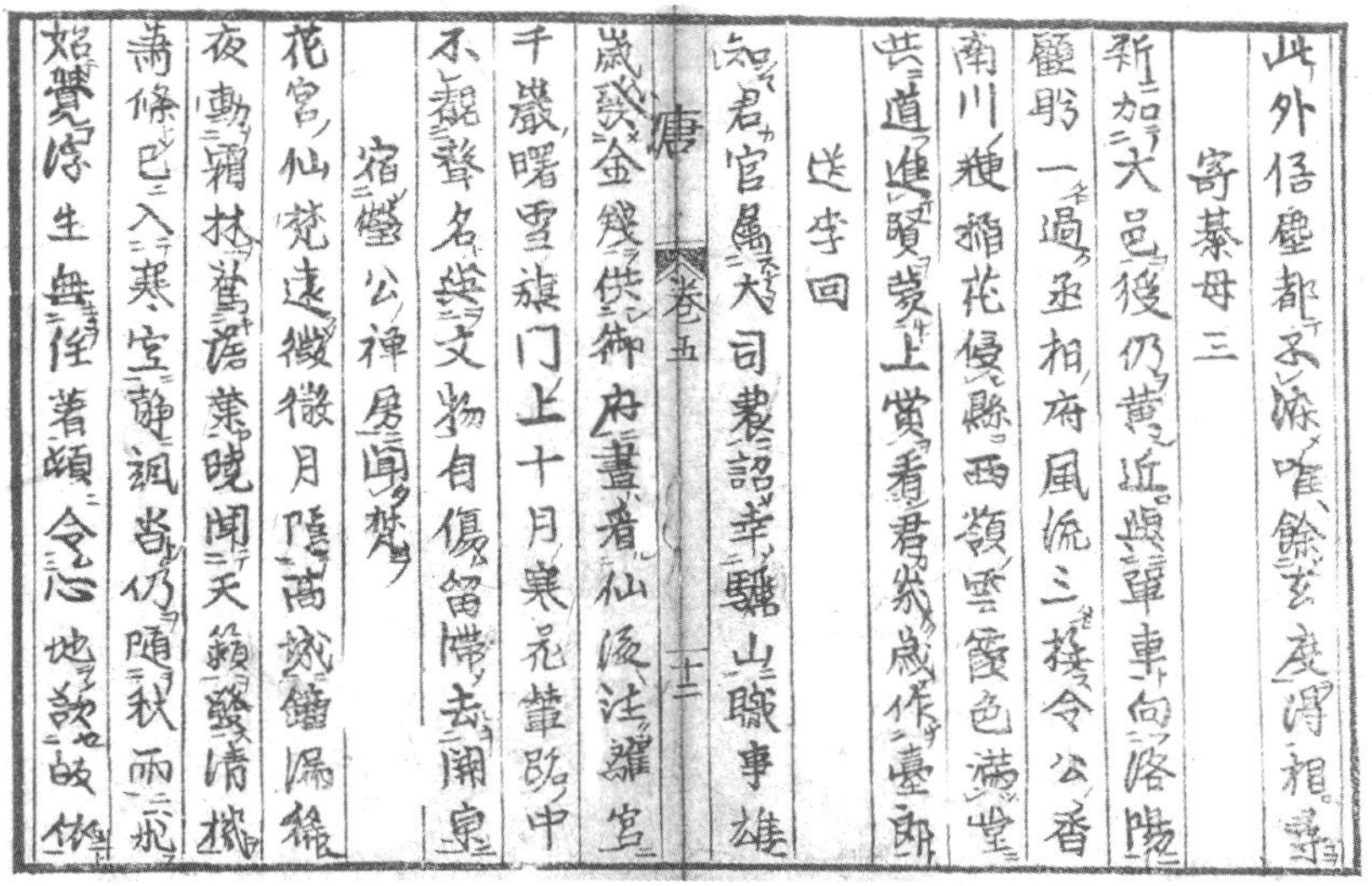
此外俗塵都不染 惟餘玄度得相尋
寄綦毋三
新加大邑綬仍黄 近與單車去洛陽
顧眄一過丞相府 風流三接令公香
南川粳稲花侵縣 西嶺雲霞色滿堂
共道進賢蒙上賞 看君幾歳作臺郎
送李回
知君官属大司農 詔幸驪山職事雄
唐　巻五　十二
歳發金錢供御府 晝看仙液注離宮
千巖曙雪旗門上 十月寒花輦路中
不覩聲名與文物 自傷留滯去關東
宿瑩公禪房聞梵
花宮仙梵遠微微 月隠高城鐘漏稀
夜動霜林驚落葉 曉聞天籟發清機
蕭條已入寒空静 颯沓仍隨秋雨飛
始覺浮生無住著 頓令心地欲皈依

図９　(64) 無刊記版小字素読本（巻５本文部分）

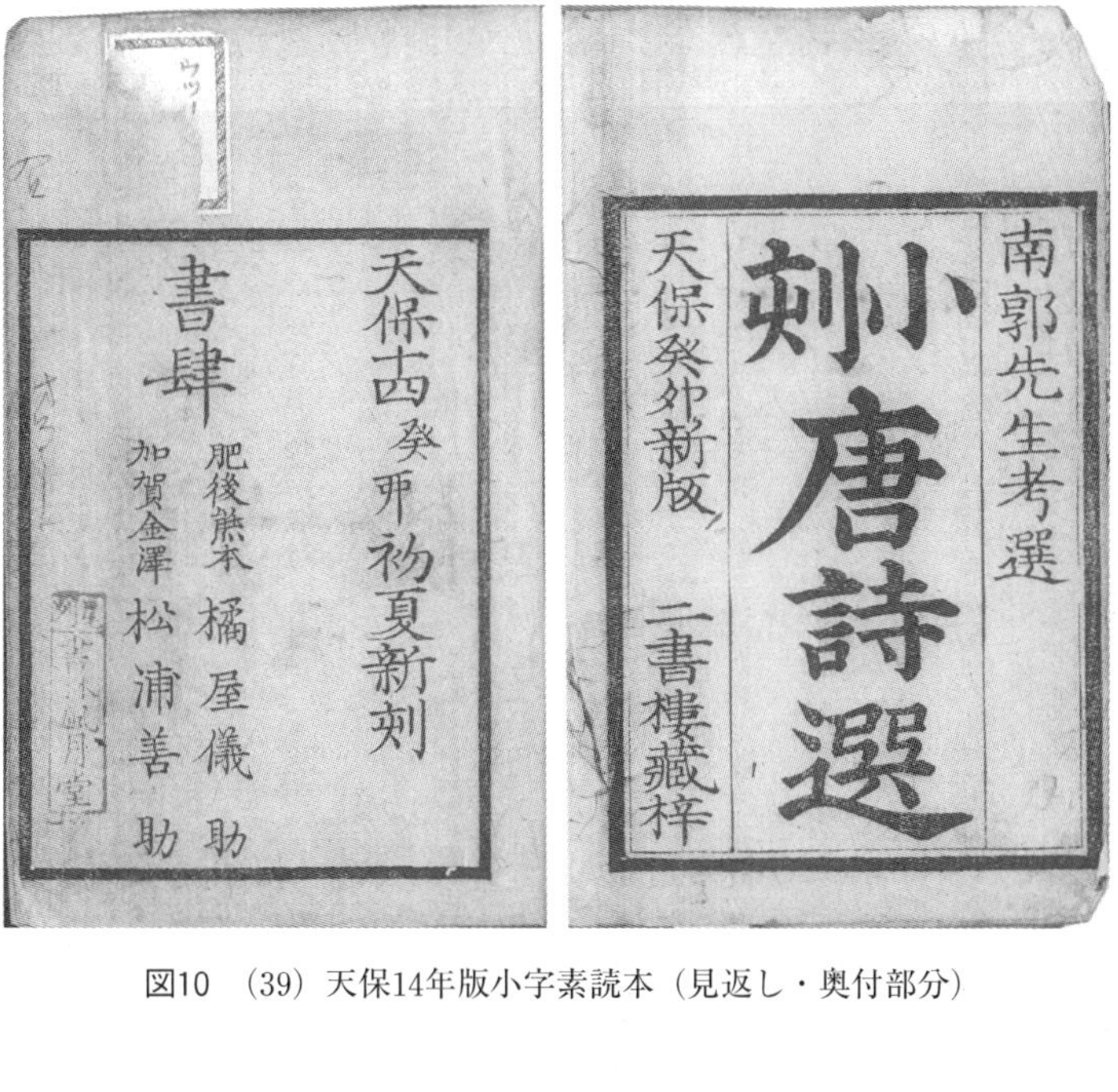

図10　(39) 天保14年版小字素読本（見返し・奥付部分）

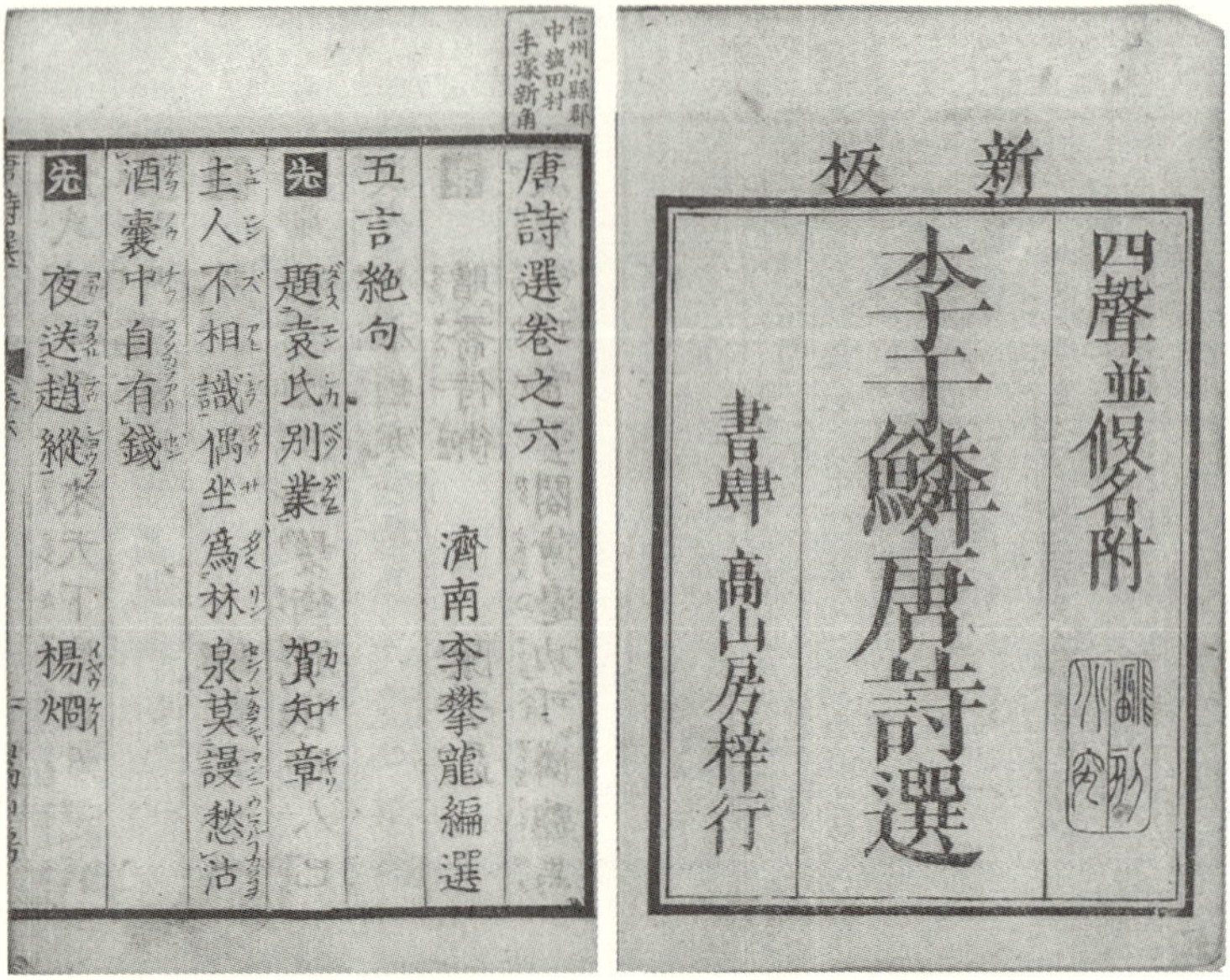

図11　(67) 無刊記版四声片仮名付本（見返し・巻6冒頭部分）

はなく、見返しは「高山房」、柱刻には「嵩山房」とある。三種いずれも版面は、嵩山房版に比べてさほど遜色はないが、(67)に至っては、題簽に四声片仮名付を謳いながら、彫刻の労を惜しんで、大胆にも排律、絶句、律詩の各文字にあるべき四声の印をみな省略する。加えて傍訓や文字にも彫り違えが散見するなど、明らかに怪しの版というべきである（図11）。

(68)無刊記版は、見返しに「紀府書肆　高市氏梓行」とあり、和歌山の書肆青霞堂帯屋伊兵衛（本姓高市氏）刊行の四声片仮名付本ということになるが、柱刻は「嵩山房」。次節に述べるよう、帯屋は弘化二年（一八四五）に、南郭校訂本を改訂した重校本を、また嘉永二年には、それをもとに四声片仮名付本を刊行しているが、本書の本文は嵩山房版そのままである。加えて傍訓、四声の印、訓点などに彫り違えや欠落が目立ち、奥付もない点からみて帯屋の刊行かどうか疑問である。数箇所の柱刻が「高山房」になっているのも不審。これも次第に述べるが、帯屋版は流布するにつれ多くの異版が生じており、

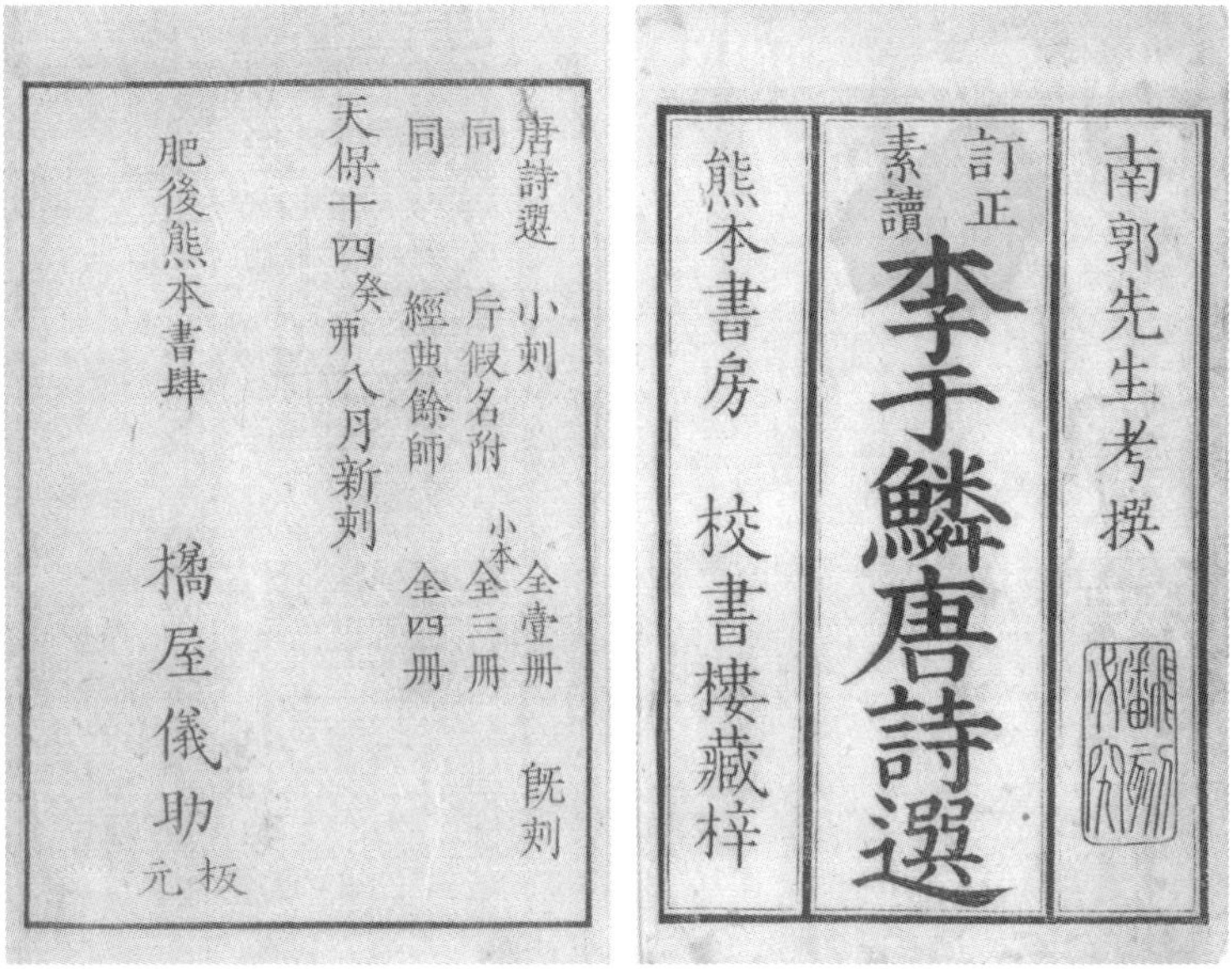

図12　(41) 天保14年版大字素読本（見返し・奥付部分）

そのなかに嵩山房の柱刻と本文をもつものがある。本書もこれに同じく、帯屋版流布を示す証と考えるべきであろう。

(69)・(70)無刊記版はともに、嵩山房の見返しがあるものの、魁星印と「嵩山房梓行」の文字に捺す「嵩山房」の印がない点、傍訓に彫り違えが目立つ点、例によって奥付を欠く点などからみて、正規の嵩山房版と言うにはいささかためらいを感じる。いまは紛らわしい異版として、ここに数えることを便宜としておこう。

さらに、大字素読本には、(40)天保十四年版とその異版(41)・(41)′の三種がある。

(40)天保十四年版は、小字素読本の(39)天保十四年版を金沢の松浦善助と相版で刊行した、熊本の校書楼橋屋儀助の単独での刊行。(39)に同じく、見返しに「南郭先生考撰」と謳う一方、大題「李于鱗唐詩選」の角書に「訂正素読」の四字を加える。版刻は至って精緻で嵩山房版と比べても見劣りはなく、李序と徂徠跋を細めの明朝体に作る点が目新しい。また、奥付の広告を見ると、(39)の小字素読本と並べて、四声片仮名付本刊行の企画もあったことも知られ、実現したかどうか分からぬが、今後の調査に待ちたい（図12）。

そしてこの(40)天保十四年版の覆刻と思われるのが、(41)無刊記版である。橘屋の見返しはそのまま残すが、奥付はない。版面は(40)に比べて、文字が全体的にやや肉太で曲線に柔らかさがなく、覆刻の特徴がよく現れているように思われる。また(41)の版木を流用し、見返しのみ「江戸書肆　高山房梓」のものに変えた、奥付のない後印本が(41)′である。

五　嵩山房版改正の試み

以上は嵩山房版をそのまま模倣踏襲し、なかには粗悪版も雑じることからも知られるよう、ほとんどが商業的利益のみを追求したものであるが、これらとは目的を異にするものとして、藩版として刊行された弘前稽古館蔵版の(63)無刊記版の大字素読本と、「久遠山御弘所」の印をもつ(59)慶応元年版の四声片仮名付本とがある。(63)は、附言と徂徠跋も備えて嵩山房版大字素読本をもととし、奥付に「稽古館蔵版」とある。藩版の通例として刊年を記さないが、これまでの研究によれば、稽古館が竣工した寛政七年（一七九五）以降、館蔵版と明記する刊行書があらわれるようである。[8] (59)は、奥付に「大仏久遠之蔵」と記し、「久遠山御弘所」の印が捺されるが、詳細は未考。本文は、嵩山房版の四声片仮名付本のそれをそのまま用いるものの、附言と徂徠跋は省く。書型をやや小さめに作り、見返しの大題と李序を隷書に書くところに新味が存する。

このほか、前掲の『談唐詩選』あたりをはじめ、『唐詩選』の偽書説や南郭校訂への批判が公言されるようになると、学問的立場から嵩山房版の南郭校訂本文を改正しようとする重校本も出現するようになる。その最も早いものを、

(25)頭書唐詩選　田島養元校訂　享和二年刊　小本二冊
とする。校訂者の田島元養、号池龍は名古屋の医者。他に『礼道階梯』（享和三年刊）などの往来物の著が知られる。柱刻に「昆明淵蔵」。南郭附言と徂徠跋はなく、李序と本文の欄上に人名、地名、語句の簡単な説明を七百七十九箇所加える。第二冊末に享和元年（一八〇一）十一月の自跋があり、成立はその頃である。本書は、すでに村上氏が指摘されるよう、もと名古屋で刊行されたもので、『江戸書目』（享和三年五月の条）と京都書林行事が扱った類版重版事件の記録『京都書林行事上組済帳標目』（『京都書林仲間記録』五所収、ゆまに書房、昭和五十二年）に、本書が名古屋で享和二年八月に刊行されるや、即座に嵩山房が売買差止めを申し出、版木が譲渡された記録が見える。この版木を用いて嵩山房から売り出されたのが、すなわち本書である。奥付は「享和二壬戌歳仲冬／江戸嵩山房小林新兵衛」。よって、南郭校訂本の改訂を試みた嵩山房以外の書肆による重校本の一つとしてここに数えておこう。試みに、嵩山房の(21)寛政九年版小字素読本と比較すると、十二箇所ほど字句の出入りが認められ、見返しに「池龍子考訂」と謳うとおり、若干の校訂を加えていたことが知られる。本文の行数、字詰など丁の配分は嵩山房版に全く等しい。次に見られるのが、

(27)重校唐詩選　伊東藍田重校　文化二年序刊　藍田塾蔵版　小本一冊
である。荻生金谷・大内熊耳に学んで蘐園古文辞の流れをくむ伊東藍田が、南郭校訂本に補訂を加えたもの。文化二年（一八〇五）春の藍田自序によると、門下の奈士卿が作成した校勘記により南郭校訂本の文字の誤りを正し、藍田が訓読の不備を改めたと言う。一々の理由を註記しながら加えた補訂は三十八箇所。その内容は、訓読の改正と補足、文字の訂正、また南郭附言における和習、語順の転倒を改めるなど、本文の改訂におよぶ場合もある。随所で南郭の校訂を批判しつつも、訓点の欠落について「南郭先生、豈に読むこと能はざらんや」と言い、附言の本文改訂につい

ては「此れ亦、国読に依りて以て本文を改む。南郭先生、豈に倭習有らんや……」と言うなど、その補訂は南郭との距離を微妙に保ちながら行われている。なお、本書についても先の『済帳標目』の文化四年の条に「一、江戸より重校唐詩選と申書出来、重板に付、小林より口上書被指出候事、京売留申させ候一件」と見え、嵩山房より重版として訴えられ、京都での販売を差し止められていたことが知られる。これに対し、村上氏によって、紀州出身の須原屋と何らかの提携のもとに刊行されたと推測されているのが、『紀伊国名所図会』初編・二編（文化九年刊）の著者としても知られる、和歌山の書肆高市志友こと青霞堂帯屋伊兵衛から刊行された、

(42)唐詩選正本　志賀節庵重校　弘化二年刊　青霞堂帯屋伊兵衛　半紙本三冊

である。重校者の志賀節庵は、和歌山藩校学習館の督学を勤めた人物。徂徠跋ののちに置かれる、弘化二年（一八四五）四月の節庵の「校刊唐詩選題言」に、帯屋から南郭校訂本の改正を請われ、門人の河島氏章、岩崎惟武に諸本を校合せしめたと言い、欄上には両名による諸本の異同、音釈、語句の註釈を記した頭註五十八条がある。うち南郭校訂本を批判訂正するのは三条。試みに本書に最も近い嵩山房の大字素読本(38)天保十四年版と比較すれば、頭註なしに本文を訂正するもの四箇所あり、本文の改正は計七箇所である。また全体的に訓読も改めており、外題と見返しに加えられた「正本」の文字は、以上のような改正を誇るものである（図13・14）。さらに帯屋は後に四声片仮名付本の改正をも企画し、同じく節庵に校訂を依頼して刊行したのが(48)嘉永二年版である。帯屋の末裔にあたる高市績氏の『紀州若山江戸時代出版者出版物集覧』（私家版、平成七年）には、(49)嘉永二年版、大字素読本の志賀節庵重校唐詩選をあげるが、未見。あるいはこの四声片仮名付本と関連をもつものか。なお同氏により、帯屋所持の版木類は和歌山市立博物館に寄託されており、(42)の版木の一部も残っている(9)。

以上の三書は、南郭校訂本を土台として出発点とするが、のちには南郭校訂本に依拠せず『唐詩選』のテキストを

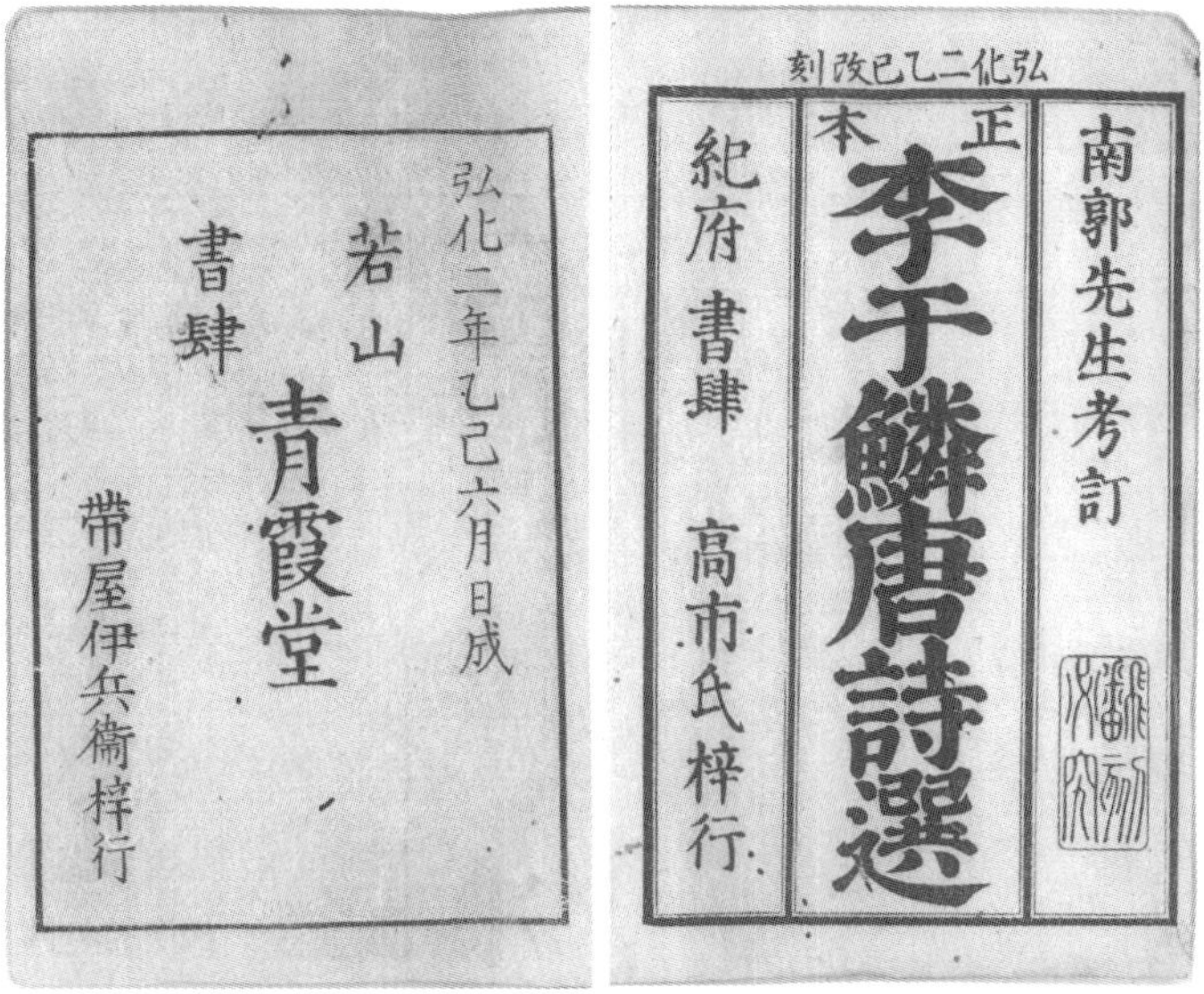

図13　(42) 弘化２年帯屋伊兵衛版大字素読本（見返し・奥付部分）

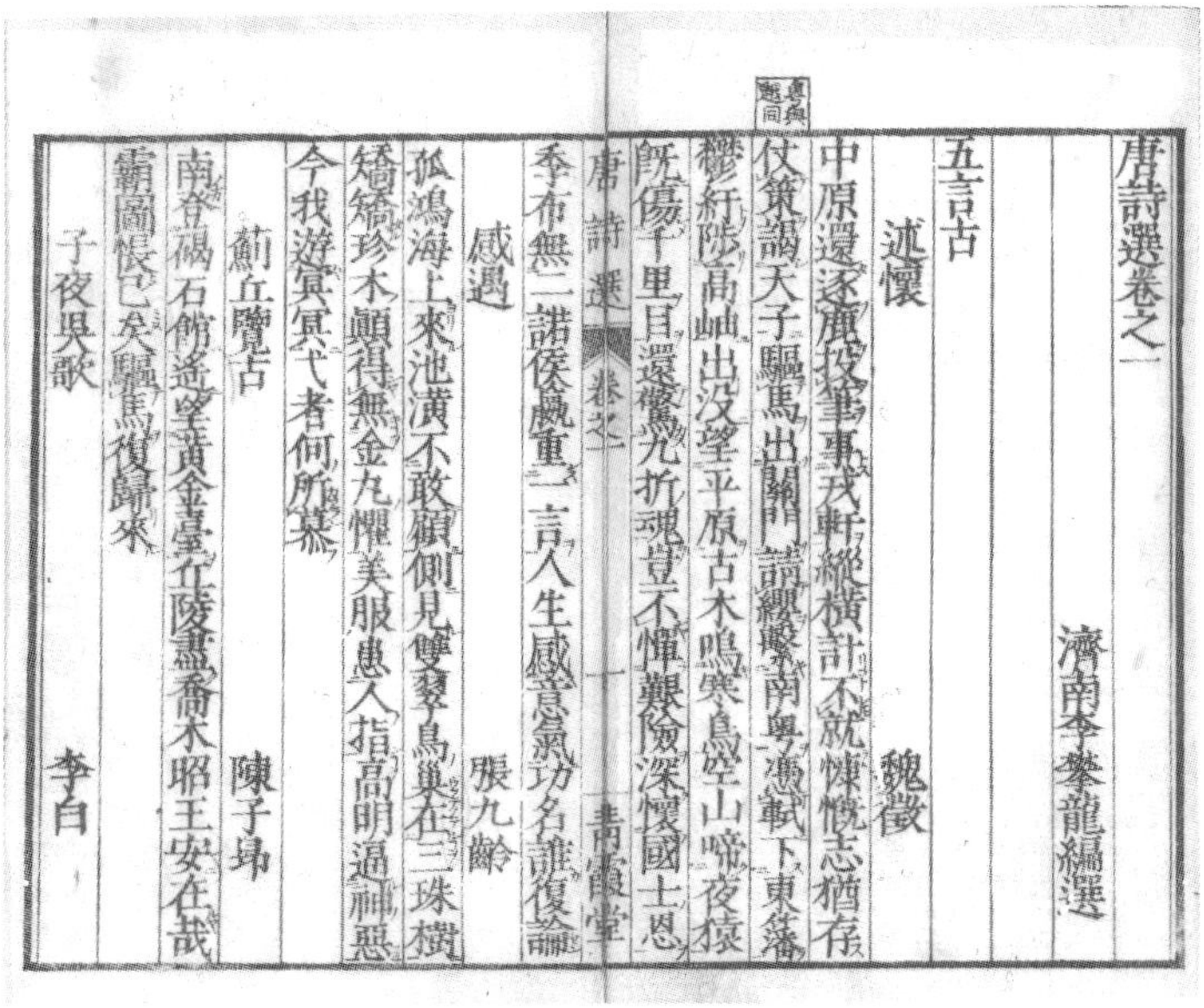

図14　同　巻頭部分

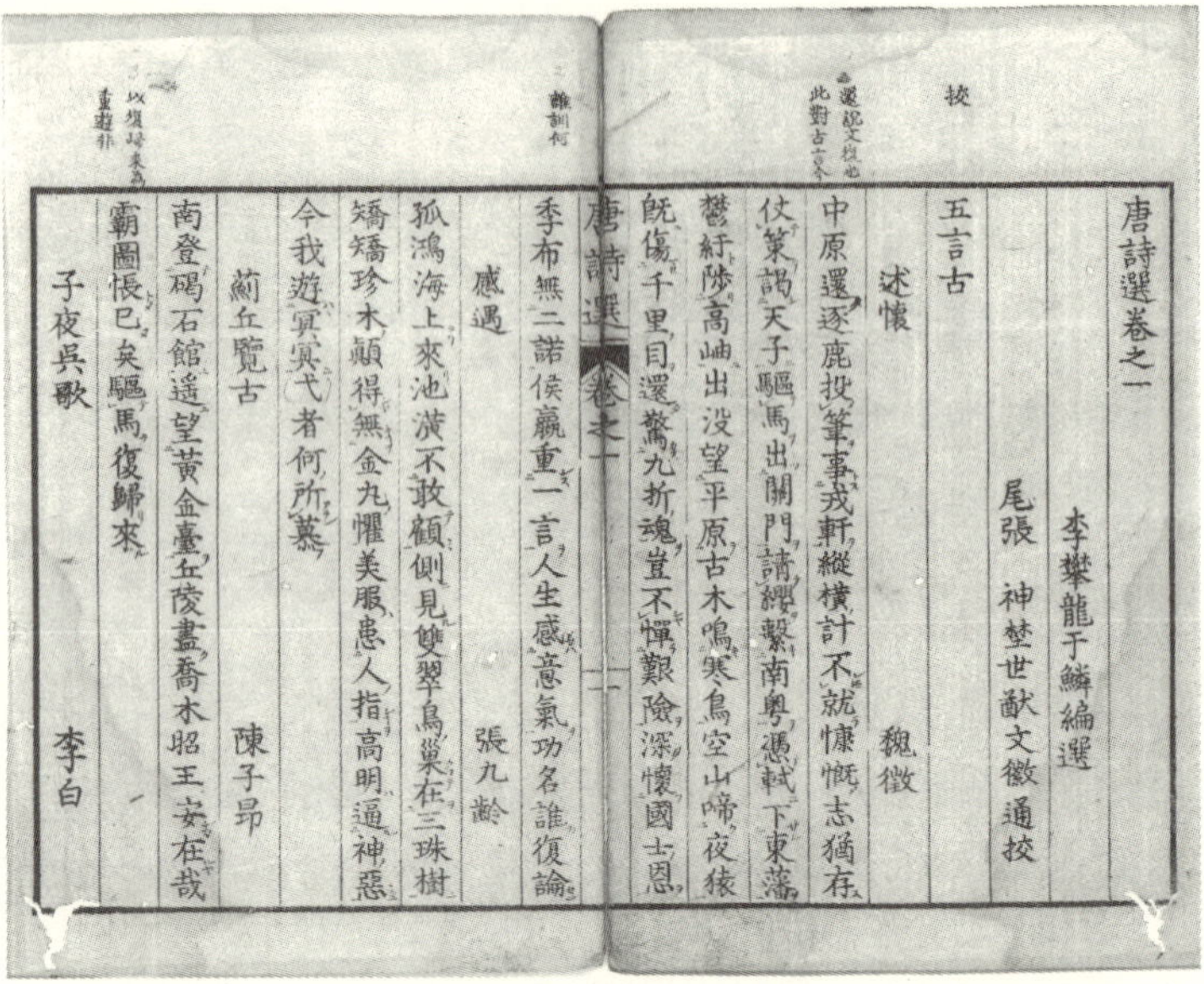
唐詩選巻之一
李攀龍于鱗編選
尾張　神埜世猷文徽通挍
五言古
述懐　魏徴
中原還逐鹿投筆事戎軒縦横計不就慷慨志猶存仗策謁天子驅馬出關門請纓繋南粤憑軾下東藩鬱紆陟高岫出沒望平原古木鳴寒鳥空山啼夜猿既傷千里目還驚九折魂豈不憚艱險深懷國士恩
唐詩選　巻之一　一
季布無二諾侯嬴重一言人生感意氣功名誰復論
感遇　張九齢
孤鴻海上來池潢不敢顧側見雙翠鳥巣在三珠樹矯矯珍木顛得無金丸懼美服患人指高明逼神惡今我遊冥冥弋者何所慕
薊丘覧古　陳子昂
南登碣石館遥望黄金臺丘陵盡喬木昭王安在哉霸圖悵已矣驅馬復歸來
子夜呉歌　李白

図15　(50) 嘉永２年神野世猷蔵版大字素読本（巻頭部分）

作ろうとする試みもなされた。すなわち、名古屋の儒者神野世猷、号松篁軒の校訂にかかわる、

(50)通校唐詩選　神野世猷校訂　嘉永二年刊　松篁軒蔵版　中本一冊

である。従って南郭附言と徂徠跋はない。欄上には百八十七条にわたって、字義・語句の註釈、詩の批評、本文の校勘を標記しており、詩の批評は、世猷自身のもののほか唐汝詢、蔣一葵、徐宸、鐘惺、呉呉山など明の文人たちの言を多く載せ、中国刊の評註本をひろく参看していたと見える。本文の校勘も異同を豊富に記し、南郭校訂本を「俗本」「旧作」「旧本」と称して、その誤りを正す例が十二箇所、訓読を改正する例が二十一箇所ある。とりわけても、呉呉山附註本を引用することが多い。刊記は「嘉永二己酉年七月発行」だが、末尾に、名古屋の国学者秦世寿による天保四年（一八三三）春撰述の仮名の跋があり、成立はその頃である。所見本は奥付を異にする二種、永楽屋吉助（名古屋）ほか名古屋の十書肆の相版のものと、永楽屋東四郎（名古屋）ほか江戸大坂の十二

書肆の相版のものとがある。後者の江戸の書肆には嵩山房の名前も見えており、帯屋版と同様、本書も嵩山房の合意のもとに刊行されたか（図15）。

六　帯屋版刊行の波紋

これら南郭校訂本を改正しようとした諸版のうち、種々雑多な異版が多数出ているのが、帯屋の(42)弘化二年版の大字素読本で、その意味において最も流布したものと言いうる。前節で述べたその特色（柱刻「青霞堂」、五十八条の頭註、志賀節庵の題言、図13の奥付）との相違を中心に注記して、気づいたままにかかげれば次の四種を数える。

(43)…(42)よりやや匡郭が小形のもの。
(44)…(43)より更に匡郭が小形で、著しく粗悪な版刻が交じり、奥付を欠くもの。
(45)…(44)の覆刻で、志賀節庵題言と奥付を欠くもの。
(46)…(43)～(45)のうちで最も匡郭が小形で、柱刻は「嵩山房」、標記、志賀節庵題言、奥付なし、七箇所の本文訂正のうち三箇所が訂正されず。

このほかにも、本文は(46)と同版だが、冒頭の李序のみ異版という一本(46)′もある。(44)～(46)′は総じて版刻が粗雑で、(44)にいたっては、標記や送り仮名、訓点など細部の彫刻があまく、読めない箇所がちりばめられる丁が多数ある（図16）。また(46)のように、志賀節庵の校訂が不徹底な本文と嵩山房の柱刻をあわせもつ、帯屋版と嵩山房版の混血児のようなものまである。南郭校訂本の改正を眼目とする帯屋版としては、やはり粗悪版にはちがいない。そして、帯屋版の刊行と、その異版の出現に呼応するかのように、それ以後の嵩山房版大字素読本にも異版が認められるようになる。す

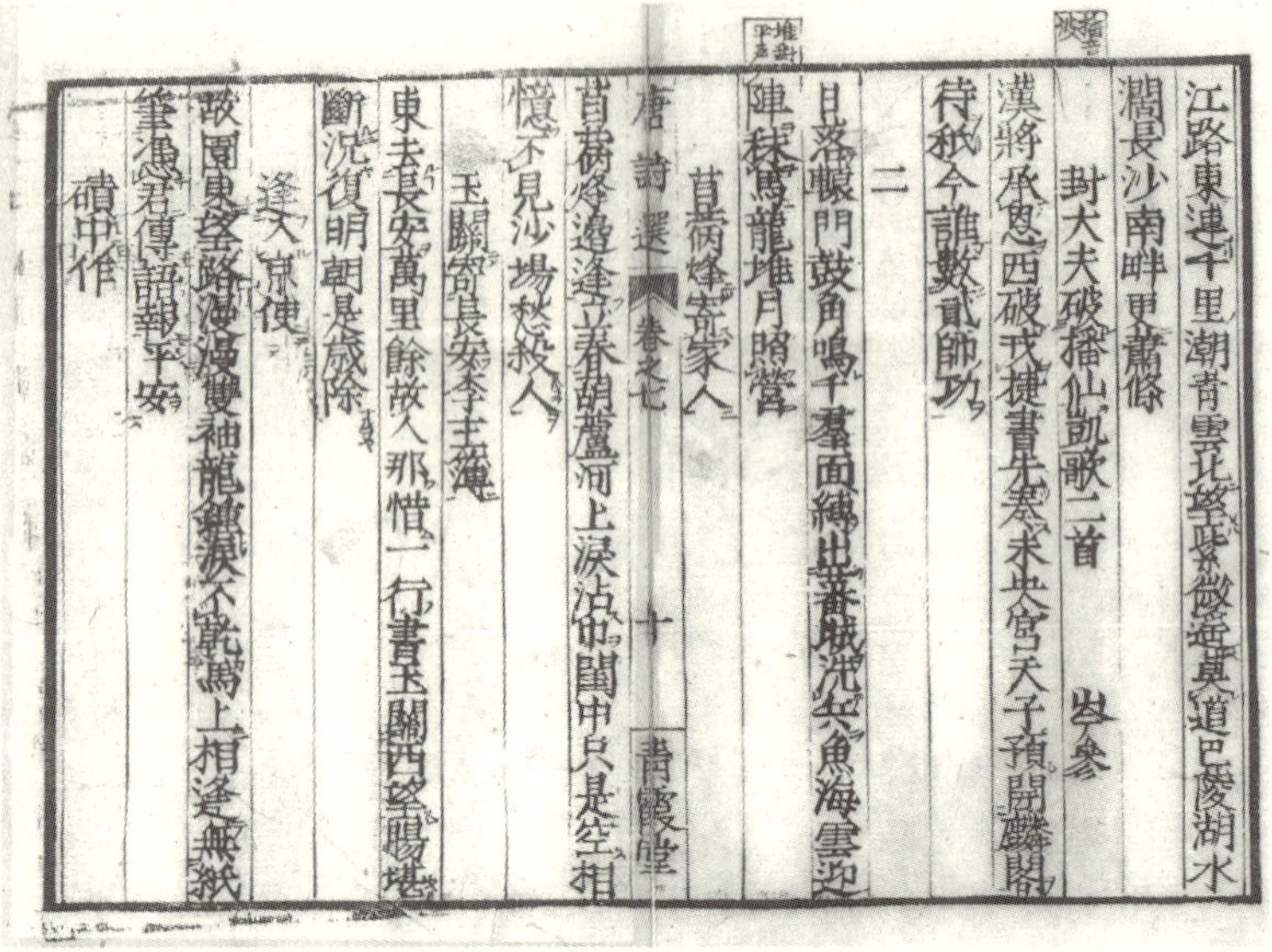

江路東連千里潮青雲北望紫微遥莫道巴陵湖水
濶長沙南畔更蕭條
封大夫破播仙凱歌二首　岑参
漢將承恩西破戎捷書先奏未央宮天子預開麟閣
待秖今誰數貳師功
二
日落轅門鼓角鳴千羣面縛出蕃城洗兵魚海雲迎
陣秣馬龍堆月照營
苜蓿烽寄家人
唐詩選　巻之七　十　青霞堂
苜蓿烽邊逢立春胡蘆河上涙沾巾閨中只是空相
憶不見沙場愁殺人
玉關寄長安李主簿
東去長安萬里餘故人那惜一行書玉關西望腸堪
斷況復明朝是歳除
逢入京使
故園東望路漫漫雙袖龍鍾涙不乾馬上相逢無紙
筆憑君傳語報平安
磧中作

図16　（44）弘化２年帯屋版の異版（巻７本文部分）

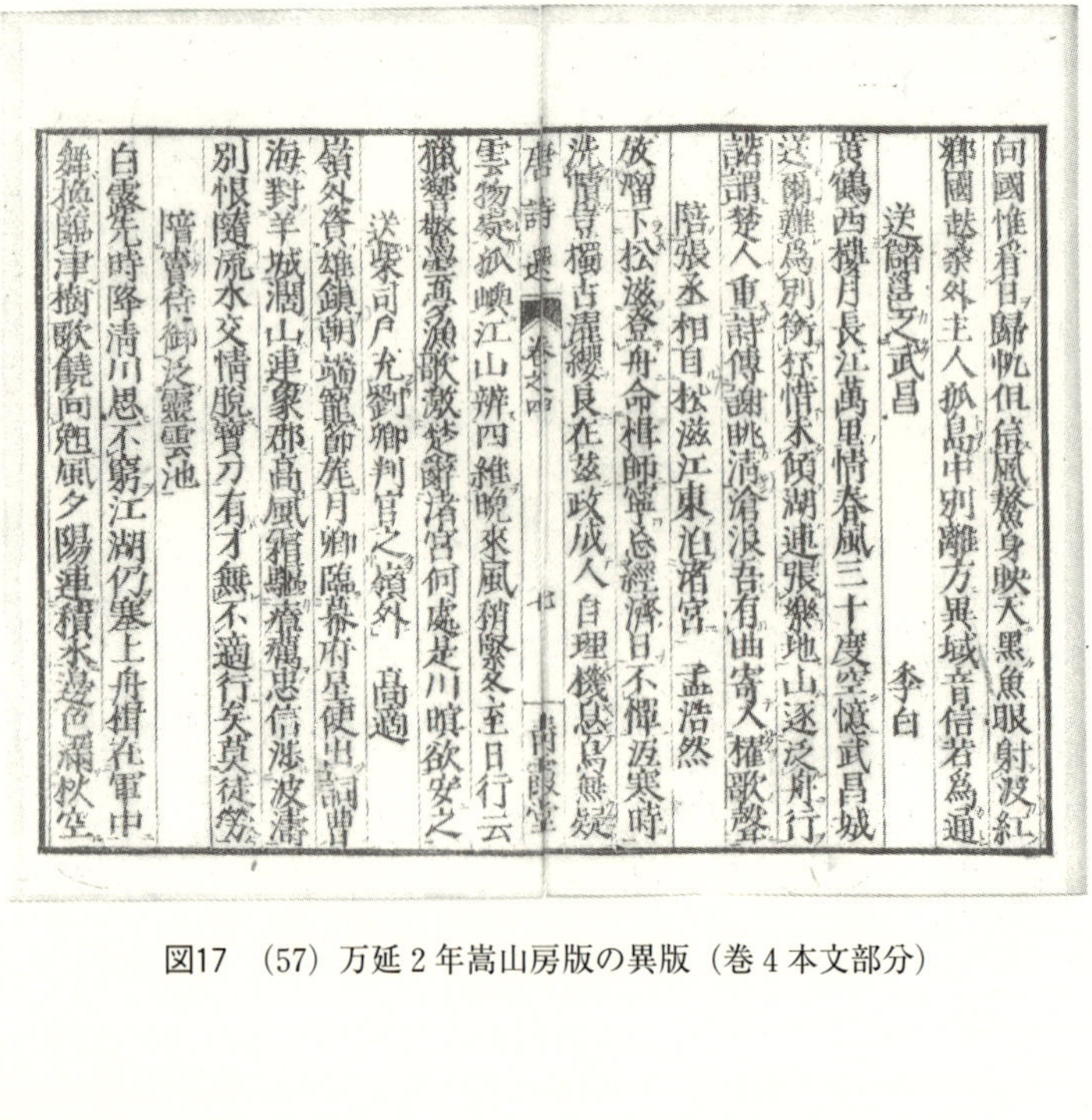

向國惟看日歸帆但信風鰲身映天黒魚眼射波紅
郷樹扶桑外主人孤島中別離方異域音信若爲通
送儲邕之武昌　李白
黄鶴西樓月長江萬里情春風三十度空憶武昌城
送爾難爲別銜杯惜未傾湖連張樂地山逐泛舟行
諾謂楚人重詩傳謝朓清滄浪吾有曲寄入櫂歌聲
陪張丞相自松滋江東泊渚宮　孟浩然
放溜下松滋登舟命楫師詎忘經濟日不憚泝洄時
洗幘豈獨古濯纓良在茲政成人自理機息鳥無疑
唐詩選　巻之四　廿　青霞堂
雲物凝孤嶼江山辨四維晩來風稍緊冬至日行遲
獵響驚雲夢漁歌激楚辭渚宮何處是川暝欲安之
送柴司戸充劉卿判官之嶺外　高適
嶺外資雄鎭朝端寵節旄月卿臨幕府星使出詞曹
海對羊城濶山連象郡高風霜驅瘴癘忠信涉波濤
別恨隨流水交情脱寶刀有才無不適行矣莫徒勞
陪竇侍御泛靈雲池
白露先時降清川思不窮江湖仍塞上舟楫在軍中
舞換臨津樹歌饒向廻風夕陽連積水邊色滿秋空

図17　（57）万延２年嵩山房版の異版（巻４本文部分）

なわち、先に保留しておいた、(53)安政二年版、(55)万延二年版、(61)慶応三年版、の各版に見られる版刻の粗雑な異版の数々である。

安政二年版の異版で所見に入ったものは一種、

(53)′…帯屋版の異版(43)の版木を流用したもの。

であり、すべての頭註を削除し、柱刻を「嵩山房」に、むろん見返しと奥付も嵩山房のものに変えている。万延二年版の異版には二種、

(56)…本文は南郭校訂のものだが、版刻の粗いもの。

(57)…柱刻「青霞堂」、本文は帯屋版、すなわち志賀節庵重校のもの。

がある。(56)は、正規の嵩山房版にくらべて版刻がやや見劣りし、匡郭も若干小さく、帯屋版の異版に乗じて作られたものであろう。(57)は、柱刻からも知られるよう、明らかに帯屋版の異版のひとつであった版木を流用したもの。頭註を削り去った痕跡が残り、外題「唐詩選正本」も帯屋版のままである。李白を「季白」、王維を「土維」に作るような誤刻、筆画が曖昧な奇字、それに訓点の誤りを加えれば、満紙不備ともいうべき粗悪版だが、見返しと奥付は嵩山房のものが付されている（図17）。これら万延二年版の異版を利用したのが、慶応三年版の異版、

(61)′…(57)の版木を流用したもの。

(62)…(56)の覆刻。

の二種となる。それにしても、(44)・(45)・(46)・(53)′・(56)・(57)・(61)′・(62)のような何らかの欠陥がある異版に、帯屋や嵩山房の奥付が付されている点を考えれば、これらの粗悪版はみな、本屋仲間不在の混乱に乗じて出回っていたもので、嘉永四年（一八五一）の仲間復興の後に、それらの版木が元来の版権者である帯屋と嵩山房に譲渡され、自店の商品と

して販売していたものではないかと推察するが、いかがであろうか。いずれにせよ、本屋仲間の解散と帯屋版の刊行が起爆剤となって、帯屋、嵩山房の両版に多くの異版が生じることとなり、それらが複雑に入り交じりながら、幕末における『唐詩選』への広汎な需要を満たしていたと考えておけばよいように思われる。

おわりに

一覧に示した七十種の版を類別しながら概観すれば、以上のとおりとなる。加えて、多治比郁夫氏・中野三敏氏共編『近世活字版目録』（日本書誌学大系50、青裳堂書店、平成二年）に登録される、木活字版として刊行された『唐詩選』の五種をも加えれば、少なくとも七十五種の版が近世を通じて行われていたということになろう。さらに時代は明治にうつり、近世の出版機構が崩壊するに伴って、嵩山房の『唐詩選』独占態勢もなくなってしまう。印刷技術も、旧来の整版に加えて銅版、石版、活版印刷が導入され、『唐詩選』は様々の書肆により種々の印刷方法で刊行されるようになり、精緻な挿画入りの本など実にヴァリエーションに富む版式が多く登場する点、色々の校訂施訓者によるテキストが提供される点において、その様相は近世にもまして活況を呈しているというべきである。嵩山房と帯屋の両版も引き続き行われる一方、明治になって改版を幾度も重ねて流布をみせたのは、むしろ神野世猷重校の『通校唐詩選』であった点など述べるべきことはなお多いが、すべてはこの文章の予定の範囲ではない。詳細は別の一文を期して、ここで筆をおくこととする。

註

（1）斯道文庫編『江戸時代書林出版書籍目録集成』（井上書房、昭和三十七～三十九年）収録の〔寛文無刊記書籍目録〕に記載がある。

（2）このほか、『唐詩選』の諸版に言及した主な先行研究としては、今田洋三氏「江戸の出版資本」（『江戸町人の研究』第三巻所収、吉川弘文館、昭和四十九年）に九種、長澤規矩也氏『和刻本漢籍分類目録』（汲古書院、昭和五十一年）に三十七種、船津富彦氏「古文辞派の影響――近世日本の唐詩選ブームを追って（唐詩選版本考）」（『明清文学論』所収、汲古書院、平成五年）に二十七種の報告がある。

（3）拙稿「漢学者の歴史叙述としての隠逸伝集に関する一試論」（「江戸文学」四十一号、平成二十一年十一月）参照。

（4）一覧について看過できない疑問と補足を以下に列挙しておく。まず、長澤氏の『和刻本漢籍分類目録』に、享保九年刊の大字素読本が登録されている点である。後述のとおり、大字素読本の初刊は明和四年に定めてよいと考える。その奥付は「原本享保九年甲辰正月日成／明和四年丁亥正月日」と小字素読本の刻成日を始点として記しており、長澤氏はこれに拠られたかと思われる。ただ、明和四年より以前の(7)明和二年版小字素読本の奥付に「唐詩選読書本大字全部出来」と既刊広告があることは注意されるが、一般に書肆の広告類に厳密性は求めえない。よって享保九年版については一覧表に長澤氏の指摘を反映していない。

　つぎに、国文学研究資料館の日本古典資料調査カードデータベースにより調べると、静岡県立中央図書館所蔵の天明四年版の大本『唐詩選』、岐阜市立図書館所蔵の文化六年版の半紙本、前橋市立図書館所蔵の寛政十一年版の小本『唐詩選』の調書が認められる。いずれも新たな版ということになるが、各図書館に問い合わせたところ、静岡のものは、沢田東江の『東江先生書唐詩選』（見返の大題は「唐詩選」、天明四年刊）を指し、岐阜、前橋のものは該当する書物はなく、それぞれ文化十年版の大字素読本、寛政十二年版の平仮名付本をとり違えたかとの回答であった。

　最後に、幕末から明治にかけての京都の書肆、弘簡堂藤井勘兵衛の刊行年時がない奥付をもつ、大字素読本（九州大学附属図書館松濤文庫蔵）も所見に入っているが、明治以降における求版本と判断して一覧から除いている。

（5）日野龍夫氏『服部南郭伝攷』（ぺりかん社、平成十一年）二五五頁。
（6）註（5）掲出書、三一八頁。
（7）揖斐高氏「寝惚先生の誕生——大田南畝の文学的出発——」（「文学」、昭和六十二年七月）参照。
（8）笠井助治氏『近世藩校に於ける出版書の研究』（吉川弘文館、昭和三十七年）。
（9）高橋克伸氏「和歌山市指定文化財「紀伊国名所図会」板木目録」（「和歌山市立博物館研究紀要」十六号、平成十四年三月）および『'03和歌山市立博物館特別展　城下町和歌山の本屋さん——「紀伊国名所図会」を中心に——』（和歌山市立博物館、平成十五年）参照。

〔付記〕　貴重な資料の閲覧と掲載をお許しいただいた、九州大学附属図書館に深甚の謝意を表します。また中野三敏先生、若木太一先生、鈴木淳先生、清水信子氏には構想の段階から多くの御教示をいただき、資料の調査捜索にあたっては、岐阜市立図書館、静岡県中央図書館、二松学舎大学附属図書館、前橋市立図書館、和歌山県立図書館、和歌山市立博物館の諸機関、矢毛達之、有木大輔、河内重雄、藤崎祐二の各氏に協力をいただきました、明記して御礼を申し上げます。

「漢文学史」における一七六四年

張　伯偉
内山精也　訳

はじめに

本稿にいう「漢文学史」とは、漢字によって著述された文学の歴史を意味する。つまり、歴史的に漢字文化圏とされた各国各地域における漢文学史のことである。その範囲は、中国のほか、朝鮮、日本、琉球、ベトナム等の国と地域を含む。国と地域の垣根を取り払い、より広い視野でもって漢字文化の発展と変遷を探ることが、近年、学術界でしきりに叫ばれるテーマとなっている。それが我々の眼前に広がるまったく新しい分野であることは、疑いを容れない。本論は、「漢文学」全体を背景としつつ、相異なる地域間の勢力関係図に変化が生じた転折点について考察しようとするものである。

トータルに「漢文学史」を研究しようとすると、人々はまず中国文学と周辺国（地域）の文学との関係に注意を向けるであろう。しかし同時に、周辺国（地域）同士における文学の関係にも注意しなければならない。さらには、「漢文学史」が同一の時空、または異なる時空でどのように展開したのか、という問題をも考察すべきであろう。一般的にいって、周辺国が中国の文学に対して普遍的にその価値を認めることは常態といってよい。しかし、周辺国の間でお互いの文学をどのように評価したかについては、一律に論じることはできない。と同時に、このような評価の推移は中国の文学に対する評価にまで連鎖の反応を生んでいる。

漢字文化圏内の文学的交流は歴史がとても古い。唐代の詩人と唐に渡った外国の人士とが盛んに詩文の贈答をしたことは[1]、つとに文学史における佳話となっている。だが、唐以後の使臣の往来においても、つねに詩文の応酬があり、絶えず関連の書物が生まれている。宋代には、『高麗詩』と『西上雑詠』があり、これらは高麗の使臣と宋の君臣との唱和詩集である[2]。明代になり使臣が朝鮮に赴くと、「詩賦外交」を展開し、その交流の跡を記録した『皇華集』が編纂刊行された[3]。周辺国家同士については、言葉の障碍が存在したものの、詩文の酬答に妨げはなかった。高麗朝末期・朝鮮朝初期の人、権近（一三五二―一四〇九）は、その「日本の釈大有の国に還《かえ》るを送る」詩（『陽村集』巻二）[4]のなかで、

情 懐 毎 向 詩 篇 写　　情懐は毎《つね》に詩篇に向《お》いて写し

言 語 須 憑 象 訳 通　　言語は須《すべか》らく象訳（翻訳）に憑《よ》りて通ずべし

と詠じ、江戸時代・石川貞は、その「朝鮮国副使書記の元玄川に呈す」詩（『星槎余響』巻上）[5]のなかで、

不愁相値方言異　愁えず　相値《あい》うて　方言の異なるを
清興熟時揮彩毫　清興　熟する時　彩毫を揮《ふる》う

といい、漢詩がそれぞれの国の言葉を超越していたことを物語っている。とりわけ、明代における『皇華集』の刊行と流伝は、漢字文化圏の外交局面における典範となり、もはや中国の使臣が隣国に使者として赴く場合の必携の書というだけではなくなった。まさしく中村栄孝が指摘したとおり、外交的場面において漢詩漢文で酬唱筆談することは、「中国文化圏の同文諸国間において慣習化した国際儀礼ともいえるのである」(6)。朝鮮通信使と日本の文人との酬答は、その淵源は遠く春秋列国の「詩を賦し志を言う」伝統にまで遡れるが、胸中における手本は『皇華集』にほかならなかった(7)。

朝鮮は王朝成立後、「大に事《つか》え隣と交わる」ことを基本の国策とし、「大」には精誠をもって事え、「隣」には信義をもって交わることを原則とした。それゆえ、明と清には朝天使もしくは燕行使を派遣し、日本へは通信使を派遣した。「通信」というのは、音信を伝え通わせることを意味するとともに、信義を通わせ親密にすることをも意味した(8)。「通信使」は、もともと朝鮮王朝が日本に派遣した使臣の呼称の一つに過ぎず、異同が多く呼称が一定しなかったが、仁祖十三年（一六三五）にこの呼び名が復活して以来、そのまま定着した(9)。徳川幕府の時代、朝鮮は宣祖四十年（一六〇七）から純祖十一年（一八一一）まで、日本に計十二度の使節団を派遣した。学術界ではしばしばこれらを総称して「通信使」と呼んでいる。朝鮮通信使ならびに彼らと日本の文人による漢詩の唱和、筆談については、韓国と日本の学術界ですでに先行研究があり(10)、今日われわれが研究する際の大きな助けとなる基礎を築いてくれている。

朝鮮通信使は大がかりな使節団で、人数はふつう四百名余から成った(11)。主な構成員は、正使、副使、従事官（もとの名は書状官。以上を「三使」と総称する）、製述官（もとの名は読祝官）、書記、写字官、画員、医員、および軍官、訳官等である。文字の応酬を担当するのは、主に製述官と書記（計三名）であった。申維翰（一六八一—一七五二）の『海槎東遊録』巻一（『青泉集続集』巻三）[12]に、以下のようにいう。

倭人 文字の癖、輓近 益ます盛んにして、艶慕して風を成す。呼ぶに学士大人を以てし、詩を乞い文を求め、街を塡《うず》め門を塞《ふさ》ぐ。所以《ゆえ》に彼の人の言語に接応し、我が国の文華を宣耀する者、必ず製述官を責む。是れ其の事繁にして責 大なり。

そのため、朝鮮側では毎回、才気溢れる文士を派遣してこの任に当てた。そのほか、三使書記の人選も同様に文才に秀でた者を必須とした。そして、日本側も文学の士を派遣して応接に当たらせ[13]、互いに詩の唱和を交わす間に、自国の文化レベルを示し、同時に優劣も競い合った。それゆえ、出席した人数に多寡の相違はあったが、十分に国の代表といいうるものであった。ある意味では、唱和する双方が互いの文学に対して心中抱いた評価というのは、かなりの程度、両国の文学レベルに対する評価そのものを言い表しているといってよい。そしてその変化は文学的気風の移り変わりや創作レベルの高下をも示唆している。

本稿は、甲申一七六四年（清・乾隆二十九年、朝鮮英祖四十年、日本宝暦十四年・明和元年）の朝鮮通信使が日本にあって展開した唱和ならびに筆談活動を通して、その漢文学史上の意義を考察しようとするものである。「漢文学史」の発展という観点から見ると、この一年の唱和と筆談には、「漢文学史」における転折点という意味が内包されているが、先人が見落としたポイントらしく、問題の解明が待たれる新たなテーマである。

一 甲申行唱酬筆談の特徴

この回の朝鮮通信使は、趙曮（一七一九―七七、号済谷）を正使とし、李仁培（号吉庵）を副使とし、金相翊（号弦庵）を従事官とした。文事を司る官には、製述官の南玉（号秋月）、書記の成大中（一七三二―一八一二、号龍淵）、元重挙（一七一九―九〇、号玄川）、金仁謙（一七〇七―七二、号退石）がいた。彼らは、英祖三十九年癸未（一七六三）十月六日に釜山を離れ、翌年甲申（一七六四）正月二十日に大阪城に到着した。二月十六日に江戸に入り、三月十一日に帰途に就き、四月五日に大阪城に戻り、五月六日に大阪を離れ、六月二十二日に釜山に戻っている。前後あわせて八ヶ月余りであった(14)。この旅における文献は非常に多く、正使の趙曮に『海槎日記』があり、製述官の南玉に『日観記』があり、正使書記の成大中に『日本録』があり、副使書記の元重挙に『乗槎記』、『和国志』があり、従事官書記の金仁謙に『日東壮遊歌』（諺文）、訳官の呉大齢に『癸未使行日記』があり、軍官の閔恵洙に『槎録』等がある。唱和筆談の点から見れば、この旅の特徴はまず何よりも参与した人数と唱酬筆談の数量の多さにあり、それに驚かされる。よって、今日まで伝わる文献も多い(15)。

元重挙の「那波孝卿が東遊巻の後に書す(16)」では、「筑の東、武の西、三四月の間、揖譲すること一千余人、酬唱すること二千余篇」といっている。筑前より東、武蔵より西まで、というように、これは朝鮮通信使の日本における旅程を概括したものである。また、趙曮の『海槎日記』「筵話(17)」には、帰国後、国王の英祖に復命した時の次のような対話が載せられている。

上　曰く、「南玉は名を得たりと云う。何者か多作せるや」と。対《こた》えて曰く、「四人　作る所の数　略《ほ》ぼ同じ」と。上　曰く、「南玉　幾篇を作れるか」と。玉　対えて曰く、「千余首を作れり」と。上　曰く、「壮なるかな。汝　彼の人の詩を得来るか」と。対えて曰く、「彼の人　先ず作り、然る後に之れに和す。故に彼の作　果たして持ち来ると為す」。趙曮　曰く、「彼の人の詩　大抵　円成の篇無く、観るべきに足るもの無きなり」と。上　曰く、「三使臣も亦た之れを作れるか」と。対えて曰く、「待勘に在りし後より、復た酬唱せず、渠《かれ》以て恨みと為す」と。上曰く、「成大中は何如《いかん》」と。対えて曰く、「非常なり。元重挙、金仁謙も亦た千余首を作れり。……」と。上曰く、「南玉は洪世泰、申維翰と比べて何如」と。対えて曰く、「詩と文と皆な長ずる所有り、而も倉促《そうそく》にして作る所なるも、皆な能く善成せり」と。上 曰く、「彼 朝鮮人が文武の才 皆な以て云《い》うこと難しと以謂《おも》うか」と。対えて曰く、「然り」と。

右の文に基づき計算すると、製述官ならびに三書記が、日本において作った酬唱詩の総数はおよそ四千首余りであった。

洪世泰（一六五三―一七二五）は寒門の出であったが、詩筆に長じ、気宇軒昂であった。粛宗八年（一六八二）、副使裨将の身分で日本に赴き、「蛮人 彩牋縑を持して詩墨を乞求し、……公 馬に倚りて揮掃し、驟《にわ》かなること風雨の若く、詩思 騰逸、筆も亦た遒妙《しゅうみょう》なれば、得し者 皆な蔵弆《ぞうきよ》して以て宝と為す。傾慕して喧噪、戸ごとに其の像を絵するに至る」[18]という有様で、朝鮮国にとって大いなる栄誉を勝ち得たのだった。『海東遺珠』と『柳下集』が伝存する。

申維翰は粛宗四十五年の通信使の製述官で、文名がはなはだ高く、日本で諸人と唱酬し、その筆は千軍を一掃した、と称された。著に『海遊録』と『海遊聞見雑録』があり、人々から尊重され、成大中の『日本録』のなかにも『青泉海遊録抄』が収められている。

英祖はこの二人と南玉とを比べ、さらにこの通信使における「文の戦」に対して高い関心を示した。そして、趙曮の日本人の詩に対する「彼の人 大抵 円成の篇無く、観るべきに足るもの無きなり」という評価や、英祖の「彼 朝鮮人が文武の才 皆な以て云《い》うこと難しと以謂《おも》うか」という問いかけに対する肯定的な答えは、おそらくより多くは君王のご機嫌に沿うように、王の虚栄心を満足させるためにした言説であって、必ずしも客観的な論ではなかったであろう(19)。

この回における通信使の旅中の唱和は、人員と作品の数量が非常に多かったということばかりでなく、当時の日本の俊秀たちと数多く面識を得たことも、南玉、成大中、元重挙等の人々の印象に深く残った点であった。瀧長愷の『長門癸甲問槎』(20)は、南玉との問答を次のように記録している。

鶴台　諸君　東のかた浪華〔大阪〕、江都〔江戸〕及び其の它の処処を行《たび》し、藻客髦士〔詩人や書家〕の藝を抱きて見ゆるを求めし者　定めて多からん。才学風流　与《とも》に語るべき者　幾人有りや。

秋月　江戸の諸彦《しょげん》の中、井太室、木蓬萊、僕が輩　尤《もっと》も惓惓《けんけん》〔忘れがたい〕たる所の者なり。……浪華の木弘恭の風流、合離の才華、平安の那波師曾の博学、釈竺常の雅義、尾張州の源正卿の偉才、岡田宜生の詞律、二子の師源雲の豊望、皆な僕が輩の与に傾倒する所なり。而して那波　之れと同《とも》に江都に往けば、情好　尤も密なり。足下　若《も》し与《とも》に従容《しょうよう》とせば、当に僕が輩の此の言　阿好の比〔世辞の類〕に非ざるを知るべし。幸《ねが》わくは意を致すと為さんことを。（傍点著者、以下同じ）

大典禅師の『萍遇録』巻下(21)には、成大中の「蕉中禅師に復《こた》う」が収められており、次のようにある。

僕　貴境に入りてより以来、韻士文儒と接すること多し。而るに筑州に於いては亀井魯を得、長門州に於いては瀧弥八を得、備前州に於いては井潜を得、摂津州に於いては木弘恭、福尚脩、合離を得、平安城に於いては那波師曾を得、尾張に於いては源雲、岡田宜生、源正卿を得、江戸に於いては渋井平、木貞貫を得、而して最後に蕉中師を得たり。

元重挙の『和国志』地の巻「詩文の人」の条(22)では、次のようにいう。

今行　見る所の詩文を以て之れを言えば、江戸に在りては則ち柴邦彦、文気　頗る健なり。而れども但だ其の人

と為り 清浅偏僻なり。其の次は岡明倫なり。名護屋に在りては則ち岡田宜生、源正卿、年少にして夙成し、倶に業を源雲より受く。雲 温厚にして、老成の風有り。西京は則ち岡白駒、播摩清絢、芥煥、号して「西京の三傑」と為す。而れども実に其の名を知らず（案ずるに「知」は「如」の誤写であろう。「如」であれば、「其の名に如かず」）。大阪は則ち永富鳳 優なるに似たり、而して合離 之れに次ぐ。木弘恭 詩画を以て標致し、蒹葭堂を開き、以て四方遊学の人と交わる。而るに但だ地 太《はなは》だ微にして、名 太だ盛んなれば、恐らくは自ら容るる能わざるならん。備前州は則ち井潜、近藤篤、倶に江戸に遊学するを以て、辟《め》されて記室と為る。潜は贍敏にして、篤は沈静なり。長門州は則ち龍長凱、草安世、而して凱は頗る老成し、且つ人誉有り、安世は稍や清秀なり。筑前州は亀井魯、年少にして逸才有り、亦た声名 太だ早ければ、恐らく容れらるる能わず。……余 唱酬の席に於いて、如《も》し語るべきの人を得ば、則ち輒《すなわ》ち曰く、「天道 北よりして南すること久し。貴国の人の聡明秀敏なるを観るに、此れ誠に文化 興るべきの日なり」と。

以上、言及された人物は、江戸では、渋井平（一七二〇―八八、号太室）、木貞貫（一七一五―六五、号蓬莱山人）、柴邦彦（柴野栗山／一七二四―一八〇七、号栗山）がおり、浪華では、木村弘恭（一七三六―一八〇二、号蒹葭堂）、合離（細合半斎／一七二七―一八〇三、号斗南）、福原尚脩（一七三五―六八、号石室）、永富鳳（一七三二―六六、号独嘯庵）がいる。平安では、那波師曾（一七二七―八九、号魯堂）、釈大典（一七一九―一八〇一、号蕉中）、岡白駒（一六九二―一七六七、号龍洲）、清田絢（一七一九―八五、号儋叟）、芥川煥（一七一〇―八五、号養軒）がおり、尾張では、源正卿（一七三七―一八〇二、号滄洲）、岡田宜生（一七三七―九九、号新川）、源雲（一六九六―一七八三、号君山）がいる。筑州では、亀井魯（一七四二―一八一四、号南溟）、長門では、滝長愷（一七〇九―七三、号鶴台）、草安世（号大麓）がおり、備前では、井上潜（一七三〇―一八一九、号四明）、近藤篤（号西涯）がいる。

地域の面からいえば、東から西まで、今日の福岡から東京までの間に分散している。また年齢的にいえば、多くが三、四十歳台であり、当時、儒学や文学においてすこぶる造詣のあった者たちで、世に伝わる著述をもっている。彼らの伝記は、『先哲叢談』ならびにその『続編』、『後編』の中に見える。

朝鮮通信使が日本の文人に対してこれほど広範囲で高い評価を与えたのは、空前のことといってよい。この点は、この通信使の唱酬筆談におけるもっとも突出した特徴である。たしかに正使の趙曮は、日本の学術や文学に対して酷評しているが、それでも以下のような基本認識をもっていた。

蓋し長崎島の通船の後、中国の文籍 多く流入せること有らん。其の中 志有る者 漸く文翰に趨《はし》り、戊辰の酬唱に比べて頗る勝《まさ》れりと云う(23)。

戊辰とは英祖二十四年（一七四八）のことで、十六年前に当たる。注意すべきは、右文において、今回の唱酬と前回とを比較して、はっきりと「頗る勝れり」と結論している点である。この回の通信使が日本の詩文に対して下した評価は、直接の交流の中で得た印象によるものであり、以前との比較の中で導き出されたものであるから、十分に信じるに値するものである。

旅立ちの際、趙曮は歴代通信使の旅日記を携帯していた。その『海槎日記』十月六日の記載(24)に以下のようにいう。

前後の信使、使臣・員役を論ずる毋《な》く、日記有る者 多し。洪尚書啓禧 広く蒐集を加え、名づくるに『海行摠載』を以てし、徐副学命膺 之れを翻謄し、題するに『息波録』を以てし、合して六十一編と為し、以て行中考閲の資と為す。……余 固より未だ詳覧するに及ばざれども、之れを概見す。……前後の日記 是の若《ごと》く夥然《かぜん》たれば、殆ど言の有らざる無からん。

そして、諸家の日記を「行中考閲」することは、正使のみに許された権利ではなく、他の人員も閲覧することができた。たとえば、〔甲申通信使団の書記〕成大中の『日本録』のなかには、〔一七一九年使団製述官の申維翰〕『青泉海遊雑抄』が収められ、「文学」、「理学」、「禅家」等の項目を含んでいたし、〔成氏『日本録』所収〕『槎上記』も仁祖十四年（一六三六）の副使金世濂（東溟）の『海槎録』に言及している。(25) 確実にいえるのは、この回の朝鮮通信使一行の、日本の詩文に対する評価は、それ以前のものとまったく異なるという点であり、それは過去との対比のなかから生まれたものである。この点について、ここで振り返ってみたい。

初期の朝鮮使臣による記録では、どれも日本の文学について一字として触れていないが、宣祖二十三年（一五九〇）に至って変化が現れる。同年の副使金誠一は、『海槎録』巻二「写字官の李海龍に贈る、並びに序」のなかで以下のようにいっている。――宣祖が彼らの出発に際してこう諭していった。「倭僧 頗る字を識《し》れりと聞く。琉球の使者も亦た嘗て往来すと云う。爾等《なんじら》 若《も》し之れと相値《あいあ》い、唱酬等の事有らば、則ち書法も亦た宜しく拙を示すべからざるなり」と。かくて、写字官の李海龍を同行させたところ、日本到着後に大変な歓迎を受け、「求むる者 雲集し、館門市の如し」という盛況であった。金誠一は感嘆して、「当初 海龍の行くや、国人 皆な家鶏を以て之れを視る。豈に料《はか》らんや 其の異邦に貴ばれること此に至れるを」と述べている。(26)

ここに滲み出ているのは、もちろん日本の文化レベルに対する蔑視の姿勢である。光海君九年（一六一七）の正使呉允謙の『東槎録』以降、朝鮮の使臣と日本の僧侶による詩文酬唱の記録が現れるが、朝鮮側は往々にして話にならぬというような軽蔑の視線を向け、日本側の原唱に対し唱和を拒むということさえあった。僧侶によって文事を司らせるという現象は、孝宗六年（一六五五）まで続いたが、同年の従事官南龍潭（一六二八―九二）の記録によると、幾らかの変化があったようである。その『聞見別録』「文字」の条(27)には、次のようにある。

僧徒の外に称して文士と為す者、必ず剃髪す。法印と称して実は僧人に非ざる者或《あ》り。所謂 行文 頗る勝れるものも、猶お蹊径に昧《くら》し。詩は則ち尤も甚だ形無く、多く強《し》いて語を造ること有り。写字は則ち鳥足に非ざるは無し。皆な『洪武正韻』を学べども、字体 軽弱にして横斜し、模様を成さず。画は則ち最も勝りて、我が国に譲らず。

また、同書の「人物」の条(28)では、大友皇子から藤斂夫に至る「古来の文士二十人」を列記し、さらに「称して文士と為す者八人」を列記している。たとえば、林道春については、「其の為《つく》る所の詩文を観るに、則ち該博富贍《がいはくふせん》にして、多く古書を読む。而れども詩は則ち全く格調無し。文も亦た猶お蹊径《けいけい》に昧《くら》し〔よい文を書くための近道を知らない〕」と記し、林恕については、「稍や詩文を解《よ》くするも、性質冥頑《めいがん》なり」と評し、林靖については、「言語文字 厥《そ》の兄に比べて頗る優れたり」と評し、林春信については、「亦た能く字を写し句を綴る」と記している。

林道春は、日本の初代大学頭であり、当時の人々は彼のことを「最も我が国の儒宗と為すなり(29)」と認めていた。南龍翼が彼と詩の唱和をしたことは、その『扶桑録』に見えるが、彼の目から見ても、林氏の詩作はやはり取るに足らないと映ったようである。我々が朝鮮通信使の日記および唱和や筆談等のさまざまな文献を扱う場合には、それがお役所的な形式的なものなのか、社交辞令なのか、それとも心底から出た言葉なのか、の区別をはっきりさせなければならない。たとえば、仁祖十四年（一六三六）の吏文学官、権侙（菊軒）は、日本の詩仙堂主、石川丈山（一五八三―一六七二）との筆談で、石川の詩を評して、「意 円かにして語 新たに、古に法りて格 清し」といい、「貴邦詩家の正宗」と認め、ある時はその詩が「真に大暦の諸家と互いに頡頏《きっこう》を為す」といい、またある時は「日東の李杜」と推賞しているが(30)、明らかに口から出任せにいった、おべっかの言葉である。

私の見たところ、朝鮮人が心の底から賛美した日本漢詩人の第一人は、新井白石であろう。粛宗三十七年（一七一一）の正使の趙泰億、副使の任守幹、従事官の李邦彦、製述官の李礥が次々と彼の『白石詩草』に序跋を寄せ、彼の詩を高く評価している。雨森芳洲（一六六八—一七五五）の述べる「新井白石 大いに詩名有り、朝鮮人 其の詩草を索《もと》むること、陸続として已《や》まず(31)」という数語をも併せて考えると、それは真実であり信憑性が高い、というべきである。ほかでもなく日本漢詩文のレベルが高まったことによって、この後、たとえ傑出した才のある士が日本に使者として赴くとしても、けっして油断してはならぬと注意を喚起されることになった。申維翰は粛宗四十五年（一七一九）、製述官の身分でもって日本へ赴いたが、旅立ちの前、崑崙居士のもとを訪ねている。

公 時に病を以て筆研を閣《お》くも、架上の『白石詩草』一巻を出だし余に示して曰く、「此れ乃ち辛卯の使臣が得来る所の日東が源璵〔新井白石〕の作なり。語 多く卑弱なるも、差《や》や声響有り。君 今 此の人と相対せば、褊師〔案ずるに「偏師」もしくは「裨師」の誤写か。いずれも非主力部隊の意〕を以て之れに敵すべし。然れども余 意《おも》うに日東 地 広く、其の山水 爽麗なるを聞けば、必ず才 高くして眼 広き者の、使館酬唱の席に与《あずか》らずして、君が一二の文字を得て之れを雌黄《しこう》せんとする〔誤りを指摘して正そうとする〕有らん。葵丘《ききゅう》の盟〔春秋時代、斉の桓公が諸侯を招集して立てた盟約〕に一二の心に背《そむ》く者 無くんばあらざるが如き有れば、則ち是れ畏るべきのみ。君 培塿〔ちっぽけな墓〕にして松柏無しと謂いて之れを忽《ゆるが》せにすること勿《な》かれ。即ち千篇万什《ばんじゅう》、驟《すみや》かなること風雨の如くして、鉅鹿の諸侯をして惴恐せしむるべく、一孟獲をして心服せしむるべからず(32)。

この旅で申氏は、二三のお眼鏡に適う人と出会ったとはいえ、日本の文学に対する総体的評価は依然として高くはなかった。たとえば、

・之れをして歌行律語を為さしむれば、則ち平仄 乖《そむ》くこと多く、趣味 全く喪《うしな》い、我が国の三尺の童子の聞きて笑う所と為る者なり。

・人人 自ら唐音を学ばんと欲すと謂うも、一句として虎を古人に画く無し。

・余と対坐し酬唱する者、率《おおむ》ね多くは粗疎遁塞《とんそく》にして、語に倫序無し(33)。

というように。たとえ、申氏がたいそうな自信家で傲岸なところがあり、時に過激なことを平気でいう人物であったとしても(34)、当時の日本の漢詩文が総体として彼のお眼鏡に適うものでなかったことは、おそらく事実であった。ただし、彼の以下の如き観察は注意に値する。

其の人 率ね多くは聡敏明弁、之れと筆談短簡を為せば、則ち倉卒にして応対し、或いは奇言美談有り。国中の書籍、我が国より往く者 百を以て数え、南京の海賈〔貿易商〕よりして来る者 千を以て数う。古今の異書、百家文集の闤闠〔市街〕に刊行せらるる者、我が国に視《くら》べて啻《ただ》に十倍なるのみならず(35)。

国中の文才、多くは童稚に在り。大坂の水足の童子、年十四、北山の童子、年十五、倭京の明石景鳳、年十八、江都の河口皞、年十七、読述する所 已に富めるを論ずる無きも、皆な貌は玉雪の如く、視瞻 端正にして、言動安詳、礼法中の人に似たり(36)。

甲申の朝鮮通信使が日本の漢詩文の現状に対して下した評価が、実は大きな転換点となっていることが分かる。つまり、これ以前の基本的に否定という姿勢から基本的に肯定へと変化し、個々人に向けた好意的評価から集団への称賛へと変わり、自国の文明度を誇る姿勢から己への反省へと変わったのである。もちろん、時間経過という視点から見れば、この大きな変化も、徐々にゆっくりと発生したものではあった。

朝鮮の学者が受けた印象と日本の漢詩人による回顧とはそれぞれの事実を互いに裏付け合っている。広瀬淡窓（一七八二―一八五六）は、「詩を論じ、小関長卿・中島子玉に贈る」詩のなかで次のように詠じている(37)。

昔当室町氏　　昔 室町氏に当たりては
礼楽属禅緇　　礼楽 禅緇《ぜんし》〔禅宗の僧侶〕に属す

江都開昭運　江都　昭運を開き
数公建堂基　数公　堂基を建つ
気初除蔬筍　気は初めて蔬筍《そしゅん》を除き〔仏教臭さを除き〕
舌漸滌侏儷　舌は漸く侏儷を滌う〔意味不明の外国語の癖を洗い流した〕
猶是螺蛤味　猶お是れ螺蛤《らこう》〔にとはまぐり〕の味にして
難比宗廟犠　宗廟の犠〔みたまやの供え物〕に比《なら》び難し
正享多大家　正享〔正徳・享保〕大家多く
森森列鼓旗　森森として鼓旗を列ぶ
優游両漢域　優游す　両漢の域
出入三唐籬　出入す　三唐の籬

…………

正徳（一七一一―一六）以前の漢詩は、五山の僧侶の余習がぬけておらず、荻生徂徠（一六六六―一七二八）のかけ声のもと、古文辞が強調され、とくに明代の李攀龍が尊崇されて、「蘐園学派」、別称「古文辞学派」が形づくられ、「遂に家々に滄溟〔李攀龍〕の集有り、人々をして弇洲〔王世貞〕の書を抱かし(38)めたのである。詩風がその影響を受けたばかりでなく、その文風も盛行した。それればかりか、高らかに自らを誇る自信満々の風格まで彼らを彷彿させるものだった(39)。この点は、朝鮮の漢詩文に対する日本文人の評価にも一部反映されている。

概括的にいえば、甲申一七六四年以前の日本は、朝鮮の書画詩文に対して、いつも敬慕の姿勢で仰ぎ見て、それに遅れをとるまいと思っていた。その五十年前の申維翰の記述を例に挙げよう。その『海游聞見雑録』の「風俗」の条(40)

に以下のようにある。

日本人の我が国の詩文を求め得たる者、貴賤賢愚を論ずる勿《な》く、之れを仰ぐこと神仙の如く、之れを貨すること珠玉の如からざるは莫《な》し。即《たと》い舁人《よじん》〔運搬人夫〕、廝卒《しそつ》〔雑役夫〕の目に書を知らざる者とも、朝鮮の楷草数字を得ば、皆な手を以て攢頂《さんちょう》して〔合掌して頭上に掲げ〕謝す。所謂文士、或いは千里を遠しとせずして来り站館《たんかん》〔宿場の旅館〕に待つ。一宿の間、或いは紙を費やすこと数百幅なり。詩を求めて得ざれば、則ち半行の筆談と雖も、珍感して已《や》む無し。蓋し其の人 精華の地に生長し、素《もと》より文字の貴ぶべきを知れども、中華と絶えて遠く、生じてより衣冠盛儀を見ざれば、居常より〔常日頃〕朝鮮を仰慕するならん。故に其の大官、貴遊〔仕官していない貴人〕は則ち我人の筆語を得て夸耀の資〔他人に誇る材料〕と為し、書生は則ち声名の路と為し、下賤は則ち観瞻《かんせん》〔望み見て楽しむ〕の地と為す。書して贈るの後、必ず図章を押して以て真蹟と為す。名州巨府を過る毎《ごと》に、応接に暇あらず。

このような状況は国を挙げてそうであり、貴賤の別なく、また地域の違いもなかった。それゆえ、もはや「風俗」の一つとなっていたのである。彼らは朝鮮を「小華」と見なし、先進文明の代表と見なした。それは呼称にも反映されている。朝鮮人が日本に言及する際、往々にして「倭」や「蛮」と呼ぶが、日本人はむしろ「唐人」と呼んで尊んだ。中維翰は、雨森東（芳洲）との次のような問答を記録している(41)。

余 又た問う、「貴国の人 我らを呼びて『唐人』と曰い、我人の筆帖に題して『唐人の筆蹟』と曰うは、亦た何の意ぞ」と。東 曰く、「国令には則ち客人と称せしむ、或いは朝鮮人と称せしむ。而れども日本の大小の民俗、古より貴国の文物 中華と同じと謂《おも》えり。故に指さすに唐人を以てす。是れ之れを慕うなり」と。

甲申の年に至っても、もちろん以前と変わらぬ状況はなお持続し存在しているが、変化した部分についてはまことに

驚くべきものがある。趙曮『海槎日記』の甲申正月十一の日記は以下のようにいう。(42)

彼の人 如《も》し我が国の人の筆蹟を得ば、則ち楷草優劣を論ずる勿く、挙げて皆な喜踴《きよう》し、之れを求むる者 絡繹《らくえき》として〔連なりつづいて〕絶えず。但だに写字官に於いてのみならず、行中の稍《や》や解《よ》く字を書く者も、亦た其の苦請〔ねんごろな請願〕に堪えず。船に乗り後に随い、叉手《さしゅ》〔合掌〕して拝乞するに至る。

ざっとこの記述を読むかぎり、甲申以前と何ら違いがないかのように映るが、注意すべきは、趙曮の記載は、島嶼の地における様子を記しているのであって、「名州巨府」の様子を記したものではないということだ。ここに現れる人物は辺地に暮らす庶民であって、搢紳文士ではない。学士文士については、もはやまったく異なる風景が記録されている。たとえば、甲申の春三月に記された山根清の「長門癸甲問槎序」に以下のようにいう。(43)

余 韓使の四たび修聘《しゅうへい》〔好を通じるため使者を遣わすこと〕するに覯《あ》うに及ぶや、其の唱酬する所の者を閲するに、辛卯幕中の李東郭 超乗〔傑出して素晴らしい詩人〕なり。爾《そ》の後、此の行の南秋月、成龍淵も亦た巨擘《きよはく》〔偉大なる詩人〕と為す。然り而して皆な其の土風を操り、蘇黄〔蘇軾と黄庭堅〕末派の雄なるのみ。夫《か》の筆語なる者の如きは、応酬 敏捷《びんしょう》にして、頗る縦横自由を得たる者に似るなり。是れ其の平生の業とする所にして、習慣にして天性の如《ごと》かれども、唯だ是れ務めに応ずるのみ。何ぞ文章の観るべき有らんや。蓋し韓土 士を取るの法、一に明の制に因れば、廷試〔科挙の本試験〕専ら濂閩《れんびん》〔周敦頤と朱熹。程朱の学〕の経義を用い、性理を主張し、以て礼楽を遺《わす》る。故に文は唯だ達意を主として、修辞の路 廃《すた》れり。宣《むべ》なるかな、古文辞の妙を知りて作者の林に列《なら》ぶ能わざるは。此の邦 昌明敦龐《とんぼう》の化にして〔繁栄の世に変わり〕、物夫子〔荻生徂徠〕の若《ごと》き有りて勃興し、復古の業を唱えて、五六十年来、多士 炳蔚《へいい》たり〔輝かしい文才を誇る〕。文は秦漢已上《いじょう》を修め、詩もまた開天〔開元と天宝。盛唐〕より下らず。吾が藩の校を設くるや、先ず其の教えを得るなり。辛卯以来の唱酬集 世に梓行せらるるは見るべし。矧《いわん》や此の行　鶴台氏〔瀧長愷〕の業を以て焉《こ》れに莅《のぞ》むをや。彼と曷《なん》ぞ晋楚の盟〔春秋時代の覇を争った晋と楚の会盟〕を争わん。吾が小児の輩もまた従行すれば、如《も》し旗鼓を執りて周旋せば、則ち淝水《ひすい》の捷《かち》〔東晋が前秦を破った戦〕を報ずるも、亦た何ぞ難からんや。然りと雖も、韓使　修聘すれば、固《まこと》に大賓なり。……唯だ恐る国家　遠人を柔らぐの意に違《たが》うを。故を以て其の色を柔らかくし、其の言を孫《ゆず》りて、相抗《あらが》わず、従容乎《しょうようこ》として一堂の上に揖譲《ゆうじょう》し、固に君子　争う所無し。亦た以て昌明敦龐の代なるを見《あら》わすべきのみ。

朝鮮の漢詩文に対してこのような評価を下したのは、未曾有のことといってよい。山根清は四度、朝鮮通信使に巡り会ったというが、それは正徳元年辛卯（一七一一）、享保四年己亥（一七一九）、寛延元年戊辰（一七四八）と宝暦十年甲申（明和元年。一七六四）の四回を指すであろう。その五、六十年来の変化を、我が目で見、我が身で経験し、そこから全く新しい見解を導き出している。

まず第一に、歴代朝鮮使臣たちの唱酬における表現についていうと、肯定的評価を得られたなかで第一に推されたのが李礩（東郭）であり、その次が南玉（秋月）と成大中（龍淵）であった。その他はみな平々凡々と感じたらしく、歯牙にもかけていない。しかも、上記の三人でさえ、「其の土風を操り、蘇黄末派の雄なるのみ」という譏りを免れなかった。学ぶ対象が蘇黄であるなら、盛唐の比ではない、ということであろう。

第二に、朝鮮の文人が唱酬筆談のなかで唯一長じていたのは「応酬敏捷」であったが、これは主に平素の訓練から身につけたものであり、「習慣にして天性の如」きものにすぎず、文章に見るべきものはない、という。

第三に、朝鮮は科挙によって士を選ぶが、濂洛性理の学ばかりを重んじて、文章に修辞の学があることを知らず、古文辞の妙も理解しないので、その人も「作者の林に列ぶ」ことができない、という。

第四に、日本は物徂徠が古文辞を提唱して以来、人材が輩出し、みなが「復古の業」に従い、文は秦漢を学び、詩は盛唐を模倣したので、「辛卯以来の酬唱集」のなかから、日本漢詩文の主導的地位が見て取れる、という。

第五に、朝鮮通信使は、国家の「大賓」であるから、たとえ日本側が文学の上で優勢を占めたとしても、「君子 争う所無し」という教えを承けて、穏やかに応対し、へりくだった言葉遣いを心がけねばならなかった、という。

このような評価は、以前の敬慕してやまない姿勢を改め、完全に対等といってよい立場に立ち、幾分見下すような語気と姿勢さえ見せている。

しかも、これは例外的な言説ではなかった。甲申の夏五月に、奥田元継は彼が編集した『両好余話』に跋文を記し、以下のようにいっている[44]。

> 余 朝鮮人の作為せる文章を詳察するに、固より韓柳欧蘇〔韓愈、柳宗元、欧陽脩、蘇軾〕を為《おさ》めず、又た李王〔李攀龍、王世貞〕を為めず、実に方土の俗習有り。而して一に其の師承を守り、復た少しも変ぜず。固陋の甚だしきこと、古今の筆話を閲すれば知るべきなり。今茲《こんじ》甲申の聘使 同行せるは四百八十有余人、其の中 筆翰 流るるが如く、語言 立ちどころに成り、間ま奇妙にして評すべき者有るは、唯だ秋月一学士のみ、龍淵 猶お品を具うと謂うべし。其の他は則ち元、金の二書記、良医〔案ずるに李佐国慕庵を指す〕、医員〔南斗旻丹崖、成瀬尚庵〕の属、稍や短辞を構え筆語を作ると雖も、然れども遅渋鈍拙にして、秋月、龍淵の下たること遠し。又た雲我〔李彦瑱〕なる者、雑言数条、伊の人 逸才英発、学士の言 固《まこと》に罔《もう》〔こじつけ〕ならず。余 夫の徒と討論する所方俗の同異、或いは文変、詩話、得るに随い輯録し、尚お唱酬の詩若干首、悉く別集に具う。然れども之れを要するに共に無用にして、亦た観るに足る者無し。唯だ異国異音にして同文の妙 意として通ぜざる無きを以て奇会と為せば、則ち此の冊も亦た幸《ねが》わくは棄つるべからざらんと[45]。

奥田元継は那波師曾の弟である。『両好余話』は、通信使の一行が江戸から浪華に戻ってきた時に、彼が南玉、成大中、李彦瑱（一七四〇―六六）等の人と筆談酬唱した記録である。彼の印象は第一に、朝鮮人の文章が唐宋八大家を学ばず、李攀龍、王世貞も学ばず、わずかに「方土の俗習」があるだけだ、という点である。一方、八大家と王李の文は当時の日本人にとって、作文学習の入門書であった(46)。第二に、朝鮮人の文章は固陋で変化に乏しいという点、第三に、この回の通信使一行のなかで称賛にあたいするのは、わずかに南玉と成大中だけで、その他のたとえば元重挙、金仁謙等の人はどうみても「遅渋鈍拙」であった、第四に、全体的にこの筆談酬唱は「無用であって見るべきものがなく」、ただただ「異国であって言語を異にしつつも、同じ文字を用いる素晴らしさで、すべてを通じ合える」「素晴らしい会合」であるがゆえに、このような記録にもなお存在価値がある、という点であった。

同じように注意すべきは、山根と奥田の評論も、数十年来の日本朝鮮両国による酬唱筆談を一通り閲覧した上で発言されていることである。「辛卯以来の唱酬集の世に梓行せらるるもの見るべし」とか、「古今の筆話を閲すれば知るべきなり」というように。日本側が朝鮮使臣の酬唱筆談を世に刊行したのは、十七世紀中葉以後のことである。とりわけ、天和二年（一六八二）以後は、印刷数が多いばかりでなく、その速度も速くなった(47)。このような「文の戦」の記録を世に公にしたのは、あるいは隠然と次のような思いを明らかにしようとしたからではないかと考えられる。すなわち、日本の漢文学のレベルがもはや朝鮮と対話できるレベルにあり、応戦し対等に闘うだけの能力を具えている、ということをである。よって、甲申の年になって、山根と奥田が右のような意見を述べ、大きな転機を作り出したのも、自分たちが絶え間なく進歩するなかで、自信を勝ち得たからにほかならない。

日本の文壇は、正徳（一七一一―一六）、享保（一七一六―三六）から明和（一七六四―七二）、安永（一七七二―八一）に至るまで、おおむね李攀龍と王世貞の詩風に覆われていた。広瀬淡窓は「詩を論ず(48)」のなかで次のように指摘している。

独怪正享時　独り怪しむ 正・享の時
唐宋分天淵　唐宋 天淵に分たるる〔天と地ほどの評価に二分された〕を
……　……
却使王李舌　却って王・李の舌をして
謾握生死権　謾《みだ》りに生死の権を握らしむ
……　……
一詩孕千句　一詩 千句を孕み
千詩出一肝　千詩 一肝より出づ

当時の人々は李攀龍を模倣し、「字字 唐人を擬し、句句 唐人に同じ、自ら以為《おも》えらく唐の正鵠を得たりと」(49)というように称されているが、その本質は、もっぱら模擬に努めたので、身につけたのもただの明詩の風格に過ぎなかった。その気風に根本的な変化が生まれたのが、安永の末、天明の初めのことで、山本北山（一七五二―一八一二）によって高らかにその号令がかけられた。彼は、李攀龍とその偽唐詩に追随する者たちへの批判を展開した。まさに、菊池偶孫（一七六九―一八四九）の『五山堂詩話』巻一にいう通りである。

山本北山先生 昌言もて世の偽唐詩を排撃し、雲霧 一掃せられて、蕩滌 殆ど尽く。都鄙の才子、翕然《きゅうぜん》として宋詩に向うを知る(50)。

甲辰の年は、ちょうど宝暦・明和の際に当たり、王・李の詩風が巷を席巻していた。日本の文人は、彼らの詩論を捧げ持ちそれを拠り所としていたので、自ずと朝鮮の詩文に対して不満を感じ、さらには馬鹿にすらしていたのである。前掲の山根、奥田の所説は、ともに朝鮮の詩文が「王・李を学んでいないこと」、「古文辞の妙所を理解できないこと」

を批判していたが、その背景はここにある。しかしながら、同時に注意すべきなのは、日本の先覚者のなかには、この当時、宋学を改めて提唱する者もいた、ということである。彼らは、朝鮮通信使との唱酬筆談のなかで、彼らに大いに鼓舞され、自己の信念を強固なものにした。その代表的人物が、那波師曾（魯堂）である。琴台東条の『先哲叢談』巻八「那波魯堂」には以下のようにある。(51)

明和甲申歳、韓使来聘し、魯堂其の学士南秋月と賓館に唱和す。又た阿波侯に請ひて其の東行に従い、相与《あいとも》に江戸に到り、屢《しば》しば旅舎に詣《いた》りて筆語す。秋月魯堂の理学に精なるを喜び、称して「日東儒学の第一人」と為す。魯堂旅笥〔行李〕中に携うる所の『剣南詩鈔』を以て之れに贈る。秋月固《もと》より陸務観〔陸游〕の詩を喜《この》み、因りて一律を賦して之れに謝す。

現存の『韓人筆談』は、魯堂と南秋月、成龍淵、元玄川等の人との筆談の記録で、そのなかには、明人の詩風や当時の日本の詩壇について言及したものが含まれている。(52)

詩格

魯堂　中華の詩格、唐後屢しば変ず。明人浮靡《ふび》にして、固より厭うべきなるに、敝邦《へいほう》の人往往にして之れを学ぶ者有り。而るに中華今復た香山、髯蘇〔白居易と蘇軾〕を宗とし、間ま義山〔李商隠〕、西崑〔李商隠を模倣した西崑体〕を取りて之れを用う。余頗る之れを愛す。詩は唯だ宜しく字を鍛え句を錬り、而る後に格に入るべきのみ。其の眼前の江頭を以て之れを論ずるは、蓋し陋を飾るを回護〔肩をもつ〕するならん。

秋月　詩論正し。然れども徒だ西崑を効《なら》うのみならば、組織繊濃にして、反《かえ》って大雅の本意を失う。且つ三唐、草堂〔杜甫〕を熟看し、傍らに香山、剣南〔陸游〕を取るに如《し》かず。是れ近体の指南なり。

明人詩

魯堂　明人の詩　大声にして語るが如し。此れ成学士の語なり。雨芳洲　謂う、其れ咀嚼すれば、則ち味わい無しの謂いなるのみと。如何。
龍淵　成学士　何《いず》れの歳にか此に来たれる。
魯堂　辛卯の歳なり。
龍淵　成嘯軒学士、僕の従祖なり。一生　功を詩に用い、其の定論　僕の家　世よ之れを守れり。

朝鮮英祖（一七二四―七六）、正祖（一七七六―一八〇〇）朝の詩風は、総じて唐音と宋調をともに採り兼ねていた。その指標の一つが、正祖自ら杜甫と陸游の詩選（『杜律分韻』、『陸律分韻』、『杜陸千選』）を編纂したことである。(53)南玉の、「三唐、草堂を熟看し、傍らに香山、剣南を取る。是れ近体の指南なり」という意見が反映しているのも、唐宋を併せて視野に納めるという、この審美思想である。「明人の詩　大声にして語るが如し」という言葉は、実は己亥の歳（一七一九）の副使書記成夢良（嘯軒）の口から出たものではなく、辛卯の歳（一七一一）の製述官李礥（東郭）がいった言葉である。(54)成大中は明人の作に対し好感を抱いておらず、深みに乏しく味わいがないと見なしていたが、(55)これも前述の意見と一致する。元重挙も似たような考えを述べている。彼は日本の文壇が多く李・王諸子を模倣していることを指摘した後に、

大凡　明に文章　無く、又た理学　無し。明代の文章を抛擲《ほうてき》し、文を倣《な》し詩を倣すも、何の不可なること有らんや。(56)

といっている。彼らの意見は、那波魯堂にとって、むろん心強い支持と激励となったに相違なく、彼の信念をいっそう強固なものにした。「『問槎余響』の序」(57)において、彼はこの点を余すことなく表現している。

歳は甲申　韓国の聘使　有り。其の製述官は南氏時蘊《じうん》と曰い、記室官は成氏士執と曰い、元氏子才と曰い、金氏

子安と曰うは皆な焉《こ》れに従う。……其の詩を為すや、窠《か》を翻《ひるがえ》し臼《きゅう》を換え〔定型をひっくり返し〕、勦《かす》めず襲わず〔他人の表現を盗んだり真似したりしない〕、横心〔自由気ままな心〕の出だす所にして、筆は腕運を受け、変態触発するは、唯だ其の適《かな》う所のみ。……ああ、世 方に嘉、隆〔李・王〈前後七子〉の詩論が一世を風靡した明の嘉靖、隆慶年間〕の偽体を貴び、墦《つか》に乞い腐に嚇《かく》し〔施しを求め、手に入れた残り物を守るべく威嚇し〕、爛熟 目に溢《あふ》る。余 特に諸学士を喜《この》む所以は、其の新しきを以てなり。……蓋し詩の新しきは、歳月の後、第《た》だ取りて之れを読めば、其の色 鮮妍なること旦晩に脱稿し、墨斗して煙るが如くして、工と不工とを論ずる無く、即ち人をして其の笑語を思い、其の志意を思わしむ。腐なるは則ち纔《わず》かに筆研を離るれば、即ち已に陳莩〔陳腐の意か〕、将に何れの処より其の生霊を尋ねんとするや。詩道 新を貴び腐を賤《いや》しむは、此れが為なり。

当時の日本詩壇における模擬の作を「偽体」と斥けており、あきらかに後の「偽唐詩」説の先駆をなしている。魯堂は当時、「専ら性理の説を唱へ、古学を排撃するを以て己が任と為し、遂に是れを以て当世に名だか」かった[58]。それゆえ、日本漢文学史の発展から見ると、この二十年後、山本北山等の人が李攀龍の詩風に追随することを批判し、天明以後の文学的好尚が宋詩に転ずる道を開いたが、その淵源を辿れば甲申の歳の那波師曾等と朝鮮通信使たちの酬唱筆談にまで遡れる。

　文明の進歩は往々にして全体的なものである。甲申の朝鮮通信使は単に日本の漢詩文について高い評価を下したばかりでなく、書画篆刻に対しても驚異の眼差しを向けている[59]。たとえば、中村三実、平鱗（一七三二—九六）、木弘恭、福原脩等の人は、南玉等のために私印を篆刻して贈っている。成大中は「槎上記」の五月十五日の日記に以下のように記している[60]。

日本人 雅《もと》より図章を善くし、所謂一刀万像なる者 天下に名あり。而して今行 見る所、則ち三実 最と為し、江戸の平鱗、西京の長公勲 之れに次ぎ、浪華の木弘恭、福尚脩 又た其の次なり。

さらに、韓天寿（一七二七—九五）という人物は、字が大年といい、中国の古碑法書を多数収蔵し、「禹碑より以下篆隷楷行の碣二十有五、鍾王以来の小楷帖三十有五、六朝行草帖十有八、梁武以後の帝王名臣帖十有七、有唐六臣の法書三十有一帖、名臣の書二十有一帖」[61]を所有し、書斎に「酔晋斎」と名づけた、という。その他、木弘恭の蔵書も、平鱗の金石コレクションも、豊富なうえに逸品が多く、朝鮮通信使はみなそれに驚愕している。そして、平鱗が贈った「嶧山碑」の拓本は、成大中によって朝鮮にもち運ばれ、のち金正喜（一七八六—一八五六）の所有するところとなり、それを金氏は清の翁方綱に贈っている。翁方綱は長編の「秦嶧山碑旧本」詩を詠じ、それが東アジアの文化交流史における佳話となっている[62]。

以上を総合すると、甲申年の朝鮮通信使が日本において行った唱和筆談には、はっきりとした特徴がある。すなわち、日朝双方において、相手方の文学的評価にきわめて大きな変化が生じた、ということである。それ以前の数十年間における全体的な趨勢という点からいうと、その変化は、朝鮮側にあっては日本の漢詩文のレベルを徐々に肯定的に認めるようになったこと、日本側にあっては自国の漢学が日増しに向上していることに対する自覚的意識が強まったこと、この両者の相乗効果によって生まれた結果である。それゆえに、一七六四年は漢文学史上きわめて重大な歴史的転換点となっているのである。

二　甲申行の朝鮮文壇における反響

成大中、元重挙等の人は、使命を終えて朝鮮に帰国した後も、日本に対する印象と感想がなおも心にまとわりつき、興奮を抑えることができなかったようである。元重挙は日本人と贈答した作を朝鮮に持ち帰り、さらに『和国志』と『乗槎録』という二書を書き上げた。成大中は口述筆記により、日本人ならびにその漢文学を称賛した。これらは、朝鮮最初の日本漢詩選を編纂する直接の契機となり、朝鮮文壇の日本漢詩文に対する最初の高評価を育んだのである。

朝鮮文学史上最初の日本漢詩選は、李書九（一七四一―一八二五）、柳得恭（一七四九―一八〇七）、朴斉家（一七五〇―一八〇五）、李徳懋（一七四一―九三）等の人が編纂に加わった『日東詩選』、別名『蜻蛉国詩選』である。柳得恭の「日東詩選の序」には以下のようにいう(63)。

　日本は東海の中に在り。中国を去ること万里、最も我に近し。……風俗 儇利《けんり》にして〔すばしっこく器用〕、淫技巧匠 多かれども、独り詩に工なること能わず。歳は癸未、前《さき》に長興庫奉事を任ぜられし元玄川重挙 是の選を膺《う》く〔案ずるに、書記の職を指す〕。……玄川翁 雅《もと》より篤厚にして、喜んで程朱の学を談ずれば、彼の中 益ます之れを重んじ、必ず老先生と称す。其の文を能くするの士、率ね医官、釈流 多し。而して合離、井潜、那波斯曾、富野義胤、岡田氏兄弟、尤も傑然たりて、皆な之れと深く相交わる。其の帰る後に及んで、蕫山居士 其の『海航日記』中の贈別詩六十七首を鈔し、名づけて『日東詩選』と曰い、予に属《しょく》して之れが序を為《つく》らしむ。其の詩の高き者 三唐を模擬し、下なる者 王李を翺翔《こうしょう》し〔王世貞、李攀龍の辺りを旋回し〕、侏離《しゅり》の音〔奇妙な外国語の響き〕を一洗し、多とするに足る者有り。按ずるに日本の始めて中国と通ずるや、後漢の建武中なり、而る後……輒ち中国の擯《しりぞ》くる所と為り、絶えて与に通ぜず、文物 之れに因りて晼晩《わんばん》す〔斜陽になった〕。属国の詩を編次する者、之れを安南、占城の下に置けども、訖《つい》に自ら奮う能わず。比《このごろ》聞くに長碕の海舶 杭浙を往来し、国人 稍や解《よ》く書を蔵し、学びて書画を為し、彬彬たるに庶幾《ちか》しと。三代の時、国 小さくして自ら上国に達すること能わず、大国に附して附庸《ふよう》と曰えり。今 此の集を以て流布すること広遠にして、風を採る者〔採詩官。民情を採る目的で民歌の採集に派遣された中国古代の官〕の取る所と為れば、則ち我東の諸君子の敢えて辞せざる所ならん。

右の言説をまとめると、日本はもともと「独り詩に工なること能わず」であったが、近年、長崎と中国の交通が開けて、大量に書籍が流入し、それによってこの国の人が「解く書を蔵し、学びて書画を為」している、という。元重挙は癸未（一七六三）に日本へ行き、帰国後、日本の文人が贈別した詩を二冊に編んだ。李書九（薑山居士）がその中から六十七篇を選び出して『日東詩選』とした(64)。その詩はもはや昔日の比ではなく、「高き者は三唐を模擬し、下なる者は王李を翺翔」す、という盛況であった。そして、柳得恭によれば、この書を編纂するもう一つの意義は、中国人に日本の漢詩文のレベルを知らしめ、もはや安南や占城の下に置かせない、ということにもあり、あわせて春秋時代に小国が大国に従属し上国に進んだ前例を引き、この仕事を朝鮮人にとって辞すべからざる責務としている。

『日東詩選』の底本は、元重挙が甲申の歳に持ち帰った贈別詩より出ていることが分かるが、編纂に加わったのは実は李書九一人ではない。李徳懋が成大中に寄せた書簡のなかに、「昨日 柳・朴二寮 果たして書局に来り、日本人の詩に略《や》や抄選を加う」云々とあり(65)、「柳・朴」は柳得恭と朴斉家を指す。また、『清脾録』巻四の『蜻蛉国詩選』では、「柳恵風が『巾衍外集』に『蜻蛉国詩選』を載せ、……余 又た抄載すること若干首、若干の句を摘す(66)」といい、合離等の七首の詩と守屋元泰等の六聯句を補抄している。それゆえ、初めての日本詩選の編纂には、李書九、柳得恭、朴斉家、李徳懋の手が加えられている。そして、この四人こそは、朝鮮文学史にいわゆる「後四家」であり、当時の文壇において傑出した代表的文人であった。

柳得恭によれば、日本人の漢詩文のレベルに変化が生じたことを、当時の中国人はまだ知らなかった。それゆえ、属国の詩を編集すると、日本は往々にして安南や占城の下に置かれた(67)。しかし、彼はすでに日本の漢詩文の水準が昔とは異なることを認識しており、彼が編纂した当時の現代漢詩選『並世集』（正祖二十年丙辰、一七九六の編）では、まず始めに中国を収録し、其の次に日本、安南、琉球という順で詩を収めているが、その基づく所は彼自身の認識と理解であった。その巻二に収められた日本人とその作品は以下の通りである。

①木弘恭「題蒹葭堂雅集図」
②合離「題蒹葭堂雅集図」
③岡田宜生「席止（上）賦贈玄川」
④岡田惟周「奉別元玄川」
⑤富野義胤「晩過興津」
⑥那波師曾「早行偶興」
⑦草安世「懐元玄川」
⑧源叔「奉送玄川元公」
⑨岡明倫「奉送玄川元公」
⑩田吉記「送別玄川詞伯」

以上十首の来源は三つある。その一は『日東詩選』（『蜻蛉国詩選』）で、右の③、⑧、⑨、⑩がそうである。その二は李徳懋が補抄した『蜻蛉国詩選』で、④、⑤、⑥、⑦がそうである。その三は成大中が持ち帰った「蒹葭雅集図」で、①と②がそうである。柳得恭は木弘恭（世粛）の名の下に次のような附記を載せている。(68)

世粛　蒹葭堂を浪華の渚に構えて、図史を貯え、越後の片猷、字は孝秩、平安の那波斯曾、字は孝卿、合離、字は麗玉、浪華の常脩、字は承明、岡元鳳、字は公翼、葛張、字は子琴、淡海の僧竺常、伊勢の僧浄王と相唱酬す。甲申の通信、時に成龍淵が舟　浪華に過り、世粛　之れを見て契を托し〔互いに信頼し意気投合する〕、別れに臨みて「蒹葭雅集図」を写して以て之れに贈る。筆意 淡淹《たんた》〔明るく清らか〕にして、元人を学ぶ。

『並世集』に選録された蒹葭堂関連の詩二首は、直接当該図画のなかから抄録されたものであろう。よって、この書の日本の部分については、柳得恭等の文学サークルの意見を集約したものであることが分かり、またいずれも成大中、元重挙による甲申の旅とも関わりがある。

成大中は日本で入手した「蒹葭雅集図」をとても珍重しており、『青城集』のなかには「蒹葭雅集図を詠ず」という詩がある。李徳懋は書簡を寄せそれを借りて閲覧したことがあり、「天下の宝、当に知者と共に鑑賞すべし。亦た千古の勝絶たり。仮《か》すを恵まるるは如何。少しく選べば、即ち当に還《かえ》し奉るべし」云々と記している。[69] このような珍重ぶりは、ただ単に書画の価値にのみ由来するわけではなく、両国の文人間の友誼をも含みもっている。李徳懋の『耳目口心書』四には、以下のようにある。[70]

木弘恭 字は世粛、日本大坂の賈人《こじん》なり。家は浪華江上に住《とど》まり、酒を売り産を致し、日び佳客を招き詩を賦す。書を購うこと三万巻、一歳 費やす所 数千余金。以ての故に筑県より江戸に至るまで数千余里、士は賢不肖と無く、皆な世粛を称う。又た商船に附して中華の士子が詩数篇を得ば、以て其の楣〔なげしや欄間〕に懸く。蒹葭堂を江浜に構えて、竺常、浄王、合離、福尚修、葛張、罡元鳳、片猷の徒と雅集を堂上に作す。甲申の歳、成大中士執の日本に入るや、世粛に雅集図を作るを請い、世粛 手づから写し、諸人 皆な詩を以て軸に書し、竺常 序を作りて以て之れに予《あた》う。竺常、釈なり。深く典故を暁《さと》り、性 又た深沈にして、古人の風有り。浄王、常の徒にして、清楚にして愛すべし。合離も亦た奇才なり。

また、竺常の序も収録している。[71]

迺《すなわ》ち今 朝鮮の諸公の東に至らんとするに会し、世粛の如き者、皆な謁を館中に執る。諸公 則ち世粛の旧相識なるが如きを悦び、其の将に返らんとするに及びて、龍淵成公 請いて世粛をして「蒹葭雅集図」を作らしめ、同社の者 各おの其の末に題して曰く、齎帰して以て万里の顔面と為すと云爾《しかいう》。ああ、成公の心と夫《か》の身を蒹葭の堂に寘《お》く者と、豈に異なる有らんや。則ち世粛の一郷一国と交わりて以て四海に至るは固なり。……余も也《ま》た文は其の道に非ざれども、然れども亦た成公の視ること猶お世粛のごとくなるを辱《かたじけな》くするなり。其の異域万里の交わりに感じ、内に鬱乎《うっこ》として外に著わす無きこと能わざるなり。

元重挙、成大中等の影響があったので、李徳懋がその詩話・随筆において初めて日本の漢詩文を評した時にもかなり高い評価を下している。

李徳懋の文学批評を考察する際、ふつうは彼の『清脾録』により多く着目するであろう。むろん、そこに文学批評が集中していることも確かだが、それだけでは不十分である。『青荘館全書』のなかにも文章が数多く含まれ、たとえば『瑣雅』、『観読日記』、『耳目口心書』、『盎葉記』、『寒竹堂渉筆』等にはいずれも関連の内容があり、これらを含めて総合的に考察すべきである。そして、日本の漢詩文に対する批評についていうと、さらに『蜻蛉国志』にも注意を払うべきである。

李徳懋の日本に対する観察と評価については、すでにかなり全面的な論述を行った学者がいるので[72]、本稿では彼の日本漢詩文に対する評価について重点的に考察を進めたい。

李徳懋その人は、日本へ行ったことがないが、日本の漢文学についての印象は、元重挙、成大中から大きな影響を受けている。元重挙とは姻戚の関係にあった。『清脾録』巻三の「功懋詩」に、「(元)若虚、名は有鎮、玄川の子、余の妹壻なり」とある[73]。それゆえ、「元玄川を輓す」詩では、「齎咨《しし》〔嘆きの声〕仍《しき》りに痛哭するは、独り姻親の為のみならず」と詠じているのである[74]。元氏が癸未の年（一七六三）日本に赴いた際、李徳懋は詩を贈っている。元氏の帰国後にも、彼らはしばしば互いに詩を酬唱し論じ合っており[75]、なかには自ずと日本の漢詩文に言及したものもある。『観読日記』甲申（一七六四）十月癸未の条には以下のような記載がある[76]。

余 近ごろ遜庵元丈と文章の陞降を論ず。遜庵 曰く、「余 新たに日本に游び来り、其の文士 方《まさ》に力《つと》めて白雪楼諸子の文集を観、靡然として風と成り、文章 往往にして之れに肖《かたど》る。大凡 明に文章無く、又た理学無ければ、明代の文章を抛擲し、文を倣《な》し詩を倣すとも、何の不可なること有らんや」と。

李徳懋は明らかにこの観察を受け入れ、『清脾録』巻一の「日本蘭亭集」の条で次のようにいっている[77]。

『蘭亭集』は日本人の詩なり。命詞 奇健なるも、雪楼の余響に駸駸たり。……門人の杵築山維熊子祥「墓誌」を著わして曰く、「……物夫子 古文辞を倡えてより、彬彬たる作者、枚挙すべからず。而れども詩名を海内に擅《ほしいまま》にする者、特だ先生と南郭服先生の二人なるのみ。詩の専門に於いては、初め唐人の体に沿い[78]、後に意を于鱗に刻み、而して能く其の体を得」と。……癸未の歳、元玄川の日本に入るや、弥八と筆談し、嘗て博学謹厚にして、風儀観るべしと称うと云う。

『蘭亭集』の作者は高野惟馨である。「雪楼の余響」とは、元氏のいわゆる「其の文士 方に力めて白雪楼諸子の文集を観」や「文章 往往にして之れに肖る」の意味であり、明代の李攀龍の影響を受けていることを指し、元玄川の意見と一脈相通じている。李に『白雪楼詩集』があり[79]、「墓誌」に高野が「意を于鱗に刻み、而して能く其の体を得」といっているのも、同様の意見である。また、『清脾録』の「蒹葭堂」の条では次のようにいう[80]。

善いかな元玄川の言、曰く、「日本人、故《もと》より多く聡明英秀にして、心肝を傾倒し、襟懐を炯照《けいしょう》す（明るく照らす）。詩文筆語、皆な貴くして棄つるべからざるなり。我が国の人、之れを夷として忽《ゆるが》せにし、驟看するごとに好んで詆毀《しき》す[81]」と。余 嘗て斯《こ》の言に感ずる有り。而して異国の文字を得ば、未だ嘗て拳拳として之れを愛せずんばあらず、啻《た》だに朋友の心に会する者の如きのみならず。

元重挙の著作のなかでもっとも重視されたのは『和国志』、別名『和国記』もしくは『和国輿地記』である。彼にはその他にも『乗槎録』があり、一部の内容は『和国志』に近いが、後者の内容がより豊富である。(82)『乗槎録』のなかには、二ヶ所「懋官曰く」という案語があり、『和国志』の相対応する部分においても同様であるが、(83)これは李徳懋が閲読した痕跡であろう。『和国志』のなかには、日本の漢文学や文人について評論した箇所があるが、これらは概ね李徳懋によって受容されている。たとえば、『清脾録』巻二の「倭詩の始め」の条は、多くが寺島良安の『和漢三才図会』巻十六の「芸能篇」と『和国志』（李は『和国記』に作る）地巻の「文字の始め」と「詩文の人」等の条に基づいている。『和国志』によって校勘し異文異説を示したほかに、李徳懋は日本の早期の詩作を評論し、次のようにいっている。(84)

樸澹高真《ぼくたんこうしん》にして、冶《や》せざるの鑛《あらがね》、琢《き》まざるの璞《あらたま》なり。元玄川曰く、「気機初めて斡《めぐ》るの際、昏蒙《こんもう》を穿開し、微萌《びぼう》を透露す」と。

この語もまた「詩文の人」の条に見える。李徳懋には、他に『蜻蛉国志』があり、その「藝文」には次のようにある。(85)

大抵日本人、聡明にして夙慧《しゅくけい》なり。四、五歳にして能く毫《ごう》を操り、十余歳にして咸《み》な詩を能くす。

これも同様に『和国志』に見える。日本の漢詩文を評論したものでなくとも、元重挙の日本における活動と関わりがあれば、彼は往々にしてその言を引用している。(86)

成大中の甲申の日本行も同様に李徳懋の文学評論に多大なる影響をもたらした。成大中が李徳懋の名を初めて知ったのは、彼が癸未の歳に使者として国を出る際、李が元重挙に送った詩ならびに序を読んだ時で、「光芒人を射て、狎視《こうし》〔軽視〕すべからず。驚きて其の誰か製《つく》れるかを問えば、則ち乃ち懋官なり。帰るに及びて即ち之れに就く」といっている(87)。李徳懋が奎章閣検書官の任に在った時、成大中は秘書となり、ともに正祖御定の『八子百選』の出版を監修している。また一時期、住まいが隣り合わせになったこともあり、「朝夕に過従し、形影の相随うが若《ごと》く、一日見ざれば、曠として三秋の若し」とも述べている(88)。彼らが交わした会話のなかには、当然のことながら、成大中の日本行も含まれており、『耳目口心書』三には、次のような記載がある(89)。

南遂安玉、癸未 製述官を以て日本の牛窓《うしまど》〔今の岡山県牛窓町〕に入り、井潜 百韻の律を持して和するを求む。時 適《たま》たま夜なり。時 二更を謳《おさ》めて〔夜半になって〕始めて草し、手筆を停めず、篇 訖《お》わりて鶏 未だ鳴かざるなり。潜 其の神速なるに驚く。使行 未だ江戸に及ばざるに、詩は已に先ず到れり。……成士執 南と同に日本に入り、目のあたりに其の事を見、余の為に之れを言うこと此くの如し。

成大中は徳懋より九歳の年長であったが、彼の学問に敬服していたので、しばしば学術や文章について議論し、批評し合っていた(90)。それゆえ、彼の日本に対する観察や印象も李徳懋に大きな刺激を与えたのである。

従来、朝鮮人の日本人に対する印象は、もしも一言でいうならば、「詐」であった。李徳懋もその例外ではない。彼は「書記の遜庵元丈重挙の副使に随いて日本に之《ゆ》くに贈り奉る(91)」のなかで、「島俗 狙詐《そさ》多く、外面のみ朝鮮を待す。揖譲陞降の際、忠信 当に旃《こ》れを勉むべし」といい、元玄川が日本に到着した後、人と接する時には忠信に努めるよう望んでいる。しかし、甲申の通信使が帰国すると、彼らに影響されて、李徳懋の考え方にも変化が生じた。たとえば、成大中の「金養虚杭士帖に書す」に、次のようにいう(92)。

吾 嘗て日本を観るに、其の人も亦た交遊を重じ、信誓を尚ぶ。送別に臨当して、涕泣 汍瀾《かんらん》、経宿するも去る能わず。孰《たれ》か日本人 狡なりと謂うや。我の如かざるを愧ずるなり。

また、「東槎軸の後に書す(93)」でも、

吾 蓋し文采を以て勝る。……然れども彼の中の文学、昔日の比に非ず、安くんぞ旁らより窃《ひそ》かに笑う者無きを知らんや。

といっている。元重挙の『和国志』地巻「詩文の人」の条では、こういう。(94)

混竅《こんきょう》日に鑿《うが》たれて〔混沌に一日一つの穴が穿たれるように智慧がつく〕、長碕の書 遂に通見す。今 家家 書を読み、人人 筆を操り、差過すること十数年なれば、則ち恐らく鄙夷〔蔑視〕して之れを忽《ゆるがせ》にすべからざらん。……之れを海中文明の郷と謂うも、過ぎたりと為さず。

李徳懋の『清脾録』巻一「蒹葭堂」の条では、次のようにいう。(95)

歳は甲申、成龍淵大中の日本に入るや、世粛に請いて「雅集図」を作らしむ。世粛 手づから横綃《おうしょう》〔横長の絹〕に写して一軸と為し、諸君 皆な詩を軸尾に記す。書と画 皆な粛閑の逸品なり。……ああ、朝鮮の俗 狭陋にして忌諱 多く、文明の化、久しと謂うべし。而れども風流文雅、反って日本に遜《ゆず》る。挟む無くして〔根拠なく〕自ら驕《おご》り、異国を凌侮《りょうぶ》すれば、余 甚だ之れを悲しむ。

彼の日本に対する態度が根本から変化したのは、疑いようもなく彼が、成大中等の甲申行の影響を受けたからである。

甲申通信使による日本漢詩文に対する高い評価、ならびに日本人に対する心からの賛美は、朝鮮文壇の、日本の漢文学全体に対する見方を一新させる契機となった。(96) 初めての日本漢詩選がこの気運に乗じて誕生し、文学評論の世界でも、日本漢詩文をまったく歯牙にもかけなかった過去の姿から変貌し、総体としての高評価になったのである。むろん、以前の通信使にも日本の漢文学に対する賛美がなかったわけではない。だが、それは社交辞令であったり、特定の個人に限定されるものであったりした。(97) それゆえに、朝鮮の文壇においても反響は起きなかった。よって、通信使の発言が文壇の認識へと変わる、重要な転換点が一七六四年なのである。

日本の漢文学に限らず、朝鮮の漢文学や中国の文学に対する李徳懋の評論にも、甲申通信使と関わる部分がある。そのなかで、重要なのが、女性の詩文に対する関心である。(98)

朝鮮人は女性の文学創作に関してもともと提唱してこなかった。時折、女性の作が生まれることもあったが、あまり関心を寄せてはいない。それ以前、洪万宗（一六四三―一七二五）が、『小華詩評』巻下で、次のようにいっている。(99)

我東の女子 文学を事とせず。英姿有りと雖も、止《た》だ紡績を治むるのみ。故に婦人の詩 伝わること罕なり。

李徳懋と同時代の洪大容（一七三一―八三）は、英祖四十一年（一七六五）に中国に赴き、北京において潘庭筠（蘭公）、厳誠等の人と会い、筆談した。(100)

蘭公 曰く、「東方に婦人の詩を能くするもの有るか」と。余 曰く、「我が国の婦人、惟だ諺文を以て通訊するのみにして、未だ嘗て之れをして書を読ましめず。況んや詩は婦人の宜しくする所に非ざるをや。或いは之れ有りと雖も、内《い》れて出さず」と。蘭公 曰く、「中国も亦た少なし。而れども或いは之れ有り、之れを仰ぐこと慶星景雲の若《ごと》し」。……余 曰く、「君子の好逑、琴瑟 和鳴し、楽しければ則ち楽し。之れを慶星景雲に比せば、則ち過ぎたり」と。蘭公 曰く、「貴国の景樊堂、許篈の妹なり。詩を能くするを以て中国の詩選に入る」と。余曰く、「女紅の余、傍ら書史に通じ、女誡を服習し、閨範を行修するは、是れ乃ち婦女の事なり。文藻を修飾し、詩を以て名を得るが若きは、終に正道に非ざるのみ」と。

ここで言及された景樊堂とは、許蘭雪軒（一五六三―八九）のことで、彼女の詩は、中国で非常に流行した。しかし、朝鮮人はこのことを決して喜んではいないようである。むしろ、柳如是が『蘭雪軒詩集』にこっそり中国人の詩句を襲ったものが多いことを暴露した時、朝鮮の文人はそれを興味津々とばかりに話題にしたほどであった。その心理的背景としては、おそらく彼らが女性の漢詩文創作を抑圧していたことと関連があろう。(101) 洪大容のように北学、西学のいずれもに深く関心を寄せた人物をもってしても、なお「詩を以て名を得るが若きは、終に正道に非ざるのみ」と考えたくらいであるから、他の人ならば言わずもがなである。しかし、元重挙の『和国志』のなかには、日本の女性を観察して、「女子の詩を能くし書を能くする者 甚だ衆く、殆ど唐人の詩の外 余事無きが若し(102)」と述べられ、さらに「人君の詩文は天武天皇より始まり、釈氏の詩は智蔵より始まり、女子の詩は大伴の姫より始まる(103)」と記されている。この条は李徳懋によってそっくりそのまま『蜻蛉国志』「藝文」中に収められている。そしておそらくは、日本において「女子 詩を能くす」ということに刺激を受け、李徳懋も朝鮮、中国そして安南の女性作品にとくに注意するようになり、女性作品を軽視するかつての東国の文学評論のあり方を改めたのである。

まず、女性作品についての評論であるが、『清脾録』には女性の創作に関わる条が七則あり、士大夫家庭の婦女、妓女および中国女性の詩歌と書道作品に言及しており、評価の語調も多くが好意的なものであった。たとえば、金高城の側室李氏の詩を評して「多く警句有り」といい、福娘の詩を評して「婉韶にして選ぶに堪えたり」といい、雲江の小室李玉峰を評して「大書を能くし、東国に罕なる所なり」といい、中国三閨人の詩を評して「甚だ雅正なり」といい、妓女の一枝紅を評して「詩を能くし、筆を撓《たわ》め頤《おとがい》を支え、斯須にして成る」という等々である。しかも、「芝峰の詩 遠国に播《し》く」の条では、彼も突然わき道にそれて、安南の閨秀詩について評論し始めている。彼は李恒福の言を引き、以下のようにいう(104)。

幼きとき申公に従い、権参判叔強が京に朝する詩帖を見るを得るに、安南の使臣武佐と酬唱せる者にして、且つ本国閨秀の武佐を送るの作数十篇を附す。淳于鬻鬻、褚玉蘭、徐媼の詩の如きは、皆な清健豪爽なり。蓋し亦た古の烈士 筑を撃つの遺音〔戦国時代、高漸離と荊軻の故事〕に駸駸《しんしん》たり〔だんだん近づいている〕。

朝鮮文学史上、女性の詩歌創作に対して、ここまで関心を寄せるということは、尋常ならざるものがある。李徳懋の交遊と思想を考慮に入れても、この点はなお理解しがたい。

次に、洪大容の言行を正すものがある。『清脾録』巻三の「潘秋庫」の条に[105]、その「妻湘夫人も亦た詩に工にして、『旧月楼詩集』有り。幾ど出だして示さんと欲すれども、湛軒は荘士にして、詩を談ずるを喜まず、次いで婦人の詩を能くするを以て必ずしも佳からずと為し、遂に憮然として止む」と述べている。しかし、李徳懋は潘庭筠に書簡を送り、次のようにいっている[106]。

前に湛軒に因りて先生が賢閤湘夫人に『旧月楼詩集』有るを聞く。閨庭の内、載《すなわ》ち唱い載ち和すは、真に世に稀なる楽事なり。詩品　桐城の方夫人、会稽の徐昭華と何如。刊本有るに似たり、願わくは一通を賜い、留めて永宝と為さんを。

また、潘庭筠と洪大容が詩にすぐれる女性について筆談した際、朝鮮の景樊堂に話が及んだが、洪大容は手厳しく、「此の婦人　詩は則ち高きも、其の徳行　遠く其の詩に及ばず」と述べている。李徳懋はこの批評について次のように記している[107]。

嘗て聞く景樊は自ら号するに非ず、迺《すなわ》ち浮薄の人　譏《そしり》を侵すの語なりと。湛軒も亦た未だ之れを弁ぜざるや。中国の書　許景樊・蘭雪軒を分ちて二人と為し、其の誣《ぶ》〔事実無根〕なること已に甚だし。蘭公若　詩話を編み、湛軒の此の語を載するは、豈に不幸の甚だしき者に非ずや。且つ其の詩　銭受之・柳如是に瑕纇《かるい》〔欠点〕を指摘せられ、所として至らざるは無く、亦た薄命なり。

このように、李徳懋は洪大容に対し頗る不満を感じたが、蘭雪軒には同情を隠していない。

第三に、女性の作品を積極的に蒐集している。『清脾録』巻三「高麗閨人の詩只だ一首」の条には、内容および技巧はともに取るに足らないが、ただ高麗の女性の作というだけの理由で作品が掲載されており、明らかに文献を保存するという意識が認められる。李徳懋は正祖二年（一七七八）に入燕し、朴斉家と琉璃廠に行き書目を書き写したが、「只だ我が国の稀有及び絶えて無き者のみ抄す」[108]といっていながら、通常の経子史集のほかにも、禁書と女性の創作にとりわけ着目しており、書目のなかには『名媛詩鈔』と『名媛詩帰』が含まれていた。

『通航一覧』には、甲申の通信使の一行に金雲龍という若者がいて、とある日本女性の美貌に吸い寄せられ、彼女と唱和して留連し、そのために旅立ちが遅れたことを記している。[109]これは日本の文献にも記されている事柄なので、朝鮮使団のなかでも当然広く伝わっているはずで、そうなれば李徳懋の耳にも届いたに相違ない。この間近に起きた物語こそは日本女性が作詩に長じた実例であり、これらも李徳懋に刺激と影響を与えたことであろう。それゆえ、彼は女性の詩文に対する態度を改め、朝鮮、中国、安南の女性の創作に注意し反省したのである。

李徳懋は当時、官位がかなり低かったが、文壇における影響力は大きく、没後、正祖より特別に資金を下賜されて『雅亭遺稿』を印刷し、「七件を進献し、八件を家蔵し、諸処一百四十二件を分伝」したという。[110]まことに文人最高の栄誉といってよい。彼の『蜻蛉国志』は、柳得恭が「之れを読みて以て海外諸国の情状を知る」よう人に勧めている。[111]彼の『清脾録』は中国に伝わって流布し、李調元はそれを『続函海』のなかに収めている。また、日本にも伝わり、文壇の反響を引き起こした。

それゆえ、彼と彼の文学同好者は、その鮮明な理論的主張によって、当時の知識階層に「北学風」を巻き起こした。その勢いと影響力は、低く見積もられるべきではない。

三　甲申行における酬唱筆談の文学史的意義

ある時代の文学的観念が形づくられ流行するのは、いつでも多様な要素が総合的に作用したその結果である。ここで、筆者はただ甲申の酬唱筆談が朝鮮と日本の漢文学史における観念上の変化に与えた影響について引き続き論じようと思うだけであるが、それでもかなりの程度その文学史的意義を明らかにできるであろう。

朝鮮側についていえば、この時かなり普遍的な認識をもっていた。つまりそれは、日本の文明が進歩したことは、中国の書籍が大量に長崎に輸入されたことと密接な関わりある、という認識である。元重挙の『和国志』「詩文の人」の条[112]では、

其の後　混竅　日に鑿たれ、而して長崎の書　遂に通見す。

といい、李徳懋の『蜻蛉国志』「藝文」[113]では、

近ごろ江南の書籍、長碕に輻湊《ふくそう》し、家家　書を読み、人人　觚《こ》を操り〔文字を書き〕、夷風　漸く変ず。

と述べ、さらに『天涯知交書』「筆談」[114]では、

日本人　江南に通じ、故に明末の古器及び書画・書籍・薬材、長碕に輻湊す。日本の蒹葭堂主人木世肅、書を蔵秘すること三万巻、且つ多く中国の名士と交わり、文雅　方に盛んにして、我が国の比に非ず。

といっている。柳得恭の『古芸堂《こうんどう》筆記』巻五の「我が書　倭に伝わる」の条[115]では、

倭子の慧竅〔智慧の穴〕日に開き、復た旧時の倭に非ず。蓋し長碕の海船　江南の書籍を委輸〔運送〕するに縁《よ》るの故ならん。

といっている。こういう考えはすでに趨勢となっており、やや後の金正喜（一七八六—一八五六）の『雑識』では次のようにいっている。(116)

今 東都の人篠四本廉の文字三篇を見るに、弇陋僻謬《えんろうへきびゅう》〔浅薄で偏った〕の習いを一洗し、詞采 煥発たり。又た滄溟〔李攀龍〕の文格を用いず、中国の作手と雖も、以て之れに加うる無し。ああ、長崎の舶、日び中国と呼吸相注ぐも、糸銅の貿遷〔貿易〕すら尚お第二に属し、天下の書籍 海輸山運せざるは無し。

また、李尚迪（一八〇三—六五）は「『薦録《えんろく》』を読む」(117)のなかで、

近来 中国の書籍、一たび梓手を脱すれば、雲輸商舶す。東都・西京の間、人文 蔚《うつ》然として、愈いよ往きて愈いよ興るは、頼《さいわ》いに此の一路有るのみ。

といっている。もしも、日本が「蛮俗」から「化して聖学と為る」(118)ことができたのが、清代の文章と学術を大量に吸収したためというのならば、朝鮮は相変わらず「小華」を自認して、「夷狄」として清を見ていたのであろうか。それまで堅持していた華夷観を改める必要は生じなかったのであろうか。たしかに、李徳懋等の人々は当時、「北学」を強調したグループであるが、それはむしろ後になって発生したことである。英祖三十五年（一七五九）、十九歳の李徳懋は、朝鮮の康津県に漂着した福建人の黄森と問答を交わしたことがあったが、その時、以下のような感嘆を漏らしている。(119)

顧みるに今 六合の内、渾《す》べて戎夷たりて、薙髪左衽《ていはつさじん》し〔髪を剃り、服を左前に着る〕、一の乾浄〔きれい〕の地無し。独り我が東のみ礼儀を尚びて之を冠帯すれば、今に於いて幸いにして東国に生まると覚ゆ。

しかし、彼は日本における文明の進歩を目睹するや、日本を「蛮」と見なさなくなったのみならず、同時に「虜」として清を見ることもできなくなったであろうことは、容易に察しがつく。彼は甲申の歳の七月に記した『瑣雅』のな

かで次のようにいっている(120)。

今　清の文章、李漁笠翁　翹楚〔傑出した才能〕たりて、五六十年前の人なり。日本の文章、物徂徠茂卿　巨擘〔巨頭〕たりて、専ら王元美・李于鱗を尚び、閃爍倏幻《せんしゃくしゅくげん》にして、時に観るべき有り。

このように、清代の文章と日本の文章とを横並びにして論じている。言うまでもなく、李徳懋はこの問題について繰り返し熟考し、それゆえに過去の認識を改めて、当時の先覚者の一人となったのである。彼はまた、趙衍亀に寄せた書簡のなかで次のようにいう(121)。

東国の人　挟む無く自ら恃《たの》み、動《やや》もすれば必ず曰く、「中国に人無し」と。何ぞ其れ眼孔の豆の如きや。

また、こうもいっている(122)。

世俗の見る所、只だ坐して挟む無く自ら恃み、妄《みだ》りに大論を生み、終に自ら欺き人を欺くの地に帰す。只だ中州の陸沈を知りて、中州の士　多く明明白白たる一顆の好珠を蔵して袋皮子に在るを知らず。只だ独り自ら喃喃《なんなん》〔ブックサいう〕として「虜人」「夷人」と曰う。何ぞ其れ少きより乃ち爾《しか》るや。其れ不虜不夷たるの人、行識見識　果たして中州の人の如きや不《いな》や。

朴斉家の『北学議』外編「北学弁」では次のように指摘する(123)。

下士は五穀を見れば、則ち中国の有無を問い、中士は文章我に如かずと以《おも》い、上士は中国に理学無しと謂う。果たして是《か》くの如くんば、則ち中国　遂に一士無くして、吾に所謂学ぶべきの存すること幾ばくも無し。……夫れ載籍　極めて博く、理義　窮まり無し。故に中国の書を読まざる者、自ら劃《かく》するなり。天下　尽く胡なりと謂う者、人を誣《あざむ》くなり。

成大中は正祖十四年（一七九〇）、「徐侍郎浩修の副价を以て燕に之くを送るの序」のなかで次のようにいう(124)。

夫れ天下の礼楽を集めて之を折衷す、是れを之れ大成と謂う。其の采るべきが如きは、夷も亦た之を進めん。……況んや彼の中土、実に三代礼楽の墟なるをや。故器遺制、猶お徴すべき有り。書籍は則ち宋・明の旧、測候〔天文・気象観測〕は則ち湯・利〔湯若望《アダム・シャール》・利瑪竇《マテオ・リッチ》〕の余なり。其の兵刑田郭の制の若きは、簡勁にして守り易し。建酋の諸夏を并す所以なるや、彼の長を取り、吾の短を攻めて、自強の術を為《おさ》むるを害わざればなり。吾人に在りては博采して之を慎択するのみ。

ここでもなお「酋」の語で清を呼んではいるが、思想の核心は「博采して之を慎択す」であり、「自ら劃」してはならない、ということである。全体的にいえば、これは「華夷観」の改変である。文学についていうと、虚心に清を学ばなければならない、というように変わった。朝鮮人はまず日本の漢文学の価値を認識し、その中から刺激を受け反省し、然る後に清の文学の価値をようやく認識した、といえるであろう。李徳懋は『寒竹堂渉筆』のなかで以下のように指摘する。(125)

昭代の若きに至れば則ち人文 漸く開き、間ま英才有り。入学の規 無しと雖も、年年陸行し、文士 時に入る。而れども但だ心悦の苦しみ無く、誠に夢みるが如く睡るが如くして、真成の白痴なれば、得る所 無くして空しく来る。所以《ゆえ》に反って新羅の勤実に遜《ゆず》るなり。大抵 東国の文教、中国に較べて毎《つね》に退計すること数百年の後に始めて少しく進む。東国 始初の嗜む所は、即ち中国 衰晩の厭う所なり。

このような現状を改めるために、中州の文学を「心悦」しなければならないとし、一概に「胡人」で括って蔑視してはならない、とする。李徳懋は正祖元年（一七七七）、李調元に書簡を寄せてこう述べている。(126)

樗櫟《ちょれき》〔無能〕の賤品、瓦礫の下才に佞《おもね》らず、只だ是れ性を乗《と》り道を迂《う》せず〔遠回りせず〕、人を愛し古を信ずるのみ。只だ自ら口の江河漢洛の水を飲まず、足の呉蜀斉魯の地を踏まず、海邦に枯死するを恨むこと、誰有りてか之を知らん。亭林先生〔顧炎武〕が「九州のうち其の七を歴し、五岳のうち其の四を登る」を誦するごとに、未だ嘗て泫然として流涕せずんばあらざるなり。

これと、十年余り前「幸いに東国に生まる」と自らを慰めたのとを比べると、雲泥の開きがある。李書九はいう。(127)

東国の人、心は粗にして眼は窄《せま》く、類ね詩を知ること能わず。而れども清に至っては、其の人の賢否、詩の高下を問わず、動《やや》もすれば輒ち「胡人」の二字を以て之を抹摋す。……貽上《いじょう》〔王士禎〕の如き者、今に至りても猶お其の何れの状なる人なるかを識らざるなり。……余酷《はなは》だ貽上の詩を嗜《この》み、嘗て以為《おも》えらく徒《た》だに有明《ゆうみん》三百年に此の正声無きのみならず、諸《こ》れを宋元に求むるも、亦た厥《そ》の儔《ともがら》罕なりと。

清人の作品が明人を凌駕するものとするのは、朝鮮においてはまことに破天荒な議論であった。同時代の文学にとくに注目しなければならないと、柳得恭の『並世集』は時運に乗じて誕生した。その序に次のようにいう。(128)

詩を言えども諸《こ》れを中国に求めざるは、是れ猶お鱸魚を思いて松江に之《ゆ》かず、金橘を須《もと》めて洞庭に泛ばざるがごとくして、未だ其の可なるを知らざるなり。……陳其年〔陳維崧〕の『篋衍集』、沈帰愚〔沈徳潜〕の『国朝詩別裁』を読むに、益ます中土が人文の盛んなるを覚ゆ。而れども独り未だ不先不後にして我と時を同じくする者何人《なんびと》と為すかを知らざるなり。十数年来、同志の数子、馬の訾《ほしいまま》に遼野を踔《はし》りて燕中に遊ぶに渉らざるは莫く、与《とも》に遊ぶ所の者、皆な二南十三国の地〔『詩経』の「風」に採られた十五の国〕の人なり。……詩を言えども諸れを中国に求めざるは、悪《いず》くんぞ可ならんや。輒ち其の唱酬せし篇章及び風に因りて声を寄せ海外に流伝せし者を録し、手自ら点定して二巻と為す。

この書は正祖二十年（一七九六）に編まれたが、詩を言うのに必ず「諸れを中国に求め」るというのは、すでに彼の強固な信念となっていた。文壇の趨勢からいえば、このような認識はますます普遍的になり、ますます強化されていっ

た。たとえば、洪奭周（一七七四―一八四二）は次のようにいっている。(129)

近世の我が国の文人丁冽水、金秋史の輩の如きは最も博学を称えられ、其の外は亦た多とすること無きの人なり。然れども向《さき》に余 燕に入り、太学貢生の諸人を訪見し、之れと書史を談論し、皆な問うに随いて応答し、筆を輪して逆《たが》いに写す。……是れ遠方より挙に赴き、失第して未だ還らず、京師に旅食する無名の小生に過ぎざるなり。而れども余を以て之を観るに、丁冽水、金秋史に非ざるは無きなり。我が国人の才学、其れ能く中州の人の三四分に当たるのみなるか。

また、徐有素の『燕行録』（純祖二十三年（一八二三）に執筆）巻二「文学筆翰」の条では以下のようにいう。(130)

中国人 惟《た》だに天姿穎悟《えいご》にして、聞見 極めて博きのみならず、且つ工を積むこと一生にして文学に従事する有り。……其の規模工程、決して我が国の文の跂 及《ききゅう》する〔背伸びして手が届く〕所に非ざるなり。遠省の挙人の来り留まり選を候《ま》つ者、小説を作り市肆に鬻《ひさ》ぐ。即ち稗官《はいかん》の鄙俚《ひり》〔卑俗〕の作に過ぎざれども、其の運意排鋪の法、操縦短長の手は、亦た我が国の文を能くするの士の可能なる所に非ざるなり。

ここにいたって、清の文章学術に対する朝鮮の見方は、徹底して改められたといってよい。そして、このような変化がもたらされた原因を辿ってゆくと、甲申の歳の朝鮮通信使が日本で行った酬唱筆談の活動を無視できないのである。その文学史的意義について考察した場合、この点がまず第一にあげられる。

第二は、第一の点とも関わりがあるが、日本の漢文学が急速に成長したことによって、朝鮮人にとっても無視できない存在となり、それがさらに進んで清の文学に対する認識を反省して考え方を改めるに至り、漢文学圏全体を視野に納めた一つの雛形が形づくられたのである。たとえば、柳琴曾は、李徳懋、柳得恭、朴斉家、李書九の四家の詩を編集し『韓客巾衍集』とし、英祖五十二年（乾隆四十一年、一七七六）にそれを携帯して入燕し、李調元と潘庭筠に序の執筆と評点を依頼した。その後、柳得恭は『巾衍外集』を編み、李徳懋がそれを補ったが、その内容はそれぞれ中国と日本の詩であった。

湛　軒陸（飛）・厳（誠）・潘（庭筠）三公の筆談・書尺を編みて『会友録』と為し、又た録中に於いて鉄橋（厳誠）の語及び詩若干首を抄し、余をして校勘せしめ、家に蔵す。柳恵風　又た三人の詩を輯めて『巾衍外集』と為す。(131)

篠飲斎（陸飛）の詩一巻一百三十八首、柳冷庵は五十一首を選びて『巾衍外集』と為し、余　又た若干首を抄す。(132)

柳恵風の『巾衍外集』に『蜻蛉国詩選』を載す。……余　又た若干首を抄載し、若干句を摘す。(133)

内と外とが一つに結びついており、小規模とはいえ内実を具えた一つの漢文学圏である。柳氏はさらに『並世集』を編集したが、それは酬唱詩を主とし、中国の詩を収めたうえに、日本、ベトナム、琉球の作も収めており、視野は明らかに全体に渉っている。また、李徳懋の『清脾録』巻四「芝峰の詩　遠国に播く」の条では、次のようにいう。(134)

万暦丁酉、李芝峰睟光　京に朝し、安南の使臣に逢いて唱和す。……芝峰　又た琉球の使臣にも逢い、芝峰『贈答録』を撰し、其の尾に跋して曰く、「琉球国の使臣蔡堅・馬成驥並《なら》びに従人十七人、皆な天朝の冠服を襲い、状貌言語、略ぼ倭と同じ。製る所の詩文を得て、以て宝玩と為さんを願う。故に略構して以て贈る。而れども堅等　文を属するに短ありて、与に酬和するに足らざるのみ」と。

注意すべき点は、芝峰の詩が「遠国に播く」と、李徳懋が指摘していることで、安南文理侯の鄭勦が「朱を以て圏批し」、「儒生　人人　抄写して之れを誦」するまで流行していた。と同時に、安南使臣の馮克寛および琉球使臣の蔡堅、馬成驥等の詩を採録し、それらを以下のように批評している。(135)

馮克寛の詩 固に円熟贍富にして、蔡、馬の詩も亦た真実たり。鍾〔惺〕、譚〔元春〕之れを見れば、応に字眼に圏して〔一篇の要となる字に圏点をつけ〕評して「霊厚なり」と曰うべし。

明代竟陵派の文学理念としては、鍾惺（一五七四―一六二五）等が「詩は清物たり」と主張し、[136]詩における「霊」と「厚」とを強調した。[137]詩が「霊」でありかつ「厚」たりえたなら、「余事無し」と見なした。李徳懋は「霊厚なり」と蔡・馬の詩を評し、李睟光の評価とは、ほぼ天地の差ほどの開きがある。この称揚ぶりはやはり度を超しているといわざるをえないが、彼の視野はまぎれもなく開放的である。李徳懋は、李睟光を「東国の升庵〔楊慎〕」に、李書九を「東国の漁洋〔王士禛〕」に擬え、さらには朝鮮、中国、安南の女性による詩歌にも関心を払い、到る所で、漢字文化圏を背景とする思考経路を体現した。二百年前の朝鮮において、彼らがすでにこのような気宇と見識とを有していたことは、十分に称賛に値するものであり、彼らの功績を大いに光り輝かせるべきであろう。

李徳懋の文学思想を集中的に体現しているのは、『清脾録』の一書である。この書は、初稿が完成した後ほどなく、正祖二年（一七七八）、本人の手で中国にもたらされ、祝徳麟、康楽宇、潘庭筠等の閲覧に供されたのち、最後に李調元によって刊刻されて、『函海』と『続函海』に収められた。[138]そればかりでなく、李調元はその『雨村詩話』のなかでも引用したため、この書は中国において頗るよく知られたのである。中国人が周辺の国と地域の文学に関心を寄せた歴史はとても長いとはいうものの、文学批評の領域において真正面から評価を下したことは、きわめて稀であった。『雨村詩話』には、安南、琉球、朝鮮人の詩についての評論が多く含まれるが、おそらく『清脾録』から刺激を受けたものであろう。

日本についていうと、平安時代の文学史にあって、早くも文人の間で「闘詩」の活動があり、しかもそれは日本の文人たちが生み出した活動と見なされている。[139]元来、文人同士の詩歌による酬唱は、社交交情という目的に加えて、互いに技量を競い合う「文の戦」という側面がある。しかも、それが二つの国の文人による唱酬となれば、優劣を競い合うという要素が往々にしてより強化される。石川丈山が寛永十五年戊寅（一六三八）に記した「朝鮮国の権学士菊軒に与えし筆語の跋」のなかで次のようにいっている。(140)

寛永十三年丙子十一月、朝鮮国 貢献し、三官使……来朝し、……歳は丁丑正月の中旬 京師に還《かえ》り、本国寺に館す。余 其の才識を試みるが為に行きて往きて候《うかが》えり。其の徒に中直大夫詩学教授の権学士なる者有り、出て余と臆対す〔言葉を口に出さず心と心で向き合う〕。……余が此の行、難問を設けず、啻《た》だ会次の風雅を記取し、以て文戦の徴《しるし》と為す。

「文戦」の勝負を判定する際、往々にして速さが決めてとなった。朝鮮側が派遣する人員も、才気煥発で即興の創作能力に秀でた人材を特別に選んで製述官もしくは書記に充てて、このような場面に対応していた。権侙（菊軒）が人に与えた印象は、

学士 雄贍《ゆうせん》博識にして、詞才 敏速、文は点を加えず、詩は筆を停めず、弁論 流るるが如し。吾が邦の騒人墨客、誰か其の詞鋒に当たるを獲《え》んや。(141)

というものであった。

日本の漢文学史上、第一の敏速なる詩人といえば、祇園南海（一六七六―一七五一）の名がまず挙がる。彼は十八歳の時、一夜で百首を詠んだという記録を残している。粛宗三十七年辛卯（正徳元年、一七一一）、朝鮮通信使製述官の李礥（東郭）は、彼の詩集のために序文を書き、その才に感嘆し、さらに詩を贈って、彼を「詩仙」と呼んでいる。(142) 南海はお互いの唱酬詩を『賓館縞紵集』に編集した。だがその後、日本人の記述のなかに、ついに次のようなものが現れた。すなわち、送別の際、「南海 剣に仗《よ》り立ちどころに『贈別二十四章』を賦して以て之れに寄するも、東郭

逡巡して一詩も和すこと能わず、大いに慚恨して去る。相伝うるに東郭 釜山の海に至りて、血を嘔きて猝《にわか》に死す」という物語である。[143] この物語が生まれた背景には、酬唱の際、敏速さで相手を打ち負かして欲しい、という日本人の願いが込められている。むろん、こういう事実が起こる可能性はなかったが、想像を膨らませて、自尊心を満足させることに何ら問題はない[144]。甲申歳の朝鮮通信使の旅は、俊才を随行し、栄誉も勝ち得たけれども[145]、日本の漢詩文の急速なレベルアップを目の当たりにし、識者のなかには自らを反省する者もいた。那波師曾は以下のようにいっている[146]。

時蘊 嘗て余に謂いて曰く、「貴邦の人 競進して已まざれば、行雲流水の法を用いざるを得ず。中夜に之れを思い、愧汗 背を沾《うるお》す」と。士執も亦た曰く、「草卒にして篇を属《しょく》せば、李杜をして此れに当たらしむと雖も、未だ必ずしも尽《ことごと》くは『清平三畳』、『秋興八首』を作る能わず」と。益ます知る其の蓄うる所に淵源有るを。

前掲の山根清、奥田元継がこの朝鮮通信使の酬唱筆談に対して行った議論では、彼らが唯一なおも優勢と感じられた部分は、「応酬敏速にして」「筆翰流るるが如く、語言立ちどころに成る」という点にあった。朝鮮通信使が再び日本に赴いたのは、純祖十一年（文化八年、一八一一）のことである。松崎復の『接鮮瘖語』巻上では、林衡が朝鮮使臣に対し語ったことばが記されている[147]。

両国 業を相交わすこと已に二百年、各宇 靖寧にして、諸公と一堂の上に遇うを得るは、真に是れ太平の楽事なり。従前 縞紵《こうちょ》〔友人としての贈り物〕相贈り、動《やや》もすれば輒ち強弁して辞を誇り、更《こも》ごも相争い競うは、恐らくは君子 相待するの道に非ざらん。

また、次のようにもいう。

旧時 貴价の境に入るや、在る所の小しく詞藝有る者、雑然として前《すす》み、布鼓〔浅はかな儀式〕嘈嘈〔さわがしい〕として、一概に拙速を以て相抗う。此くの如き陋習、識者 固《もと》より已に之れを哂《わら》う。然れども今 之れを廃せば、又た何を用《もっ》てか情を叙せん。

朝鮮正使の金履喬は次のように答えている。

盛んに拙速に相抗わしめ、識者 之れを哂うとは、果たして是れ知言なり。況んや文章 遅速に係わらざるをや。往復 以て情を叙するに足る。

「巧遅は拙速に如かず」というのは、もともと中国の兵法における言葉であり、(148)それを詩文の酬唱に用いたなら、明らかに「文の戦」の用語となるので、つとに中国の有識者に批判されている。(149)日本側が、以前の「強弁して辞を誇り、更ごも相争い競」い、「一概に拙速を以て相抗う」のは、「陋習」である云々と言及したとき、まず始めに胸中に浮かんだのは直近の通信使接遇時の状況に違いない。語気に注意すると、山根・奥田に比べ、ゆったりとしてはいるが、核となる内容はむしろ彼らよりずっと尊大である。表面的には自国の文章の士を「小しく詞藝有る者」と揶揄しているものの、「拙速」の二文字は、せいぜい創作スピードが速いという点をいったに過ぎず、実際には朝鮮の文士を指している。全体的な趨勢から見ると、日本の文壇の、朝鮮の漢文学に対するマイナス評価はずっと甚だしく、それは基本的な動向といってもよい。

李徳懋の『清脾録』における、日本の漢詩文に対する好意的な意見については、すでに触れたが、『清脾録』は成書の後ほどなく日本に伝わっている。西島長孫（一七八〇―一八五二）が二十歳前後の頃記した『弊帚詩話附録』(150)には、それを引き批評が加えられている。(151)

此の二節を観れば、則ち韓人の本邦に神伏すること至れりと謂うべし。高蘭亭、葛子琴の若きは易易たるのみ。若し当今の諸英髦を一見せしむれば、又た応に嘆息絶倒すべし。

単に文学の方面においてのみ自らを誇るばかりでなく、日本人は芸術の方面でも朝鮮に対し恭しく敬うことがなくなった。純祖十一年辛未の朝鮮通信使の旅では、対馬において彼らを接待したなかに、古賀精里（一七五〇—一八一七）、草場佩川、以酊庵長老等がいたが、ここでは古賀の三つの文を以下に掲げよう。「岡本豊洲が韓客唱和詩帖に題す」では、こういう。(152)

豊洲 計属を以て韓客を対馬に供辦し、偶たま其の詩什を以て彼に示す者有りて、嘆賞して已まず、懇ろに相見るを求むれども、法として不可なり。因りて数首を寄せ、豊洲の和章を獲《え》て去る。韓客 詩に和するを乞うは、実に僅事と為す。事 遠近に伝播し、操觚《そうこ》の士（文筆に従事する士）多く其の詩名を欽仰す。

朝鮮人は、岡本豊洲の詩を「嘆賞して已まず」、率先して「和するを乞う」ことを主張した。このような格別な栄誉によって、自国の人々から「多く其の詩名を仰」がれる結果をもたらした、という。これは文学に関する話である。また、「爾信の画に題す」では次のようにいう。(153)

向《さき》に余 対に赴き、韓客と接するや、丹邱の草場生 従行す。生に文才有り、傍ら絵事を善くす。韓客 争って求め、陸続として紙絹を寄す。帆を発するの前、累日 他事を廃し之れに応副するに至る。是の時 爾信 聘使に随って来り、余 偶たま其の画を得て、之れを生に示せば、生 云う、「韓画 法無く、観るに足らず」と。

以前の日本人は争って朝鮮人の画を求めたが、今や朝鮮人が争って日本人の画を求めている。もっと甚だしいのは、日本人の目には、「韓画 法無く、観るに足らず」であったことである。これは絵画に関する話である。また、「韓人皮生の帖に題す」では、次のようにある。(154)

蓋し彼の中の書法、従前は松雪（按ずるに趙孟頫を指す）の優孟（ものまね）たりて、人をして厭悪せしむ。辛未に来る者、正副使は則ち故態を襲い、而して製述以下は、則ち往往にして玄宰（董其昌を指す）を歩趨す。清の国主 玄宰を模倣すること多ければ、韓の業 其の属国と為り、歳貢を納むれば、字画も亦た顰みに倣うを免れざるや。

以前の日本人は、あれほど熱心に朝鮮人の書法を追い求め、わずかな紙の切れ端でさえ宝物と見なしたが、今やその評価は「人をして厭悪せしむ」ところまで落ちている。たとえ董其昌の字を真似たとしても、「纎佻《せんちょう》〔線が細く軽薄〕にして習気〔くせ〕有り」といわれるばかりだった。これは書法のことである。

このような論調は、主に自身のレベルが高まっていったことに根ざしており、それゆえ朝鮮の文学藝術を見る見方がだんだんと、仰ぎ見る視線から対等へ、ついには見下ろす視線へとなっていったのである。

これと同時に、日本の文壇の中国文学に対する批評も、時としてほとんどまったく容赦ない程度にまでなった。それ以前、日本人が詩作を学習する際には、彼らの普遍的認識に基づけば、詩作の秘訣は詩話をより多く読まねばならない、ということだった。むろん、それは主に中国の詩話を読むということを意味した。(155) それを背景として、江戸時代には大量に中国の詩話が伝わり、それが翻刻されて、(156) 日本人による詩話執筆の情熱を掻き立てた。そしてこの時、中国の詩話に対して全面的に批判した著が現れたのである。古賀精里の子、古賀侗庵（一七八八―一八四七）は、文化十一年（一八一四）、『非詩話』を著し、中国歴代の詩話を声高に叱責した。(157)

詩話の名は宋に昉《はじ》まれども、其の由来する所は尚《ひさ》し。六朝に濫觴し、唐に盛んにして、宋に蔓《はびこ》り、明に蕪《あ》れ、清焉《こ》れを譏る無し。其の嵬説謬論《かいせつびゅうろん》〔でたらめの論説〕、一一縷指〔詳しく指摘〕し難し。

その個人的要因はさておいても、このような批判は当時の日本文壇の大勢と一致していた。彼らはますます強い自信と優越感を持ち、それが彼らをして中国や朝鮮の文学藝術を評論する際に、時として非常に辛辣なものにさせた。たしかにそれらは身内の談論ではあるが、むしろそれゆえに、彼らの嘘いつわりのない考えが自ずと吐露されているのである。

おわりに

本論の結論として、以下の四点を整理できる。

第一に、甲申一七六四年の朝鮮通信使が日本で行った唱酬筆談の活動は、漢文学史上、一つの転折点である。

第二に、この転折点は、朝鮮側においては、使臣の日本文壇全体に対するまったく新しい認識と高い評価として現れ、日本側においては朝鮮詩文を見下す感情を吐露し始める点に現れ出ている。

第三に、通信使が日本の文壇に対する印象と評価を朝鮮に持ち帰り、それによって朝鮮の文壇の反響を引き起こされ、日本の文学および人物に対する彼らの態度が変化したばかりか、自国の文学ならびに中国の文学に対する関心の向け方にも影響を及ぼした。

第四に、甲申の唱酬筆談には重要な文学史的意義がある。朝鮮人が、日本文明の進歩を評価するなかから、清朝の文学への認識を新たにし転換することを促した。そして、彼らが総体としての漢文学圏という視野の雛形を形づくるのに刺激を与えた。一方、日本の文人も自身の文学が絶えず進歩してゆくなかで自信と優越感を獲得し、朝鮮ないしは中国の文学を、日増しに軽視するようになった。

十八世紀中葉から二十世紀初頭にかけての東アジアの動向について、筆者はかつて以下のような基本的判断を下したことがある。すなわち、朝鮮の学術と清朝の文化が日に日に接近してゆく一方で、日本は中国、朝鮮に対し徐々に軽視し始め、日本中心主義を強調し、東洋の英国を自負して、「脱亜入欧」を主張した、と[158]。本稿は、漢文学史上の一七六四年を考察したが、この問題からも以上の判断をより強化できるのではなかろうか。それゆえ、漢字文化圏における影響と意義という点からいって、一七六四年は、単に漢文学史上のみならず、漢文化史においても重要な指標の一つとなるのである。

二〇〇七年七月二十五日　百一硯斎にて

註

（1）謝海平『唐代詩人与在華外国人之文字交』（文史哲出版社、一九八一年）参照。

（2）孫猛『郡斎読書志校証』（上海古籍出版社、一九九〇年）巻二十、『高麗詩』に以下のようにいう。「元豊中、高麗 崔思斉、李子威、高琥、康寿平、李穂を遣わして入貢せしめ、上元 之れと東闕の下に宴し、神宗 詩を製りて館伴の畢仲行に賜い、仲行と五人の者及び両府と皆な和して進む。其の後、使人の金梯、朴夤亮、裴某、李絳孫、盧柳、金花珍等、途中に酬唱せし七十余篇、自ら之れを編みて『西上雑詠』と為し、絳孫 之れが序を為る」（一〇七五頁）。

（3）明の景泰元年から崇禎六年までの『皇華集』、あわせて二十種余が現存する。

（4）『韓国文集叢刊』（景仁文化社、一九九六年）第七冊所収、二一八頁。

（5）韓国国立中央図書館所蔵。

（6）「朝鮮の日本通信使と大阪」（『日鮮関係史の研究』下、三四四頁。吉川弘文館、一九六九年）。

（7）元重挙の「那波孝卿が東遊巻の後に題す」に、「歳は甲申、吾が四人は（按ずるに、製述官と三書記）三大夫（按ずるに正使、副使、従事官）の後に従い、東のかた浮かび難波（今の大阪）に入る。……念じて冀《こいねが》う所、唯だ是れ皇華の往事 親《みずか》ら眼前に見るを得んことなり」とある。また、成大中の「東遊酬唱録の序」には、「君子 二国の好を結ばんとすれば、必ず之れより先には誠信を以てし、之れを成すには礼楽を以てす。然れども辞令無くんば以て其の意を達すべからず、故に文章の以て之れを飾る有り。辞令の未だ及ばざる所なるや、又た歌を詠じて以て其の歓びを尽くす。是の故に春秋列国の大夫交ごも相い献酬し、必ず風雅の詠を以て之れを終う。其の以て言うべく、以て群れるべき者、顧《あ》に詩に在らずや。……惟だ皇明の使价の我に来る者、多く経に通じ詩を習うの士にして、与に儐接する所の者も、亦た典則荘厳、以て一代の盛を鳴らし、二邦の情を通ずるに足る。故に流風余韻今に到り、之れを道うこと衰えず。信使の東渡するや、必ず文学の士与に倶にし、其れ亦た皇華の故事に倣うこと有らんや」とある。また、日本の石川丈山は権菊軒に詩を呈して次のように詠っている（『新編覆醤続集』巻十六）。

日本朝鮮隔海瀛　　日本 朝鮮 海瀛を隔つ
不図相遇結文盟　　図らざりき 相遇うて文盟を結ぶを
使星明日留茲地　　使星 明日 茲の地に留まれば
唱和皇華歌鹿鳴　　皇華を唱和して鹿鳴を歌わん

（8）雨森芳洲の『橘窓茶話』上（『雨森芳洲全集』二『芳洲文集』、一五五―一五六頁、関西大学出版部、一九八〇年）に次のようにいう。「朝鮮来聘して通信使と称す。「通信」とは、訊問を伝通するなり。或ひと「通国」の「通」と為すは、誤てり。「通国」の字は『孟子』より出づ」。孫承喆「朝鮮時代対日交隣体制和通信使」では、「通信使は、朝鮮王朝が対日善隣政策を実現し、外交目的を具えた、信義にもとづく使節である」と指摘する（韓国震檀学会等主催「東北アジア諸地域間の文物交流」国際学術大会論文、第一冊三五五頁、二〇〇四年十一月十九～二十日、於ソウル大学校教授会館）。それぞれが、前述の二つの意味を指摘している。

（9）通信使の名称の変遷については、趙曮の『海槎日記』（『海行摠載』四、朝鮮古書刊行会、一九一四年）に記された内容がもっとも簡明である。粛宗三十九年（一七六三）八月三日に書かれた日記に以下のようにある。「丙午（一六〇六）呂祐吉、慶暹、丁好寛を以て三使と為す。前より凡そ日本に使いする者、皆な通信使と称す。是に至って朝廷通信の称を以て嫌と為し、且らく以て天朝に奏聞すべからず、使号を改むるを議す。或もの当に刷還使と称すべきを謂う。俘口を刷還するの意なり。……丙子（一六三六）馬島主の平義成 副官の平調と相訟するの事を興し、信使を請うに因りて、任絖、金世濂、黄床を以て三使と為し、復た通信使と称す。……此れ前後の通信使の梗概なり。使名の変易、使事の難易、彈論に勝えず」。

(10) 李元植の『朝鮮通信使』（ソウル、民音社、一九九一年）を例に挙げると、その書の主体は第二部分の「通信使と文化交流」であり、第一章「概況」、第二章「初期の交流」、第三章「壬戌年（一六八二）使行」、第四章「辛卯年（一七一一）使行」、第五章「戊辰年（一七四八）使行」、第六章「甲申年（一七六四）使行」、第七章「辛未年（一八一一）使行」からなり、みな筆談唱和を中心に展開している。また、仲尾宏『朝鮮通信使と壬辰倭乱』（明石書店、二〇〇〇年）の第九章「朝鮮通信使使行録概説」、第十章「朝鮮通信使研究の成果と課題」参照（二六九—三一九頁）。

(11) 仁祖二年（一六二四）と純祖十一年（一八一一）の使団が三百人余で、粛宗三十七年（一六八二）の使団が五百人であったのを除けば、他はみな四百名余であった。

(12) 『韓国文集叢刊』第二〇〇冊、四二二頁。

(13) 松下忠『江戸時代の詩風詩論』上編「総論」部分（明治書院、一九六九年、一二—一四頁）において、各段階の代表的詩人を選ぶ際に用いた選択基準の一つが、韓使来聘の折、彼らと唱和した学者や文人であったということも、この点を裏づけている。

(14) 以上の日程は、趙曮の『海槎日記』の記録による。

(15) 李元植の統計によれば、この旅における筆談唱和集の資料は三十七種にまで上る。辛基秀、仲尾宏編『大系朝鮮通信使』第七巻（明石書店、一九九四年、一一七—一一八頁）参照。

(16) 原本は、那波利貞家の所蔵。那波孝卿はその五世代前の祖先に当たる。本論所掲の文は、那波利貞「明和元年の朝鮮国修好通信使団の渡来と我国の学者文人との翰墨上に於ける応酬唱和の一例に就きて」（日本『朝鮮学報』第四十二輯、朝鮮学会、一九六七年一月）に引かれたものによる。

(17) 『海行摠載』四、四六三—四六四頁。

(18) 鄭来僑「墓誌銘」（『柳下集』附録。『韓国文集叢刊』一六七冊、五六〇頁）。按ずるに、今、日本の雨森芳洲文庫に所蔵される、人見鶴山の描いた「滄浪洪世泰肖像」が、もっとも有名である。洪氏の「倭京」詩は、彼が日本の京都滞在時の感想を描いたものだが、「自ら笑う 風流 衛玠に非ずと、市門 果を投じて行車に溢る」の句がある（『柳下集』巻十一）。この二句は、『世説新語』の衛玠と潘岳の美男子ぶりを伝える典故を用いており、彼は才能が突出していたばかりではなく、外見も優れた風流才子であったことが知られる。

(19) このような状況はけっして珍しいことではなく、正使という身分とも一定の関わりがあるであろう。たとえば、仁祖朝の副使金世濂は、彼の『海槎録』の丁丑（一六三七）三月九日の日記に帰朝復命の様子を以下のように記している。「上 問う『彼の国の人、文を能くする者有るか』と。上使 対えて曰く、『文理を成さず、詩は則ち尤も好からず』と。臣世濂 対えて曰く、『〔京都東福寺の〕召長老璘西堂 行文儘く好し。国中惟だ道春〔林羅山〕の文のみ最と為すも、沿路及び江戸にて多く来問する者有りて、皆な理気性情等の語を以て問を為せば、蛮人を以てして之れを忽せにすべからず』と」（『海行摠載』二、四六九頁）。このような落差には注意すべきである。

(20) この書は、李元直の家蔵本で、筆者未見。彼の『朝鮮通信使』より引用（二二〇頁）。

(21) 韓国国立中央図書館蔵本。

(22) 『和国志』（亜細亜文化社、一九九〇年、三二九—三三〇頁）。

(23) 『海槎日記』六月十八日（『海行摠載』四、三二九頁）。また、同日の日記に以下のようにもある。「陽明の術 天下に泛濫すれども、朱子の学 独り朝鮮に行わる。群陰 剝ぎ尽くすの余、一脈 陽を扶くの責にして、豈に専ら吾が東に在りて士多しとせざるや。日本の学術は則ち之れを長夜と謂うは可なり、文章は則ち之れを瞽矇と謂うは可なり。……今行 文士に聞見せし所の者を以て之れを言えば、則ち別に学術の称うべき無く、略ぼ文字の稍や勝る者あるのみ。……此の後 此の輩 果たして能く文に因りて道を学び、漸く学問の境界に入れば、則ち島夷と雖も、以て中国に進むべし。豈に卉服〔野蛮人〕なるを以てして終に之れを棄つべけんや。但だ千年染汚せし俗、大なる力量・大なる眼目に非ずんば、則ち猝《にわ》かに変革し難くして、恐らく詩語に区区たるを以て把《と》りて先示の兆《きざ》しと作すべからざるなり」。そのなかで言及された日本の人物は、元重挙と類似するが、評価がとことん低いのは、おそらく彼の正使という身分と関わりがあるであろう。それゆえ、もったいぶった役人口調の文といわざるを得ない。

(24)『海行摠載』四、一五四―一五五頁。案ずるに、現行本の『海行摠載』の編者および篇目の問題に関しては、学術界では通常、日本の学者、中村栄孝の説を採用している。彼は、現行本の編者は成大中であり、篇目が趙氏『海槎日記』の列挙するものより少ないのは、活版印刷の際、すでに散逸していたためであろう、と見なしている（『国史大辞典』第三巻「かいこうそうさい海行摠載」の条）。しかし、私は検討の余地があると考える。元重挙の『和国志』人巻「我朝通信」の条にいう。「右、通信の条 只だ送使の年月と事の梗概を録すのみなれば、便略にして詳らかならざる者なり。蓋し各家の『日録』皆な該載有り、而して寒井徐公命膺 一皆に謄書し『海門（行）摠載』と為す。而して済庵趙公曮 方に繁を删り要に就き、編みて一統の巻袠《かんちつ》と為さんと欲す。余 且《しば》らく其の成るを俟《ま》たん。姑《しば》らく其の大略を存すること此の如し」。この記事から、現行本『海行摠載』の編者が趙曮であり、篇目の多寡は、趙氏が「繁を删り要に就」いたことによるのが分かる。そして、現行本が最終的に完成したのは、趙曮の『海槎日記』を圧巻の書としているので、あるいは成大中の手になるというべきかもしれない。

(25)『槎上記』甲申正月十二日の日記に、「福禅寺の勝、曾て金東溟の『日記』に於いて之れを知る」とある（辛基秀、仲尾宏編『大系朝鮮通信使』第七巻、一八四頁）。

(26)『鶴峰集』巻二（『韓国文集叢刊』第四八冊、五六―五七頁）。

(27)『海行摠載』三、四七七頁。

(28)『海行摠載』三、四九六頁。

(29)石川丈山「朝鮮国権学士菊軒に与うる筆語」（『新編覆醤続集』巻十六。富士川英郎、松下忠、佐野正巳編『詩集日本漢詩』第一巻、二四八頁、汲古書院、一九八七年）。

(30)石川丈山「朝鮮国権学士菊軒に与うる筆語」（『詩集日本漢詩』第一巻、二四七―二四八頁）。権侙云う「不佞（不才の意）願はくは尊公を以て貴邦詩家の正宗と為さんを」と。而して石川（大拙）答えて曰く、「不佞（媚びへつらわず）を以て我を詩林の宗匠と称せば、誰か其の選に当たると謂わん。然りと雖も、道眼の照らす所、迴避する処無からん」と。案ずるに、石川は「不佞」の語を誤解し、なおかつ紙の上に書いている。権侙はこの時おそらく、ひそかに石川を笑い心中小馬鹿にしたのではなかろうか。

（31）『橘窓茶話』下、二五七頁。

（32）『青泉集続集』巻三（『韓国文集叢刊』第二〇〇〇冊、四二二頁）。

（33）『青泉集続集』巻八（『韓国文集叢刊』第二〇〇〇冊、五二〇頁）。

（34）たとえば、『海遊聞見雑録』下「文学」には、次のような記載がある。「林信篤 日本第一の者碩たり。其の門徒 余と筆談せし時、皆な学問の純粋、道徳の淵深、我が整宇（林信篤の号）先生一人のみと称す。其の国人に推崇せらるること此の如し。然れども余其の状貌を見るに、謹厚なること余り有れども、詩文は則ち一の観るべき無し」。このような評価は余りに酷すぎるといってよい。そのため、日本人は彼に言及することを好まなかった。この点は、辛卯（一七一一）年の製述官李礥と見事な対比を見せている。『韓人筆談』酬唱巻に次のような成大中の問いが記載されている。――「李東郭（李礥）の来たるや已に半百年を過ぎたるに、猶お之れを称道する者多し。申青泉が文章 東郭の比に非ず、年 又た較《や》や近きも、称道及ばざるは、何ぞや」と。那波師曾 回答して説く「東郭 人に随いて応酬し、千篇休まず。青泉俗士を忽略し、交わるに其の人を択ぶ者なり」と。この記載は真相のいくばくかを伝えていよう。李礥が日本で歓迎を受けたことについては、松田甲「日本に名を留めたる李東郭」に詳しい（松田甲『韓日関係史研究』所収。成進文化社、朝鮮総督府本の影印、一九八二年、一〇八～一四二頁）。

（35）『青泉集続集』巻八（『韓国文集叢刊』第二〇〇〇冊、五一九―五二〇頁）。

（36）前註（35）に同じ。五二五頁。文中にいう「水足童子」に、申維翰は「博泉」という号を与えている。才が抜きん出ていたが、天は長寿を与えず、二十六歳で卒した。松田甲「水足博泉と申維翰」（『朝日関係史研究』、四一五―四三四頁）参照。

（37）『遠思楼詩鈔』巻上（前掲『詩集日本漢詩』第十一巻、二五七頁）。

（38）兪樾「東瀛詩選序」（『東瀛詩選』巻首、汲古書院、一九八一年、四頁）。

（39）当時の文壇の主流と比べると、荻生徂徠は明らかにかなりの異端であった。朝鮮の文人および文学に対してまったく敬意を払わないばかりか、しばしば批判的なことをいい、鼻で笑った。その「江若水に与う」第四書簡のなかで、こういっている。「三韓の獷悍《こうかん》（無礼で荒々しいさま）、隋史に称せらる。而れども吾が猿面の王（案ずるに、豊臣秀吉を指す）と勝ちを争うこと能わざるなり。後来は迺《すなわ》ち文を以て之れに勝たんと欲せば、則輒《すなわ》ち八道の萃を抜き、聘使の東来に従わしむ。……去年 来りしとき、一国の人 狂うが如し。吾 其の何為《なんす》れぞ然るやを知らず。晁卿（阿倍仲麻呂）の雄、謫仙（李白）・摩詰（王維）と相頡頏《あいきつこう》す。距たること未だ千歳ならざるに、迺ち此の輩（朝鮮通信使を指す）を懼るに至るは何の為ぞ。其の衰えたること、人をして嘆息泣下せしむ」（『徂徠集』巻二十六。『詩集日本漢詩』第三巻、二六九—二七〇頁）。これは顕著な一例である。この資料については、京都大学平田昌司教授にご教示いただいた。謹んで感謝申し上げる。

(40)『青泉集続集』巻七（『韓国文集叢刊』第二〇〇冊、五一七頁）。

(41)『青泉集続集』巻八（『韓国文集叢刊』第二〇〇冊、五二九頁）。

(42)『海行摠載』四、二二一頁。

(43)『古事類苑』「外交部」十一「朝鮮四」（吉川弘文館、一九七八、七九九—八〇〇頁）。

(44)明和元年刊本。京都大学附属図書館蔵。この文献については、京都大学人文科学研究所の永田知之氏に複写の労をとってもらった。特記して謝意を表す。

(45)申維翰『海遊聞見雑録』巻下「文学」にいう。「日本の文を為る者、皆な『八大家文抄』（唐宋八大家文抄）を以て講習し専ら尚《たっと》ぶ。故に其の長を情を書写するに見《あら》わす。則ち或いは理贍《た》りて辞暢《とお》る者有り。詩は則ち人人 自ら唐音を学ばんと欲すと謂えども、一句として虎を古人に画くは無し（虎を描いて犬に似る結果となっている）。夫《そ》れ海外兜離《とうり》（言葉が通じない）の郷にして、声律 全て乖《そむ》き、韻語の難、叙述の文に百倍するを以ての故なり。間ま人有りて書を以て来問するに皇明の王李（王世貞、李攀龍）の諸家と欧蘇（欧陽脩、蘇軾）と孰《いず》れか賢なる云々と。而れども渠《か》の輩（清人）の明人を学習する者、亦た未だ之れを見ざるなり」。

(46)申維翰『海槎東遊録』十一月四日の日記に以下のようにある。「湛長老 大坂にて新たに刊せる『星槎答響』二巻を以て余に示す。此れ乃ち余及び三書記の長老と答贈せし諸什（諸篇）なり。而して刊する所は赤関（山口県下関。別名、赤馬関）に在るより以前の作なり。余は未だ役を卒《お》えず（残りは上梓されていない）。然れども計るに一朔（一ヶ月）の内に於いて、剞劂《きけつ》〔出版〕已に具われり。倭人 事を喜び名を好むの習い、殆ど中華と異なる無し」。

(47)『梅墩詩鈔初編』巻二（『詩集日本漢詩』第十一巻、四〇六頁）。

(48)山田宗俊「作詩志彀の序」（趙鍾業編『日本詩話叢編』第三冊、ソウル・太学社、一九九二年、二六五頁）。

(49)富士川英郎等編『詞華集日本漢詩』第二巻（汲古書院、一九八三年、三四三頁）。

(50)江戸書林文政十三年十月版。京都大学附属図書館蔵。

(51)那波利貞「明和元年の朝鮮国修好通信使団の渡来と我国学者文人との翰墨上に於ける応酬唱和の一端に就きて」（『朝鮮学報』第四十二輯、三三一―三三三頁）からの引用。

(52)正祖『群書標記』四『詩観』の義例にこうある（張伯偉編『朝鮮時代書目叢刊』第二冊、一〇〇一―一〇〇二頁。中華書局、二〇〇四年）。「宋詩 蓋し能く唐より変化す、而して其の自ら得る所の者を以て之れを出す。所謂 毛皮 尽《ことごと》く落ち、精神 独り存すとは是れなり。嘉・隆以還、口を哆《し》し論を夸《おご》る〔大口を開け自慢げに論じる〕者は輒ち之れを訾《そし》るに腐を以てす。是れ何ぞ龍肉を談じて終日 餒《う》えたる者に異ならんや」。これは朝廷の公的主張の代表といってよい。また、柳得恭の「秋室吟の序」（『冷斎集』巻七）ではこういう。「若し唐を学びて宋を学ぶ勿かれと曰い、又た宋を学びて唐を学ぶ勿かれと曰わば、此れ一草一石〔薬材のどれか一種類だけ〕を以て今人の病に投ぜんと欲するなり。而して自ら古方〔古の処方〕を詡《ほこ》る〔大言する〕は、愚に非ずんば則ち妄なり。故に曰く、焉んぞ学び焉んぞ学ばざらん、と。参して以て之れを合し、諸れを性情に本づき、神 以て之れを化し、其の帰趣を玩ぶ。斯くの如きのみ。此れ余 二十年前 二三の同志と言う者にして、今日 挙げて以て相贈る」。これは、民間の意見を代表するものといってよい。

(53)雨森芳洲の『橘窓茶話』下に以下のようにいう。「李東郭余に謂いて曰く、『明詩 人の大声の語の如し』と。此れ其の咀嚼すれば味わい無きを識るなり。善く詩を知る者と謂うべし」（二二一頁）。成夢良（嘯軒）も文学の士であるが、粛宗四十五年（一七一九）に通信使副使書記となっており、「辛卯の歳」ではない。よって、この部分は、那波魯堂の誤記であろう。

(54)李徳懋の『耳目口心書』四（『青荘館全書』巻五十一。『韓国文集叢刊』第二五八冊、四二三頁）は、成大中の以下の語を記録している。「大明の人の諸文集 之れを観れば則ち味わい無し。其の意 浅なる故を以てなり」。

(55) 李徳懋の『観読日記』(『青荘館全書』巻六。『韓国文集叢刊』第二五七冊、一一五頁)。
(56) 平安書林明和元年甲申九月版。韓国国立中央図書館蔵。
(57) 『先哲叢談後編』巻八。
(58) 李元植の『朝鮮通信使』第二部第四章「甲申年(一七六四)使行」第二節の二「日本人の篆刻印章」(二四五―二四八頁)および第三節「韓天寿酔晋斎書帖題跋」(二五二―二五九頁)参照。
(59) 『大系朝鮮通信使』第七巻(一九三頁)。
(60) 南玉「韓大年が酔晋斎書帖録の後に書す」。原本は李元植の所蔵。本稿では、『朝鮮通信使』所引のもの(二五六頁)を引用した。
(61) 藤塚鄰『清朝文化東伝の研究』帰東篇、第四章第四節(国書刊行会、一九七五年、一五八―一六〇頁)。
(62) 『冷斎集』巻七(『韓国文集叢刊』第二六〇冊、一一一―一一二頁)。
(63) 李徳懋の『清脾録』巻四の「蜻蛉国詩選」では、柳序を引用し、「其の帰るに及ぶや、其の日本の文士の贈別せし詩を抄し、編みて二冊と為し、李薑山従って之れを選びて六十七首と為し、名づけて『蜻蛉国選』と曰う(原注、日本の地形蜻蛉に似たり、故に自ら蜻蛉国と称す)」とある。この説によると、元氏がまず編集して二冊とし、李書九がさらにそのうちの六十七首を選んで書を完成させたことになる。李徳懋と元氏とは姻戚関係にあり、しかもその文は柳氏の後に出ているので、根拠があって改めたに違いない。よって、本稿でもこの説に従う。
(64) 『青荘館全書』巻十六(『韓国文集叢刊』第二五七冊、二四九頁)。
(65) 『青荘館全書』巻三十五(『韓国文集叢刊』第二五八冊、六七頁)。
(66) このような状況は、けっして絶対というわけではない。たとえば、銭謙益の『列朝詩集』では、その属国部分の次序は、朝鮮、日本、交趾、安南、占城であった。朱彝尊の編『明詩綜』では、その次序が朝鮮、安南、占城、日本となっている。
(67) 林基中の編『燕行録全集』第六十巻(東国大学校出版部、二〇〇一年、一七六頁)。
(68) 『青荘館全書』巻十六(『韓国文集叢刊』第二五七冊、二四九頁)。

（69）『青荘館全書』巻五十二（『韓国文集叢刊』第二五八冊、四四〇頁）。案ずるに、李徳懋の『耳目口心書』は乙酉（一七六五）から丁亥（一七六七）までの間に書かれている。その中に「蒹葭雅集図」詩並びに序がすでに抄録されているので、それによって彼がこの詩画軸を借りていた時期を推測することができる。

（70）『青荘館全書』巻五十二（『韓国文集叢刊』第二五八冊、四四一頁）。

（71）河宇鳳『朝鮮実学者の見た近世日本』第二章第三節「李徳懋の日本観」（ぺりかん社、二〇〇一年、一七三―二三一頁）参照。

（72）『青荘館全書』巻三十四（『韓国文集叢刊』第二五八冊、五一一頁）。

（73）『青荘館全書』巻十二（『韓国文集叢刊』第二五七冊、二一二頁）。

（74）趙寅永の「青城集の序」は、甲申行の諸公の特徴に言及し、とくに「元玄川　喜んで詩を言う」ことに触れている。

（75）『青荘館全書』巻六（『韓国文集叢刊』第二五七冊、一一五頁）。

（76）『青荘館全書』巻三十二（『韓国文集叢刊』第二五八冊、八頁）。

（77）「沿」の字、原本では「沈」に作るが、本稿では抄本と『続函海』本によって改めた。

（78）河宇鳳氏はこの「雪楼」を清代の詩人黎恂の字と理解している（『朝鮮実学者の見た近世日本』二二四頁）が、誤りである。

（79）『青荘館全書』巻三十二（『韓国文集叢刊』第二五八冊、一〇頁）。

（80）「訛」の字、原本では「訛」に作る。ここでは抄本によって改めた。

（81）柳得恭『古芸堂筆記』巻四「倭語倭字」の条にいう。「玄川翁　素より篤志積学にして、癸未の通信副使書記を以て日本に入る。……翁　帰りて『和国輿地記』三巻及び『乗槎録』三巻を著し、其の国俗を詳載す」（ソウル、亜細亜文化社、一九八六年、三七七頁）。案ずるに、『乗槎録』は、現在、高麗大学校六堂文庫が所蔵している。

（82）『乗槎録』巻一（『人系朝鮮通信使』第七巻、二一八―二一九頁）、『和国志』天巻、一七三、一八二頁に見える。

（83）『青荘館全書』巻三十三（『韓国文集叢刊』第二五八冊、二九頁）。

（84）『青荘館全書』巻六十四（『韓国文集叢刊』第二五九冊、一六二頁）。

(85) たとえば、『清脾録』巻二の「柳酔雪」の条にいう。「柳酔雪逅、字は子相、……丁卯 通信書記に充てられ日本に入り、荘重にして儀有り、日本の人士 皆な敬憚す。癸未の行、日本人 其の安否を問い、舌人 妄りに『已に仙去す』と対えば、其の人 汪然として涙を垂らす。元玄川 詳説して曰く、『今 清健にして恙無し。日び詩を哦し、人 地行の仙と称す』と。其の人遂に涙を収め喜ぶ」。

(86) 成大中「李徳懋哀辞」（『青城集』巻十。『韓国文集叢刊』第二四八冊、五四八頁）。

(87) 前註（86）に同じ。案ずるに、『青城集』巻三には、次のような詩題の詩もある。「青荘屋後の紅桃は即ち我が堂前、花 開きて正に吾 玩するに供すれば、筆に信せて書し青荘に奉ず」。

(88) 『青荘館全書』巻五十（『韓国文集叢刊』第二五八冊、四一四頁）。

(89) 『青荘館全書』巻十二、「成秘書士執大中 和するを要《もと》め仍《よ》りて其の韻に次す」詩の自注に、「士執『揣《し》言』、『質言』、『醒言』各一篇を著し、余に評批するを要む」とある。また、『耳目口心書』四は、丙戌（一七六六）三月十一日に成大中が来訪したことを記録しており、以下のように記している。「癸未日本に入るの時、龍仁駅舎に於いて元子才と各おの贐章《じんしょう》〔送別の詩〕を閲し、始めて君の文を見る。其の序の中、「藹藹たる春雲の詩態」は、韓退之の詩「君が詩 態度多く、藹藹たる春空の雲なり」の語を用うるを知る。而して「滾滾たる秋江の筆頭」は何れの処より出づるか。余 意うに「態」の字の春雲に属すること甚だ緊なり。而れども「筆頭」の二字「秋江」に襯せず〔そぐわない〕。何ぞ「筆頭」を改むるに「文瀾」を以てせざるや」。李徳懋はそれに答えて次のようにいった。「黄山谷の詩に曰く『筆頭 滾滾として秋江を懸く』と」。

(90) 『青荘館全書』巻二（『韓国文集叢刊』第二五七冊、四六頁）。

(91) 『青城集』巻八（『韓国文集叢刊』第二四八冊、五〇四頁）。

(92) 『青城集』巻八（『韓国文集叢刊』第二四八冊、五〇一頁）。

(93) 『和国志』三二六、三三〇頁。

(94) 『青荘館全書』巻三十二（『韓国文集叢刊』第二五八冊、一〇頁）。

(95) 河宇鳳氏の認識では、李徳懋の日本観は、同時代人の間では例外に属するので、注目に値するという（『朝鮮実学者の見た近世日本』二一六頁）。河氏は併せて甲申年の通信正使、趙曮の『海槎日記』のなかの日本の学術文学を酷評した文を掲げて対比している（二三一頁）。この見方については再検討を要する。李徳懋の日本観は、元・成等の影響を受け、当時の新たな趨勢を代表しており、すべてに先がけてぽつんと点った灯りでもなければ、たった一人だけで孤立していたわけでもない。彼らが創り出した雰囲気は、当時にあってはかなり大きな影響を及ぼした。趙曮の日本の文章学術に対する酷評は、せいぜい特殊な文脈におけるお役所的文章であるにすぎず、この時代を代表するものではない。

(96) たとえば、粛宗三十七年（一七一一）の副使、任守幹の「白石源公嶼に贈る」では、「我に投ずる新詩格最も高く、瑩たること明珠の玉盤に転ずるに似たり。中華の正音海外に在り、三復 人をして長嘆を起こさしむ」（『遯窩遺稿』巻二）と詠じ、口を極めて尊敬している。だが、その後、李礥、安鼎福等は、日本の学術文章を評論することはあっても、言及が少ないばかりか、偶に言及しても、好評は見られない。たとえば、安鼎福の『橡軒随筆』下「日本学者」の条では、伊藤維禎に言及して、「意わざりき海島の中、蛮貊の邦に、能く此の学問の人有りとは」と個人への称賛のなかに全体への蔑視を滲ませている。また、藤田明遠の書簡を評して、「語 説を成さず、文理 未だ暢らず」といい、日本の漢学を牛耳る重鎮、林羅山を評して、「文詞と識見と称道すべき者無しと雖も、而れども文学を以て一国に鳴る」といっている（『順庵集』巻十三）。なお、この一則のなかで、彼は仁祖癸未（一六四三）と英宗戊辰（一七四八）の通信使にも言及している。

(97) この他に、たとえば、李彦瑱（虞裳）や李聖載（匡呂）に対する評論も、通信使の甲申行と関わりがある。

(98) 趙鍾業の『修正増補韓国詩話叢編』第三冊（太学社、一九九六年、五六七頁）。案ずるに、この語は徐居正の『東人詩話』巻下の以下のことばに基づく。「吾が東方 絶えて女子の学問の事無し。英姿有りと雖も、止だ紡績を治むるのみ。是を以て婦人の詩 伝わること罕なり」。洪万宗はこの語を繰り返しつつ、それに同意を示している。

(99) 『湛軒書』外集巻二（『韓国文集叢刊』第二四八冊、一三六頁）。

(100) 安往居の「蘭雪軒伝略」にいう。「ああ、夫人の遺響 能く大いに中国に鳴り、而して本邦に在りては反って寥寥たるは、厥れも亦た由有り。蓋し東の俗 婦人の能文を以て、視て以て不祥と為す。誰か知らん風詩の「葛覃」「巻耳」も亦た閨房の歌詠より出づるを」（『蘭雪少雪軒集』巻首。辛亥吟社、一九一三年）。

（101）『和国志』地巻、三三〇頁。
（102）『和国志』地巻、三二七頁。
（103）『青荘館全書』巻三十五（『韓国文集叢刊』第二五八冊、六二頁）。
（104）『青荘館全書』巻三十四（『韓国文集叢刊』第二五八冊、四九頁）。
（105）『青荘館全書』巻十九（『韓国文集叢刊』第二五七冊、二六四頁）。
（106）『天涯知交書』（『青荘館全書』巻六十三。『韓国文集叢刊』第二五九冊、一三二頁）。
（107）『入燕記』下（『青荘館全書』巻六十七。『韓国文集叢刊』第二五九冊、二二〇頁）。
（108）『通航一覧』巻百十一にいう。――甲申の春、韓使来聘し、事を竣《お》え国に帰り、品川駅を経たり。行中の少年金雲龍なる者、児女の皎美《こうび》なるを見て、人をして其の庚《とし》を問わしむ。自ら傍《そ》い答えて曰く、「已に破瓜（十六歳）に向《あ》り」と。雲龍熟視して云う、「洵に美しく且つ艶なり」と。因りて筆を援りて立ちどころに一絶を書き之れに贈りて曰く、「顔色 桃李の如く、春秋十五年。君 王上に点無くんば、我 頭を出だす天と作らん」と。児女赧羞して之れを誦し、卒に之れに和して曰く、「海外西方の客、翩翩たる美少年。縦い千里の別れと成るとも、猶お釜山の天を望まん」と。雲龍屢しば唱い賡いで歌い、次旦進む能わず、従者馬を叱り、乃ち行く（第三冊、国書刊行会、一九一三年、三三一頁）。案ずるに、「王上に点」は「主」、「頭を出だす天」は「夫」を指す。
（109）李光葵『先考積城県監府君年譜』下（『青荘館全書』巻七十一。『韓国文集叢刊』第二五九冊、三三二頁）。
（110）「蜻蛉国志の序」（『冷斎集』巻七。『韓国文集叢刊』第二六〇冊、一一七頁）。
（111）『和国志』地巻、三二六頁。
（112）『青荘館全書』巻六十四（『韓国文集叢刊』第二五九冊、一六二頁）。
（113）『青荘館全書』巻六十三（『韓国文集叢刊』第二五九冊、一三一頁）。
（114）『雪岫外史』外二種（亜細亜文化社、一九八六年、一二五頁）。
（115）『阮堂全集』巻八（『韓国文集叢刊』第三〇一冊、一四七頁）。

(116)『恩誦堂集』続集「文」巻二（『韓国文集叢刊』第三一二冊、二四二頁）。
(117)李徳懋の『盎葉記』五「日本文献」（『青荘館全書』巻五十八。『韓国文集叢刊』第二五九冊、三九頁）。
(118)『青荘館全書』巻三（『韓国文集叢刊』第二五七冊、七二頁）。
(119)『青荘館全書』巻五（『韓国文集叢刊』第二五七冊、一〇四頁）。
(120)『青荘館全書』巻十九（『韓国文集叢刊』第二五七冊、二五七頁）。
(121)『青荘館全書』巻十九（『韓国文集叢刊』第二五七冊、二五八頁）。
(122)『楚亭全書』下冊（亜細亜文化社、一九九二年、五三五―五三六頁）。
(123)『青城集』巻五（『韓国文集叢刊』第二四八冊、四三〇頁）。
(124)『青荘館全書』巻六十八（『韓国文集叢刊』第二五九冊、二四五頁）。
(125)『青荘館全書』巻十九（『韓国文集叢刊』第二五七冊、二六六頁）。
(126)『清脾録』巻三（『韓国文集叢刊』第二五八冊、四七頁）。
(127)『燕行録全集』第六十巻、五〇―五二頁。
(128)洪奭周『智水拈筆』（亜細亜文化社、一九八四年、四四五―四四六頁）。
(129)『燕行録全集』第七十九巻、二四五―二四七頁。
(130)『清脾録』巻二（『韓国文集叢刊』第二五八冊、三五頁）。
(131)『清脾録』巻一（『韓国文集叢刊』第二五八冊、一八頁）。
(132)『清脾録』巻四（『韓国文集叢刊』第二五八冊、六七頁）。
(133)『青荘館全書』（『韓国文集叢刊』第二五九冊、六〇―六一頁）。
(134)『青荘館全書』（『韓国文集叢刊』第二五九冊、六一頁）。
(135)「簡遠堂近詩の序」に、「詩は清物なり」とある（『隠秀軒集』巻十七、上海古籍出版社、一九九二年、二四九頁）。案ずるに、李徳懋がその書に『清脾録』と命名したのは、唐の僧、貫休の「乾坤に清気有り、散じて詩人の脾に入る」より出ているが、明らかに鍾惺の考えとも通じている。その『瑣雅』では、「鍾伯敬、譚元春 緝する所の古詩、唐詩二帰、頗る精力を費やし、選家 能くこ焉れに及ぶもの鮮《すく》なし」と指摘しており（『清荘館全書』巻五）、彼の趣向が確かに鍾・譚と近かったことが分かる。

(136) 「高孩之観察に与う」に、「詩は厚に至れば而《すなわ》ち余事無し。然れども古より未だ霊心無くして詩を能くする者有らず。厚は霊より出づれども、霊は即《ただ》ちには能く厚ならず。……必ず此の霊心を保ちて、方《はじ》めて読書して気を養い、以て其の厚なるを求むべし」とある（『隠秀軒集』巻二十八、上海古籍出版社、一九九二年、四七四頁）。

(137) 李圭景『五洲衍文長箋散稿』巻二十一「『清脾録』大小刻本弁証説」（東国文化社、一九五九年）参照。

(138) 「天徳三年八月十六日闘詩行事略記」に、「遠きは唐家を稽え、近きは我が朝を訪ぬるに、初め彼の会昌の文を好む時より、元和の藻を抽くの世に至るまで、淫放の思いを馳すと雖も、未だ闘詩の遊び有らず」とある（『群書類従』第九輯巻百三十四、二八六～二八七頁）。天徳三年は後周の顕徳六年（九五九）であり、この種の活動が長い由来をもつことが分かる。その後、さらに変化して「詩歌合わせ」の活動も現れ、二人が相対し、詩は左側、和歌は右側に座り、詩と和歌の較べ合いをし勝敗を競った。

(139) 『新編覆醤続集』巻六（『詩集日本漢詩』第一巻、二五二頁）。

(140) 『覆醤集』巻上（『詩集日本漢詩』第一巻、一八頁）。

(141) 松下忠『江戸時代の詩風詩論』（三六九—三七五頁）参照。

(142) 西山拙斎『閑窓瑣言』。原文は日本語であるが、ここでは大意を翻訳した。

(143) 李礥は粛宗三十八年（一七一二）二月に朝鮮に帰り、粛宗四十四年病に罹り死去した。門人の趙泰億が祭文を書いている。「曩《さき》に余 海に泛かべば、公に屈するもの偕《とも》に逝く。蔚たる文采有り、彼の椎髻を聳ゆ。蛮牋百幅、日に清製する所なり。手に信《まか》せ揮灑し、酬応 泥《なず》む無し。名章傑句、磊落として盈睇す。華国の誉れにして、其れ永く替り無し。帰り来りて跡を斂め、江澨《こうせい》（川のほとり）に偃息す。酔吟酔睡し、閑眺倦憩す。則ち衰晩すと雖も、栄衛（養生）を愆《あやま》る罔し。康旺なりと謂わず、遽《にわか》に役癘（流行病）に厄す」（『謙斎集』巻四十。『韓国文集叢刊』第一九〇冊、一六六頁）。

(144) この行において第一の敏捷なる才子は李彦瑱（虞裳）で、彼は漢語翻訳官として随行して日本に赴いた。『清脾録』巻三「李虞裳」の条に以下のようにある。「先王の癸未、通信使に随いて日本に入る。大坂以東、寺は郵の如く、僧は妓の如く、詩文を責むること博進〔賭博の寺銭〕の如く、虞裳 左に応じ右に酬え、筆 飛び墨 騰《あ》がる。倭 皆な瞠目呿舌《きょぜつ》し〔口を開けたまま何もしゃべれない〕、詫《た》する〔おどろきあやしむ〕こと天人の若し」（『青荘館全書』巻三十四。『韓国文集叢刊』第二五八冊、四四四頁）。

(145) 「問槎余響の序」（韓国国立中央図書館蔵本）。

(146) 以下はいずれも『古事類苑』外交部十一「朝鮮四」に見える（八〇〇—八〇一頁）。

(147) 『太平御覧』巻一百三十二に『梁書』侯景伝を引き、「兵法に曰く、『巧遅は拙速に如かず』と」とある（中華書局、一九六〇年、六四一頁）。

(148) 李東陽の『麓堂詩話』にいう。——「巧遅は拙速に如かず」、此れ但だ副急する〔急いで間に合わせようとする〕者の為に道《い》うのみ。若《も》し後世の為に計れば、則ち惟だ巧拙好悪のみ是れ論ぜよ。巻帙の中豈に復た遅速の迹の指摘すべき有らんや」（丁福保『歴代詩話続編』下冊。中華書局、一九八三年、一三九八頁）。

(149) 『弊帚詩話附録』の附語にいう。「右の附録十数則、是れ少作に系（「係」に作るべきであろう）らず、近日 漫りに著す所なり」。また、その「弊帚詩話の跋」ではこういう。「余幼くして詩を学び、好んで近人の詩を読み、遂に論著する所有り。裒輯して編を作し、名づけて『弊帚詩話』と曰う。実に廿歳左右なり」。よって、この書が一八〇〇年前後に書かれたものであることが分かり、林衡の語とちょうど互いに裏づけられる。

(150) 『日本詩話叢編』第五巻、五五二頁。

(151) 『精里三集』文稿巻二（『詩集日本漢詩』第七巻、五三〇頁）。

(152) 『精里三集』文稿巻四（『詩集日本漢詩』第七巻、五四九—五五〇頁）。

(153) 『精里三集』文稿巻五（『詩集日本漢詩』第七巻、五六四頁）。

(154) 『橘窓茶話』巻下にいう。——或ひと曰く、「詩を学ぶ者須く多く詩話を看るを要すべし。熟味して深く之れを思うは可なり」と。此れ則ち古今の人の説く所にして、必ずしも覼縷《らる》〔仔細を述べる〕せず。

(155) 張伯偉『清代詩話東伝略論稿』第五章「清代詩話東伝日本之時間及数量」参照（中華書局、二〇〇七年、一九四—二一四頁）。

(156)『侗庵非詩話』巻一（崇文院、一九二七年）。

(157)『清代詩話東伝略論稿』「余論」参照（中華書局、二〇〇七年、二七五—二八四頁）。

十八世紀東アジアを行き交う詩と絵画

高橋博巳

はじめに

いわゆる鎖国の時代に、各種の情報がこの東アジアの空間を行き交ったとは想像しがたいかもしれないが、事実は小説よりも奇なり、たとえば江戸初期に独庵玄光（一六三〇―九八）の著述『睡庵自警語』『独庵独語』が中国に伝えられ、彼の地の高僧の序文を得て、当人をいたく感激させたというようなことは意外に知られていない（為霖道霈『環山録』、および独庵玄光『漫勃』など）[1]。しかしさらに興味深いのは、江戸時代に都合十二回を数えた朝鮮通信使の第十一回目のメンバーと、それを各地で迎えた日本の文人たちの交流の軌跡である。とりわけ注目されるのは、書記の成大中（竜淵、一七三二―一八〇九）や元重挙（玄川、一七一九―九〇）、また李彦瑱《イオンジン》（虞裳、一七四〇―六六）らの活動で、これには江戸で筆談を交わした宮瀬竜門（一七一九―七一）や、浪華で交流した木村蒹葭堂（一七三六―一八〇二）グループの活動が対応している。これらを改めて東アジア海域の広い視野のもとで眺め直してみると、次のようなことになろうか。(2)

一　竜門と蒹葭堂

これをまず視覚のうえで確認しておくならば、宮瀬竜門と木村蒹葭堂の試みが突出している。前者竜門は、面会した通信使の人々の記憶を定着させるためであろう、「僕、各おの其の真を写し、好事の為に之れを遺す」といって、筆談記録の巻頭を十四葉の肖像画で飾っている（「官員」十三人と「小童・奴僕」を含む十五人の「写真」、『東槎余談』、図1、部分、東北大学附属図書館蔵自筆本）。これは「好事」珍しいことを好むというような趣味の域を越えて、通信使と日本の儒者の親密な交流を示す好資料である。後者蒹葭堂は、成大中が蒹葭堂における詩会への参加を希望したものの、通信使の外出は制限されていたので、代わりに詩会の様子を描いて土産に贈った。それが帰国後、大中周辺の人々を感嘆させたばかりでなく、旧来の日本観を一変させるほどの力をもっていた。(3)しかしその《蒹葭雅集図》の所在は現在不明なので、ここでは竜門筆の肖像を取り上げることにしよう。その前に竜門の語る出自に触れておきたい。

宮瀬氏の先祖は、石鹿《しが》の劉氏に出づ。昔在《せきざい》東漢延康冬十月乙卯、孝献帝位を遜る。魏王丕、天子と称し、帝を奉じて山陽公と為し、四皇子の王に封ぜらるる者、皆な降りて侯と為る。晋の起こるに及びて、稍や食邑を喪い、

図１—ａ

図１—ｂ

子孫遂に民間に竄《かく》る。吾が応神帝の時、王化を慕いて、至る。帝、其の播蕩《はとう》と其の天子の孫とを憫み、諸《これ》を石鹿郡に封ず。石鹿は近江に在り。後世、志賀と称する者なり。

（「宮瀬氏系譜略」、『竜門先生文集』初・八）

「昔在」はむかし。「東漢」は後漢。「延康」は献帝劉協のときの年号で、二二〇年にあたる。「食邑」は領地。「播蕩」は亡命して、さすらうこと。その年の十月に曹丕が献帝の禅譲を受けて即位し、後漢が滅んで魏が成立した。やがて二六五年には司馬炎が即位して晋を興し、魏は滅亡する。一方、「応神帝」の即位は二七〇年である。竜門は続けて応神二十年（二八〇）、後漢の孝霊帝の三世の孫、阿知使主・都加使主父子が十七県の民を率いて帰化したことに触れ、「献帝の孫、吾が大東に帰する者四人、蓋し斯の時に在り。吾が祖を志賀穴大村主と称す」と記し、「献帝の皇子、美波夜王の孫」が先祖だという。その後一族は宮石、宮瀬と姓を改め、江戸時代には紀州藩に仕えて一時は三百石を食んでいたが、享保三年四月、父確、字元潛（別号柏岸）が

「京洛に遊んで伊藤氏を師と」したあと、紀藩に出仕したものの、「後に禄を致して隠る。詩を賦し醪《ろう》を酌み、欣然として自適す」というような生活ののち、享保十九年に四十五歳で没した。

維翰、年十二にして母を喪し、十六にして父を葬す。祖母山口氏、其の孤を憫れみて毎に戒むるに之れを以てす。余幼にして聴く所の者略ぼ此くの如し。

この祖母から聞かされた家系にまつわる話が、孤独な少年の心の拠り所となったことは想像に難くない。宮瀬竜門がまたの名を劉維翰というのも、先祖が漢王朝の劉氏に遡るからである。文人肌だった父以外にも、「詩を賦し文を属す。尤も書を好む。其の蔵する所の書数千巻、自ら写す所の書百余巻。亦た古器書画を好みて之れを蔵すること数百。優遊生を終う」(同上)というような先祖がいたことも、竜門の生き方を左右したかもしれない。そうしたことが竜門をして寛延元年(一七四八)の第十回通信使のさいに続いて、明和元年(一七六四)の第十一回通信使の応接に向かわせたのではなかろうか。(4)

しかし寛延の通信使には「客気未だ消せず、末技を彼に徴」(『東槎余談』巻首)してもはかばかしい答えが得られなかったというようなこともあって、明和の通信使にもさして期待していなかったところ、門下筋の知人加藤竜岡が仕える大洲藩主が「客館使」となった偶然から、誘われて「客館」に出向くこととなった。このときは「小童・下僚と戯語調笑」しただけで、まだ「唱和の意」はなかったが、友人の宮田子亮(金峰)から筆談を見せられ、「延享の諸学士とは天壌なること」を知って、ついに加藤竜岡に頼んで面会することとなった。その初対面の印象を竜門は次のように記している。

秋月は短小、黠《けん》にして侈口《しこう》、髭髯《しぜん》多く、目の光奕奕《えきえき》として傍射し、風神豪儁、頗る人を凌傲する者に似たり。竜淵は緑鬢白皙、佼にして婉、鬚髯無し。形神俊邁、言笑に善し。人をして衛洗馬を想わしむ。玄川は玉立秀雅、少髯鋭面、瀟灑敬す可し。退石は豊下黒面、円眼多髯、恂恂《じゅんじゅん》として鄙人の如し。黽勉《びんべん》として応酬す。之れを要するに、秋月・竜淵は風流にして雅なり。玄川・退石は往往にして頭巾気象を露す。宛然として道学先生の風有り。

「黔」は浅黒いこと。「侈口」は大きな口。「髭髯」は口ひげとほおひげ。南玉、号秋月は一見威圧的な人だったらしいが、竜淵は対照的に「緑鬢」鬢の毛も黒々と、「佼」見目よく、「婉」上品な美しさで際立っていた。「衛洗馬」とは晋の衛玠のことで、顔容頗る端麗、「見る者、皆な以て玉人と為し、観る者都を傾く」（『蒙求』下）と言われた人物。ところが玄川・退石両人は、「頭巾気象」や「道学先生」という融通の利かない儒者を否定的に表す言葉で一括されている。「恂恂」はびくびくする様子。「黽勉」はつとめはげむさま。竜門はこうした些細な点も見逃していない。その観察眼がもっとも発揮されたのは、李彦瑱、号雲我に対してである。

雲我は儁容の少年、鬚髯無し。言笑愛す可し。穎悟、眉宇の間に発す。其の吐納する所は它の瑣瑣たる比に非ず。古文辞に志し、王・李を崇尚す。則ち謂えらく、学士・書記は俗人にして、取るに足らずと。

「儁容」は才知が傑出した立派な容貌。その聡明さは「眉宇」眉のあたりに現れていた。「吐納」は単に呼吸のみでなく生き方までを含んでいるだろう。それに彦瑱は当時の朝鮮では珍しく「古文辞」を修めていた。「王・李」は明代古文辞派を主導した王世貞（一五二六―九〇）と李攀竜（一五一四―七〇）。そうして「学士・書記は俗人」と見なしていたという。有り余る才能を抱きながら、しかるべき地位に就いていないという不満がこの反撥を引き起こしたのは明らかである。[5]

ところで竜門と雲我の接点は古文辞の愛好だった。竜門が苦心して古文辞を習得した経緯を述べ、「来謁する所以の者、豈に他有らんや」（『東槎余談』下）と言うと、雲我もまた、良工の苦心、僕も亦た手書数篋、王・李、多きに居る。知る者少なく、知らざる者多し。我を誉むる者寡なく、我を毀る者衆し。君子顧みず、独立して悶ゆること亡し。

（同上）

と応じている。ひとしきり古文辞談義のあと、「官事」に忙殺されていた雲我の「公、能く燭を秉りて来たらんか」という問いに、雨のなか夕食をしたためる術もないが、「一夕千歳、敢えて教を奉ず」と答えると、雲我は「一盂飯」を準備して待つという。そして「各おの著書を出して、其の得失を評さば如何」という提案に、竜門は昨日「拙稿刻本数巻・陋文若干」を諸学士に贈って持ち合わせがないので借覧を乞うと、雲我の答えは、「具眼の者無し。必ず醬《しょう》瓿《ほう》を覆わん。安んぞ見ることを得んや」というにべもないものだった。見る目のない人たちに見せても醬油瓶の蓋にされるのが落ちだという返事は竜門を落胆させたであろう。別れ際のこととして、「雲我戯れに吾が語を以てして曰く、夜を迎えて来たる可し。米食羞《すす》む可しと」とあるのを見れば、雲我は日本語にも通じていたようだ。

雲我、李彦瑱との再会は「夜二更」まで待機してやっと実現した。再開した会話は、

雲我曰く、吾が橐《たく》中、草稿多し。国に帰りて後、書一部を著し名づくるに珊瑚鉄綱を以てして、尽く日東の奇人才士を括し、霊山佳水珍宝、一草一花、一石一鳥獣の奇も亦た漏失せず、当に小伝に載せて、天下万世をして竜門先生有りて沈没不遇なるを知らしむべし。

という言葉で始まっている。「橐」は袋。これには竜門も謙遜しながら期待を寄せているが、『珊瑚鉄綱』が著された形跡はない。竜門の「弊邦の文章、近代大いに変ず。王・李を学ぶ者、十に七八。貴邦は如何」という質問に、雲我が答える。

中土衰えぬ。吾が邦と雖も亦た人無し。皆な科挙に汨没《こつぼつ》し、古文を習う者、意を託して奉行する無し。

「中土」は中国。「汨没」は埋もれて世に現れないこと。これに対して、竜門は、

吾が邦の士大夫は、世祿世業にして、科挙の制無し。因りて進取の心無し。世人、文章を視て長物と為す。就中、文を学ぶ者は、実に千秋の意有り。又た八股の陋を学ぶこと無し。古文辞に歩驟《ほしゅう》する者は、自ら後ろに瞠若《どうじゃく》すること無し。大業の就る所、蓋し此に在るか。

と述べている。「歩驟」は後についてゆくこと。「瞠若」は目を見張って驚くこと。朝鮮では科挙のために古文辞が学ばれず、日本ではその科挙が行われていないので、「世祿世業」の弊害はあるものの、かえって「大業」が成就するというのである。

竜門曰く、吾れ館を攀づること、日有り。学士・三記室と会す。未だ公の若き才識卓越なる者を見ざるなり。天の良縁を仮さず、相見の晩き、恨む可し、歎ず可し。余、早く公有ることを知らば、豈に公を以て諸学士に易《か》えんや。多日許多の筆話、実に浪説を費やすと。

それまでの南玉以下「学士・三記室」との筆談をすべて「浪説」と言わせるほど、彦璸との対話が刺激的だったことがわかる。その強い思いは肖像のスケッチ（図2）にも表れている。横に流れた目つきに、前述の「穎悟」ばかりでなく、斜に構えた本人の性向までも写し取って見事というほかはない。ここには彦璸の生き方への深い共感を認めることができる。というのも同じ横目使いに描かれていても、竜淵の場合（図3）には不平不満の影も形もないからである。

じっさいに竜淵の生涯は理想に近いものだったようだ。[6] 竜門が「成書記を送り奉る」と題して、

鸞 鳳 仙 郎 彩　　鸞鳳　仙郎の彩
詞 章 果 出 群　　詞章　果して群を出づ

という句に始まる詩を贈ると、竜淵も「重ねて竜門の別詩に和す」と題する詩を返している。

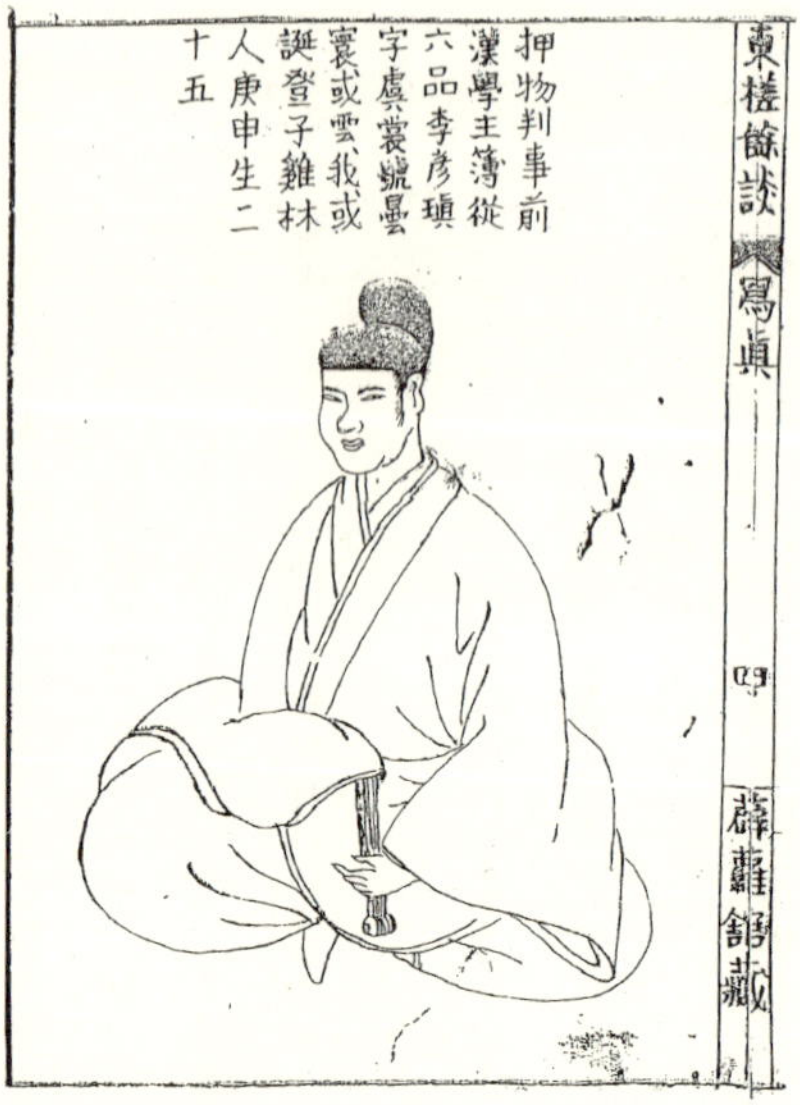

図2

図3

海外真竜種　　海外 真の竜種
江南送鶴群　　江南 鶴群を送る
著書今太史　　書を著す 今の太史
為庶古将軍　　庶と為る 古将軍 (以下略)

このときの様子が、『東槎余談』巻下には「竜淵、余が詩に和して曰く、『書を著す、今の太史。庶と為る、古将軍』と。数しば此の句を指し、笑いて余を顧みる」と記されている。「竜種」は帝王の子孫。「太史」は国家の文書を扱う官名、太史公といえば司馬遷のこと。竜淵のしぐさやそぶりには、竜門が冒頭で特異な出自を初対面の挨拶にもちいた効果が現れているだろう。この「笑い」には彦瑱に見られたような皮肉な響きは含まれず、まことに天真爛漫の振る舞いだった。

二　洪大容の北京

洪大容(一七三一—八三)が北京に使行する叔父に同行して清朝の中国に出かけるきっかけは、成大中や元玄川ら通信使が持ち帰った日本情報にあった。ことに木村蒹葭堂らの風流韻事のインパクトは大きく、同様の人物を清朝に探すことがその旅の目的だった（「日東藻雅跋」、『堪軒書』内・三、「韓国文集叢刊」248、民族文化推進会、二〇〇〇年、以下韓国の文人の引用はすべて同叢刊による）。一七六六年、大容三十六歳の時のことである。しかし容易にそうした人物に巡り会えるはずもないところを、ゆくりなくも厳誠（一七三二―六七）、潘庭筠（一七四二―?）、陸飛の三人の挙人と出会うことができた。厳誠の「日下題襟集」に序文を寄せた朱文藻によれば、おおむね次のような次第だった。

歳在丙戌、吾が友厳鉄橋、陸筱飲・潘秋庫と偕に公車に赴き、京師に至り、南城の天陞店に寓す。偶たま書肆を過ぎり、朝鮮行人李基聖に邂逅す。鉄橋の帯ぶる所の眼鏡を見て之れを愛す。鉄橋、挙げて以て相贈る。帰りて正使李烜・副使金善行・洪檍、及び金副使の弟在行・洪副使の姪大容、皆な心より之れを慕う。越えて数日、李公は鉄橋の寓する所を訪ね得て、来たりて相見し談ずること竟日にして帰る。益ます之れに傾倒す。是に由り諸人見んことを願って、渇するが如し。而して金・洪二君の欽慕尤も甚だし。

（『鉄橋全集』四、ソウル大学校図書館蔵）(7)

「公車」は官署。「丙戌」の年に科挙に応じたのも、書店に赴いたのも、李基聖がそこに行き合わせたのもすべて偶然である。すれちがいに終わる確率が高い出会いを意味あるものにしたのは「眼鏡」だった。その眼鏡をもし鉄橋が快く譲らなかったならば、この偶然は意味をもたなかったであろう。さらに一行がこの厚意に応えようとしなければ、そこで終わりである。しかし物語は李基聖の執念にも似た行動で動き出した。こうして「日下題襟集」はまず李基聖の肖像で始まっている（図4）。朱文藻の添え書きには、「朝鮮六公の小像、皆な鉄橋の京より里に帰る日に画く所なり。丁亥歳暮、手ずから摹すること一過。今又た丁亥本に従い重ねて摹し、神気失う。庚寅子月、朱文藻、幷せ記す」とあるので、これはオリジナルを「丁亥」一七六七年、「庚寅」一七七〇年と二度にわたって模写したものと知られ、

図4

図5

そのために「神気」精神や気魄が失われているのは致し方もないことである。

改めて鉄橋本人が記すところによれば、その年の正月二十六日、琉璃廠の書肆で李基聖は『昌黎全集』を買おうとして鉄橋の眼鏡に目を留め、「多金を以て相易えん」としたが、「余は遂に手を脱して之れを贈り、其の金を受けずして帰」ったという。二月一日、探索の甲斐あって居所を突き止め、基聖が訪ねてきて、「具さに思慕の意を道《い》う。古情古貌、鬱勃として愛す可し。茶話、晷《き》を移し、彼の国所産の紙墨摺畳扇、及び丸薬数剤を出し贈らる。余も亦た之れに報ゆるに香扇等の物を以てす。此れ縁起なり」と鉄橋は記している。

二番目の人物は順義君（図5）、三番目は金宰相（図6）すなわち「礼曹判書金善行、字述夫、号休休先生」である。この人物について厳誠は、「宰相なり。儀観甚だ偉にして、亦た書に工なり」と記し、また「金宰相の衣冠状貌は、乃ち世に描く所の李太白の像に類す」とも伝えている。金宰相が厳誠と潘庭筠にむかって、

惟だ冀わくは二兄或いは勅を奉じて海東の役有らば、再び

図6

図7

良晤を謀らんのみ。

と言うと、「蘭公（潘庭筠）為に感激して涙下るに至りて、金公も亦た黯然たるの色有り」と厳誠は記している。

四番目に洪執義（図7）が登場する。厳誠は、「書状官執義洪檍は高士の従夫なり。字幼直、状元及第、執義とは三品の官にして、猶お古中国の御史中丞にして、今の都察院なり」と記している。「高士」すなわち洪大容はこの叔父について北京に来ることができた。この〈洪執義小像〉は、大きな帽子の鍔で顔の半分が隠れてはいるが、そのためにかえって雰囲気のある肖像に仕上がっている。これは写実性よりも芸術性が優先された結果であろう。

五番目に登場するのは金秀才こと在行、字平仲、号養虚（一七三〇―？、図8）である。

二月初三日、金・洪二君、余及び蘭公を寓舎に訪う。蓋し李公の言に感有るなり。紙を命じ書を作るに、落筆飛ぶが如し。朱陸異同及び白沙陽明の学を弁論して、数千言に至る。古今の治乱得失を談じて具さに根柢有り。翼日、之れに往訪して握手し、歓然として肝胆を

図8

図9

　傾吐し、人をして心酔せしむ。

こうして金養虚と洪大容は、厳誠・潘庭筠らとたちまちにして「天涯知己」となった。話題は朱子学と陸学との違いから、「白沙」陳献章（一四二八―一五〇〇）と王「陽明」（一四七二―一五二八）の学、ひいては「古今の治乱得失」まで多岐にわたった。「翼日」は翌日。

最後に洪高士、大容が登場する（図9、同上、巻五）。「書に通ぜざる所無く、善く琴を鼓し、彼の国、皆な其の人を敬う。此の公、独り詩を作らずして、詩に深し。能くせざるに非ざるなり。其の家法殆ど此くの如きのみ。其の叔父丞相も亦た然り」と厳誠は記している。

　二月初八日、余が邸舎を過《よ》ぎり、心性の学を談ずること幾万言、真に醇儒なり。才は固より地を以て限らんや。

　十二日、又た寓舎に来たる。蓋し三過なり。数万言を談じ、悉くは記す可からず。惟だ云う、我輩終古復た相見ざるは痛心痛心。然れども此れは是れ小事。願わくは各おの自ら努力して以て彼此知人の明に負くこと無からんことを。此れは是れ大事なり。悠悠忽忽として錯過すること無かれ。此の生、異日各おの成す所有らん。即ち万里を相隔つるとも、啻だ旦暮に膝を接せざるのみなりと。又た云う、我が国毎年入貢す。音書、一年に一たび寄す可し。若し我が書の来たるを見ざれば、是れ我れ已に二兄を忘却するか、或いは死せりと。

これらを見ると、同じ筆談ながら通信使と日本の文人のやりとりとは彼我に大きな違いがある。大容の発言として注目されるのは、帰国後二度と相見えることができないというようなことは「小事」に過ぎず、大切なのは日々努力して「知人の明」にそむくことがないようにしなければならないという決意である。「知人」は人物を見分けること。「悠悠忽忽」はろくに仕事もしないで悠悠と日を送ること。「錯過」は誤ること。一日一日を真剣に生きて人生を全うするかどうかが喫緊事で、「旦暮に膝を接」するようなことは取るに足りないというのである。

三　四人の詩人

こうして始まった中朝間の交流は、一七七七年に柳弾素によって北京にもたらされた『韓客巾衍集』によって次の段階に入った。このアンソロジーの作者は、李徳懋（一七四一―九三）・柳得恭（一七四八―一八〇七）・朴斉家（一七五〇―一八〇五）・李書九（一七五四―一八二五）の四人である。これに序を寄せた李雨村（一七三四―一八〇二）は、玄関に「一秀士の手神朗潤、眉は長松の如く、眼は爛々として、岩下の電の若く、頭に笠子を戴き、道衣を衣《き》て、中国の人に似ず。之れを問えば則ち目瞪然《どうぜん》として一語も解さず。因りて筆を以て言に代え、始めて知る、朝鮮より中国に来たり……」というように初対面の印象を記している。「瞪然」は驚いて目を見張ること。弾素が雨村を訪ねることにしたのは、「書肆中に向《お》いて余が皇華集を見て窃かに慕」ったからである。これは雨村が前年に出したばかりの『粤東皇華集』を指している。雨村は折から訪ねてきた潘庭筠に『韓客巾衍集』を見せると、庭筠もまた洪大容・金養虚以来の馴染みを懐かしく思い出し、二人はそれぞれ序文を執筆し、雨村は「青評」、庭筠は「朱評」を欄外に記入した。

たとえば李徳懋の「洪甚軒（大容）園亭」は、「高人、潔操を秉り、耿介、林廬に中《み》つ」と詠い起こされ、洪大容を高潔な人物として、「耿介」世俗におもねらない生き方を讃えたあと、次の詩句が続いている。

所思遙難即　　思う所　遙かに即し難し
漫把浙杭書　　漫ろに浙杭の書を把る
温々厳夫子　　温々たる厳夫子
素心雅而疎　　素心　雅にして疎なり
磊砢陸広文　　磊砢《らいら》　陸広文
燕呉遍名誉　　燕呉　名誉遍ねし
文藻潘香祖　　文藻　潘香祖
粲々気筍蔬　　粲々　気は筍蔬
天涯結知己　　天涯　知己を結び
存没多悲噓　　存没　悲噓多し
賤子側聴嘆　　賤子　側にて嘆を聴き

慰君聊虚徐　　君を慰む 聊さか虚徐
東方一士高　　東方 一士高し
只可余友余　　只だ余を可とし 余を友とす

（国士舘大学附属図書館蔵写本）

「浙杭の書」は、厳誠・陸飛・潘庭筠の書。「素心」は飾り気のない清らかな心。「磊砢」は奇才や異能。「燕呉」は北の燕と南の呉の間、つまり中国全土。「文藻」は文才。「粲々」は色彩ゆたかで、あざやかなさま。「筍蔬」は竹の子と野菜、精進料理をいう。これは庭筠が禅に関心があったからであろう。「存没」は存亡。「虚徐」はつつましくゆったりとして上品なさま。末句によれば、大容が心を許した友人は李徳懋一人ということになる。

この上欄に庭筠は、「堪軒東方の高士、一別十年、終身再見す可からず。鉄橋の宿艸已に久し。此の詩を読むこと数過、涕泗の交ごも流るるを覚えざるなり」と記している。「宿艸」は墓の辺に生えた草が年を越えること。雨村の評は、巻末に次のように記されている。

青荘館集は造句堅老、立格渾成、随意舗排《ほはい》して、俗艶無し。四家中に在りて、当に老手に推すべし。西蜀李調元雨村評す。

『青荘館集』は徳懋の詩集。「舗排」は配置すること。「俗艶」は下品な華やかさ。

さらに雨村には「薑山集序」なる一文があって、こう書き出されている。

詩は情を出だすの難きに非ず、情を出だして其の正を失わざるを難きと為す。三百篇の多くは委巷と婦女の口とより出づ。其の人は初め未だ嘗て其の辞を学ばず、頗る法を為すに足るは何ぞや。情の正しきなり。

（『童山文集』五、「百部叢書集成」藝文印書館）

「薑山集」は李書九の詩集である。「三百篇」は『詩経』。孔子も、「詩三百、一言以てこれを蔽う、曰く思い邪無し」

(『論語』為政)と言っている。それが「委巷」路地に住む貧しい人々や「婦女」の口から出るのは、彼ら彼女らの心持ちが正しいからだというのである。しかし「漢魏以来、詩を作る者の体裁は一ならず。努めて靡綺を為して、古を去ること愈いよ遠し」ということになった。「靡綺」は美しく華やかなレトリック。すでに顧炎武(一六一三—八二)の詩にも、「京雒に文人多く」と詠い起こして、「題を分かちて賦は淫麗、句を角して争って飛騰す」(「寄次耕、時被薦在燕中」、『顧炎武集』中国文明選7、朝日新聞社、一八八頁)という句が見える。

　唯だ晋の陶靖節、和平淡遠、千古詩を学ぶの宗と為す。後の王孟韋柳は各おの其の一体を得て、終に其の自然の音を失う。香山の擬・東坡の和も蓋し又た遠し。信なるかな、詩を作るの難きや。　(同上)

「王・孟」は王維(七〇一—六一)と孟浩然(六八九—七四〇)、「韋・柳」は韋応物(七三七?—九〇?)と柳宗元(七七三—八一九)。「香山の擬・東坡の和」は、白居易(七七二—八四六)の「効陶潜体詩十六首」や蘇軾(一〇三六—一一〇一)の「和陶飲酒」などを指す。ところが雨村は、「吾れ独り薑山稿に於いて窃かに靖節の人を去ること未だ遠からざるを嘆ず」と言い、また「後の薑山集を読む者は即ち之れを陶集を読むと謂うも可なり」と絶賛し、その例として次のような作を挙げている。

携 筇 出 柴 門　　筇を携えて柴門を出づれば
微 雨 過 平 陸　　微雨 平陸を過ぐ
……
川 塗 曖 新 晴　　川塗《せんと》 曖として新たに晴れ
墟 里 翳 嘉 木　　墟里 嘉木翳《おお》う
(「雨余、西岡口より歩して白雲渓に至る作」)

「平陸」は平地。「川塗」は川筋。「曖」は、ほの暖かな様子。「墟里」は村落。「嘉木」は佳樹。そして『巾衍集』

の末尾にも次のような高い評価が見える。

薑山集の諸体、皆な工にして尤も五古に嫺《な》る。原《も》と陶謝に本づきて、時に觴を儲孟の間に汎かぶ。詩品、最高と為す。「落日人に逢わず、長歌白石の磵」、此の人、此の品、安んぞ朝暮に之れに遇うことを得んや。鈕南李調元半峰評す。

「陶・謝」の後者は謝霊運（三八五―四三三）で、顔延之（三八四―四五六）と並称される南朝宋の詩人。「嫺」は習熟すること。「儲・孟」は儲光羲（七〇七―六〇？）と孟浩然で、ともに田園詩人として知られる。「磵」は澗、たに。

四　李徳懋と朴斉家の友人たち

『巾衍集』の詩人たちのうち、李徳懋と朴斉家の二人が実際に入燕したのは一七七八年である。徳懋は「堪軒蔵杭士墨戯帖に題す」に、

一生堪羨堪軒老　　一生羨むに堪えたり　堪軒老
陸海潘江独遡沿　　陸海潘江　独り遡沿《そえん》す

（『青荘館全書』十）

と詠じていたが、「陸海」は割注で起潜、すなわち陸飛のこと、「潘江」は潘庭筠のことと記されているように、その海や江を「堪軒」ただ一人で「遡沿」さかのぼったのは羨望の対象だったが、今回は燕行使の一員となって当の潘庭筠とも面会することができた。洪大容と潘庭筠らとの交遊の記録である「天涯知己書」（『青荘館全書』六十三）をさながら追体験することとなったわけである。徳懋の「入燕記」下には、五月二十三日のこととして次のような記載がある。

在先と、李鼎元・潘庭筠を潘の寓舎に訪う。舎は吏部と隣りて近し。潘は盛饌を設けて之れを待つ。筆談飛ぶが如し。晋人の清談を補う可し。字香祖、一字蘭公、号秋庫、亦た蘭坨と曰う。浙江銭塘の人。今年登第し、官は庶吉士。丙戌の年、洪堪軒大容、香祖を逆旅に過ぎり、悲惻別るるに忍びず。其の詩文書画を以て、翩翩たる名士なり。鼎元、字煥其、号墨荘、亦た今年登科す。官は庶吉士。人品は坦白、矜驕《きょうきょう》の気無し。

（『青荘館全書』六十七）

「在先」は斉家の字。「吏部」は人事を司る官庁、ここは李鼎元を指し、雨村の従弟に当たる。このときの「筆談」は「晋人の清談」を補うに足り、竹林の七賢に匹敵したというのである。「登第」「登科」は科挙に受かること。同年の及第者は生涯の友となった。「庶吉士」は成績優秀で翰林院に入った進士。「坦白」は態度や行動に裏表がなく、あっさりしていること。むろん「矜驕」おごりたかぶるようなことはなかった。

また朴斉家の「人を懐かしむ詩、蔣心余に仿う」によれば、その割注に「余、不才を以て、三たび燕京に入る。中朝の人士、鄙とせず、之れと傾倒す」と見え、「潘徳園　庭筠」には、

蘭公夙縁重　　蘭公　夙縁重し
万里三相見　　万里　三たび相見《まみ》ゆ
漸看禅理精　　漸く看る　禅理の精しきを
偏憐宦遊倦　　偏えに憐れむ　宦遊に倦むを
拈花送遠客　　花を拈《ひね》って遠客を送れば
経声度深院　　経声　深院を度る

（『貞蕤閣集』三）

と詠まれている。「夙縁」は宿縁。異国の人に三度も会えたのは前世からの因縁に因るというのである。「拈花」はい

わゆる拈華微笑。ここには庭筠が次第に「禅」に傾倒していったさまが伝えられている。なお先の「蔣心余」は乾隆二十二年（一七五七）の進士、蔣士銓（一七二五―八五）。

続く「李墨荘 鼎元」にも、

墨荘吾同庚　墨荘 吾れと同庚
纔過強仕年　纔かに強仕の年を過ぐ
自云世間事　自ら云う 世間の事
漸覚不如前　漸く覚ゆ 前に如かずと
不驕亦不媚　驕らず 亦た媚びず
行蔵随自然　行蔵 自然に随う
（同上）

というふうに、好ましい人柄が伝えられている。「同庚」は同年齢。「強仕」は四十歳で、「不惑の年」（『論語』為政）でもある。そういう年齢になって「世間」との齟齬を感じるようになったのであろう。「驕らず、亦た媚びず」という生き方も爽やかこの上ない。「行蔵」は用行舎蔵で、出処進退を弁えていること。

そのほか斉家の伝える北京での交遊は、紀昀（一七二四―一八〇五）、翁方綱（一七三三―一八一八）、羅聘（一七三三―九九）、伊秉綬（一七五四―一八一五）、張船山（一七六四―一八一四）と、洪大容とくらべて一段と多彩だった(8)。先引の「人を懐かしむ詩」のなかには、「伊南泉 秉綬」と題する次のような詩が含まれている。伊秉綬は乾隆五十四年（一七八九）の進士で、各地で善政を布いたばかりでなく、いわゆる「碑学派」に分類される魅力的な書を数多く遺している（神田喜一郎『中国書道史』岩波書店、一九八五年、ならびに石川九楊『書の宇宙』22、二玄社、二〇〇〇年）。

汀州一万里　汀州 一万里

南泉寔冠冕　南泉　寔《まこと》に冠冕《かんべん》たり
書摩蔡襄肩　書は蔡襄の肩を摩し
句卑高棅選　句は高棅の選を卑くす
山堂話両夜　山堂　両夜を話し
為誰灯火剪　誰が為に灯火を剪らん

（同上）

「汀州」は秉綬の故郷、汀州府寧化県（福建省）。「南泉」は秉綬の号。「冠冕」は第一人者。「蔡襄」（一〇一二―六七）は北宋の政治家で、蘇軾や黄庭堅らとともに書名も高かった。「肩を摩す」は比肩の意。「高棅」は明の高廷礼（一三五〇―一四二三）で博学能文、詩書画三絶と称えられ、『唐詩品彙』などを編纂した。秉綬の書は蔡襄と並び、句は『唐詩品彙』所収作品のレベルを超えるというのである。そうした魅力に加えて、両者の関係は「伊公素心の人、托契猶お比隣のごとし」（「燕京雑絶」、同上四）というように、世俗の名利を超越した、しみじみと心の通い合うものだったことが知られる。「托契」は心を寄せる。「比隣」は隣近所。

一方、秉綬のほうでも「高麗の朴検書斉家の国に帰るを送る」と題して、次のように詠じている。

扶桑東海水　扶桑　東海の水
楊柳春風城　楊柳　春風の城
上国花開讌　上国　花開く讌
遙天月伴行　遙天　月伴行す
文能通繹語　文は能く繹語を通じ
詩解継吾声　詩は解《よ》く吾が声を継ぐ

欲訪遺書在　訪わんと欲す 遺書在るを
悠然箕子情　悠然たる箕子の情

（『留春堂詩鈔』二、北京大学図書館電脳版による）

「扶桑」は東海の日の出る所、すなわち斉家の帰る場所を指す。秉綏はそこにかわやなぎや、しだれ柳が春風に揺れている町のイメージを抱いている。「上国」は中国の自称。「讌」は宴。「遙天」は遠い空。「繹語」はいつまでも続く言葉。「箕子」は殷の滅亡後、朝鮮王となった貴族。

また張船山も乾隆五十五年（一七九〇）の進士で、翰林院検討などを歴任したあと、嘉慶十七年（一八一二）に退官、江蘇・浙江の間を遊歴した。「燕京雑絶」には次のような詩が見える。

遙憶張船山　遙かに憶う 張船山
如今詩更好　如今 詩更に好からん
蟹黄酒熟時　蟹黄《かいこう》 酒熟する時
夢落黏蟬道　夢は落つ 黏蟬《でんてい》道

（『貞蕤閣集』四集）

「如今」は現在。「蟹黄」は蟹黄水で造った酒。「黏蟬」は漢時代の県名で、朝鮮平壌の西南に当たる。朝鮮の地から「遙かに」張船山のことを「憶い」遣ると、懐かしい思い出が蘇る。この詩に付された次のような添え書きも興味深い。

張船山、名は問陶。文端公鵬翮《ほうかく》の曾孫。嘗て余を邀《むか》えて、翰林館中に蟹を食す。南進士徳新、最も食を嗜む。李十三、之れに次ぐ。余は書して示して云う、南は蟹元《かいげん》と為し、李は螃眼《ほうげん》と為す。余は却《かえ》て八股の外に在るなりと。船山拊掌《ふしょう》して大笑す。

「螃」も蟹なので、蟹好きを冗談に「蟹元」「螃眼」（解元・法眼）と興じたのである。「八股」は科挙で用いられた文体、ここでは蟹の四対の足を言い掛けて、斉家はその埒外にあると言うのを見れば、蟹は好物ではなかったのだろう。「拊掌」は手を打って喜ぶさま。「南進士徳新」は南伯善、「暝に霽泉に到る」の詩に、「来宿して書を読む」と副題されている人物である（『韓客巾衍集』）。「李十三」も若い友人として斉家の詩文集に頻出する。この添え書きは中朝文人の交歓の場の雰囲気を臨場感豊かに伝えていて一読忘れがたいものがある。

五　越南の使者

斉家の交友は越南にまで及んで、潘輝益（一七五一―一八二二）の『星槎紀行』には「附録樸斉家詩」として次の詩が載っている。乾隆五十五年（一七九〇）、乾隆帝八十歳祝賀に際してのことである。

同文徴海繳　　同文　海繳《かいきょう》を徴《め》し
異話説炎州　　異話　炎州を説く
筒布軽蟬翼　　筒布　蟬翼《せんよく》より軽し
香烟起蜃楼　　香烟　蜃楼を起こす
征衫梅子雨　　征衫　梅子の雨
帰魯茘枝秋　　帰魯　茘枝の秋
我欲伝書信　　我れ書信を伝えんと欲すれど
難逢万里舟　　逢い難し　万里の舟

（『越南漢文燕行文献集成』6、復旦大学出版社）

「同文」は同じ文字を用いること。「海繳」は大海の果て。「徴」は君主が臣下を招くこと。「異話」は珍しい話。「炎州」は四川省にある州名。「筒布」は竹筒に入れた精細な細い布。「蟬翼」は蟬の翼のように軽い喩え。「香烟」はよいにおいの煙。「蜃楼」は蜃気楼。「征衫」は旅衣。「梅子」は梅の実。「帰魯」は魯に帰ることだが、『貞蕤閣集』三に収録されている斉家の詩稿では「帰夢」なので、それだと夢で故郷に帰る意となる。「茘枝」は中国南部原産のムクロジ科の常緑高木、夏に卵形の甘い実をつける。

先引の斉家の詩の原題は、「安南吏部尚書潘輝益・灝沢侯工部尚書武輝瑨に贈る」である。そこにはまた次のような「潘輝益に次韻す、副使に代わりて作る」という作も収められている。

家在三韓東復東　　家は三韓の東 復た東に在り
日南消息杳難通　　日南の消息 杳として通じ難し
行人遠到星初動　　行人遠く到れば 星初めて動き
天子高居海既同　　天子の高居 海既に同じ
□酒真堪消永夜　　□酒 真に永夜を消すに堪えたり
飛車安得遡長風　　飛車 安んぞ長風を遡るを得ん
知君夜々還郷夢　　知る 君夜々 郷に還る夢
猶是鉤陳豹尾中　　猶お是れ 鉤陳《こうちん》豹尾の中のごとし

（『貞蕤閣集』三）

「三韓」は馬韓・辰韓・弁韓の三国の総称として、ここは朝鮮の地全体を指す。「日南」は漢代に置かれたベトナム北部の郡名。「高居」は高い居所。「□酒」は武輝瑨（一七四九―？）の『華程後集』所収の「附朝鮮国使吏曹和詩云」には「杯酒」となっている。「永夜」は長夜。「飛車」は伝説上の風の力で飛ぶ車。「長風」は遠くから吹いてくる風。「鉤陳」は後宮。「豹尾」は豹のしっぽをぶら下げた車の飾り。

ところで武輝瑨の元の詩「朝鮮国使に柬す」には、こう詠まれている。

海之南与海之東
封域雖殊道脈通
王会初来文献共
皇華此到覲覘同
衣冠適有従今制
縞紵寧無続古風
伊昔皇華誰似我
連朝談笑宴筵中

海の南と海の東と
封域は殊なると雖も道脈通ず
王会初めて来たり 文献共にす
皇華 此こに到れば 覲覘《きんてん》同じ
衣冠 適たま今制に従う有るも
縞紵《こうちょ》 寧んぞ古風を続ぐこと無からんや
伊昔《いせき》 皇華 誰れか我れに似たる
連朝 談笑 宴筵の中

「封域」は領地。「道脈」は道統。「王会」は王のもとに会同すること。「文献」は典籍と賢者。「皇華」は使者。「覲覘」は天子の謁見。「衣冠」は、清朝の満州風（「今制」）を意識している。というのも、「安南の君臣は皆な満洲の衣帽を着」（柳得恭「安南王」割注、『冷斎集』四）していたからである。「縞紵」は、春秋時代に季札が縞帯（白絹の帯）を贈った返礼に子産が紵衣（麻の着物）を贈った故事にもとづき、友情に厚い喩え。「古風」はそうした美風を指す。「伊昔」はむかし。「連朝」は毎日。「宴筵」は宴会、酒席。こうして「我れ」ほど連日の「談笑」を楽しんだものはいないのではないかという末句は、なにはともあれ学芸共和国の楽しみを分有していることを示している。

ただそのなかには、徐浩修（一七三六—九九）の『熱河紀遊』が乾隆庚戌（一七九〇）のこととして伝えるように、安南国王阮光平が「貴国は倭と隣を為す。道里幾許ぞ」という質問のあとで、「万暦の間、平秀吉兵を構う。以後、何為れぞ隣好を修むるや」とも尋ねている。それに対して浩修は、「今の関白は即ち源家康の後なり。秀吉の種には非ざるなり」と説明している（林基中編『燕行録全集』51、東国大学校出版部、二〇〇一年）。学芸共和国は同時に情報交換の場でもあったわけである。

おわりに――琉球へ――

『船山詩草』巻十五には、「李墨荘鼎元前輩の出でて琉球に使いするを送る」と題する詩が収録されている。「前輩」とは先に翰林に入った者の謂である。

使節中山遠　　使節 中山遠く
威儀海外看　　威儀 海外に看す
星光開浩渺　　星光 浩渺を開き
風力助平安　　風力 平安を助く
波静揚帆易　　波静かに 帆揚げ易く
天空下筆難　　天空《ひろ》く 筆下し難し
銜将君命重　　銜《かん》するに君命の重きを将《も》ってすれば
莫作壮遊観　　壮遊の観を作すこと莫かれ

（「中国古典文学基本叢書」中華書局、一九八六年）

「中山」は琉球の別称。「威儀」は帝王の行列。「星光」は星の光。「浩渺」は広々と遙かなさま。「筆を下す」は詩文書画をつくること。「銜」は命令を奉じること。「壮遊」は壮志を抱いて遠遊することであるが、物見遊山の旅は遠慮するようにという助言であろう。

そして「李墨荘前輩の帰槎図に題す」（同上、巻十六）二首のうちの第二には、次のように詠まれている。

碧浪紅雲幾万重　碧浪紅雲　幾万重
奇詩他日問蛟竜　奇詩　他日蛟竜に問わん
一泓海水杯中瀉　一泓《いちおう》の海水　杯中に瀉ぎ
我亦能消芥蔕胸　我も亦た能く芥蔕《かいたい》の胸を消さん

「碧浪」「紅雲」は仙人の住むところ。「蛟竜」は竜の一種。「蛟竜吼ゆ」といえば吟声の大きな喩えである。「一泓」は一溜まりの深く清い水。「杯中」は盃のなか。「芥蔕」は小さなものがつかえて、不満・不快を感じて気持ちがすっきりしないこと。それを墨荘の《帰槎図》によって解消することができたのであろう。この墨荘の琉球への使行を詠った作品が、斉家の「題李墨荘中翰琉球奉使図」（『貞蕤閣集』四）をはじめ、徐瀅修（一七四九―一八二四）の「奉贈李翰林鼎元琉球奉使之行」（『明皐全集』二）など朝鮮の詩人の集に散見するのは、学芸共和国の広がりと繋がりがいよいよ本格化したことを示していようが、それを具体的にたどる前に紙幅が尽きてしまった。詳述は別の機会に譲らざるを得ない。

註

（1）独庵玄光については『独庵玄光護法集』（至言社、一九九六年）および拙著『江戸のバロック』（ぺりかん社、一九九一年）参照。
（2）小論は拙稿「東アジアの半月弧――浪華・ソウル・北京――」（『啓蒙と東アジア』18世紀科研研究会、二〇一〇年）と相補う位置にある。

（3）拙稿「ソウルに伝えられた日本の文雅——東アジア学芸共和国への助走——」（笠谷和比古編『一八世紀日本の文化状況と国際環境』思文閣出版、二〇一一年）で詳述した。
（4）寛延元年の記録『鴻臚傾蓋集』は同年出刊を見た。
（5）拙稿「李彦瑱の横顔」（『金城学院大学論集』人文科学編2—2、二〇〇六年）参照。
（6）拙稿「成大中の肖像——正使書記から中隠へ——」（『金城学院大学論集』人文科学編5—1、二〇〇八年）参照。
（7）この『鉄橋遺集』および「小照」は李徳懋らによってもたらされたこと、「入燕記」下の六月十七日の条に記載がある（『青荘館全書』六十七、二三〇—一頁）。
（8）たとえば羅聘の手になる朴斉家の肖像など、註（2）の拙稿に譲る。

［後記］文献の引用はおおむね文中に記載したとおりであるが、『鉄橋全集』の複写を送っていただいた鄭珉氏に感謝する。

『漢学紀源』と五山儒学史について

東　英　寿

はじめに

周知の如く、五山は臨済宗の禅院が等級化されたものであり、当初は鎌倉の臨済寺院を主とした制度であったが、その後鎌倉幕府の滅亡により京都中心の五山制へと改まった。所謂五山の制度が確立すると、禅僧は諸寺から五山へと向かい、才能のある僧侶が自然に五山に集中する傾向が顕著となってきた。この頃、特に鎌倉から室町にかけては宋や明との交流も盛んになり、五山の禅僧の中には中国に渡り、仏教の研究はもちろんのこと当時の中国における最新の儒学を学び、それらを我が国にもたらして大きな影響を与える者も出てきた。従って、日本の儒学史を考える上でも、五山における学問の展開は看過できないものとなっている。

三浦叶『明治の漢学』においては、五山の研究に関して明治三十七年に出版された久保天随『日本儒学史』に注目し、次の如く述べる(1)。

五山文学については、上村観光の「五山文学小史」に先立ち、最も早くその価値を高く評価し、世人がその詩文の末枝を論じ、本領たる儒学に論及していないと嘆ずるなど、その卓見を知るに足るであろう。

五山の詩文方面については、確かに明治三十九年に出版された上村観光『五山文学小史』に詳しく述べられているが、三浦氏は『五山文学小史』よりも二年早く刊行された久保天随『日本儒学史』における五山の儒学方面の考察を高く評価している。ここで、久保天随『日本儒学史』を紐解いてみると、その序に次の如く記述するのは注目される(2)。

凡そ儒学の源委を考究せしもの、河口静斎の斯文源流、那波魯堂の学問源流、杉浦正臣の儒学源流の如き、古来その書に乏しからずと雖も、皆之を惺窩羅山以後覇府時代に限り、絶えて、其上に及ぶものあらず。惟だ、天保年中、薩藩伊地知季安の著に係る漢学紀源の一書、王朝の事、時に欠然たるものあり、且つ往々にして選択を誤ると雖も、五山の学術文章を叙する頗る観るべきものあり。然れども、惜しいかな、未刊の稿本に属し、世殆んど之を伝へざるを奈かむ。

ここに、江戸時代の儒学研究の状況が端的に述べられている。すなわち、河口静斎『斯文源流』、那波魯堂『学問源流』、杉浦正臣『儒学源流』等は、藤原惺窩や林羅山以降の我が国の儒学の状況を考察しているが、江戸以前の五山の状況については論及せず、五山が考察の対象外に置かれていることを指摘する。たとえば、那波魯堂(一七二一―八九)の『学問源流』を例にとってみると「元弘建武ノ後ヨリ、戦争休ム日少ナク、傳ヘテ弘治永禄の比マテ、二百年許ノ間ニ至テハ、実に晦盲否塞壊乱ノ極ト謂ベシ……乱極マツテ治ニ至ルハ、天ノ常ナル理ニシテ、此際に惺窩藤先生出テヽ、経学ノ宗師タリ」と記述し、我が国の儒学研究を概観する際、鎌倉末、室町初から戦乱が続くとして、五山について全く言及しないまま、江戸の藤原惺窩へと記述が向かっているのがわかる。もちろん、江戸時代において五山が全く顧みられなかったというのでは決してない。たとえば、五山の詩文方面について、江村北海（一七一三—八八）の『日本詩史』においては、五山禅林の詩や詩人を取り上げ論評する。ただ、『日本詩史』はあくまで文学面に着目したものであり、安井小太郎の『日本儒学史』に、(3)

武家の代となりて、漢文学は僧侶に移り、鎌倉五山・京都五山には文学の達人輩出したれど、虎関・義堂の外は多く詩文に偏し、儒学者として専門の人を見ず。京都に清原家ありて明経の家なれど、是亦儒学者として論述すべき者なく、著書もなし。故に我国の儒学史としては、徳川氏初期を以て創始と為さざるを得ず。

と述べるが如く、当時一般的には五山の学問は詩文を中心としていると認識されており、我が国の儒学史の中で五山を捉えようとしてはいなかった。安井小太郎は徳川以前は見るべき儒学者がなく、儒学史としては徳川初期を起点とすると結論づけているのである。

こうした状況の中で、前述したように久保天随は『日本儒学史』において、天保年間の伊地知季安『漢学紀源』が五山の学術文章の考察に優れていると指摘していた。ただ、『漢学紀源』は未刊の稿本であり、世の中で殆ど知られていなかったことを久保は残念がっている。未刊の稿本であったが故に、これまでテキストの本文が確定せず、今日に伝わる『漢学紀源』のテキスト間で文字の異同等が存在していたことが、確かに従前の日本儒学史の研究において『漢学紀源』が注目されることのなかった理由の一つであろう。しかし、筆者は先頃季安自筆の『漢学紀源』三巻を発見し、これによって『漢学紀源』の先行諸本における本文の異同というテキスト上の問題が解決できるようになった。(4)

そこで、本稿では『漢学紀源』における五山の儒学史の記載について、その内容を考察し、あわせて著者伊地知季安がどのような経緯で五山を考察の対象としたのかということを明らかにしたい。

一　伊地知季安の経歴について

まず、『漢学紀源』の著者伊地知季安の経歴について明らかにしたい。(5)

伊地知季安は、初名を貞行、または季彬と言い、字は子静、通称は安之丞で後に小十郎と改め、号は潜隠、または克欽と言う。天明二年（一七八二）四月十一日に伊勢八之進貞休の次子として鹿児島で生まれる。享和元年（一八〇一）二十歳の時、伊勢家を出て、伊地知季伴の養子となり、伊地知家を相続する。伊地知家は薩摩藩で小番と称される家柄で、季安は二十一歳の時、下目付となり、翌年横目助に進んでいる。彼の人生を考える上で、二十七歳の時、文化朋党事件に連座して処分を受けたことは看過できない。墓碑銘にはそのことについて「年廿七、党籍に連坐し、禁錮さるること凡そ四十年なり」と記述する。文化朋党事件は、島津重豪とその子・斉宣との争いに端を発している。天明七年（一七八七）重豪は、息子の斉宣に家督を譲り自らは隠退したけれども、実権は依然として握っており、重豪の存在を無視しては藩政の推進ができない状態であった。これを心地よく思っていない斉宣は、文化二年（一八〇五）頃から藩政の改革を決意し、前代の施政の徹底的改革を断行しようとした。人事の面で、斉宣は『近思録』の考究に重きを置く造士館書役・木藤武清の弟子達を積極的に採用した。従って、斉宣派は近思録党とも呼ばれる。その後、近思録党によって藩政が壟断されたので、重豪が文化五年（一八〇八）に反撃を開始し、その結果、主導者である秩父季保、樺山主税ら切腹十三名、遠島二十五名など合わせて百十五名が厳刑に処せられることとなり、重豪が再び藩政の実権を握るという事件である。

伊地知家は近思録崩れの首謀者・秩父季保家と嫡庶の関係にあったために、結局秩父の失脚に連座して季安も文化六年（一八〇九）正月に喜界島へ流謫された。謫居三年後の文化八年（一八一一）に赦書が下り、翌九年には鹿児島に帰ったが、五年間は禁錮を命ぜられ、文化十三年（一八一六）九月二十九日にやっと禁錮を解かれる。しかし、その後数十年間なお無役で蟄居していた。弘化四年（一八四七）、季安はその学才が買われ御徒目付に挙げられ初めて召し出される。時に六十六歳であった。以後、記録方添役、軍役方取調掛等を経て、七十一歳で記録奉行となる。更に御使番となり、町奉行格から御用人と進んで、慶応三年（一八六七）八月三日、疾病がもとで八十六歳で没している。

二　『漢学紀源』における五山の記述

本章では、まず伊地知季安が『漢学紀源』を作成した経緯について確認しておきたい。伊地知季安は、近思録崩れに連座して流謫され、以後四十年間無役であった間に、学問を深く探求し研鑽を積んだ。この間に種々の成果をあげるが、その一つが我が国の儒学史を詳細に研究してまとめた『漢学紀源』であった。季安は佐藤一斎に送った書簡である「呈佐藤一斎書」において、「然れども猶ほ朱学を尊崇す。故に紀源を著はす」として、『漢学紀源』を朱子学の立場から執筆したことを明らかにしている。(6)

西村天囚は『日本宋学史』の中で『漢学紀源』のベースとなったのが、季安の「宋学伝統系図」だとして、次のように述べている。(7)

漢学紀源の編著に着手せしは、果して何年に在りしやを知らざるも、其の準備として編撰せし宋学伝統系図一冊の草稿には、丁亥十二月草成とあり、丁亥は文政十年にして、潜隠年四十六なり、予の見たりし宋学伝統系図は初稿にして、塗抹改删、殆ど辨ず可からざる者あるも、……

「宋学伝統系図」は今日に伝わらずその詳細はわからないが、[8] 天囚は実物を見たようで、その草稿には丁亥十二月、すなわち文政十年（一八二七）十二月と書き入れがあり、それは伊地知季安が蟄居中であった四十六歳の時に当たる。天囚の言うように「宋学伝統系図」が『漢学紀源』のベースになったとすれば、『漢学紀源』は文政十年以降に本格的に執筆が開始されたと思われる。一方、完成時期については、『漢学紀源』が『延徳版大学』等とともに天保十一年（一八四〇）、季安五十九歳の時に江戸の佐藤一斎に届けられるので、[9] その頃までには完成していたと思われていたが、拙稿での考察により未完成のまま佐藤一斎に届けたことが明らかになった。[10] このように完成時期は明確でないが、文政十年から天保十一年頃までの間にその大部分が作成されていたことは間違いない。

ここで『漢学紀源』の内容を確認するためにその目次を見ておきたい。季安自筆『漢学紀源』三巻本は三十六項目から構成されており、目次は次の通りである。[11]

巻一……「儒教第一」、「神誨第二」、「収籍第三」、「徴賢第四」、「初学第五」、「神性第六」、「貢士第七」、「唐学第八」、「建学第九」、「粟田第十」、「吉備第十一」、「崇聖第十二」、「仲満第十三」、「菅江第十四」、「菅神第十五」、「五経第十六」、「孝経第十七」、「論孟第十八」、「新註第十九」、「宋学第二十」、「崇信第二十一」、「義堂第二十二」、

巻二……「岐陽第二十三」、「一慶第二十四」、「惟肖第二十五」、「景徐第二十六」、「桂悟第二十七」、「桂庵第二十八」、

巻三……「桂門第二十九」、「儒俗第三十」、「舜田第三十一」、「潤公第三十二」、「月渚第三十三」、「一翁第三十四」、

「黄友賢第三十五」、「南浦第三十六」

『漢学紀源』における五山に関連する記述は、新注とその書籍が我が国にもたらされたことについて述べた巻一の「新註第十九」から始まると言える。そして、「宋学第二十」で五山の僧侶が我が国に朱子学をもたらした状況を記述し、我が国で宋学が流行した状況を記述した「崇信第二十一」、更に五山の学術を考える上で看過できない義堂周信（一三二五―八八）について述べた「義堂第二十二」へと記述は展開する。以後、巻二の「岐陽第二十三」、「一慶第二十四」、「惟肖第二十五」、「景徐第二十六」、「桂悟第二十七」、「桂庵第二十八」まで、五山に関連する人物についての季安の考察が続く。巻三には桂庵玄樹（一四二七―一五〇八）の門下について記述する「桂門第二十九」が配置され、以下薩摩の儒学の状況の記述へと視点が向かう。従って、『漢学紀源』三十六項目のうち五山の儒学に関連する記述は、巻一の「新註第十九」から巻二の「桂庵第二十八」までの十項目になると考える。「桂庵第二十八」は次章で詳述するので、本章では「新註第十九」から「桂悟第二十七」までを考察したい。

まず、「新註第十九」で注目すべきは次の記述である。(12)

今季安按、当時本邦有僧名俊芿者。字曰我禅、俗姓藤氏、肥後飽田郡人。建久十年浮海遊宋、明年至四明。亦寧宗慶元六年、而朱子卒之歳也。……而其帰則多購儒書回于我朝。乃順徳帝建暦元年、而寧宗嘉定四年、劉爚刊行四書之歳也。拠是観之、四書之類入本邦、蓋応始乎俊芿所購回之儒書也。

今季安按ずるに、当時本邦に僧名俊芿なる者有り。字は我禅と曰ひ、俗姓は藤氏、肥後飽田郡の人なり。建久十年海に浮かんで宋に遊び、明年四明に至る。亦た寧宗の慶元六年にして、朱子の卒するの歳なり。……而して其の帰るに則ち多く儒書を購ひ我が朝に回る。乃ち順徳帝の建暦元年にして、寧宗の嘉定四年、劉爚四書を刊行するの歳なり。是に拠りて之を観れば、四書の類の本邦に入るは、蓋し応に俊芿の購ひ回る所の儒書に始まるべきなり。

伊地知季安は、我が国に四書をもたらしたのは俊芿（一一六七―一二二七）であると述べる。俊芿は平安末から鎌倉初期の律僧で、宋に十三年間滞在し、建暦元年（一二一一）に帰国した。季安の提出したこの説について、久保天随は『日本儒学史』の中で次のように述べる。[13]

順徳天皇建暦元年（西暦一二一一）に僧俊芿、之を伝へたりという説――伊地知季安の漢学紀源、之を論ずる、詳かなり。この書、未刊の稿本にして、世に伝ふるもの無ければ、人の之を知る、亦た多からず。……これ実に前人未発の新説なり。

朱子学の伝来に関する先行の諸説の中で、久保は俊芿が我が国に新注をもたらしたとする季安の説を「前人未発の新説」として極めて高く評価しているのがわかる。

「宋学第二十」からは五山の儒学史の考察が具体的に展開される。その冒頭で次のように記述する。

本邦緇徒之学宋也、道元、聖一、大明、大応、月林等相継遊宋、道隆、普寧、正念等帰化自宋。逮至元世、祖元、一山、子曇等帰化自元。皆宋儒説盛行于世之後也。

本邦緇徒の宋に学ぶや、道元、聖一、大明、大応、月林等相継ぎて宋に遊び、道隆、普寧、正念等宋より帰化す。元の世に至るに逮び、祖元、一山、子曇等元より帰化す。皆な宋儒の説の世に盛行するの後なり。

こうした五山における宋学の展開の記述の中で、季安は特に一山一寧（一二四七―一三一七）に着目して、以後彼が日本に来てどのように宋学を伝えたかを詳述し、それを受けて次の「崇信第二十一」では一山に続く宋学の系譜を次のように記述する。

一山之来本邦也、練虎関年二十二、自幼好読書、穎悟超倫、日記千百言。聖教釈録、諸史百家、神紀雑編、靡弗猟記。屢就一山、古今儒釈、紬繹審洵、妙達性理、声聞寰中。蓋於本邦聞、宋以後覈崇程朱者、応首乎斯也。

一山の本邦に来るや、練虎関年二十二、幼きより書を読むを好み、穎悟超倫にして、日に千百言を記す。聖教釈録、諸史百家、神紀雑編、猟記せざるなし。屢々一山に就きて、古今の儒釈、紬繹審洵し、妙は性理に達し、声は寰中に聞こゆ。蓋し本邦に於て聞こゆるに、宋以後程朱を覈崇するは、応に斯に首まるべきなりと。

これは「崇信第二十一」の冒頭部分で、前の「宋学第二十」で考察した一山を持ち出し、彼の弟子として虎関師錬（一二七八—一三四七）を取り上げ、我が国で本格的に朱子学を学び始めたのは虎関からだと記述する。この後に、玄恵（?—一三五〇）に論及して、「始め濂洛の風を崇び、程朱の説を信じ、講を朝廷に開く」として、朝廷において朱子学を講義したことを指摘する。この頃の我が国における朱子学について、季安は山崎闇斎の言葉を持ちだして、

山崎闇斎駁之曰、朱書之来於本朝凡数百年、玄恵始以為正、而未免仏。

山崎闇斎之を駁して曰く、朱書の本朝に来ること凡そ数百年、玄恵始めて以て正を為すも、而れども未だ仏を免れず。

と述べ、当時における朱子学はまだ仏教の影響下にあったことを認識している。

「崇信第二十一」の次に配置される「義堂第二十二」においては、室町時代後期の禅僧で、五山の学術を考える上で看過できない義堂周信の語句を引用して、朱子学に注目して左記のように記述する。

堂廼対曰、近世儒書有註新旧。所見各異。而其新義、則出於程朱。凡宋儒皆参吾禅宗、発明心地、故与訓詁迴然別矣。

堂廼ち対へて曰く、近世の儒書に新旧を註する有り。見る所は各々異なる。而して其の新義は、則ち程朱より出づ。凡そ宋儒は皆な吾が禅宗に参じて、心地を発明し、故に訓詁と迴然として別なり。

朱子学は従前の漢唐の訓詁学とは異なり、新義を提出しているという『空華日工集』に見られる義堂の言を季安は記述する。同じく、次のような義堂の言葉を引用する。

対曰、漢唐儒者、只拘章句也已。至宋儒則洞達性理。故所釈説太高矣。

対へて曰く、漢唐の儒者は、只だ章句に拘はるのみ。宋儒に至れば則ち性理に洞達す。故に釈く所の説は太だ高し。

一章一句にこだわる漢唐の儒者ではなく、性理に洞達している宋儒を義堂が評価していたことに季安は注目する。漢唐の儒学から宋代の儒学への変化に伴って、五山においても新しい儒学である朱子学が浸透し始めたことを季安は記述するのである。

次の「岐陽第二十三」は、岐陽方秀（一三六一―一四二四）について記述した項目で、その中で岐陽について「頗る程朱の書を信ず」と述べる。更に朱子学に関連して応永十年（一四〇三）に我が国に新注の書籍が明よりもたらされたことについて、「十年国朝使、四書及び詩経集註等を舶載し、明国より還へる」と記載した上で、当時の我が国における儒学の状況について次のように言う。

当時新註未行乎世。足利学校教其生徒、猶以古註、而多未知世有新註也。

当時新註未だ世に行はれず。足利学校其の生徒を教ふるに、猶ほ古註を以てし、而るに多く未だ世に新註有るを知らざるなり。

当時、依然として古注が力を持ち、足利学校でも生徒には古注を教えており、多くの人が新注を読むことができなかった。そこで、岐陽が倭点を作ったことを季安は重視して、

於是乎、陽遂加倭点、以授其徒章一慶、厳惟肖等云。

是に於てか、陽遂に倭点を加へ、以て其の徒章一慶、厳惟肖等に授くと云ふ。

と記載する。新注の書籍が我が国にもたらされても、それを読むことができなければ広まらない。従って、岐陽の倭点の創作は、新注における教化に大きな役割を担うことになり、季安は岐陽が倭点を創始したことを特筆し、更にそれを雲章一慶、惟肖得巖に授けたと記載するのである。

雲章一慶（一三八六―一四六三）について記述した「一慶第二十四」では、「岐陽に従ひ、聖寿寺に於て程朱の学を受く」と雲章が朱子学を学んだことを述べ、更に惟肖得巖（一三六〇―一四三七）について記述した「惟肖第二十五」においても、

与秀岐陽等雖為同門、如程朱学受之岐陽。

秀岐陽等と同門為りと雖も、程朱の学の如きは之を岐陽に受く。

と記述し、やはり惟肖が朱子学を学んだことを明らかにしている。景徐周麟（一四四〇―一五一八）について記述した「景徐第二十六」においては、「我が桂庵、二老に従ひて程朱学を受く」として、二老の一人である景徐が程朱学を桂庵に教えたことを述べるが、その論述の過程で惟正、景召は惟肖、景徐の誤りであり、景徐は桂庵の師ではなく、一緒に朱子学を学んだ仲であることを指摘している。了庵桂悟（一四二五―一五一四）について記述する「桂悟第二十七」では「僧桂悟は了庵と号し、応永甲辰を以て生まれ、朱学を双桂の門に学ぶ」と書き出し、了庵が朱子学を学んだことを明らかにする。

このように、季安は五山の学術、特に儒学面に注目し、それぞれの人物が朱子学を習得したことに視点を据えて記述しているのがわかる。鎌倉、室町にかけての所謂五山の時代から、視点を中国に移して儒学の情勢をうかがってみると、朱子学の流行、発展の時期に当てはまる。中国における儒学が我が国に流入していく状況を、季安は五山に着

目することで明らかにしようとしていたのである。つまり『漢学紀源』の記述を見ると、五山以前に我が国の儒学を支配していた漢唐の儒学が、その後朱子学へと転回する過程を五山の中に見出そうとする季安の意図が明らかに窺えるのである。徳川時代に朱子学が官学となったこともあり、我が国における朱子学の考察が徳川時代を起点とする傾向があった当時において、季安がいち早く『漢学紀源』の中で五山に注目し、江戸幕府の思想的支柱となった朱子学の泉源が五山にあると見なし、我が国における朱子学の流入過程を跡づけようとしていたことは、当時において極めて先駆的な取り組みであったと言えよう。

三　季安における五山の朱子学の系譜と桂庵

ここで、これまで考察してきた『漢学紀源』巻一の「宋学第二十」から「義堂第二十二」までに取り上げられた、主な人物を辿ってみると次のようになる。（人名は『漢学紀源』掲載順）

宋学第二十　道元、聖一、大明、大応、月林、道隆、普寧、正念、祖元、一山、子曇、虎関

崇信第二十一　一山、虎関、清軒健叟、北畠親房、楠正成、師練、今川了俊、空華、岐陽、一慶、惟肖

義堂第二十二　義堂、師練、健叟、親房、岐陽（↓巻二の岐陽第二十三へ）

ここから、「宋学第二十」、「崇信第二十一」、「義堂第二十二」は、関連しながら論述されているのがわかる。すなわち、「宋学第二十」における一山、虎関への論及が、次の「崇信第二十一」において一山、虎関の記述へと繋がり、「崇信第二十一」で空華（義堂の号）、師練を持ち出すことが、次の「義堂第二十二」への記述に繋がることとなり、更に「義堂第二十二」の中でその弟子として岐陽について論及するのは、巻二の「岐陽第二十三」へと繋がっていく

布石なのである。

このように人名を関連させて記述していくことに着目して、「岐陽第二十三」から「桂庵第二十八」までの六項目について考えると、「岐陽第二十三」では、

至徳三年、堂周信陞董南禅、頗信程朱書。初陽少学詩書、後崇宋学、亦蓋有質焉。由是大小経論靡不探賾云。

至徳三年、堂周信陞りて南禅を董め、頗る程朱の書を信ず。初め陽少くして詩書を学び、後宋学を崇ぶも、亦た蓋し質有り。是れ由り大小経論探賾せざるなしと云ふ。

として義堂に論及し、前項の「義堂第二十二」との繋がりを明確にしている。そして、「岐陽第二十三」で注目すべきは、「是に於てか、陽遂に倭点を加へ、以て其の徒章一慶、厳惟肖等に授くと云ふ」という記述である。岐陽が倭点を作成し、更にそれを雲章一慶、惟肖得巌に授けたと記載したことである。これは明らかに次の「一慶第二十四」、「惟肖第二十五」への繋がりを意識している記述でもある。「一慶第二十四」では、「岐陽に従ひ聖寿寺に於て、程朱の学を受く」と記述し、更に「惟肖第二十五」では、「秀岐陽等と同門為りと雖も、程朱の学の如きは、之を岐陽に受く」と述べ、いずれも岐陽との繋がりをはっきりと述べている。このように人名を連関させながら記述する方法は、五山における儒学の継承関係の提出で、ここに季安が考えていた五山の儒学史の系譜が窺える。

ところが、「惟肖第二十五」では、これまでの記述法、つまり後の項目である「景徐第二十六」へと繋がる記述を持ち出すという、所謂人名を連鎖させる記述が出てこない。「宋学第二十」から記述されてきた、季安の考える五山の儒学の継承関係は、「惟肖第二十五」までで断絶するかのように思われるが、これをどう考えたらよいのであろうか。

ここで大きく視点を変えて、『漢学紀源』巻二末の「桂庵第二十八」に着目したい。というのも、「桂庵第二十八」

の前に配置されている「桂悟第二十七」「景徐第二十六」のそれぞれの記述の中に、それまでの項目では全く見られなかった桂庵に関連する記述が突如出てくるからである。たとえば、「桂悟第二十七」では「蓋し桂庵と偕に朱学を双桂の門に受く」、「景徐第二十六」では「桂庵は周麟と善し」、「景茝は桂庵と友善たり。……桂庵に従ひて学ぶ。詳しくは下篇に見ゆ」等のように、桂庵と関連させる内容が突然記述され始める。

更に、「惟肖第二十五」と、その次に配置される「景徐第二十六」の繋がりについて、「景徐第二十六」の中で引用される、次の南浦文之（一五五五―一六二〇）の書簡に注目したい。

于時東山有惟正、東福有景召、二老名衲、而同出於不二之門。……我桂庵従二老受程朱学。

時に于て東山に惟正有り、東福に景召有り、二老名衲にして、同に不二の門に出づ。……我が桂庵二老に従ひて程朱の学を受く。

この記述に対して季安は、

今季安稽諸僧伝、所謂惟正蓋惟肖之誤、既載前篇。景召亦景徐之誤。

今季安諸僧伝を稽へるに、所謂惟正は蓋し惟肖の誤りにして、既に前篇に載す。景召も亦た景徐の誤りなり。

と南浦の書簡の誤りを分析した上で、次のような疑問を提出する。

然文之書桂庵学于景召、文之相後殆剰百載。桂庵、月渚、一翁、文之、四世口授、恐伝聞誤。今季安謂、周麟、蘭坡、桂庵同学于惟肖、後交師友。故致此誤、可以観也。於是今叙景徐於惟肖下。姑録所疑以竢来哲。

然れども文之の書の桂庵景召に学ぶは、文之の相後るること殆ど百載を剰す。桂庵、月渚、一翁、文之、四世口授し、恐らくは伝聞誤る。今季安謂へらく、周麟、蘭坡、桂庵同に惟肖に学び、後師友として交はる。故に此の誤を致すは、以て観るべきなり。是に於て今景徐を惟肖の下に叙す。姑らく疑ふ所を録して以て来哲を竢つ。

この記述の流れをまとめておくと、先ず南浦の書簡に惟正と景召が出てくるが、季安はそれを惟肖と景徐の誤りだと見なしており、更に南浦はこの二人に付き従って桂庵が程朱の学を学んだと述べるが、季安が考証してみると、桂庵と景徐は師弟関係ではなく一緒に学んだ仲であるので、南浦の記述が誤りであると言う。ここで、惟正を惟肖、景召を景徐と訂正することで、やっと「惟肖第二十五」と「景徐第二十六」の記述が繋がっていることが明らかとなる。ただ、こうした「惟肖第二十五」と「景徐第二十六」の関連については、一方で季安は「姑らく疑ふ所を録して以て来哲を竢つ」として、その不安定さも吐露している。「宋学第二十」から「惟肖第二十五」まで続いていた、季安の思考における五山の儒学史の系譜は、このように「惟肖第二十五」と「景徐第二十六」あたりで不明瞭になってくるが、ここで巻二末の「桂庵第二十八」から遡るという視点が注目されることになる。

「桂庵第二十八」を見てみると、『漢学紀源』の他の項目に比べて圧倒的に記述する分量が多いので、季安が力を入れているのが一目瞭然である。その中で、特に桂庵の生涯を丹念に跡づけている。「僧桂庵字は玄樹、後に島陰と号す。本貫は周防山口の人にして、考妣の姓字を詳らかにせず。応永丁未を以て生まれ……」と書き出し、更に桂庵が惟肖に認められ、遣明使として中国に赴くこととなったことを述べ、明での学問の様子について次のように言う。

聘礼既竣、遊於蘇杭間、出入学校、受朱氏学、博窺曹端四書詳説、其它註釈粋者。潜心玩理、有所不得、輒就鉅儒、審洵研究。居七年、業大進、内外精蘊、莫不通悟。

聘礼既に竣り、蘇杭の間に遊び、学校に出入し、朱氏の学を受け、博く曹端の四書詳説、其の它の註釈の粋なる者を窺ふ。潜心玩理して、得ざる所有らば、輒ち鉅儒に就き、審洵研究す。居ること七年、業大いに進み、内外の精蘊、通悟せざるなし。

桂庵は、明に七年間滞在し、朱子学者曹端の説等の当時流行していた最新の朱子学を学んだのであった。その後、

薩摩にやってきた経緯や我が国において初めて朱子学の書籍を刊行したことを記述する。また、桂庵の書経研究については、

公乃受書経、前此本邦皆従古註。而至師独依蔡伝。公通大旨。本邦之尊信書経者、可謂自公始矣。
公乃ち書経を受くるに、此より前本邦は皆な古註に従ふ。而れども師に至りて独り蔡伝に依る。公は大旨に通ず。本邦の書経を尊信するは、公より始まると謂ふべし。

と記述し、書経の新注である蔡沈『書集伝』を我が国で初めて取り上げたことを指摘し、多大な功績を挙げたことを明らかにする。更に季安は、新注が我が国で受け入れられるようになった関鍵が、桂庵の創出した「桂庵点」にあると見なす。「桂庵第二十八」で次のように記述する。

然於斯文、時猶草昧、教導未開、学士往々不知句読、且有新註也。於是十年、師著小篇。辨四書五経註有新古、且以国字解朱註例、述倭点法、使世蒙士皆知学必崇宋説。先在能辨其句読之意。今世所稀伝、桂庵和尚家法和点此也。
然れども斯文に於て、時に猶ほ草昧にして、教導未だ開かれず、学士往々にして句読を知らず、且つ新註有るなり。是に於て十年、師小篇を著す。四書五経の註に新古有り、且つ国字を以て朱註を解する例を辨ずるに、倭点法を述べ、世の蒙士をして皆な学を知り必ず宋説を崇ばせしむ。先ず能く其の句読の意を辨ずるに在り。今の世に稀伝する所は、桂庵和尚家法和点此なり。

新注の書籍が刊行されても、読解ができないとそれは広まらない。我が国における朱子学による教化が可能になったのは、桂庵点に拠ることが大きいことを指摘する。つまり、新注の書籍の刊行による朱子学の教化は、それを読むための訓読法の創出に裏打ちされて、全面的に展開するのであり、これが桂庵の功績だと季安は述べるのである。そ

の他にも「桂庵第二十八」では、五山の僧侶達が桂庵の詩に次韻した詩を掲載し、また明の洪子経が書いた桂庵の島陰集の序も収録する。

このように桂庵の項目の分量が多く、内容も詳細を究めている最大の理由は、『漢学紀源』が天保十一年（一八四〇）に江戸の大儒佐藤一斎のもとに、桂庵の碑文を求めるための資料の一つとして届けられたことと大きく関連していると思われる。季安が活躍した江戸後期において、室町後期に薩摩の学術の礎を築いた桂庵は、江戸はもちろんのこと薩摩においても忘れ去られた存在であった。季安は郷土の先学桂庵の業績を評価し、顕彰しようとする。そこで、江戸の佐藤一斎に桂庵の碑文を作成してもらおうと行動を起こしたのである。佐藤一斎は季安から『漢学紀源』等の資料を受け取り、初めて桂庵の業績を知るに至り、『漢学紀源』を基礎資料として桂庵禅師碑銘を作成し、天保十三年（一八四二）に季安の手元に届けている。(14)『漢学紀源』巻三が専ら桂庵の門人達の記述を中心としているのも、季安が桂庵を顕彰しようと意図していたことを窺わせる証拠である。このように、季安が『漢学紀源』を執筆しようとした理由の一つが、薩摩の先学桂庵を顕彰するためであったということは大きな意味を持つ。つまり、五山から薩摩に移ってきた桂庵の経歴や学統を調べていけば、季安は必然的に五山の僧侶を考察の対象とすることになる。そこで、季安は桂庵へ繋がってきた五山の学統を遡っていったのである。『漢学紀源』の「桂庵第二十八」から、桂庵と関わる内容をそれぞれ記述する「桂悟第二十七」、「景徐第二十六」へと遡っていく思考は、桂庵までに繋がってきた学統を桂庵から逆に辿っていくことでもある。

既に見てきたように、一山や虎関などの五山の僧侶達から朱子学の系譜を降っていく思考は、季安の考えでは「惟肖第二十五」と「景徐第二十六」の間で不安定になっていたけれども、それを補うために、桂庵を介して関心を抱いた我が国における朱子学の展開という視点が注目されたのである。季安は、桂庵の最大の功績は朱子学を講義し広め、新注の書籍を我が国で初めて刊行したことであると認めていた。文明十三年（一四八一）に桂庵は『大学章句』を刊行した。それは初めて我が国で刊行された新注の書籍であり、刊行された年号をとって『文明版大学』と呼ばれ、その版が摩滅したので延徳四年（一四九二）に再刊したものを『延徳版大学』と言う。季安は、江戸後期においてすでに探し出すことが難しかった『延徳版大学』を苦労して入手している。[15] このように、彼は桂庵が我が国で最初に朱子新注の書籍を刊行したことについて注目し、新注が展開していく過程を跡づけようとする。それは必然的に我が国における朱子学の泉源である五山の考察へと向かわせた。この視点で考察することで、「新註第十九」から、「宋学第二十」、「崇信第二十一」、「義堂第二十二」、「岐陽第二十三」、「一慶第二十四」へとその思考が向かい、我が国における朱子学の展開について、朱子新注の書籍をもたらした俊芿から時代を降っていったものと思われる。前述したように季安における五山の儒学者の繋がりは「惟肖第二十五」、「景徐第二十六」あたりでやや不安定になるが、今度は薩摩にやってきて朱子新注の書籍を我が国で初めて刊行した桂庵に注目することで「桂庵第二十八」から「桂悟第二十七」、「景徐第二十六」と足跡を遡っていく視点が生まれた。実は「惟肖第二十五」においても、「命じて双桂院と曰ふ。故に世に双桂和尚と称され、而して義学の徒来りて門を叩く者多し、則ち猷竹居、璠器之、樹桂庵、悟了庵の属も亦た皆な其の門より出づ」として、桂庵が惟肖の門下で学んだことが記載されており、ここに桂庵との関連によって「惟肖第二十五」は、項目の中でそれぞれ桂庵が登場してくる「景徐第二十六」、「桂悟第二十七」、「桂庵第二十八」とも繋がっているのがわかる。つまり、「新註第十九」、「宋学第二十」から「惟肖第二十五」、「景徐第二十六」へと朱子学の展開に従って時代を降ってきた系譜と「桂庵第二十八」から「桂悟第二十七」、「景徐第二十六」、「惟肖第二十五」へと桂庵の足跡を遡ってきた系譜が、ここでしっかりと一本に結び合わさり、こうして季安の考える五山における朱子学史の体系が構築されることになったのである。

おわりに

西村天囚『日本宋学史』「伊地知潜隠伝」の冒頭に次の如き記述があるのは注目される[16]。

古来儒学の伝統を叙する者、概皆惺窩羅山を以て起点と為し、足利時代に於ける叢林学僧の儒学研究に説き及びし者希なり、是れ一には資料獲難く、事蹟訪求し易からざりしと、二には儒仏相鬩ぎし結果、儒者は仏徒をして儒林に伍せしむるを欲せざりしとに因るなるべし、前者は寡聞と曰ふに過ぎざるも、後者に至りては謂なき偏見に非ずや、而も此偏見を破り彼の寡聞に免れて、鎌室の際に起りし宋学の淵源を尋ね、禅林の幽微を闡顕して、学僧の儒学系を叙述せし者は、実に伊地知潜隠先生の漢学紀源を以て始と為す。

ここで西村天囚は、江戸時代において五山が取り上げられなかった理由を端的に二つ述べている。一つは資料が入手できにくく、事蹟を訪求しにくかったことであり、今一つは江戸時代の儒者達は、五山を担っていた仏徒を忌み嫌っていたので、五山に論及することがなかったということである。特に後者については、謂われの無い偏見で、そのため江戸時代では五山が全く等閑視されてきたのであった。それらの偏見を打破して、五山の考察に初めて本格的に取り組んだのが、伊地知季安の『漢学紀源』だとして天囚は高く評価するのである。伊地知季安は日本儒学史に初めて五山を位置づけたのであり、こうしたいわば五山発掘の功績について、天囚は『日本宋学史』の緒言部分で次のように絶賛する[17]。

曷んぞ知らん文学衰微の足利時代に、宋学を伝へて世道人心を資け、以て徳川氏三百年の教化を開きし者は、五山学僧なることを、潜隠先生此に見る所ありて、漢学紀源に五山の文学を闡揚せしは、豈前人未発の卓見に非ず

や、

天囚は、季安が我が国で初めて五山の朱子学史を考察し、それを日本儒学史の上に位置づけたことをしかと見据え「前人未発の卓見」として極めて高く評価する。つまり、我が国において儒学史の展開上に初めて五山を位置づけ考究したのは伊地知季安の『漢学紀源』だと断言するのであった。もちろん、明治において本格的に五山を考察した久保天随の『日本儒学史』や「五山文学」を標題に冠した上村観光の『五山文学小史』に比べれば、『漢学紀源』の五山についての内容は限られ、偏りがあると考えられる。しかしながら、伊地知季安が『漢学紀源』の中で、久保や上村よりもはるか前の江戸時代に、しかも五山の儒学が等閑視されていた状況下で、五山における朱子学史の流れを構築して体系化し、日本儒学史上に位置づけようとしていたことは決して看過できない。つまり、今日まで続く、我が国の儒学史上における五山研究の道筋は、季安が切り拓いたと言っても過言ではないのである。

ところで、『漢学紀源』はその構成から明らかであるが、五山のみならず、我が国の儒学の起源から書き起こして、五山以前の各時代の儒学の状況を考察しており、我が国の各時代の儒学の展開に目を向けた日本儒学史と言える書籍である。従って、本稿で取り上げた『漢学紀源』における五山の儒学史の分析についてだけでは『漢学紀源』の特色を述べ尽くすことはできない。しかし、『漢学紀源』の大きな特色として、当時等閑視されていた五山に対する考察が挙げられるのは疑いがないと言えよう。そして、季安が五山の儒学史の考察に取り組むきっかけを与えたのは、実に五山より薩摩に移ってきた桂庵玄樹その人の存在があったからなのである。

註

（1）三浦叶『明治の漢学』（汲古書院、平成十年）二七五頁の記述。

（2）久保天随『日本儒学史』（博文館、明治三十七年）序の記述。
（3）安井小太郎『日本儒学史』（冨山房、昭和十四年）緒言の記述。
（4）伊地知季安の自筆本『漢学紀源』の発見については、拙稿「新出伊地知季安自筆『漢学紀源』について」（汲古四十号、平成十三年）を参照されたい。なお、これまで知られていた『漢学紀源』としては、写本として東京大学史料編纂所所蔵の『漢学紀源』五巻本、玉里島津家の蔵書が伝わる鹿児島大学附属図書館玉里文庫所蔵の『漢学紀源』四巻本が存在していた。また、明治四十年代に薩藩叢書『漢学紀源』、続続群書類従所収の『漢学紀源』が出版されている。写本である東大本、玉里本には巻数の違いが存し、しかもこれらのテキストの文字の異同は多く、本文の確定が難しい箇所も多々見られる。たとえば「唐学第八」において、玉里本では「一二韓人」、東大本では「三韓人」という記述があり、薩藩叢書『漢学紀源』、続続群書類従所収の『漢学紀源』でも「三韓人」と記載されている。「一二韓人」、「三韓人」のどちらでも意味は通じるが、自筆本を確認してみると玉里本のように「一二韓人」と記述されている。これは、本来縦書きで「一二」と記載されていたのを東大本では「三」と見誤り、薩藩叢書『漢学紀源』、続続群書類従所収の『漢学紀源』はそれを踏襲したものと思われる。このように、自筆本の発見によって、これまで明らかでなかった本文が確定でき、またテキスト間の継承関係も明らかにできると考える。
（5）伊地知季安の経歴については、その子季通が漢文で記した碑銘（『旧記雑録追録一』、昭和四十六年、鹿児島県発行に収録）、西村天囚『日本宋学史』（梁江堂書店・杉本梁江堂書店、明治四十二年）の伊地知潜隠伝、渡辺盛衛「伊地知季安先生事蹟」（昭和九年、鹿児島県立図書館）を参照した。
（6）「呈佐藤一斎書」は、註（4）で言及した薩藩叢書『漢学紀源』に収録されているので、本稿ではそれを用いた。
（7）註（5）西村天囚『日本宋学史』伊地知潜隠伝の記述。なお、拙稿「伊地知季安の『漢学紀源』について」（鹿児島大学文科報告第三十二号第一分冊、平成八年）では、玉里本『漢学紀源』の巻末にある「天保四年巳十月十八日　伊季安」という記述に基づいて、天保四年（一八三三）頃に『漢学紀源』は完成していたと推測していたが、後にこの記述は『漢学紀源』の終了を指すものではないことが確認できたので、ここで訂正しておきたい。

（8）「宋学伝統系図」に関連して、五味克夫氏が『鹿児島県史料　旧記雑録拾遺　伊地知季安著作資料集七』（鹿児島県歴史資料センター黎明館、平成十九年）の解題の中で、「『薩藩学事二』には「西藩宋学伝統系図」が収録されており、同書は西村天囚が『日本宋学史』所載の伊地知潜隠伝に「漢学紀源編著の準備として作りしもの」とした文政十年十二月草稿本の「宋学伝統系図」と同類の写本によったものではないかと考えられる」として、今日に残されている「西藩宋学伝統系図」と天囚の言う「宋学伝統系図」の関連について指摘している。

（9）拙稿「伊地知季安と佐藤一斎――桂庵禅師碑銘作成過程に着目して――」（『中国文学論集』第二十五号、平成八年）参照。

（10）拙稿「『漢学紀源』の編纂過程について――佐藤一斎が見た『漢学紀源』――」（『鹿大史学』第五十一号、平成十六年）参照。

（11）『漢学紀源』三巻の三十六項目の内容については、註（4）拙稿に簡単にまとめているので参照されたい。

（12）本稿では『漢学紀源』の本文は季安自筆『漢学紀源』三巻に拠った。なお自筆本『漢学紀源』は現在鹿児島大学附属図書館に所蔵されている。

（13）註（2）久保天随『日本儒学史』第二篇「宋学輸入時代（上）」第二章「朱子学の伝来」の記述。

（14）註（9）拙稿参照。

（15）拙稿「『延徳版大学』について」（汲古第三十一号、平成九年）参照。

（16）註（5）西村天囚『日本宋学史』伊地知潜隠伝の記述。

（17）註（5）西村天囚『日本宋学史』緒言部分の記述。

森槐南と呉汝綸——一九〇〇年前後の日中漢詩唱和——

合山林太郎

はじめに

明治期の漢詩唱和については、概ね明治前期、すなわち、一八七〇年頃から一八九〇年頃の作品を中心に語られることが多い。とくに在日清国公使館員と日本文人との詩文の交流が、日中間の典籍往来などとともに、しばしば取り上げられている。

しかし、維新から三十年近くが経過した一九〇〇年前後においても、なお、唱和の文化は続いている。そして、この時期の唱和は、それまでの芸文の交流といった性質に加え、当時の日本や清をめぐる国際情勢の変化をも反映し、複雑な様相を呈するようになる。本稿が分析するのは、この一九〇〇年前後の日中の文人同士の漢詩の唱和と、それを取り巻く日本社会の状況である。

具体的には、明治中後期の日本漢詩壇において代表的な存在であった森槐南（名・公泰、字・大来、一八六三―一九一一）を中心に考察する。槐南は漢詩人森春濤（一八一九―八九）の子として生まれ、生涯にわたり、清の文人と交流を重ねているが[1]、彼の唱和詩の内容は、時期により異なっている。

一　明治前期の日中文人交流の様態

まず、一九〇〇年以前の唱和の実態を述べることから論述をはじめたい。開国以降、日本、清国双方の文人が相手の国を訪れ、詩文の贈答を通じて交流するようになるが、両国の交流の中心となったのは、在日本清国公使館に勤務した文人官僚であった。たとえば、初代清国公使何如璋を、漢学者石川鴻斎が迎えて、東京芝の紅葉館において開いた詩宴は、その最も早いものであろう。一八八〇年後半を中心に、第二・四代の公使をつとめた黎庶昌は、しばしば日本の文人を集め、宴席を開き、その場で交された唱和詩を編纂・刊行している[2]。

また、明治初年の日本の漢詩人たちは、上海及び江蘇・浙江の文人たちとも密接に結びつき、詩文をやりとりしている。たとえば、上海の栗山生が郵送した金陵（南京）の孫靄人の文章が『花月新誌』に掲載され[3]、逆に成島柳北の詩文集が彼地に伝えられ、銭塘の許鈴身によって評されるなどしている[4]。

東京の詩壇と上海との関係でとくに重要な役割を果たしたのが、一八六六年以降、上海に楽善堂という薬舗兼書店を開いていた岸田吟香である。吟香は、兪樾に詩集編纂を依頼し、『東瀛詩選』の刊行という成果を生んだことで知られるが、ほかにも、書家陳曼寿の来日を事前に森春濤に知らせるなど、両地の文壇の連絡役をつとめている。[5]

槐南は、ごく若い頃から、こうした国際的な漢詩文の交流圏に身を置いていた。たとえば、詩人として出発したばかりの二十歳代の槐南に対して、黄遵憲は、戯曲・塡詞を含め縦横の才を発揮する人物であると賛辞を与えている。[6]また、上海の文人姚志梁・農畬兄弟とも詩を通じて交流し、彼らから贈られた詠物詩「梅影」に、春濤門下の詩人たちとともに次韻している。[7]さらに、これは周知のことであるが、一八八〇年代後半には、孫点らとの塡詞の酬唱を行なっている。[8]

このほか、黎庶昌をはじめとする清国公使館の政治家・文人が開く宴席にもたびたび参加し、そのとき作られた槐南の詩は、『癸未重九讌集編』（一八八三年）、『墨江修禊詩』（八四年）、『帰省贈言』（八九年）、『戊子重九讌集編附枕流館讌集編』（八八年）、『己丑讌集続編』（八九年）、『庚寅讌集三編』（九〇年）などに掲載されている。[9]

こうした状況のもとで作られた槐南の唱和詩は、両国の文雅の交流を慶賀する、温雅な詩調のものが多い。次に掲げる槐南の「九日清国黎公使紅葉館讌集率賦二律〈其一〉」（『己丑讌集続編』、後に『槐南集』巻一一に収録）はその例と言えるだろう。

爽 気 晴 巒 涌 翠 鬟　　爽気の晴巒に 翠鬟 涌《わ》く
登 高 望 遠 此 江 山　　高きに登り 遠きを望めば 此《こ》の江山あり
平 臨 雲 木 秋 明 瑟　　雲木を平臨すれば 秋 明瑟たり
軒 豁 煙 濤 鳥 往 還　　軒豁たる煙濤 鳥 往還す

漢使星槎超碧海　漢使は 星槎もて 碧海を超え
天孫艶錦綴仙班　天孫は 艶錦もて 仙班を綴《かざ》る
年年嘉会黄花笑　年年の嘉会 黄花 笑《さ》き
風雨重陽属等間　風雨 重陽 等間に属す

詩の前半には、遠くに見える爽やかな山峰、高く聳える秋の木々や霧のなかを行き来する鳥などが描かれている。その後、天の河に到達した漢の使者張騫と織姫とが対に仕立てられ、さらに、会の日に雨の降ったことなど気にもとめず、菊の花はいつも通り咲き匂い、会も例年通り盛況であると詠われている。秋の清涼な情景のなかで、和やかに交流する様がうかがえる。

詩の中に用いられた「星槎」や「天孫」などの語は、海外から訪れた文人と日本の文人が唱和する際、しばしば用いられた表現であり、明治前期の日中唱和詩のなかにも、「座中詩比天孫錦、籬下花開少女風（座中の詩は天孫の錦に比す、籬下の花は少女風に開く）(10)」や「星槎又向日辺来、佳節還傾旧酒杯（星槎 又た日辺に向ひて来る、佳節に還《ま》た傾く 旧酒杯）(11)」といった類似の表現を確認できる。

二　唱和及びそれを取り巻く環境の変化

ただ、以上に見た日中の漢詩唱和の内容及びそれをめぐる環境は、一八九〇年代後半から一九〇〇年代前半にかけて、しだいに変化する。

その一つの表れとして、明治東京漢詩壇の中心人物が、清へ渡航するようになったことを挙げることができる。たとえば、一八九七年から一九〇〇年まで、永井禾原（一八五二―一九一三）が上海に滞在した。[12]また、一八九九年には、本田種竹（一八六二―一九〇七）が北京から保定を経て、江南や湖南を訪れている。[13]こうしたなか、日本の漢詩人たちは、より多くの文人と交流し、唱和の内容も多様なものとなった。

槐南に関して言えば、伊藤博文の随員というきわめて特殊な立場で中国へ渡っている。具体的には、一八九八年七月から年末にかけて、槐南は伊藤とともに、北京から上海を経て長江を遡り、漢口に至り、その後、上海へ戻り、帰国している。

この中国行において、槐南は、天津では袁世凱、北京では李鴻章、漢口では張之洞などに謁見し、詩を贈っている[14]が、そのことと関連して、多くの興味深い逸話が残されている。たとえば、李鴻章は、槐南の詩を見て、もし、槐南が中国人であったならば、翰林学士に推薦したいと述べ、続けて伊藤博文に対しても、爵位を用意できればよいが、清の官職の範囲では伊藤に釣り合うものがないので、「アジアにおける第一位の進士（亜細亜等第一甲状元）」と呼びたいと冗談を言ったため、その場にいた人々は哄笑の渦に巻き込まれたという。また、張之洞は、中国渡航中に作られた槐南の詩に対し、李白、杜甫、蘇東坡の精髄を得ていると評したという。一種の社交辞令であるが、槐南の詩が、外交の場に彩りを添えていたことがうかがえる。[15]

また、清国内において社会変革の動きが活発化していることも重要である。日清戦争以降、康有為らを中心とする戊戌の変法運動が始まり、それに呼応するように、上海の新聞各紙に改革の必要性が説かれるようになった。この運動は、戊戌の政変によって頓挫するが、その後も、様々な人物がそれぞれの方法で、産業や教育の近代化を目指している。日本においても、清の社会改革を望む声が高まり、ジャーナリズムなどを賑わせるようになる。

こうした清国内の社会状況を、どの程度作品に反映させるかは、詩人によって異なっている。たとえば、本田種竹の唱和詩は、それ以前のものと比べて変化はなく、文事についての関心を前面に押し出している。永井禾原は、実業の世界と深く携わっているが、詩中では、政治に関する記述を表立って行っていない。

槐南の場合、伊藤の側近という特殊な立場もあってか、この頃から清の政治や同国を取り巻く国際情勢に関する事柄を積極的に唱和詩に詠み込むようになる。すでに明治十年代から、槐南は時事を題材とした長篇詩を制作しており、こうした詠みぶりを、清国の文人や政治家たちとの交流のなかで詠った作品にも用いるようになった。

唱和の作ではないが、槐南の中国渡航中の作品には、こうした変化を読み取り得るものがある。一八九八年九月二十日、光緒帝に伊藤博文が謁見した際、宮中に随行し制作した「西苑紀事詩」（全三首、『槐南集』巻一八）がそれである。今、その第三首を掲げる。

星環帝坐儼分行　星は帝坐を環り 分行 儼かなり
雉尾徐開鳳翼張　雉尾 徐ろに開きて 鳳翼 張る
微見御鑪糸冄冄　微《かす》かに見る 御鑪 糸の冄冄たるを
旋聞天語玉琅琅　旋《おもむ》ろに聞く 天語 玉の琅琅たるを
中興政已期振作　中興の政 已に振作を期し
外国臣今願対揚　外国の臣 今 対揚を願ふ
咫尺蓬萊清浅水　咫尺 蓬萊 清浅の水
自茲同済屢褰裳　茲より 同済 屢《しばし》ば裳を褰《かか》げん

詩は清王朝の威光について説き、また、清と日本が同胞としてともに歩むべきことを詠っている。とくに頸聯では、光緒帝の改革を賞賛し、その効果により清王朝が国際社会に重きを占めるようになったと述べている。

もっとも、この詩が作られた翌日に、戊戌の政変が起こり、光緒帝を取り巻く変法派は失脚しているのであるが、槐南が政治に近い位置におり、それが詩作に影響したことは間違いないであろう。

三　森槐南と呉汝綸・呉辟疆父子との唱和（一）――政治・社会情勢への関心――

こうした一九〇〇年前後の唱和のなかで、規模が最も大きく、また、内容的にも充実していたのが、槐南と呉汝綸（字・摯甫、一八四〇―一九〇三）たちとの間の詩の応酬であった。

呉汝綸は、桐城派の末裔の文人として知られ、とくに蓮池書院の設立をはじめ、教育家として優れた実績を挙げている。彼は、一九〇二年六月から十月まで教育制度視察のため来日しているが、その際、多くの日本の政治家や学者と交流している(16)。

槐南と呉汝綸との間には、いくつかの唱和の詩群が存在するが、ここでは、槐南の「七月十一日、同都門鴻儒碩彦、邀飲清国呉摯甫先生汝綸于東台酒亭、即賦長古一章呈政」詩（『国民新聞』一八九二年七月十三日）にはじまる、槐南と呉汝綸の唱和を考察する。この詩は三十九韻（七十八句）の長篇古詩であるが、これに呉汝綸が次韻し、槐南が再度畳韻している(17)。この唱和詩では、当時の清国内の政治状態や、清を取り巻く国際情勢に関する言述がその内容の多くを占めている。

たとえば、唱和の発端となった槐南の詩では、「於外国文物制度、概付之度外、以致歴朝禦辺之術甚疎、貽禍後世不尠（外国の文物制度に於ては、概《おおむ》ね之を度外に付し、以て歴朝禦辺の術の甚だ疎にして、禍を後世に貽《のこ》すこと尠《すく》なからざるを致す）(18)」という認識、すなわち、清が、西洋の文化や制度を学ばなかったため、軍事力が衰え、西洋列強の進出を許し、後世に禍根を残したという考えを詠っている。槐南は、このような苦境下で、呉汝綸のような優れた人物が現れたことを喜び、彼を清の発展のために不可欠の人物と讃えているのである。

その後、詩は、詩会の盛んな様を述べ、日本・清両国の関係に言及して終わる。今、その結びの部分を掲げる。

方今両国士相見　　方今 両国 士 相見《まみ》ゆるに
動称唇歯毋乃憨　　動《やや》もすれば 唇歯と称するは 乃ち憨《おろか》なることなからんや
鯨鯢移陸海倒立　　鯨鯢 陸に移せば 海 倒立す
百年難保戎馬倓　　百年 保ち難し 戎馬 倓《やすら》ぐ
雲龍蟜蟜合変化　　雲龍 蟜蟜として 変化に合すれば
蛩蛩岠虚非所堪　　蛩蛩岠虚《きょうきょうきょきょ》の堪《た》ふる所にあらず
不相沿襲各努力　　相 沿襲せず 各《おのおの》の努力せん
有剥斯復喉袪痰　　剥《は》ぐること有れば斯《すなわ》ち復するは 喉《のど》より痰《たん》を袪《き》るがごとし
然後輔車自相済　　然《しか》る後 輔車 自ら相済《すく》はれん
合離何用詢史儋　　合離 何ぞ史儋に詢《はか》るを用ひん(19)

ここで槐南は、清と日本を、単なる「唇歯」の関係、すなわち、依存・共生の関係であると形容すべきではなく、両国が、ともに旧習に囚われず、それぞれに強くなり、助けあって存在することが必要であると述べている。「雲龍」は日本・清の両国を指している。「蛩蛩」と「岠虚（距虚に同じ）」はいずれも想像上の怪物であり、「鯨鯢」とともに西洋列強のことを言う。「史儋」は、老子のことである。

これに対し、呉汝綸も、「此時殊隣化日進、奇材奥学来参譚。雄邦孟晋広忠益、取長補短宅心醰（此の時 殊隣 化は日に進む、奇材・奥学 来ること 参譚たり。雄邦の孟晋 忠益を広くし、長を取り 短を補ひ 宅心 醰《よ》し）[20]」と述べ、明治日本の躍進を寿ぎ、清と日本がともに歩むことを期待する旨を詩中で表明している。

また、槐南は酬唱のなかで、清が国力を増し独立を守るためには、中華の伝統を文化の根本を明らかにすることが必要であり、儒学を軽視してはならないとも述べている。

自強要在撥雲霧　　自強の要は 雲霧を撥《ひら》き
五嶽一一呈青嶫　　五嶽をして 一一 青嶫を呈せしむるに在り
若遺其本廃儒術　　若《も》し其の本を遺《わす》れ 儒術を廃せば
恐類魏晋尊荘聃　　恐らくは魏晋の荘聃を尊ぶに類せん[21]

呉汝綸の来日の目的は、清の教育制度の改革のため、日本の教育制度を調査することにあった。日本の有識者から、儒学や文学に関する教育を一切廃止すべきだなどといった発言もなされるなか、呉汝綸は、旧来の儒学・文学の伝統を新教育に取り込むことを重視していたと言われる。[22] 槐南の詩は、呉汝綸の考えと一致しており、彼の意を強くするものであったと推定される。

呉汝綸の来日には、息子の呉辟彊（名・啓孫、闓生、号・北江、一八七九—一九五〇）[23]も同行した。呉辟彊は槐南に自らの詩集を献じ、そのことが発端となり、槐南は十四韻（二十八句）の古詩「読呉辟彊啓孫詩本、偶獲一篇、即書其後、還之」（『国民新聞』一九〇二年八月八日、後、『槐南集』巻二一収録）を作り、これに辟彊が次韻し、酬唱が続いている。[24]

この呉辟彊と槐南の唱和からも政治への意識を看取できる。ただ、こちらは、辟彊が強く政治への参加を主張するのに対し、槐南が自重を促すという構図になっている。

具体的に言えば、槐南は、辟彊の社会への関心について認めつつも、次のように詠出し、実際の行動は、機が熟すまで待つよう促している。秦の失政を指弾した賈誼の「過秦論」に触れているのは、辟彊に政治的野心があったことを踏まえての表現と考えられる。

文章経世無二途　文章　経世　二途　無けれど
詩教温敦戒迫促　詩教は温敦たりて　迫促を戒《いまし》む
任君胸有過秦論　任《たと》へ　君が胸に過秦論有るも
落蔕会須待瓜熟　蔕を落とすは　会《かな》らず須《すべか》らく　瓜の熟するを待つべし(25)

これに対し、呉辟彊は、清の状況に憤りを隠さない。中国の文化の精髄がしだいに衰え、末流の儒学者が跋扈していることを嘆き、気概や節操により国運を盛り立てようと詠うのである。

至精要眇坐陵遅　至精・要眇は　坐《すず》ろに陵遅たり
末俗嵬儒帰孅嫮　末俗・嵬儒は　孅嫮に帰す
苟令気節振綱維　苟《いやし》くも気節をして綱維を振はしめば
自有風雲猶瑟粛　自ら風雲の猶ほ瑟粛たること有らん(26)

辟彊の返詩に対し、槐南は、さらに「夫気節固不可不砥礪、然気節昌而東漢亡矣。懐鉛撃筑、怒髪衝冠、憤然而効易水変徴之音、則於事無益、於身有損、断非所以振作今日之禹域也。君以為何如（夫れ気節は固より砥礪せざるべからず。然れども、気節、昌《さか》んにして東漢亡べり。懐鉛撃筑、怒髪衝冠して、憤然として易水変徴の音に効《なら》へば、則ち事に於て益無く、身に於て損有り。断じて今日の禹域を振作する所以に非ざるなり。君、以て何如《いかん》と為す）(27)」と述べ、辟彊に、自身の政治信条について考え直すことを求めている。

父子でその内容は大きく異なるものの、時局に対する展望や身の処し方が、唱和の中心的な内容となっていることは明らかである。

四　森槐南と呉汝綸・呉辟疆父子との唱和（二）——漢文学の伝統の尊重——

ただ、同時に、これらの唱和が、詩文の伝統に意を払いつつ行われ、また、明治漢詩史上、重要な内容を含んでいたことにも注意すべきである。

先に述べたように、呉辟疆と槐南の応酬が始まったのは、辟疆が自身の詩集を贈ったことに端を発していた。したがって、唱和の口火を切った槐南の詩は、自ずと詩について触れるわけであるが、それは、一篇の論詩詩とでも言うべき体裁となっていた。

詩において、槐南は、「三才万象雖牢籠、詩惟老杜為帰宿（三才　万象　牢籠すと雖も、詩は惟だ老杜を帰宿と為すのみ）」[28]と詠い、詩の根本が杜甫に帰することを述べている。この杜甫の詩のあり方を正しく受け継いだ者として、とくに虞山派と桐城派を挙げ、その後、次のように呉辟疆と自らの作風を比較することで、詩を結んでいる。

悔予少小喜西崑　　悔ゆらくは　予　少小にして西崑を喜び
無題碧城傷靡縟　　無題　碧城　靡縟に傷《そこな》へるを
二馮宗旨亦未窺　　二馮の宗旨　亦た未だ窺はず
何況江西気森粛　　何ぞ況んや　江西　気の森粛たるを
行思改轍従執鞭　　行思　轍を改め　執鞭に従《したが》ひ

霜空直与鷹鸇逐　霜空 直ちに鷹鸇とともに逐《お》はん
句不驚人死不休　句 人を驚かさずんば 死すとも休《や》まざれば
他生免落泥犂獄　他生 泥犂の獄に落つるを免《まぬか》れん(29)

「碧城」「無題」は李商隠の詩の名。「二馮」は明末清初の文人であり、銭謙益とのつながりが深い馮舒・馮班兄弟のこと。「江西」は、黄庭堅らの拓いた江西詩派を指している。

ここで槐南は、自身が年少のころ、西崑体、すなわち李商隠に近い艶麗の詩風ばかりを学び、黄庭堅の高尚な詩風は理解できていなかったと詠っている。さらに、呉辟疆を、桐城派の正統な後継者であると讃え、今後は、呉辟疆に教えを請い、黄庭堅の詩風を学びたいと述べているのである。

槐南と親しかった漢詩人坂口五峰は、この呉辟疆と槐南の唱和に触れつつ、それまで清詩の影響を受けることの多かった槐南をはじめとする東京の詩人たちの詩風が変化し、宋詩の表現を好むようになったと述べ、その背景に呉汝綸たちとの交流があると論じている。(30)呉父子の詩が、日本の漢詩壇に一定の影響を与えていたことは間違いないだろう。

ただ、こうした槐南の詩に対して、呉辟疆は、「微言大義了無存、弄月吟花徒局促（微言 大義 了《つい》に存することなし、月を弄び 花を吟じて 徒らに局促せり）(31)」と述べ、後代へ至るほど中国の詩文の道が衰え、ついにはそれが風流の世界に限定されるようになったと嘆いている。そして、「丈夫生世貴有為、一網終応摂万目（丈夫 世に生まれて有為なるを貴ぶ、一網 終に応に 万目を摂するべし）(32)」と詠い、詩の焦点を、清をめぐる危機と自身の志に移してゆく。その結果、両者の唱和は、先に見た政治への姿勢をめぐる意見交換となったのであった。

呉汝綸との唱和では、文学について直接言及されることはない。ただ、時事を論じた詩篇においても、両者の理解の紐帯として、漢文学の知識が機能していた。具体的に言えば、彼らはともに、故事や典拠を多く使用するタイプの詩人であり、その点において詩の好尚を一にしていた(33)。

このことは、唱和詩の冒頭部分などから看取できる。槐南は、「九州之外瀛海涵、海外更九天包函。此言雖出鄒衍口、本非燕斉迂怪談（九州の外　瀛海　涵《ひた》し、海の外は　更に九天　包函す。此の言　鄒衍《すうえん》の口より出づと雖も、本より燕・斉の迂怪の談に非ず(34)）」と述べ、『論衡』談天篇に鄒衍の説として引かれる「九州之外、更有瀛海。此言詭異、聞者驚駭。然亦不能実然否（九州の外に、更に瀛海有り。此の言　詭異にして、聞く者　驚駭す。然れども亦た然否を実《たしか》むるあたはず）」の条りを詩句に置き換えつつ、大地の外を海が囲み、その周囲を天が被っているという中国の伝統的な天体観を詠っている。

呉汝綸の側も「維昔王会氾濡涵、寰区大夏朝処函。舟車人力限瀛海、羨門高誓流荒談（維《こ》れ昔　王会　濡涵　氾《あまね》し、寰区には大夏ありて　朝処　函《ひろ》し。舟車は　人力にして　瀛海に限らる、羨門・高誓は　流荒に談ず(35)）」と詠い、かつて中国の領土が広大であったことについて、大苑まで漢王朝の勢力が及んでいたことや、秦の始皇帝が尋ねたといわれる仙人羨門・高誓のことなどを挙げながら応じている。互いに掌故の応酬をしているのである。

五　唱和に対する日本のジャーナリズムの反応

このように槐南と呉汝綸・呉辟疆との唱和は、政治、文学の両面に関する複雑な内容を含み、修辞の点でも配慮の行き届いたものであった。ただ、注意すべきは、彼らの唱和が、当時の日本の社会のなかで、必ずしも好意的に受け止められたわけではない点である。

唱和について、何らかの批判があったことは、新聞に公開された呉辟彊と槐南との書簡のやりとりから理解できる。該当の書簡の往復において、呉辟彊は、「頃観報紙、有訾議吾輩詩会者、覧之不覚失笑噴飯。今天下滔滔、斯文之道、殆将垂尽。貴国自新学昌盛以来、詩書之沢、掃地尽矣。風雅遺教、頼以不泯、唯有公等大手筆扶持之耳（頃《このご》ろ報紙を観《み》るに、吾輩の詩会を訾議する者有り。之を覧るに覚へず失笑噴飯す。今、天下滔々として、斯文の道、殆ど将に尽くるに垂《なんな》んとす。貴国は、新学の昌盛せるより以来、詩書の沢、地を掃ひて尽きたり。風雅の遺教の頼《さいわい》に以て泯《ほろ》びざるは、唯だ公等の大手筆の、之を扶持する有るのみ）」と述べている。これに対し、槐南は、「〔前略〕朝来報紙誹謗之言、備荷関垂、深替吾輩不平。雅愛挙挙、感篆奚似。猜嫉擠陥、動搆浮言。邦諺謂之島国根性。今我邦文明日躋、而独有無知小人、不能脱積習如此者（朝来の報紙の誹謗の言、備さに関垂を荷《こうむ》り、深く吾輩の不平に替ふ。雅愛、挙々として、感篆、奚《なん》ぞ似《しか》ん。猜嫉・擠陥し、動《やや》もすれば浮言を搆ふ。邦諺にて之を島国根性と謂ふ。今、我邦の文明は日に躋《あが》るも、独り無知の小人の積習を脱するあたはざること此の如き者有り）」と応じた(36)。

すなわち、呉辟彊が、詩会への批判を受け、日本では西洋由来の新学問は発展しているが、『詩経』以来の詩の伝統を支えているのは、わずかに槐南らの力によると述べたのに対し、槐南は同意し、これらの根拠のない批判は、「島国根性」とも表現し得る狭量な精神から出たものであり、文明が進歩した今日においても、こうした旧弊に陥った者がいるのは嘆かわしいと答えたのである。

二人が言及している新聞記事が何であったか、特定することはできないが、おそらく次の文章に記されるような内容を持つものであったと想像される。

呉汝綸氏が教育視察の任務に忙殺さるゝを思ひやりもせず、森槐南先づ険韻を用ひて長篇を作りて其次韻を強ひしより、本田種竹土居香国等の面々首謀となり、各険韻を選みて長短諸体の詩を贈り呉氏礼を以て之に和すれば、更に畳韻して和を需め、五回十回底止する所を知らず。加ふるに朝夕旅宿に押掛けて閑談を試み揮毫を乞ひ、多きは一人にして百余幅を得たるものありとて、俗詩人の不心得を攻撃するものあり。

「詩人清客を妨ぐ」（『東京朝日新聞』一九〇二年九月十三日）

記事中に言及される森槐南の険韻の長編とは、先に見た呉汝綸との唱和詩のことであろう。本田種竹らの畳韻とは、田雯「移居〈其一〉」（『古歓堂集』巻六）の韻を用いて行われた、種竹、槐南、呉汝綸らの間の詩の応酬を指している。[37]この韻で、種竹は合計で十篇、槐南は三篇の詩を作り、呉汝綸に唱和を求めている。こうした出来事について、この記事は、種竹、槐南が、呉汝綸の本来の用務である日本の教育制度の視察活動を妨害するものと非難したのである。

この『東京朝日新聞』の記事に続くかたちで、日本の漢詩人を批判する記事が次々と現れている。たとえば、『日本人』（一七一号、一九〇二年九月二十日）は、「外人に接するには最も慎重の心掛けなかるべからざる勿論にして、特に呉氏の如き用務を帯びたる者には、邦人たる者宜しく之を援助し、指導し、以て其志を為さしむべき也。彼詩人輩〔筆者注　槐南たちのこと〕の礼儀を辨《わきま》へざる、誠に苦々しき話し也」と同様の批判があったことを掲示している。多忙な呉汝綸一行に対し、槐南らが無理に唱和を求めることで、彼らの来日の最も重要な目的である教育制度の視察に支障が出るのではないかと述べているのである。

また、『日本』「文藝彼此録」（一九〇二年九月二十三日）には、「局外生」という人物からの投書が掲出されているが、その内容も、槐南たちが、呉汝綸らに幾度も唱和を求めることに対する批判である。局外生は、「其の根本はと言ふと文学や美術を真に愛するのじやなくて利益を愛するから来る」と批判し、これは中国の詩人に自身の力を認めてもらいたいがためになされた行為であり、忌むべきものであると述べている。[38]

以上に述べた論難・揶揄のほか、日野天爵「与森槐南書」（『日本』一九〇二年九月二十九日）からは、国粋主義の立場に基く、唱和への批判を看取することができる。日野は、呉辟疆の発言に槐南が賛意を表したことに対して憤慨している。その上で、「且我邦近時詩書之教、豈呉生所云者乎。自経術文章、至詩賦小技、殆有過往昔、而無不及（且つ我が邦の近時の詩書の教は、豈に呉生の云ふ所の者ならんや。経術・文章より、詩賦小技に至るまで、殆ど往昔に過ぐること有るも、及ばざる無し）」と述べ、今日、日本においては、学問・文章詩歌がともに進歩を遂げていることを主張し、それを指摘しない槐南を非難している。

日野の発言からは、自国、すなわち、日本の文化的位置づけに執着する性格を看取できる。そのことは、文章末尾において、槐南に「今足下亦我日本人、則必応非絶不知人間有羞悪事者也（今、足下も亦た我が日本人なれば、則ち必ず応に絶えて人間に悪事を羞づる者有るを知らざるには非ざるべきなり）」と呼びかけていることからも解される。なお、日野天爵という人物については、投稿時点で三十五歳であり、日本各地を遊歴し、台湾へ渡ったことがあるという以外、経歴などは不詳である。

これらの批判のうち、詩人としての節操に欠けるというのは、執拗に唱和を求めた槐南たちの行為に問題があったと言える。ただ、これらの批判が、唱和について、教育改革という清国の近代化を妨げるものとして捉えていることに注目すべきである。これは、以前の漢詩文が社会的な支持を得ていた時代ならば起こり得ない種類の批判であり、槐南たちが新しい状況に直面していたことが看取されるのである。

六　槐南と他の清末文人との交流――文廷式・章炳麟――

一九〇〇年前後、呉汝綸たち以外にも、槐南は台閣・江湖を問わず、多くの文人たちと交流した。最後にそうした交わりのいくつかを瞥見することにしよう。他の清の文人との交流においても、槐南は、政治、文学両方について自在に述べているが、本質的には、やはり、政治よりも詩学に関心があったように思われる(39)。

この時期、槐南が面識をもった文人として文廷式（一八五六―一九〇四、字・道希、号・芸閣）がいる。文廷式は、戊戌の変法後、捕縛を避け、一九〇〇年二月に来日し、東京を中心に約二ヶ月、日本に滞在した。

槐南は、文廷式に詩を贈っているが、その内容は、清の社会が安定しないことについて言及した後、屈原や許由の故事を引きつつ、騒乱の地を離れ、日本において平安な生活を送るよう勧めるものであった。今、その一部を引用すれば、次のとおりである。

看君濯足猶滄浪　　看る 君の足を濯ふは 猶ほ滄浪のごときを
安知洗耳非箕潁　　安んぞ知らん 耳を洗ひて 箕・潁に非ざるを
方蓬信美春漸酣　　方・蓬 信《まこと》に美しく 春 漸く酣ならんとし
謂為吾土殊多幸　　謂為《おも》へらく 吾が土 殊に幸多しと(40)

最後に、槐南は、文廷式の祖先である文徴明の忠義を讃えつつ、人々から嘱望されている旨を述べて詩を結んでいるが、これは、中国の状況について詳述し、また、慎重に行動するよう勧めた呉汝綸・呉辟疆への詩と類似した構成を持っていると言えよう。

なお、一八九八年に中国を旅行した内藤湖南は、やはり文廷式と面会している。その際、自身の見聞を述べつつ、中国の内政について、湖南は「今に於て此の不抜の弊を革めんと欲す。談極めて容易ならず」と、改革は容易ではないという認識を示している。その上で、「折衝御侮の策、至難と曰ふと雖も、僕は以て此の宿弊に比すれば、猶ほ言ひ易しと為す[41]」と言い、外交や軍備の近代化を急ぐべきであると提言している。詩と筆談という形式がもたらした違いでもあっただろうが、中国の社会の問題点への指摘は、槐南が唱和詩において詠った内容よりはるかに具体的である。

槐南は、清末の思想家章太炎（一八六九―一九三六、名・炳麟、字・枚叔）とも中国渡航の際に面会し、その印象を記しているが、ここでも、槐南の記述は、文学に関する事柄に集中している。すなわち、槐南は、章太炎が明代古文辞派を信奉していることを論じ、それが中国文学についての認識としては偏ったものであることを指摘している。

章炳麟と云へるものもあり。客年予上海に在つて相見る〔筆者註　一八九八年の槐南の中国渡航を指す〕。此のもの亦深かく(ママ)于鱗元美の詩に心酔す。頃ろ東瀛に来り、二三人士と晤り、曰はく、「鄙人窃かに明時の七子を喜ぶ。其の文其の詩皆な宋人の能く及ぶ所に非ず」と。夫れ七子の詩は尚ほ可なり。文に至つては尤も悖謬笑ふ可し。然るに此の如きの高論壮語を成して肯て憚らざるものは、是れ其の人已に七子の毒に迷眩せられ、而かも眼未だ曾つて宋人の詩文を熟覧したることあらざるに坐す。考ふるに七子鷹揚虎視の風は、勢ひ必らず、公安袁氏の派を激成し、公安空疎浅薄の学は、必らず竟陵鐘氏の流を挑起す。鐘氏興つて明運終に移る。此れ自然の理なり。余は今日清国詩人の風気を視て悚然として履霜堅冰の思に勝へず[42]。

槐南は、明末以降の文学史を概説し、古文辞派を批判する竟陵派や公安派らの登場とほぼ時期を同じくして、明王朝が滅びたことを指摘し、穏当さや中庸を欠いた詩論の流行が、社会の不安定さを示すことを言外に匂わせている。

周知の如く、章炳麟は、戊戌の変法後、捕縛を逃れ、台湾を経て日本へ渡っており、その思想は変法派支持から、排満へと傾いており、その発言も過激なものへと変化する。おそらく、該当の部分は、章炳麟のこうした思想遍歴を踏えての評であろう。

ただ、槐南は、章炳麟の思想に直接言及するのではなく、古文辞を尊ぶという点に限定して章炳麟の思想を叙述している。ここからも、本質的には、政治より文学の側に心を寄せがちな、槐南の性質をうかがうことができるように思われる。

おわりに

本稿では、明治期の日本の漢詩人と清の文人の間で行われた漢詩唱和の性質を、森槐南の詠作を中心に見てきた。呉汝綸・呉辟疆父子との応酬をはじめ、一九〇〇年前後の槐南の唱和詩には、当時の清の政治状況などへの言及が多く含まれている。これは、一八九〇年頃までの槐南の唱和詩が、両国の友好の重要性を温雅に詠っていたことと比較すると、大きな変化である。

ただ、時局に触れてはいるものの、唱和は基本的に、漢文学の知識・教養を媒介とした相互の理解である。それは社交や儀礼としての意味は持ち得ても、時局に対して具体的な提言や建設的な議論を行い得る性質のものではない。また、唱和という風習そのものに対しても、当時の日本社会からは、中国の近代化に貢献しない、あるいは、それを妨げる行為として批判が浴びせられることとなる。

日清両国の社会の変化のなかで、唱和詩とそれを支える漢文学の伝統は、しだいに時勢との軋轢を露わにしていったのである(43)。

註

（1）森槐南の事跡については、神田喜一郎編『明治漢詩文集』（『明治文学全集　六二』（筑摩書房、一九八三年）解説に詳しい。なお、本稿所引の槐南の詩は、新聞雑誌などの一次資料掲載のものを、『槐南集』（一九一一年）と対照しつつ用いた。
（2）張偉雄『文人外交官の明治日本――中国初代駐日公使団の異文化体験』（柏書房、一九九九年）、陳捷『明治前期日中学術交流の研究』（汲古書院、二〇〇三年）など。
（3）金陵・孫靄人「放語」（『花月新誌』一三号、一八六七年六月）など。
（4）銭塘・許鈴身「柳北詩鈔序」（『花月新誌』二六号、同十月）。許鈴身は、「大抵皆贈答行旅之作、時有峭逸之致、亦可貴也（大抵、皆な贈答・行旅の作にして、時に峭逸の致有り、亦た貴ぶべきなり）」と評している。
（5）たとえば、陳曼寿「別滬上諸同人」詩（『新文詩』五九集、一八八〇年二月）における記述からは、陳曼寿が上海より来日する旨、岸田吟香から連絡があったことが分かる。
（6）「黄公度先生書牘一則」（『新文詩』五七集、一八八〇年一月）。
（7）「姚志梁文棟示其弟農盦文枏梅影四律索和、同石埭蓉塘作四首」詩（『新文詩』九二集、一八八三年三月）。
（8）神田喜一郎『日本における中国文学――日本塡詞詩話』（二玄社、一九六五年）。
（9）王宝平編『中日詩文交流集（晩清東游日記滙編一）』（上海古籍出版社、二〇〇四年）を参照した。なお、本書に収録されている王宝平「前言　試論清末駐日詩文往来」からは、本稿の作成に際して多大な示唆を得た。
（10）陳衡山「戊子秋、遵義黎星使遵蒓斎先生、集海外諸名士、作重陽会、命陪末座、謹賦四律、録呈鄙正」（『戊子重九讌集編』）の頸聯。
（11）盧自銘「重九呈節使並請諸大吟壇同政」詩（『戊子重九讌集編』）の首聯。
（12）『来青閣集』巻三、及び、入谷仙介「永井禾原と李伯元」（『清末小説研究』五、一九八一年十二月）など。
（13）『懐古田舎詩存』巻四及び同署「詩歴」中に種竹が中国紀行中に制作した詩及び詩題が掲載されている。
（14）槐南の旅程は、渡清中の詩を集めた『浩蕩詩程』（一八九九年刊）という詩集（後、『槐南集』巻十八所収）及び註（15）

掲出資料によって知ることができる。大磯を出発した一行は、神戸、長崎を経て、釜山、ソウルと朝鮮を経由し、天津から北京へ赴いている。中国においては、要人との会談が続く。九月十二日には、北洋医学堂において袁世凱の開く宴席に招かれている。九月二十日には、伊藤博文が光緒帝に謁見するのにも随行している。北京を出発した一行は、上海に赴き、永井禾原の仲介により、蔡和甫や汪康年ら、上海の名士とも交際している。その後、長江を遡り、鎮江から南京、九江を経て、武漢へ到達し、張之洞との会見に参加している。その後、一行は再び上海に戻り、日本郵船の上海支店主催の宴会などに参加しつつ、帰途につくのである。

(15)『百花欄』三集（一九〇三年三月）「双魚小観　其十八　槐南主人」。該当欄に、槐南が、一八九八年上海より野口寧斎に宛てて発信された書信の翻刻が掲載されている。

(16)本稿所引の呉汝綸の詩については、新聞雑誌などの一次資料掲載のものを、『桐城呉先生文・詩集』（近代中国史料叢書三七、文海出版社、一九六七年）、『呉汝綸全集』（施培毅・徐寿凱校点、黄山書社、二〇〇二年）と対照しつつ用いた。呉汝綸の事跡については、前記『呉汝綸全集』などを参照した。近年においても、呉汝綸については、教育方面から多くの研究が発表されているが、とくに、許海華「一九〇二年の呉汝綸日本考察について」（『千里山文学論集』八二号、二〇〇九年九月）は、呉汝綸来日に関する日本の新聞報道を集載した『東游日報訳編』など、多くの新資料について言及しており、重要である。

(17)本文掲出の詩篇の後に以下の詩が続く。呉汝綸「槐南先生投贈長歌、已擬不復属和。惟僕嘗自喜臨大敵勇、若終已不和、是怯也、何勇之足言。雨窓得暇、謹依元韻、勉成一篇、録請吟定。淮陰竟与噲等侶、得毋鞅鞅乎」詩（『国民新聞』一九〇二年八月一日、後に「森槐南前贈長篇、今依韵和之」として『呉汝綸全集』に収録）、槐南「摯甫見和、大用外腓、真体内充、令人未敢逼視。惟僕曹鄶浅陋、謬以強秦見擬、若無所酬、或竟謂秦無人也。苦捜枵腹、復製一篇、白皓赤団趁韻而已」詩（『国民新聞』一九〇二年八月一日、後に『槐南集』巻二一に収録）。

(18)『国民新聞』（一九〇二年七月十三日）掲載時に、前出「七月十一日、同都門鴻儒碩彦（下略）」詩に対して付された槐南（説詩軒主人）の自評。

(19)前出「七月十一日、同都門鴻儒碩彦（下略）」詩の第六十九句から七十八句。
(20)「槐南先生投贈長歌（下略）」詩の第三十一から三十四句。
(21)「摰甫見和（下略）」詩の第五十三句から五十六句。
(22)鈴木弘正「清末における日本の歴史教育に対する関心の高まり——呉汝綸の日本訪問による成果」（『アジア教育史研究』二十号、二〇一一年三月）。
(23)呉辟疆は、一九〇三年頃、早稲田大学に学んだ後、中華民国総統政府において、総統部秘書、教育部代部長などを務めたが、袁世凱が自らを皇帝と称して以降は、同政府を去り、教育活動や書目編纂に従事した。呉辟疆の事跡については、安慶地方志編纂委員会編『安慶人物伝』（黄山書社、二〇〇一年）などを参照した。
(24)本文掲出の詩篇の後に以下の詩が続く。呉辟疆「小子学詩、辱蒙高詠、太白云一経品題、便作佳士、何栄幸如之、謹遵元韻、酬謝志感」詩（『国民新聞』一九〇二年八月八日）、森槐南「八月初三日、苦雨悶坐、適辟疆送到和章、因畳韻、重寄兼似杜顕閣之堂、顕閣前有風雨五古見示、詩中故云」詩（同、後に『槐南集』巻二一に収録）、呉辟疆「再上槐南先生大方家教正」詩（同十七日）。
(25)註（24）「八月初三日（下略）」詩の第九から十二句。
(26)註（24）「再上槐南先生大方家教正」詩の第二十一から二十四句。
(27)註（24）「再上槐南先生大方家教正」詩に付された槐南（説詩軒主人）の評。
(28)前出「読呉啓孫詩本（下略）」詩の第三から第四句。
(29)同、第二十一から二十八句。
(30)坂口五峰「詩風一変の徴」（『百花欄』八集、一九〇三年八月）。
(31)註（24）「小子学詩（下略）」第九から十句。
(32)同、第十五から十六句。
(33)なお、呉汝綸は、来日時、日本人に詩を問われた際に、中国の詩人は、乾隆・嘉慶年間の袁枚、趙甌北、蔣士銓、張船山らを学ぶと悪い影響が初学者に及ぶので、学ばないようにしている旨を回答し、そのかわりに桐城派の施閏章、姚鼐、鄭珍らの詩を推している。とくに、張船山については、「船山之詩、入于軽俗（船山の詩は、軽俗に入る）」と批判している（「答客論詩」『呉汝綸全集』第四巻・尺牘）。

(34) 前出「七月十一日、同都門鴻儒碩彦（下略）」詩の第一句から四句。

(35) 註（17）「槐南先生投贈長歌」詩の第一から四句。

(36) 「呉啓孫、大《(ママ)》森両氏の書簡」（『国民新聞』一九〇二年九月十四日）。

(37) 槐南が、田雯「移居〈其二〉」（『古歓堂集』巻六）の韻を用いて、呉汝綸の転居を祝う詩を作り、これに呉汝綸が応じ、さらに、槐南、本田種竹（一八六二―一九〇七）らが幾度も畳韻している。

(38) 信憑性に問題はあるものの、当該記事は、呉汝綸をめぐる唱和について、次のような逸事を記している。「呉汝綸が傍人に語て、槐南と種竹とが互に険韻を以て詩才を闘はして居るがその意を計るに自分を日本第一の詩人なりと誉めてくれと言ふらしい、が「僕不敢之」と言つた。それとも知らずに競争などは妙な話しや（下略）」。すなわち、槐南と種竹とが呉汝綸から認めてもらうため、険韻の詩を幾篇も作り、それに呉汝綸も辟易したという。唱和は一種の儀礼であり、詩の内容が相手を賞賛している場合でも、実際には異なる感情を持つ場合が少なくないが、本稿で取り上げる唱和についても、そうした文献上に残らない別様の感想を、呉汝綸が抱いていた可能性がある。

(39) 本稿で取り上げた例以外にも、槐南は清の文人と交流を持っている。中島時雨の「日本酒歌、呈洪劉二王諸公、兼送玉置君漠北」詩に対し、清人洪右臣、劉幼丹、王仲午らが唱和し、さらに槐南が中島の詩に次韻しているのは、その一例である。これらは、『花香月影』一五号（一八九八年八月）に掲載されている。

(40) 「永井禾原、招飲香雪軒、与文芸閣学士相見、以詩代話、写我胸臆語、無倫次也」詩（『槐南集』巻一九）の第十七から二十句（全十韻、二十句）。

(41) 内藤湖南『支那漫遊　燕山楚水』（博文館、一九〇〇年刊、小島晋治監修『幕末明治中国見聞録集成』第二巻、ゆまに書房、一九九七年所収）。

（42）「荳棚間話　清国詩人の風気」（『新詩綜』六号、一八九九年九月五日）。

（43）なお、本稿では論じ得なかったが、呉汝綸と日本漢詩人との間の交流は、遊戯的な性質をも有していた。たとえば、呉汝綸と日本漢詩人は、「酒令」という遊びを催している。これは、任意の句を令に定め、令中の文字を用いた先人の詩句を思案し、該当する文字が句中の何字目に来るかで、一座のなかから、酒を飲む人物を定めるものである（「詩壇の新消息」『国民新聞』一九〇二年九月二十三日）。また、両者の交流には、学術交流としての側面もあった。槐南が、呉汝綸に『国史大系』全巻を贈ったのはその一例である（同十月十七日「摯甫、槐南両氏の書簡」）。

あとがき

かつて神田喜一郎は「日本の漢文学」（初出一九五九年、ついで『墨林閒話』所収、のちに『神田喜一郎全集』第九巻、同朋舎出版、一九八四年）において、日本の漢文学を日本文学の一部と見るか、中国文学の支流とするか、二つの立場がある、としながらも、後者の立場からその歴史を概説した。まだ日本文学研究において漢文学がほとんど無視されていた時代の話である。

その後、平安時代の漢文学を皮切りに、各時代の漢文学の資料整備・注釈が行われ、文学史上の位置づけ、同時代の和文の文学との相互交渉などの視点からの研究が進み、日本文学における漢文学の重要性が広く認識されるようになった。すなわち、日本の漢文学は日本文学の一部として認められるようになったと言ってよい。

こうした研究の蓄積がなかった時代に、神田喜一郎は彼自身の該博な知識教養の命ずるままに中国文学の支流として取り扱ったのであるが、その視点はもはや無効になったのかというと、そうではない。むしろこの二重性によって、日本文学のみならず、中国文学の研究にも貢献できるような豊かな世界を内包していること、さらには朝鮮半島の漢文学も含めた三者を同時に参照することが、それぞれの研究を深化させるに有効であることに、中国人研究者たちが気づき始めている。

本書はまさに、そういった研究状況を踏まえて編まれた。執筆者十名のうち五名が中国人、うち四人は中国国内において中国文学研究を専門とする方々である。それが、寧波プロジェクトをきっかけに、あるいはそれ以前から、それぞれの専門知識を活かしつつ日本人の漢文学作品や漢籍注釈書に取り組み、このような成果を挙げている。そのことだけでも本書刊行の意義は重大であろう。もちろん、日本の研究者も、これまで知られなかった資料を扱い、あるいは広汎精密な調査に基づき、新見を披露している。

本書タイトルは「蒼海に交わされる詩文」であるが、単に過去に行われた詩文の交流を再発見するだけではなく、それらを扱った研究がすなわち現代における海を越えた交流になっていることも含意している。本書をきっかけに、このような往来が今後ますます活発に行われることを期待し、また編者自身もそこに参加していきたい。

末筆ながら、雄編ぞろいの中国語論文の翻訳にご尽力いただいた四人の方々にも篤く御礼申し上げる。

（堀川貴司）

司馬遼太郎『空海の風景』には次のような一節がある。「この当時、世界性をもつということは唐の学問を学ぶことであった。文明は唐にしかなかった」。空海の生きた平安時代初期に限らず、近代以前の東アジアの文化は、すべての時代を通じて「唐」すなわち中国という強大な帝国を中心に動いていたといっても過言ではない。文学について見ても、中国を取り巻くかたちで東アジア文学共同体ともいうべきものが作りあげられていた。ここにいう文学共同体は、本書所収の高橋博巳氏の論考にいう「学芸共和国」とも重なる部分を含んでいようが、中国の文化的覇権を重く受けとめるならば「共和国」よりも「帝国」の比喩の方がふさわしいのかもしれない。

東アジアの文学共同体を成り立たせているのは、どのような文学作品だろうか。中心となるのはいうまでもなく、いわゆる漢詩や漢文であろう。そして、この漢詩・漢文には中国語（漢語）のネイティブが書く詩文だけではなく、日本人や朝鮮人などが外国語＝非母語としての中国語を用いて書く詩文も多く含まれている。前者はともかくとして、やはりここで問題となるのは後者の漢詩・漢文であろう。

母語ならざる言語によって書かれた文学としての漢詩・漢文。かかる制作物に対して我々はどのような心情を抱くだろうか。どのような評価を下すか、と言い換えてもいい。畏《かしこ》くもありがたい存在として尊崇の念を抱くのか、それとも空っぽでインチキ臭い存在（かつて江藤淳が文壇に提起し波紋を呼んだ言葉を用いるならば「フォニィ phony」）として軽侮の念を抱くのだろうか。おそらくこれまで日本人の心情あるいは評価は、この二つを両極としてその間をさまざまに揺れ動いてきたのではないだろうか。わたし自身のなかでもそれは揺れ動いてきたし、いまも揺れ動いている。

実はこうした揺れ動きそのものが東アジア文学共同体の本質を反映したものであり、今後さらに深く検討すべき問題のひとつといえるのではないか。先ほど述べた「共和国」と「帝国」どちらの比喩が適切かという問題なども、この揺れ動きに関連してあらためて問われることになるのかもしれない。東アジアの蒼海に交わされてきた詩文については、このほかにも数多くの問題が十分に検討されぬまま、あるいは手つかずのまま横たわっている。人文学の研究にとって、きわめて魅力的な対象というべきだろう。

（浅見洋二）

末筆ながら執筆者・翻訳者各位はもちろんのこと、英文目次の作成に助力をいただいた米国の成島柳北研究者 Matthew Fraleigh 氏、編集を担当していただいた汲古書院の小林詔子氏に対し厚く御礼申しあげる。

二〇二二年九月十四日

編者　堀川貴司
　　　浅見洋二

East Asian Maritime World Series Vol.13

Poetry and Prose Exchanged across the Azure Seas

HORIKAWA Takashi, ASAMI Yoji ed.

Contents

執筆者紹介（掲載順）

堀川　貴司（ほりかわ　たかし）1962年生。慶應義塾大学附属研究所斯道文庫教授。
〔著書〕『詩のかたち・詩のこころ　中世日本漢文学研究』（若草書房、2006年）、『書誌学入門　古典籍を見る・知る・読む』（勉誠出版、2010年）、『五山文学研究　資料と論考』（笠間書院、2011年）ほか。

浅見　洋二（あさみ　ようじ）1960年生。大阪大学大学院文学研究科教授。
〔著書〕『距離与想象——中国詩学的唐宋転型』（上海古籍出版社、2005年）、『中国の詩学認識——中世から近世への転換』（創文社、2008年）ほか。

周　裕鍇（Zhou Yukai）1954年生。四川大学中文系教授。
〔著書〕『文字禅与宋代詩学』（高等教育出版社、1998年）、『中国古代闡釈学研究』（上海人民出版社、2003年）、『宋代詩学通論』（上海古籍出版社、2007年）、『宋僧恵洪行履著述編年総案』（高等教育出版社、2010年）ほか。

査　屏球（Zha Pingqiu）1960年生。復旦大学中文系教授。
〔著書〕『唐学与唐詩——中晩唐詩風的一種文化考察』（商務印書館、2002年）、『従游士到儒士——漢唐士風与文風論稿』（復旦大学出版社、2005年）、『夾注名賢十抄詩』（上海古籍出版社、2005年）ほか。

谷口　高志（たにぐち　たかし）1977年生。大阪大学大学院文学研究科助教。
〔著書〕『成化本『白兎記』の研究』（共著、汲古書院、2006年）、『中国文学のチチェローネ——中国古典歌曲の世界』（共著、汲古書院、2009年）〔論文〕「音楽の映像——韓愈「聴穎師弾琴」と李賀「李憑箜篌引」を中心に」（『日本中国学会報』第60集、2008年）ほか。

朱　　剛（Zhu Gang）1969年生。復旦大学中文系副教授。
〔著書〕『唐宋四大家的道論与文学』（東方出版社、1997年）、『蘇軾評伝』（王水照氏と共著、南京大学出版社、2004年）、『宋代禅僧詩輯考』（陳珏氏と共著、復旦大学出版社、

2012年）ほか。

甲斐　雄一（かい　ゆういち）1982年生。九州大学人文科学研究院専門研究員。
〔論文〕「王十朋編『楚東唱酬集』について——南宋初期の政治状況と関連して」（『中国文学論集』第36号、2007年）、「陸游と四川人士の交流——范成大の成都赴任と関連して」（『日本中国学会報』第62集、2010年）、「陸游の厳州赴任と『剣南詩稿』の刊刻」（『橄欖』第18号、2011年）ほか。

陳　　捷（Chen Jie）1963年生。国文学研究資料館研究部准教授。
〔著書〕『明治前期日中学術交流の研究——清国駐日公使館の文化活動』（汲古書院、2003年）、『人物往来与書籍流転』（中華書局、 2012年）〔論文〕「一八七〇—八〇年代における中国書画家の日本遊歴について」（『中国—社会と文化』第24号、2009年）、「『夢梅華館日記』翻刻」（国文学研究資料館『調査研究報告』第32号、2012年）ほか。

大庭　卓也（おおば　たくや）1971年生。久留米大学文学部准教授。
〔著書〕『元禄文学を学ぶ人のために』（共著、世界思想社、2001年）、「漢学者の歴史叙述としての隠逸伝集に関する一試論」（「江戸文学」41号、2009年）、「人見午寂と享保俳壇」（中野三敏・楠元六男編『江戸の漢文脈文化』所収、竹林舎、2012年）ほか。

張　伯偉（Zhang Bowei）1959年生。南京大学中文系教授、同大学域外漢籍研究所所長。
〔著書〕『禅与詩学』（浙江人民出版社、1992年）、『鍾嶸「詩品」研究』（南京大学出版社、1993年）、『中国古代文学批評方法研究』（中華書局、2002年）、『作為方法的漢文化圏』（中華書局、2011年）ほか。

内山　精也（うちやま　せいや）1961年生。早稲田大学教育・総合科学学術院教授。
〔著書〕『伝媒与真相——蘇軾及其周囲士大夫的文学』（上海古籍出版社、2005年）、『蘇軾詩研究——宋代士大夫詩人の構造』（研文出版、2010年）ほか。

高橋　博巳（たかはし　ひろみ）1946年生。金城学院大学文学部教授。
〔著書〕『京都藝苑のネットワーク』（ぺりかん社、1988年）、『画家の旅、詩人の夢』（ぺりかん社、2005年）、『東アジアの文芸共和国——通信使・北学派・蒹葭堂』（新典社、

2009年）ほか。

東　英寿（ひがし　ひでとし）1960年生。九州大学大学院比較社会文化研究院教授。
〔著書〕『欧陽脩古文研究』（汲古書院、2003年）、『復古与創新——欧陽脩散文与古文復興』（上海古籍出版社、2005年）、『異文化を超えて——“アジアにおける日本”再考』（共編著、花書院、2012年）ほか。

合山　林太郎（ごうやま　りんたろう）1977年生。大阪大学大学院文学研究科講師。
〔論文〕「幕末明治期の艶体漢詩——森春濤・槐南一派の詩風をめぐって」（『和漢比較文学』37号、2006年）「漢詩改良論——詩歌の近代化と漢詩」（『国語と国文学』84巻３号、2007年）、「漢文の歴史人物批評——幕末期昌平黌関係者の作品を中心に」（『江戸の漢文脈文化』竹林舎、2012年）。

東アジア海域叢書13

蒼海に交わされる詩文

平成二十四年十月二十九日発行

監　修　小　島　　毅

編　者　堀川貴司・浅見洋二

発行者　石　坂　叡　志

発行所　株式会社　汲　古　書　院

〒102-0072東京都千代田区飯田橋二-五-四

電　話〇三-三二六五-九七六四

FAX〇三-三二二二-一八四五

富士リプロ㈱

ISBN978-4-7629-2953-3　C3395

KYUKO-SHOIN,Co.,Ltd. Tokyo.

東アジア海域叢書　監修のご挨拶

にんぷろ領域代表　小島　毅

　この叢書は共同研究の成果を公刊したものである。文部科学省科学研究費補助金特定領域研究として、平成十七年（二〇〇五）から五年間、「東アジアの海域交流と日本伝統文化の形成──寧波を焦点とする学際的創生」と銘打ったプロジェクトが行われた。正式な略称は「東アジア海域交流」であったが、愛称「寧波プロジェクト」、さらに簡潔に「にんぷろ」の名で呼ばれたものである。

「東アジアの海域交流」とは、実は「日本伝統文化の形成」の謂いにほかならない。日本一国史観の桎梏から自由な立場に身を置いて、海を通じてつながる東アジア世界の姿を明らかにしていくことが目指された。

　同様の共同研究は従来もいくつかなされてきたが、にんぷろの特徴は、その学際性と地域性にある。すなわち、東洋史・日本史はもとより、思想・文学・美術・芸能・科学等についての歴史的な研究や、建築学・造船学・植物学といった自然科学系の専門家もまじえて、総合的に交流の諸相を明らかにした。また、それを寧波という、歴史的に日本と深い関わりを持つ都市とその周辺地域に注目することで、「大陸と列島」という俯瞰図ではなく、点と点をつなぐ数多くの線を具体的に解明してきたのである。

「東アジア海域叢書」は、にんぷろの成果の一部として、それぞれの具体的な研究テーマを扱う諸論文を集めたものである。斯界の研究蓄積のうえに立って、さらに大きな一歩を進めたものであると自負している。この成果を活用して、より広くより深い研究の進展が望まれる。

東アジア海域叢書　全二十巻

○にんぷろ「東アジアの海域交流と日本伝統文化の形成――寧波を焦点とする学際的創生――」は、二〇〇五年度から〇九年度の五年間にわたり、さまざまな分野の研究者が三十四のテーマ別の研究班を組織し、成果を報告してきました。今回、その成果が更に広い分野に深く活用されることを願って、二十巻の専門的な論文群による叢書とし、世に送ります。

【題目一覧】

1　近世の海域世界と地方統治　山本英史 編　二〇一〇年十月 刊行
2　海域交流と政治権力の対応　井上　徹 編　二〇一一年二月 刊行
3　小説・芸能から見た海域交流　勝山　稔 編　二〇一〇年十二月 刊行
4　海域世界の環境と文化　吉尾　寛 編　二〇一一年三月 刊行
5　江戸儒学の中庸注釈　市来津由彦・中村春作・田尻祐一郎・前田　勉 編　二〇一二年二月 刊行
6　碑と地方志のアーカイブズを探る　須江　隆 編　二〇一二年三月 刊行
7　外交史料から十～十四世紀を探る　平田茂樹・遠藤隆俊 編　二〇一二年十二月 刊行予定
8　浙江の茶文化を学際的に探る　高橋忠彦 編
9　寧波の水利と人びとの生活　松田吉郎 編

10　寧波と宋風石造文化　山川　均編　二〇一二年五月　刊行
11　寧波と博多　中島楽章・伊藤幸司編　二〇一二年十一月　刊行予定
12　蒼海に響きあう祈り　藤田明良編　二〇一三年四月　刊行予定
13　蒼海に交わされる詩文　堀川貴司・浅見洋二編　二〇一二年十月　刊行
14　中近世の朝鮮半島と海域交流　森平雅彦編　二〇一三年三月　刊行予定
15　中世日本の王権と禅・宋学　小島　毅編
16　平泉文化の国際性と地域性　藪　敏裕編
17　儒仏道三教の交響と日本文化　横手　裕編
18　明清楽の伝来と受容　加藤　徹編
19　聖地寧波の仏教美術　井手　誠之輔編
20　大宋諸山図・五山十刹図　注解　藤井　恵介編

▼A5判上製箱入り／平均350頁／予価各7350円／二〇一〇年十月より毎月〜隔月刊行予定
※タイトルは変更になることがあります。二〇一二年十月現在の予定

編者のことば

従来、「外交」と言えば、国家と国家との関係交渉を指すものとして捉えられていた。しかし、前近代社会においては国家対個人の関係や国家と関わりのない個人対個人の関係も重要な「外交」の課題となりうる。そして「外交史料」も同様な問題をはらんでいる。すなわち、国際関係を処理する段階は、皇帝対国王といった君主間の国書のやりとりに加えて、中央政府対中央政府、地方政府対地方政府といった様々な段階があり、「箚子」や「牒」などの書式による文書が数多く用いられている。これらに加えて、商人、僧侶、留学生なども末端の外交を担ったと考えられ、日記、旅行記など多様な「外交史料」が存在する。

本書は、以上のような広義の「外交」、「外交史料」の解明を共通の課題として十〜十四世紀の東アジア世界における国際関係のあり方の解明を試みたものである。

平田茂樹・遠藤隆俊　編

外交史料から十〜十四世紀を探る

東アジア海域叢書7

編者　**平田茂樹・遠藤隆俊**

編者のことば

十世紀から十六世紀にいたるまで、東シナ海を横断して寧波と博多を結ぶ航路が、日中交流のメイン・ルートであった。この寧波—博多航路は、東アジア海域における基幹ルートであるとともに、ユーラシアの東西をむすぶ長距離交易ルートの東端に位置し、周辺海域の交易圏ともリンクしていた。

この寧波—博多航路によって、海商や外交使節が往来し、禅僧たちが渡航して文化交流や情報伝達を担った。また中国の銅銭・陶磁器・絹、日本の金銀や硫黄が運ばれ、東南アジアや朝鮮の物産も転送された。本書ではこうして東シナ海を渡った人・物・文化の移動に着目して、東アジア海域交流の諸局面を描きだしてみたい。第一部では宋元・明代の海上貿易や具体的な物の移動の実態を検討し、第二部では明代を中心に、外交秩序や文化交流の諸相を論じることにしたい。

中島楽章・伊藤幸司　編

東アジア海域叢書11

寧波と博多

編者　中島楽章・伊藤幸司

編者のことば

本書では、中世・近世の朝鮮半島と海域世界との関わりを、航路・交易・海賊・船舶という四つの視点から検証し、その実像にせまる。従来もっぱら陸域・民族の歴史として進められてきた朝鮮史研究において「海域史」の視点は稀薄であり、本書はその事始めである。

島国日本に視点をおくと、外部世界との交流は必然的に海域交流を意味し、グローバル化のなかに生きる現代のわれわれも、海を通じて外の世界に出ていくことに何となく肯定的なイメージを抱きがちである。しかし大陸と陸路でも繋がる前近代の朝鮮半島社会にとって、海を通じた交流はあくまで局面の一部であり、また自ら遠洋に乗り出していく必然性が自明だったわけでもない。

本書を通じて、われわれは「朝鮮史」を「海域史」に開放すると同時に、一方では、自明化された（されかねない）〝価値〟としての「海域史」を相対化する視点を獲得したいとも考えている。

森平雅彦　編

中近世の朝鮮半島と海域交流

東アジア海域叢書14

編者　**森平雅彦**